发条天使

CLOCKWORK ANGEL

CASSANDRA CLARE

〔美〕卡桑德拉·克莱尔 著　　安琪 译

上海文艺出版社

图书在版编目(CIP)数据

发条天使/(美)克莱尔著;安琪译.—上海:
上海文艺出版社,2015
ISBN 978-7-5321-5740-2

Ⅰ.①发… Ⅱ.①克… ②安… Ⅲ.①长篇小说-美国-现代 Ⅳ.①I712.45

中国版本图书馆 CIP 数据核字(2015)第 105520 号

CLOCKWORK ANGEL (The Infernal Devices, Book One)
by Cassandra Clare
Copyright © 2010 by Cassandra Claire, LLC
Translated by arrangement with the author
c/o Barry Goldblatt Literary LLC
through Bardon-Chinese Media Agency
Simplified Chinese translation copyright © 2015
by Shanghai 99 Culture Consulting Co., Ltd.
ALL RIGHTS RESERVED

著作权合同登记号图字:09-2015-244

责任编辑:夏　宁
特约策划:王轶华　周　洁
封面设计:汪佳诗

发条天使
〔美〕卡桑德拉·克莱尔　著
安　琪　译
上海文艺出版社出版、发行
地址:上海绍兴路 74 号
电子信箱:cslcm@publicl.sta.net.cn
网址:www.slcm.com
新华书店经销　山东德州新华印务有限责任公司印刷
开本 890×1240　1/32　印张 11.25　字数 330,000
2015 年 7 月第 1 版　2015 年 7 月第 1 次印刷
ISBN 978-7-5321-5740-2/I・4576　定价:39.00 元

献给吉姆和凯特

泰晤士河之歌

写着花言巧语的短笺滑入河中，
河水上升，
纸张暗淡成茶色，
不断膨胀，终融于绿色河水之中。
河岸之上，
巨大机器的齿轮运转，
叮当之声不绝于耳，
鬼魂们在尘世中烟消云散，
低声诉说着它们的秘密。
每一个微小的金色齿轮都有一排牙齿，
每一个巨大的车轮转动，
挥舞着一双手臂取水于河流之中，
将之毁灭，成为蒸汽，
蒸汽消融，
驱赶着巨大机器不断运转。
河水慢慢上涨，
腐蚀着机器。
盐分、铁锈和淤泥，
阻滞着齿轮。
河岸之下，
钢铁铸就的坦克，
摇摆着停泊，

轰隆轰隆,震耳欲聋,
鼓声与炮声一齐发出雷鸣之音,
河水翻滚。

——尔卡·克拉克

序 言

伦敦，一八七八年四月

　　恶魔被炸得只剩一摊脓水和内脏。

　　威廉·希伦戴尔急忙收回握在手里的匕首，但是已经太迟了。恶魔血液中黏稠的酸液开始腐蚀匕首的刀锋。他一边在心里咒骂，一边把武器扔到一边。匕首落进了一个污秽的泥潭之中，开始慢慢燃烧起来，就像一盒潮湿的火柴般冒着黑烟。而恶魔，毫无疑问，已经消失无踪，回到了那个地狱般的世界——它正是从那里而来，只留下一片混乱。

　　"杰姆！"威尔大喊着四处张望，"你在哪儿？你刚才看到了吗？只一下子就把它干掉了！还不错，对不对？"

　　然而威尔的喊声没有得到任何回应。不久前，他的狩猎搭档还站在他身后那条潮湿、曲折的街道上。威尔负责正面迎击，而他则在背后掩护。可现在，暗影中只剩下威尔一个人。他恼怒地皱起眉头——没能在杰姆面前露一手，让他觉得有些索然无味。他往身后看了一眼，那里的街道变成了一条狭窄的小巷，通往远处黑暗、深沉的泰晤士河。通过这条缝隙，威尔能看见停泊的船只黑压压的轮廓，耸立着的桅杆好似一片光秃秃的森林。杰姆不在那儿。也许他是回窄巷街去找更好的照明工具了。威尔耸耸肩，原路返回。

　　窄巷街与莱姆豪斯[①]相交，毗邻河岸边的船坞以及向西散布着的肮脏的贫民窟。街如其名，窄巷街狭窄无比，街上坐落着仓库和歪斜的木屋。现在这条巷子已被弃用，即使那些从窄巷街那头的格雷斯酒

[①] 莱姆豪斯，英格兰伦敦东部区名，旧时为华人聚居区，以贫穷肮脏而著名。

馆跌跌撞撞回家的酒鬼也早已去别处蹉跎这漫漫长夜了。威尔喜欢莱姆豪斯，喜欢那种站在世界边缘的感觉。在那里，每天都有轮船启程去往那些遥不可及的港口。水手们在那里出没，赌场、鸦片馆和妓院林立，彼此相安无事。在那里很容易就会迷路。他甚至不介意那里的气味——烟草、大麻和油污，还有和泰晤士河肮脏河水味混合的异域香料味。

威尔一边四下寻找，一边用外套的袖管在脸上擦拭着，试图弄走那些灼伤他皮肤的脓液。外套被弄脏了，染上了墨绿色。他的手背上也有一个令人作呕的伤口。他可以使用痊愈如尼文。也许夏洛特来画会更有效，描绘印记可是她的拿手好戏。

一个人影从隐蔽处溜出来，亦步亦趋地靠近威尔。他不是杰姆，而更像一个人类世界中的警察——戴着钟形头盔，穿着厚重的外套，一脸神秘。他紧盯着威尔，目光好似穿透了威尔的身体。然而此时，老手威尔已经耍起了迷魂术，要知道，被人视若无物地盯着，可是要有多奇怪就有多奇怪。威尔猛然出击，一把夺走了警察的警棍，然后看着他。而那个男人则摆动着身体，想搞明白自己的东西哪儿去了。以前威尔使这招的时候常常遭到杰姆的责骂，而威尔则完全不明白他为什么反对，这根本不值得生气。

警察耸了耸肩，眨了眨眼，从威尔身边经过。他摇晃着脑袋，嘴里低声咕哝着发誓要戒酒，他什么都没看见。威尔退到一边让男人经过，然后抬高音量大声咆哮："詹姆斯·卡斯泰尔斯！杰姆！你这个背信弃义的杂种，你在哪儿？"

这回，一个含糊的声音回答道："在这儿呢，跟着巫光石走。"

威尔朝着杰姆发出声音的地方走去。声音似乎是从两个仓库之间漆黑的缝隙中传出的。从暗影中能看到微弱的亮光，好似星星鬼火。"我以前告诉过你吧？沙克斯恶魔觉得它能用血淋淋的大螯逮住我，可是我却把它逼进了一条小巷子——"

"没错，我听你说过。"出现在巷口的年轻人在灯光下有些苍白——虽然他本来就那样，可此刻更显得面无血色。他没戴帽子，头发耷拉下来盖住了眼睛。他的头发是暗银色的，有点像失去光泽的先令硬币的颜色。他的眼睛也是银色的，瘦削的脸庞轮廓鲜明，只有那双略微细长的眼睛才显示出他的遗传基因。

他的衬衫前襟上染着暗黑色的血迹，双手也满是鲜血。

看到这些，威尔不禁有些紧张。"你流血了。发生什么事了？"

杰姆打消了威尔的顾虑。"这不是我的血。"他把头转向身后的巷子，"是她的。"

威尔的视线越过他的朋友，看向裹在浓稠暗影中的巷子。远处的角落里有个蜷缩着的人影——在黑暗中只能看出它的形状，可当威尔凑近了看时，便能分辨出一条苍白的胳膊和一头金发。

"一个死去的女人？"威尔问道，"是个人类？"

"没错，是个姑娘。还没到十四岁。"

与此同时，威尔开始大声咒骂起来。杰姆则耐心地等着他发作完毕。

"如果我们能早点发现，也许就不会发生了，"最后威尔说道，"是那个凶残的恶魔——"

"这事有些异乎寻常。我可不觉得是恶魔干的。"杰姆蹙着眉头，"沙克斯恶魔就是一群寄生虫。它们更乐意把猎物拖回自己的巢穴，然后趁她还活着的时候在她的皮肤里下蛋。可是这个姑娘却被刺了好几下。而且我也不认为这里是事发现场。巷子里没有留下那么多血迹。我想她一定是在别的地方受到了攻击，然后爬到这里，因伤而死。"

"可是沙克斯恶魔——"

"我已经告诉你了，我不认为是沙克斯恶魔干的。我想也许沙克斯恶魔攻击过她——但最后逮住她的一定是别的什么东西。"

"沙克斯的嗅觉异常灵敏，"威尔承认，"我曾听说有巫师用它们追踪失踪者留下的痕迹。这么做看起来也确实有非同一般的效果。"他的视线越过杰姆，落在那个蜷缩在巷子里、小得可怜的身影上。"你找到攻击她的武器了吗？"

"在这儿。"杰姆从口袋里掏出样东西——是一把裹着白布的刀，"从薄薄的刀锋来看，有些像短剑，也有点像捕猎用的匕首。"

威尔看着它。刀锋确实很薄，刀柄是用打磨光滑的骨头做的。此刻，刀锋和刀柄都被污血弄脏了。威尔皱着眉头，用质地粗糙的袖管擦拭着刀身，直到一个被烧制在刀锋之中的符号从血迹中显现出来。

那是一个由两条大蛇头尾相衔组成的圆环。

"是衔尾蛇①，"杰姆说，他凑近了看那把刀，"还有两条。你怎么看？"

"世界末日，"威尔看着那把匕首说道，一丝微笑浮现在他的嘴角，"好戏开始了。"

杰姆皱着眉头。"我当然知道那个符号，威廉。我的意思是，这个符号出现在匕首上意味着什么？"

河面上飘来的风吹拂起威尔的头发，他不耐烦地把头发从眼前扫开，继续研究那把刀。"这个标记并不属于巫师或者暗影世界，而是炼金术里的符号。它通常代表那些以为通过法术就能名利双收的愚蠢的人类。"

"这种人的下场往往是变成一堆躺在五芒星中的碎片。"杰姆的声音听起来不带一丝感情。

"这种人往往喜欢潜伏在从咱们美好家园里分裂出来的暗影世界中。"用手帕仔细包裹住刀锋后，威尔把匕首塞进外套口袋，"你觉得夏洛特会让我调查这事吗？"

"你觉得你能获得暗影世界的信任吗？那些赌场、妓院、疯女人……"

一抹撒旦的微笑浮现在威尔的脸上，虽然片刻之前他还像个圣人般大发善心，"你觉得明天就开始怎么样，会不会操之过急？"

杰姆叹了口气。"你高兴怎么做就怎么做吧，威廉。反正你向来如此。"

南安普敦，五月

特莎已经不记得自己是从什么时候开始爱上发条天使的。以前，

---

① 衔尾蛇，是一个自古代流传至今的符号，大致形象为一条蛇（或龙）正在吞食自己的尾巴，结果形成一个圆环（有时亦会展示成扭纹形，即阿拉伯数字"8"的形状），其名字涵义为"自我吞食者"（Self-devourer）。这个符号一直都有很多不同的象征意义，而当中最为人接受的是"无限大"、"循环"等意义。另外，衔尾蛇亦是宗教及神话中的常见符号，在炼金术中更是重要的徽记。

它是妈妈的东西。她母亲一直戴着它直到去世。那以后它一直躺在母亲的首饰盒里，直到有一天，特莎的哥哥纳撒尼尔把它从首饰盒里拿出来，看看它是不是跟以前一样还在正常运转。

天使不过特莎的小拇指大小，这是一个铜制的塑像，一对收起的翅膀比蟋蟀的翅膀还小。雅致的脸庞上，半月形的眼睑紧闭，双手交叉握剑置于胸前。一条细链子从翅膀下穿过，这样天使便变成了一个能戴在脖子上的吊坠。

特莎知道天使的身体里有发条装置，每当她将之放在耳边，便能听见机械装置的声音，跟手表发出的声音如出一辙。内特①把天使巨细靡遗地检查了一遍，没放过一处凸起处或螺丝钉或者任何容易损坏的部位，却一无所获，最后他惊讶地宣布，那么多年过去了，发条天使一切如故。他耸耸肩，把天使交给了特莎。从那一刻开始，他们便形影不离。即使晚上睡觉的时候，天使也躺在她的胸前，滴答滴答的声音好像特莎身体里另一个人发出的心跳。

此时此刻，特莎正紧紧攥着发条天使，她乘坐的梅因号正在其他巨大的蒸汽轮船之间小心翼翼地寻找通往南安普敦码头的入口。是内特坚持让她别去利物浦，而是来到南安普敦，绝大多数横渡大西洋的蒸汽轮船都会到达此地。内特宣称南安普敦比起其他港口更舒适宜人，然而当特莎第一眼看到英格兰时，不免有些失望。到处是一片沉寂的灰色。雨水滴落在远处教堂尖耸的屋顶上，轮船的烟囱里不断冒出的黑烟让原本就黯淡的天空更显阴霾。一群黑衣人撑着雨伞，站在码头上。特莎努力在其中寻找哥哥的身影，可是轮船冒出的浓重雾气模糊了她的视线，完全看不清那些人的五官。

从海上吹来的寒风让特莎打了个哆嗦。在内特的信里，伦敦是个美丽的城市，每天都阳光明媚。好吧，特莎心想，希望伦敦的天气能比这儿好一些，因为除了一件哈丽雅特姨妈留下的羊毛衫和一副厚手套以外，她连一件暖和的衣服都没有。为了支付姨妈葬礼的花费，她已经卖掉了所有的衣服。她相信当她来到伦敦，回到哥哥身边的时候，他一定会给她买比以前更多的衣服。

---

① 纳撒尼尔的昵称。

随着一声巨响，梅因号那被雨水打湿、泛着亮光的黑色船身抛下了船锚，拖船划破深灰色的河面，准备把行李和乘客们运往河岸。乘客们摇摇晃晃地走下轮船，急切地希望能早一刻踏上陆地。当他们从纽约出发来这儿的时候，天空晴朗，还有军乐队在码头演奏。而此刻却完全是另一幅景象。对特莎来说，离开纽约的时候却并不愉快——因为没有一个人来为她送行。

特莎耸起双肩，汇入下船的人流之中。豆大的雨珠好像冰冷的细针扎在她裸露着的脑袋和脖子上，戴着手套的双手也因为沾染了雨水而变得黏糊和潮湿。来到码头，她热切地四处张望，寻找内特的身影。整整两个星期以来，她无人倾诉，只能自言自语，在梅因号上也是独自一人。如果能跟哥哥聊聊该有多好。

他不在那儿。码头上堆满了行李、各种箱子和货物，成堆的瓜果蔬菜在雨中显得枯萎凋零。喝醉了似的水手在特莎身边挤来挤去，用法语大声叫喊。她努力退让到一边，又几乎被下船后匆忙去往火车站避雨的人潮撞倒。

可是哪里也看不到内特的身影。

"你是格雷小姐吗？"那个声音听着有些刺耳，还带着浓重的口音。一个男人立在特莎的面前。他是个高个子，穿着一件宽大的黑色外套，戴着一顶大礼帽，帽檐像贮水池似的积蓄了不少雨水。他双目有点像青蛙眼睛般凸出，尤其引人注意，皮肤好似布满伤痕的纸巾一般粗糙。特莎不得不强忍住从他身边逃跑的冲动。可是他却知道她叫什么。这里除了认识内特的人以外，还会有谁知道她的名字呢？

"我是。"

"是你哥哥派我来的。跟我来。"

"他在哪儿？"特莎问道，可男人却已经走了开去。他走起路来一高一低，似乎因为某些旧伤而变成了一个瘸子。特莎提起裙子，紧跟其后。

他大步流星地穿过人群。人们纷纷跳到一边，在与他擦肩而过时低声抱怨着他的无礼，特莎必须跑着才能追上他。他突然在堆着一堆箱子的地方转了弯，来到一辆停在码头上的锃亮的四轮大马车前。马车的车身上漆着金色的字母，可是厚重的雨雾使特莎无法清楚地辨识出来。

马车的车门打开了，一个妇人探出了身子。她戴着一顶装饰着羽毛的大帽子，脸隐藏在帽子之下。"是特莎·格雷小姐吗？"

特莎点点头。凸眼男人急忙把妇人扶出马车——在她身后还跟着另一个女人。下车之后她们立刻撑开雨伞，避免被雨水淋湿。然后，她们把视线移到了特莎的身上。

这是两个怪异的女人。一个又高又瘦，脸庞瘦削，布满皱纹。一头白发在脑后挽成了一个发髻。她穿着一条华丽的紫色丝质连衣裙，搭配了一双紫色的手套，裙子上这里那里地溅着雨水留下的污渍。另一个女人则又矮又胖，一双小眼睛深陷在脸上，套着亮粉色手套的大手看着就像一对颜色鲜亮的爪子。

"特莎·格雷，"是矮个子女人在说话，"真高兴终于见到你了。我是布莱克太太。这位是我的姐姐，达克太太。是你的哥哥派我们来接你去伦敦的。"

此时的特莎浑身又湿又冷，心里布满了疑团——把身上的披肩裹得更紧了一些，问道："我不明白。内特在哪儿？他为什么不亲自来接我？"

"他因为伦敦的公事脱不开身。莫特梅因公司可离不开他。不过，他倒是给你写了张字条。"布莱克太太拿出一张卷起的信纸，纸张已经被雨水打湿了。

特莎接过来，从头到尾读了一遍。这是一封短信，哥哥向她道歉不能亲自来码头接她，并且告诉她可以信任布莱克太太和达克太太——"我管她们俩叫'黑暗姐妹'[①]，泰茜[②]，原因不言自明，她们俩对这个称呼也没什么意见！"哥哥告诉她，姐妹俩会负责把她安全带回他在伦敦的住处。他在信中说，她们既是他的女房东，也是他信任的朋友，他对两姐妹非常满意。

哥哥的信说服了她。很明显，信是内特亲笔写的。这是内特的笔迹，更何况除了哥哥以外，没人会喊她泰茜。她使劲咽了口唾沫，把

---

① 原文中布莱克为 Black，达克为 Dark，故内特将她们戏称为"黑暗姐妹"。

② 泰茜，特莎的昵称。

信纸塞进袖管中,转过身来面对着两姐妹。"太好了,"她说,努力压制着无法控制的失望——她曾经多么盼望能在这儿见到哥哥。"我们是不是得叫个搬运工来抬我的行李?"

"不用,不用。"达克太太欢快的嗓音跟她那灰暗、皱巴巴的脸蛋儿一点儿也不搭调,"我们已经安排妥当,你的行李已经先行一步了。"她不屑一顾地指了指那个正摇摇晃晃爬上马车前方驾驶座的凸眼男人,把手搭在特莎的肩上,说:"来吧,孩子。让我们把你从大雨里带走。"

正当特莎与瘦骨嶙峋的达克太太并肩而行,朝马车走去的时候,大雾散去,漆在马车门边的闪耀的金色图案显现了出来。"地狱俱乐部"几个字被一个两条蛇首尾相衔组成的圆环精致地缠绕着。特莎皱起了眉头。"这是什么意思?"

"你什么都不用担心。"布莱克太太说,她已经回到了马车上,还把自己的裙子铺在马车里看着挺舒服的座位上。马车的内部被装饰得富丽堂皇,两排豪华天鹅绒靠背座椅相对而置,窗户上挂着金色流苏窗帘。

特莎在达克太太的帮助下爬上了马车,达克太太紧随其后。当特莎刚在座位上坐定,布莱克太太便关上了她姐姐身后的车门,把灰色的天空阻隔在外。当她笑起来的时候,她的牙齿在昏暗中泛出金属的光泽。"坐好了,特莎。我们可得赶好长一段路呢。"

特莎用一只手握住挂在颈前的发条天使,在平稳的滴答声中安下心来。马车蹒跚着驶进雨幕之中。

直到六周以后。

第一章
黑　屋

> 在这充满悲愤的土地上
> 恐怖的幽灵正步步逼近
>
> ——威廉·欧内斯特·亨利,《不可征服》

"姐妹俩邀请您去她们的房间,格雷小姐。"

特莎把正在读的书搁在床边的桌子上,转头看见米兰达正站在她的小房间门口——每天这个时候米兰达都会来到她的房门口,传达一模一样的信息。通常特莎会让米兰达在走廊等候,米兰达则会立刻离开她的房间。十分钟以后,米兰达会回来重复一遍。如果试了几次特莎都不顺从,米兰达便会一把抓住她,把她拖到楼下,来到一个发出阵阵恶臭的闷热的房间,任凭她又踢又叫。姐妹俩正在房间里等着。

刚开始的第一个星期,特莎每天都被关在"黑屋"里,这是她给自己被囚禁的地方取的名字,直到特莎终于意识到尖叫和挣扎除了浪费精力以外毫无用处。最好还是保存体力干点别的。

"马上就来,米兰达。"特莎说。女佣行了个笨拙的屈膝礼,走出房间,在身后把门关上。

特莎站了起来,在房间里扫视了一圈。六个星期以来,这个小房间就是她的囚室。房间狭小无比,贴着花卉墙纸,房里几乎没有什么家具——她的餐桌是一张除了白色蕾丝桌布以外空无一物的桌子;用来睡觉的是一张铜制窄床;有裂缝的洗脸盆和陶瓷水壶是她的洗漱用具;她的书都堆在窗台上。每天晚上她都坐在一把小椅子上给哥哥写信,虽然她知道这些信永远也不可能寄出去。为了不让"黑暗姐妹"

发现,她把写完的信藏在被褥底下。她通过给哥哥写信来记录每天的生活,在信里向自己保证,她终有一天会再见到内特,然后她要把这些信都交给他。

她穿过房间,来到挂在墙上的镜子前,把头发梳得服服帖帖。"黑暗姐妹",看起来她们确实喜欢这个称呼,喜欢她穿戴整齐的样子,尽管她们似乎并不介意她如何打扮自己。幸好如此,因为此刻镜子里的她有些扭曲变形。苍白的瓜子脸上一双空洞的灰色眼眸,阴云密布的脸庞毫无血色,透着一丝绝望。她穿着一件女教师穿的黑色连衣裙,朴素无华,那是她刚到的时候姐妹俩给她的。她再也没见过自己的行李,虽然姐妹俩曾答应会还给她,于是这条裙子成了她唯一的衣物。很快,她把视线从镜子上移开。

她从前可不害怕镜中的自己。英俊的内特是家族里一致认为遗传了母亲美貌的孩子,而特莎则为自己拥有一头平滑的棕色秀发和一双坚定的灰色眼睛而心满意足。简·爱的头发也是棕色的,还有其他许许多多的女中豪杰也是。而且,个子高点儿也挺好——事实上,她的个子要比跟自己同龄的男孩还高,哈丽雅特姨妈总说只要高个子女人能举止得体,彬彬有礼,看起来就会有股王者风范。

然而现在的她却没有丝毫王者之风。她的表情痛苦,穿着简陋,好似一个被吓坏了的稻草人。她不禁怀疑,假使内特看到现在的她是否还能认得出来。

想到这里,她的胸口一紧。内特。她落到如此境地完全是因为他,可有时候她又那么想他。思念的感觉就像吞下了一把碎玻璃,扎着她,令她窒息。

失去了内特,她在这世上便是孑然一身了。再也没有一个亲人。再也没人会关心她的死活。有时,这种思绪所生出的恐惧几乎将她湮没,把她推入深不见底的黑暗之中,再也回不去。如果在这世上没有一个人关心你,那么,你活着还有什么意义?

突然,门锁的咔嗒声打断了她的思绪。房门被打开了,米兰达站在门口。

"是时候跟我走了,"她说,"布莱克太太和达克太太正在等你。"

特莎厌恶地看着她。她猜不出米兰达到底多大了。十九?

二十五？从她光滑的圆脸上看不出她的年纪。她的头发被一丝不苟地梳在耳后，颜色就像阴沟里的脏水。跟姐妹俩的马车夫一样，她的眼睛也像青蛙似的凸出着，这让她看起来永远是一副吃惊的模样。特莎觉得他们一定是亲戚。

当她们一起下楼的时候，米兰达迈着粗野的碎步，而特莎则用一只手触碰着挂在颈间的发条天使。这已经变成了她的习惯，每次她被迫去见"黑暗姐妹"的时候都会这么做。不知为何，脖子上的吊坠给了她一种安全感。她就这样握着它，一格一格地走下台阶。特莎的房间和"黑屋"之间隔着好几条走廊，可是特莎经过的时候，除了"黑暗姐妹"的卧室、大厅和楼梯以外，再也没见过别的房间。最后她们终于来到一个阴暗的地下室。这里无比潮湿，墙壁被讨厌的湿气弄得阴冷黏糊。可是显然，"黑暗姐妹"对此毫不介意。从这里往前，穿过几扇宽大的双开门便是她们的办公室。往相反的方向另有一条走廊向前延伸着，最后消失在一片漆黑之中。

姐妹俩办公室的门开着。米兰达毫不犹豫地迈着重重的步子走了进去，特莎极不情愿地跟在她的身后。这是她在这世上最最憎恨的地方。

一开始，屋子里总是像沼泽地般闷热，即使外面正阴雨连绵。墙壁上似乎不断地渗出湿气，椅套和沙发套总是霉菌斑斑。屋子里还有股奇怪的味道，就像炎热的天气里哈德逊河[①]河岸那混合着河水、垃圾和淤泥的气味。

姐妹俩已经到了，此刻正坐在那巨大、隆起的书桌之后，就像从来不曾离开过一样。像平时一样，布莱克太太穿着一条鲜亮的橙红色连衣裙，而达克太太则穿着一件孔雀蓝的袍子。在色彩缤纷的华丽绸缎之上，是两张像泄了气的灰色气球一般的脸孔。尽管房间里很热，她们两个依然戴着手套。

[①] 哈德逊河，又名赫逊河，是美国纽约州的大河，由意大利探险家乔瓦尼·达韦拉扎诺于一五二四年发现。长五〇七公里，上游分出莫华克河西接伊利运河，是纽约州的经济命脉。流经纽约市、奥尔巴尼市。

"你可以走了，米兰达。"布莱克太太说道，用戴着白手套的手指拨弄着桌上那沉重的铜制地球仪，地球仪发出"扑通"一声。特莎好几次都想好好瞧瞧这只地球仪——她总觉得那些大洲的分布有些不对劲，尤其是欧洲大陆的中心区域——可是姐妹俩从不让她靠近。"把门带上。"

米兰达面无表情地照做了。门在特莎身后关上了，屋子里顿时变得密不透风，特莎努力掩饰着自己的恐惧。

达克太太把脑袋歪向一边。"到这儿来，特莎。"姐妹俩中，她是比较温和的那一个——她喜欢通过连哄带骗来达到目的，而妹妹布莱克太太却更相信巴掌和威逼。"拿着这个。"

她掏出一样东西：一个用残破的粉红色布料打成的蝴蝶结，有点儿像女孩用来绑头发的发带。

她现在已经习惯从"黑暗姐妹"手上接过些什么了。这些东西曾经属于某个人：领带别针和手表、葬礼上佩戴的珠宝，还有孩子们的玩具。有一次她们给了她一副靴子上的鞋带，还有一次是一只沾着血迹的耳环。

"拿着，"达克太太重复了一遍，声音中透着一丝不耐烦，"然后'变身'。"

特莎接过蝴蝶结。此刻它正躺在她的手上，好似飞蛾的翅膀一般轻盈，而"黑暗姐妹"正无动于衷地盯着她。她想起自己曾读过的一本书，小说里的人物正浑身颤抖地站在中央刑事法庭的被告席上接受审判，祈祷着能被判无罪。她常常觉得自己正在这间屋子里接受审判，虽然不知道自己到底犯了什么罪。

她把蝴蝶结戴在头上，想起了"黑暗姐妹"第一次给她东西的情景——那是一只女人的手套，手腕处镶着珍珠纽扣。她们朝她咆哮着要她"变身"，请她吃巴掌，把她的身体晃来晃去，尽管她一再歇斯底里地告诉她们自己完全不知道她们在说什么，也不明白她们到底要她干什么。

虽然她很想哭，可是眼泪却并没有流出来。特莎讨厌哭鼻子，尤其是在她并不信任的人面前。而这世上她唯一相信的两个人，一个已经死了，一个已被囚禁。"黑暗姐妹"告诉过她，内特在她们手里，如果她不照她们说的做，她们就杀了他。作为证据，她们给她看了他的戒指，那是父亲的遗物——现在上面沾染着血迹。她们不让她触碰戒指，在她快要碰到的时候一把收了回去，但是她依然认出了它。那是内特的戒指。

从此以后她对她们言听计从。喝下她们给的药剂，一连几个小时进行痛苦的练习，强迫自己像她们希望的那样思考。她们曾经告诉她，得把自己想象成一团在制陶工人的轮盘上被随意塑造的粘土。她们告诉她要往深处探索她们给她的东西，把它们想象成活物，引出赋予它们生命的灵气。

第一次"变身"成功花去她好几周的时间。痛苦的晕眩让她呕吐和昏迷。当她醒来的时候，发现自己在姐妹俩的房间，正躺在一把快要散架的摇椅之上，脸上盖着一块像海绵似的湿哒哒的毛巾。布莱克太太俯身看着她的脸，呼吸中带着酸醋的味道，眼神兴奋。"你今天做得不错，特蕾莎，"她说，"做得很好。"

那天晚上，当特莎回到自己房间的时候，有一份礼物正等待着她——床边的桌子上放着两本新书。读小说是特莎最喜欢做的事，不知"黑暗姐妹"是怎么知道的。一本是《远大前程》，还有一本——竟然是《小妇人》。特莎把书本紧紧抱在胸前，现在房间里只剩下她一个人了，眼泪终于夺眶而出。

这以后，"变身"开始变得没那么困难了。特莎依然不知道自己的身体里到底发生了什么，让自己竟然可以做到这一切，不过她还是牢牢记住了"黑暗姐妹"教给她的一系列步骤，她把自己想象成一个瞎子，她必须熟记从姐妹俩房间的床铺走到门口一共得走几步。在这个奇怪的黑暗之地，当她被命令前进的时候，对周身的一切一无所知，但她知道走出去的路。

现在，她一边重温记忆，一边紧紧抓住那根破破烂烂的粉色布条。她敞开心扉，驱走心中的黑暗，把自己和粉色蝴蝶结紧紧相连，将凝聚其中的灵气抽离——那是它死去的主人发出的呼唤，就像黑暗中划出的一丝金线。当她跟随那丝金线的时候，她所待的房间、周身炎热的空气，还有"黑暗姐妹"发出的嘈杂的呼吸声全都消失了。金线发出的光亮愈发浓烈，她将自己包裹在那光亮中，就好像裹在一条毯子里一样。

她的皮肤开始阵阵刺痛,好似被成千上万根稻草扎着似的。最糟糕的部分开始了——有一次,她甚至觉得自己快死了。现在她已经习惯了这种感觉,在从头到脚的颤栗中强忍着。颈项间发条天使的滴答声似乎也变得越来越快,好像是要跟她急速的心跳频率保持一致。

特莎喘息着,皮肤紧绷,双目紧闭。当那种感觉越来越强烈时,她的双眼突然睁开,然后,感觉消失了。

一切都结束了。

特莎晕眩地眨了眨眼。"变身"后一瞬间的感觉有点像从灌满水的浴缸里爬出来,把水珠从眼睛上甩开。她从上往下打量着自己。她的新躯壳异常纤细,简直不堪一击,身上的连衣裙变得松松垮垮,裙摆拖在脚边的地上。正紧紧环抱着自己的双手苍白而瘦弱,指尖开裂,指甲上布满了咬痕。如此陌生,这不是她的手。

"你叫什么?"布莱克太太问,一边站起身来,用她那双失色的眼睛居高临下地盯着特莎,像是要把她给吃了似的。

特莎不用回答。此刻她正穿着的那具皮囊的主人会替她回答,就像人们说的鬼魂们可以通过所附身的媒介说话那样——可是特莎却讨厌这么想。跟这个相比,"变身"带给她的恐惧感更甚于此,令她逃无可逃。"埃玛,"特莎身体里的声音说道,"埃玛·贝利斯,夫人。"

"你是谁,埃玛·贝利斯小姐?"

那个声音开始回答,一字一句地从特莎的嘴里冒出来,透着慌乱,在姐妹俩眼前展现出一幅栩栩如生的图景。埃玛的家坐落在齐普赛街①,她是家里的第六个孩子。她的父亲死了,母亲靠推着手推车在伦敦东区贩卖薄荷油维生。当她还是个孩子的时候就开始学习缝纫来贴补家用。每天晚上,她都坐在厨房的一张小桌子边,就着烛光缝缝补补。有时候,当蜡烛燃尽可又没钱买新的时候,她便会到大街上,坐在煤气街灯之下,靠着灯光工作……

"你死的那晚也在街上干活吗,埃玛·贝利斯?"达克太太问。此刻,她把舌头搭在下嘴唇上,微微浅笑着,好似已经知道了答案。

---

① 齐普赛街(Cheapside),伦敦街名。

特莎看见了那条狭窄、昏暗、被包裹在浓雾中的街道,昏暗的黄色煤气灯光下,一枚银针正在飞快地工作着。雾气中响起一声低沉的脚步声。阴暗中伸出的双手一把抓住了她的肩和手,她尖叫着被拖进了黑暗之中。当她挣扎的时候,头上的蝴蝶结被拽了下来。一个刺耳的声音正愤怒地喊着什么。然后,黑暗中银色的刀锋闪了一下,划破了她的肌肤,血流不止。痛苦如烈焰般灼烧着她,她从来没有如此恐惧过。她狠狠地朝那个抓着她的男人踢了一脚,从他手里抢走了匕首。她抓着刀跑起来,因为虚弱而步履蹒跚,鲜血不断往外涌,越来越快。她终于在一条巷子里倒地不起,听到身后有什么东西正发出嘶嘶作响的尖叫声。她知道它跟着她,她希望自己能在被发现前就死去。

"变身"好似玻璃一般被打得粉碎。特莎哭着跪倒在地,撕破了的小蝴蝶结从她手中摔落。这是特莎的手——埃玛好像脱下了皮囊一般,已经走了。特莎的心里又只剩下自己。

远处传来达克太太的声音。"是特莎?埃玛哪去了?"

"她死了,"特莎轻声低语,"她死在巷子里——流血而死。"

"好吧。"达克太太呼出一口气,满意地说,"做得好,特莎。做得非常好。"

特莎什么都没说。连衣裙的前襟染上了鲜血,可是却一点儿也不疼。她知道那不是她的血,这样的情形也不是第一次发生。她闭上双眼,在黑暗中头晕目眩,希望自己不会就此昏迷。

"我们早就该让她这么做,"布莱克太太说道,"贝利斯丫头的那件事一直困扰着我。"

达克太太的回答简明扼要。"我可不确定她能不能做到。你还记得那个姓亚当斯的女人吗?"

特莎立时就明白了她们正在谈论什么。几个星期之前,她"变身"为一个被一枪击中心脏而毙命的女人。鲜血从她的裙子上倾泻而出,她立刻把自己"变"了回来,在极度惊恐中歇斯底里地尖叫,直到姐妹俩让她相信她其实毫发无伤。

"她从那时开始就进步神速,难道你不觉得吗,姐姐?"布莱克太太说道,"从我们给她的那些东西开始——那时候她甚至连自己是谁都不知道。"

"没错，那时候她就是一团未经塑造的粘土，"达克太太赞同，"我们确实制造了一个奇迹。我想法师一定会很高兴。"

布莱克太太倒抽了一口气。"这么说，你觉得是时候了？"

"噢，当然了，我亲爱的妹妹。她已经完全准备好了。是时候让我们的特莎见见她的主人了。"达克太太的嗓音中透着沾沾自喜，这讨厌的声音让特莎从晕眩中清醒过来。她们在说什么？谁是法师？她微微睁开眼睛，达克太太正拉响丝质的铃绳，召唤米兰达来把特莎带回她自己的房间。看来今天的课上完了。

"也许明天，"布莱克太太说，"甚至今晚。如果我们告诉法师她已经准备好了，我想他一定会迫不及待赶来这里。"

达克太太从书桌后面走出来，咯咯笑着。"我明白你渴望因为我们出色的工作而获得报酬，亲爱的妹妹。可是特莎不能仅仅只是准备好了。她必须……既能干又上得了台面。你同意吗？"

布莱克太太跟在她姐姐身后，嘴里正咕哝着什么，这时房门打开，米兰达走了进来。她的表情呆滞，就跟平时一样。特莎蜷缩着的样子和地板上的血迹都没能让她吃惊。这让特莎觉得，她在这个房间里一定见过比现在更糟的事儿。

"把这姑娘带回她的房间，米兰达。"布莱克太太声音里的热切消失了，剩下的只有跟平时一样的粗暴，"把那些东西拿来——就是我们给你看过的那些，然后把她打扮停当。"

"那些东西……你们给我看过的？"米兰达一脸茫然。

达克太太和布莱克太太交换了一个厌恶的表情，走近米兰达，把她的身影挡在特莎的视线之外。特莎听到她们跟她窃窃私语了一番，不过还是捕捉到了几个词——"裙子"、"更衣室"、"尽你所能把她打扮得漂亮点儿"。最后，特莎听到一个恶狠狠的声音说："我可不确定米兰达是不是够机灵，能服从这些含糊的命令，姐姐。"

把她打扮得漂亮点儿。她们可以强迫她做任何事，为什么还在乎她的样子是不是够漂亮？她的样子是美是丑到底有什么关系？法师为什么会关心这个？尽管姐妹俩的言行已经清楚地告诉了她，他确实在乎。

布莱克太太快步走出房间,她姐姐跟在她的身后,就像平时一样。走到门口的时候,达克太太停住了脚步,回头看着特莎。"给我记住,特莎,"她说,"我们准备了那么久,等的就是今天——就是今晚。"她用瘦骨嶙峋的双手提着裙子。"别把我们的事儿搞砸。"

她身后的门被重重地关上了。特莎被巨大的关门声吓了一跳,可是米兰达就跟平时一样,完全不为所动。在这间"黑屋"里,特莎从来没见过什么能吓到这个姑娘,或在她脸上制造出一丝惊慌失措的表情。

"来吧,"米兰达说,"我们现在得上楼了。"

特莎慢慢地站了起来。还是觉得有点晕。她在"黑屋"里度过的时光是如此恐怖,不过她开始意识到,她已经慢慢习惯这一切了。她知道每天将会发生什么。她也知道"黑暗姐妹"正让她为某件事做着准备,可是却不知道究竟是什么事。她天真地相信,也许,她们不会杀了她的。如果要把她弄死,又何必如此大费周章地训练她呢?

可是达克太太话声中的得意让她不禁对之前的想法有了一丝怀疑。有些事情发生了改变。她们已经从她身上得到了她们想要的。她们将得到报酬。可是,谁会给她们报酬呢?

"过来,"米兰达又说道,"我们得让你做好觐见法师的准备。"

"米兰达,"特莎温柔地说道,就像对着一只紧张的小猫说话一样。在此之前,米兰达从不回答特莎的任何问题,不过,这并不意味着不值得再试一次。"谁是法师?"

长时间的沉默。米兰达目视前方,像生面团一样的脸上毫无表情。然后,出乎特莎意料,她竟然开口了。"法师是个伟大的男人,"她说,"你能嫁给他是你的荣耀。"

"嫁给他?"特莎重复道。突如其来的强烈冲击竟让她前所未有地看清了房间里的一切——米兰达、血迹斑斑的地毯、书桌上沉重的铜制地球仪还停留在刚刚布莱克太太拨弄过的位置。"我?可是——他是谁?"

"他是个非常伟大的男人,"米兰达又说了一遍,"这是你的荣耀。"她朝特莎走去。"你现在必须跟我走了。"

"不。"特莎一步一步往后退去,直到她的腰重重地撞在书桌上。

也许可以逃跑，可是她连越过米兰达跑到门口都做不到。这间屋子里没有窗户，也没有通往其他房间的出口。如果她躲到书桌底下，米兰达轻而易举就能把她抓出来拖回房间。"米兰达，求求你。"

"你现在必须得跟我走了。"米兰达又说了一遍。她已经站在了特莎的面前。特莎能看见自己映在米兰达黑色瞳孔里的身影，能闻到米兰达的衣服和皮肤上散发出的微弱而苦涩的焦味。"你必须——"

特莎一把抓起书桌上铜制地球仪的底座，用尽全力砸向米兰达的脑袋，她从不知道自己的力气如此之大。

伴随着令人作呕的响声，米兰达蹒跚着向后退去，然后直挺挺地倒在地上。特莎尖叫着扔掉了地球仪，目不转睛地看着地上的米兰达——她的左半边脸被砸烂了。她的颧骨被压扁了，嘴唇和牙齿变成了一团混合物。可是她完全没有流血。

"你现在必须得跟我走了。"米兰达用跟往常一样的声音说道。

特莎目瞪口呆地看着她。

"你——必须——跟——你——必——必须——你——你——你——你你你你你你你你——"米兰达的声音颤栗而不连贯，最后变成一片胡言乱语。她抽搐着朝特莎站的地方磕磕绊绊地移动着，最后在她身边停了下来。特莎从书桌旁逃开，此时，受伤的米兰达爬了起来，动作越来越快。她像喝醉了似的蹒跚着穿过房间，尖叫着一头撞向远处的墙壁。强烈的撞击让她失去了知觉，瘫倒在地，一动不动。

特莎冲出房间，来到外面的走廊上。她在房门口停下脚步，回头看去。片刻之间，一缕黑烟正从躺在地上的米兰达身上冒出来。没时间了。特莎如离弦之箭冲向大厅，任凭身后的大门敞开着。

她快步跑上楼梯，裙摆几乎把她绊倒，膝盖重重地撞在一级台阶上。她泪流满面地冲到一楼。一条幽深的走廊出现在她面前，它的尽头消失在一片阴暗之中。她冲进走廊，发现许多房门分列两边。她停下来，试着打开其中一扇，可是门被锁住了，下一扇、再下一扇也是。

走廊尽头另有一段向下的楼梯。特莎冲下楼梯，发现自己正站在一个通道之上。这地方看起来曾经很豪华——开裂而肮脏的大理石地板，蒙着窗帘的两扇高窗分列在通道的两边。窗帘的蕾丝花边中透出一丝微弱的光线，映出一扇巨大的前门。特莎的心一阵狂跳。她扑过去，抓住门球，猛地打开了大门。

眼前是一条狭窄的鹅卵石路，路的两边各有一排房屋。城市的味道朝着特莎扑面而来——她太久没有呼吸到户外的空气了。天快要黑了，黄昏的天空被肮脏的雾气遮蔽。她听到远处有声音传来，是马蹄声，还有孩子们玩耍时的叫喊声。可是这条街上却如此荒凉，只有一个男人正靠在附近的一根煤气街灯下，就着灯光读着报纸。

特莎冲下前门的台阶，向陌生人跑去，一把抓住他的袖子。"求求你，先生——求求你帮帮我——"

他转过头来，居高临下地看着她。

特莎的尖叫被堵在了喉咙口。他的脸色蜡白，就跟她第一次在南安普敦码头见到他时一样。他的凸眼让她想起米兰达的眼睛，当他咧嘴笑起来的时候，牙齿发出金属的光泽。

这是"黑暗姐妹"的马车夫。

特莎转身逃跑，可是已经太迟了。

第二章
地狱是冷的

> 在两个世界之间,生命如孤星般徘徊,
> 在夜晚与黎明之间,在天与地的边缘。
> 我们对自己到底知道些什么!
> 对于将来更一无所知!
>
> ——拜伦,《唐·璜》

"你这个愚蠢的小姑娘,"布莱克太太扇了特莎一耳光,把她的手腕紧紧地绑在床架上,"你觉得自己能逃跑?你觉得你还能去哪儿?"

特莎只是倔强地抬高下巴,直视着墙壁,一言不发。她不让自己在布莱克太太和她可怕的姐姐面前流一滴眼泪,并努力忍受着被捆绑的脚踝和手腕传来的阵阵痛楚。

"她对自己即将获得的荣耀竟然一无所知。"达克太太说。此时,她正站在门口,防止特莎挣脱束缚再次逃跑。"她瞧着可真让人恶心。"

"我们已经尽了最大的努力,让她做好觐见法师的准备,"布莱克太太说着叹了口气,"我们的这团粘土虽然天赋异禀,可惜实在太冥顽不灵了。真是个狡猾的小傻瓜。"

"没错,"姐姐赞同道,"她应该知道如果违抗我们的命令,她哥哥会怎么样,对不对?也许这次我们可以手下留情,可是下一次……"她的牙齿之间发出嘶嘶的声音,让特莎一阵毛骨悚然。"纳撒尼尔可就没那么幸运了。"

特莎再也受不了了。虽然她知道此刻自己不应该说话,不能让她们得逞,但还是脱口而出:"如果你们告诉我谁是法师,告诉我他想从我身上得到什么——"

"他要你嫁给他,你这个小傻瓜。"布莱克太太忙完了手里的活,往后退了几步,欣赏着自己的杰作,"他想把一切都给你。"

"可是为什么?"特莎嗫嚅着,"为什么是我?"

"因为你有天赋,"达克太太说道,"因为你可以做到我们训练你做的事情。你应该感激我们。"

"可是,我哥哥,"眼泪涌上了特莎的眼眶。不能哭,不能哭,不能哭,她告诉自己。"你们说过如果我乖乖听话,你们就会放了他——"

"一旦你嫁给法师,他会给你想要的一切。如果你想要的是你哥哥,那么他也会把他还给你。"布莱克太太的声音里没有一丝感情。

达克太太突然咯咯笑起来。"我知道她在想什么。她正在想如果她能得到任何她想要的东西,那么,她会希望我们死。"

"别浪费精力幻想这些不可能发生的事情了。"布莱克太太拍了拍特莎的脸颊,"我们跟法师之间的关系可是坚不可摧的。他永远不会也不想伤害我们。他欠我们的太多了。他还得谢谢我们把你给了他呢。"她凑得更近了一些,在特莎耳边低声说道:"他希望你能健健康康,毫发无损。要不是因为这样,我早就把你打得皮开肉绽了。如果你再胆敢不听话,我非剥了你的皮不可。你听明白了吗?"

特莎把脸转向墙壁。

特莎想起在梅因号上度过的一晚,当时他们刚刚经过了纽芬兰岛。特莎失眠了。她来到甲板上呼吸新鲜空气,看着夜晚的海面上那雪白耀眼的山脉。一个水手经过她身边,告诉她那是冰山,因为气候变暖而从北方的冰川上漂离。它们像沉没的白色世界里的尖塔,在夜晚黑色的海面上漂浮着。特莎当时觉得,那是自己见过的最孤独的景象。

此时此刻,她知道自己除了想象孤独以外,无事可做。姐妹俩离开之后,特莎发现自己已经哭不出来了。原本为了忍住眼泪而用尽力气睁大双眼，现在这种感觉已经消失了，取而代之的，是一种空洞的绝望。达克太太说得对。如果特莎真能杀了她们两个的话，她一定会这么做。

她试着用力拉了拉把她的双腿和胳膊绑在床柱上的绳子。它们纹丝不动。绳结打得很紧，绳索陷进了她的皮肤，把她的手脚勒得生疼，好似针扎一般。她猜，距离末日大概只有几分钟了。

她身体里的一部分——其实是很大一部分——希望停止挣扎，就这么瘫软地躺着，直到法师来把她带走。小窗外的天空已经完全暗了下来，法师很快就要到了。说不定他是真的想要娶她。也许他真的想把一切都给她。

突然，她听到了哈丽雅特姨妈的声音："当你遇到一个你想嫁的男人的时候，特莎，你要记住：你会从他的一言一行中看出他的为人，而不是光凭他说的话。"

毫无疑问，哈丽雅特姨妈说得对。她永远不会愿意嫁给一个把她当作囚犯和奴隶的男人。这个人囚禁了她的哥哥，还用她的"天赋"折磨她。真是滑稽可笑。天知道法师想对她做些什么。如果她必须嫁给法师才能活下来，那么她情愿去死。

上帝啊，为什么自己会有这么没用的天赋！所谓的天赋就是能让她变个样子？如果她的天赋可以让东西自己燃烧，或者让金属变得粉碎，或者能在手上长出什么利器，又或者能把她变得像只老鼠那么小也好——

她突然安静了下来，安静得能听见发条天使在她的胸前发出的滴答声。她并不需要把自己变得像只老鼠那么小，对不对？她只需要让自己缩小一点点好让手腕上的绳子松脱。

尽管没有触碰那些遗物，但她也许可以再"变"一次——虽然以前她从没这么做过。姐妹俩已经把"变身"的方法牢牢印刻在她的脑海里。这是第一次，她竟然庆幸她们强迫自己学会了"变身"。

她把脊背紧紧地抵在硬邦邦的床垫上，开始回忆刚刚发生的一切。街道、厨房、上下翻飞的针线、煤气灯的光晕。希望能行，她渴望着"变身"的那一刻。"你叫什么名字？""埃玛。埃玛·贝利斯……"

"变身"好似一列火车从她身上碾过,全身的骨肉就像被打散后重塑了一次,这几乎让她窒息。她拱起脊背,努力不让自己叫出声来——

成功了。特莎眨眨眼睛,看着天花板,又转头看向自己被绳子绑着的手腕。这是她的手——埃玛的手,脆弱而纤细,绳圈从她的手腕上滑落下来。特莎终于成功地让自己的双手恢复了自由,坐了起来,揉搓着绳索在她手上烙下的红色印记。

她的脚踝还被绑着。她身体前倾,用最快的速度解开脚上的绳结。看起来,布莱克太太打结的本领可不亚于水手。特莎的手指流血了,双手又酸又痛。终于,绳子掉在了地上,特莎一跃而起。

埃玛纤细的发丝从特莎别着的发卡里溜了出来。特莎不耐烦地把它扫到肩后,摇晃着身体摆脱埃玛。当头发滑过指尖,熟悉而浓密的触感告诉她,"变身"已经离她而去。从挂在房间那头的镜子里,她看见埃玛走了,又只剩下她一个人。

身后的响声令她一阵晕眩。卧室房门的门球正在转动,然而只是一个劲地扭来扭去,好像门外的那个人遇到了什么麻烦,无法把门打开。

是达克太太,她想。这个女人回来了,回来把她打得皮开肉绽。回来把她交给法师。特莎慌忙穿过房间,从脸盆架上抓起一只陶瓷水壶,紧紧拿着它藏到门边。

门球转动,房门打开了。昏暗中特莎看见一个影子走进了房间。她猛冲过去,用尽全力把水壶砸向那个影子。

那个模糊的身影迅速躲闪了一下,可是动作还是不够迅速,水壶打在了影子伸出的胳膊上,然后从特莎的手里飞了出去,在远处的墙壁上砸得粉碎。

伴随着大量的陶瓷碎片掉落在地板上的声音,陌生人大吼了一声。

吼声和随之而来的咒骂告诉特莎,毫无疑问,这是个男人。

她倒退了几步,然后冲向房门——可是门突然关上了,任凭她如何扭动门球,房门都纹丝不动。这时,一道亮光好似阳光般穿透屋子里的黑暗。特莎摇摇头,眨掉眼里的泪水,睁开双眼。

一个男孩正站在她的面前。他的年纪跟她差不多——十七或者十八岁的样子。他穿着一套类似工匠的衣服——破破烂烂的黑色外套和裤子,脚上套着一双结实的靴子。他没穿背心,腰上和胸前交叉地绑着粗皮带。挂在皮带之上的是他的武器——有匕首、折刀,还有一些好像泛着寒光的刀片。他的右手拿着一块灼热的石头,石头发出的亮光差点刺瞎了特莎的眼睛,房间里的光线正来源于此。他的另一只手,十指修长,手背上被她的水罐砸伤的地方正在流血。

可是她的注意力并不在这些上面。他是她见过的最英俊的男人。乱糟糟的黑发和像蓝色玻璃一般的眼眸。优雅的颧骨,好看的嘴形,又长又密的睫毛。就连他的颈部曲线都如此完美。他的样子就像她曾经幻想过的小说里的英雄人物。尽管她从来没有想过他们中的一个会一边摇晃着流血的手一边责骂她。

他停止了咒骂,似乎意识到她正盯着他。"你割伤了我。"他说。他的声音很好听。是常见的英国口音。他仔细审视着受伤的那只手,"这可真要命。"

特莎睁大双眼看着他。"你是法师吗?"

他把手斜放在身侧。鲜血不断往下滴落,溅在地板上。"哎呀,流了好多血。说不定快死了。"

"你是法师吗?"

"法师?"他看起来有些惊讶。"在拉丁语里是'大师'的意思,对不对?"

"我……"特莎越来越强烈地感觉自己似乎正被裹挟进一个怪异的梦境之中,"我想是吧。"

"我确实在生活中是不少玩意儿的大师。对伦敦的大街小巷了如指掌,擅长四对方舞①、日本的插花艺术和看手势猜字谜游戏,还能把自己喝得酩酊大醉,让年轻女人为我着迷……"

特莎盯视着他。

"唉,"他继续说道,"可是从没有人喊过我'大师'或者'法师',太遗憾了……"

---

① 四对方舞,盛行于十九世纪由四对男女组成的方阵舞。

"你是不是喝醉了？"特莎一脸严肃地问。可是，话刚出口就觉得自己听起来一定粗鲁极了，甚至有些轻浮。看他稳稳地站在那里的样子，一点也不像喝醉了酒。她以前见过内特喝醉的样子，她知道他没有。也许他只不过是个疯子。

"你说话可真直接，可是我猜你们美国人都这样，你是美国人没错吧？"男孩一脸嬉笑，"是你的口音出卖了你。那么，你叫什么？"

特莎不可置信地看着他。"我叫什么？"

"你连自己的名字都不知道？"

"你——你突然闯进我的房间，把我吓得半死，现在你竟然命令我告诉你我的名字？你到底是谁？"

"我叫希伦戴尔。"男孩高兴地自我介绍，"威廉·希伦戴尔，可大家都叫我威尔。这是你的房间？它看起来可不怎么样，对不对？"他往窗户走去，经过床边的桌子时停了下来，翻弄着她堆在桌上的书，又在床铺上摸索了一番，把捆绑特莎的绳子拿在手里晃了晃。"你经常把自己绑在床上睡觉？"

特莎的脸颊发烫，她惊异自己在如此这般情境下还能忍得住。她应该把真相告诉他吗？如果他真是法师该怎么办？尽管他看起来不像那种为了娶一个姑娘而把她绑起来囚禁的人。

"过来，拿着这个。"他递给她一块发光的石头。特莎接过来，本以为会烫伤她的手指，想不到这东西摸着却是冰凉冰凉的。石头触到她掌心的那一瞬间，亮光闪烁了一下，微弱了下来。她惊慌地看向他，可是他却走向窗户，向窗外张望着，一副毫不关心的样子。"可惜我们待在三楼。我倒是可以想办法跳下去，可是你也许会摔死的。不行，我们还是得从房门出去，在这个宅子里碰碰运气。"

"出去——你说什么？"特莎晃了晃脑袋，她完全被弄糊涂了，"我不明白。"

"你怎么会不明白呢？"他指着她的书，说道，"亏你还读小说呢。很明显，我是来救你的。难道我看起来不像加拉哈德爵士[①]吗？"

[①] 加拉哈德爵士，是亚瑟王传说中的一名剑士，在亚瑟王朝中拥有独一无二的地位，因为只有他才能寻得圣杯的下落。

说着，他充满戏剧性地举起自己的胳膊，"'我的力气比十个人加起来还要大，因为我的心灵纯洁①——'"

远处有声音——是用力关门的声音。

威尔咒骂了一声——加拉哈德爵士可不会说这种话——接着从窗户旁边弹了开去，双脚着地的时候因为扯到了手上的伤口而一副龇牙咧嘴的样子，怜惜地看着自己受伤的那只手。"我一会儿得去治治它。来吧……"他直直地看着她，眼神中带着一丝疑问。

"格雷小姐，"她虚弱地说，"特蕾莎·格雷小姐。"

"格雷小姐，"他重复道，"那么，来吧，格雷小姐。"他从她身边越过，朝门口走去，找到了门球，转动着，然后猛地一拉。

房门纹丝不动。

"这没用，"她说，"这门从里面打不开。"

威尔的脸上浮出一丝残忍的微笑。"打不开？"他在身上那些挂着武器的皮带上摸索了一阵，挑出一件又细又长、用白银铸就、看起来有点像被劈去枝丫的小树枝似的玩意。他把那东西的一端用力抵在门上。在它跟房门接触的地方盘旋着生出许多浓密的黑线，随着一阵清晰可闻的嘶嘶声，这些黑线好似被甩在门上的墨汁，遍布在整块木头门板之上。

"你在画画？"特莎试探着问，"我不明白这样怎么可能——"

随着一声好似玻璃破碎的声音，门球竟自己转动起来，而且越来越快，房门突然弹开，门轴上冒出一缕轻烟。

"现在可以走了。"威尔一边说着，一边收起那个奇怪的玩意，示意特莎跟着他，"走吧。"

这一切真是莫名其妙，她犹豫着，回头看了看那个把自己关了近两个月的屋子。"我的书——"

"我会让你拥有比这些多得多的书。"他催着她来到走廊上，自己则在她的身后带上了房门。面前是那道她和米兰达走过无数次的楼梯。现在她要跟着他，一起走下去。

---

① 英国维多利亚时代最受欢迎及最具特色的诗人阿尔弗雷德·丁尼生的作品《国王叙事诗》中的诗句。

特莎听到在他们的上面发出一声尖叫。毫无疑问,那是达克太太的声音。

"一定是她们发现你不见了。"威尔说道。此时,他们已经下到了一楼,原本走在后面的威尔突然抢到了特莎的前面,特莎不得不放慢脚步。

"难道我们不是从前门出去吗?"她试探着问。

"不行。这座房子是环形的。大门口正停着一整排马车呢。我可是瞧准了时机才溜进来的。"他又看了一眼往下的楼梯,特莎跟在他的身后。"你知道'黑暗姐妹'今晚究竟计划干什么吗?"

"不知道。"

"可是你却在等一个被称呼为'法师'的人?"现在他们已经来到了地下室,墙壁上的石灰泥斑斑驳驳,裸露出里面潮湿的石块。没有了米兰达的提灯,这里一片漆黑。地下室空气中的闷热如浪潮般席卷着他们。"老天,这里就像地狱的第九层——"

"地狱的第九层是个寒冷的地方。"特莎不假思索地脱口而出。

威尔凝视着她。"你说什么?"

"在阴间,"她告诉他,"地狱被冰雪覆盖着,寒冷极了。"

他盯着她看了很久,突然,他的嘴角抽动了一下,把手伸向她:"把巫光石给我。"她一脸茫然,于是他不耐烦地大声说道:"那块石头。把那块石头给我。"

当他的手指触到石头的那一瞬间,光复又明亮了起来,光线从他的指间射出。这时,特莎第一次注意到他的手背上有个像是用黑色墨水描画的印记,有点儿像一只睁开的眼睛。"关于地狱里的温度,格雷小姐,"他说道,"让我给你一个建议。要知道,即将把你从这个鬼地方拯救出去的年轻帅哥永远是对的。即使他说天空是紫的,而且还是用刺猬做的。"

他真的疯了,特莎在心里嘀咕,却没有说出口。自从她亲眼目睹他轻而易举打开了"黑暗姐妹"房间里那扇双开门以后,就一直戒备着他。

"不!"她抓住他的胳膊,一把把他拉了回来,"不是那条路。从那里可走不出去,那是条死路。"

"好吧，你又在纠正我了。"威尔说着，转身向另一个方向大步走去，那条昏暗的走廊正是特莎一直以来唯恐避之不及的地方。她艰难地咽了口口水，跟在他的身后。

一路走去，走廊逼仄无比，两边的墙壁像是努力互相挤压着对方似的。这里的温度也愈发炙热起来，汗水使特莎的头发卷曲着粘在她的太阳穴和脖子上。凝滞的空气几乎让人窒息。他们默不作声地走了一会儿，直到特莎再也支持不住了。她必须问个明白，尽管她知道自己不会得到任何答案。

"希伦戴尔先生，"她说道，"是我哥哥派你来找我的吗？"

她生怕他又会对她说些疯话作为回答，可是他只是好奇地看着她。"我从来没听说过你哥哥。"他说。她只觉得一阵钝痛，失望啮咬着她的心。她知道不可能是内特派他来的——不然他不会不知道她的名字。可是，她还是感到一阵伤心。"而且十分钟以前，格雷小姐，我也从没听说过你。我已经花了差不多两个月时间追寻一个死去的姑娘留下的蛛丝马迹。她是被谋杀的，在一条巷子里失血而死。她曾经设法逃离……什么东西。"走廊上出现了一个岔路口，威尔只停了一下，便朝左边走去。"她的尸体旁边有一把匕首，在血污之下有一个两条蛇首尾相衔的符号。"

威尔的话让她猛然一惊。在一条巷子里失血而死。她的尸体旁边有一把匕首。那具尸体一定就是埃玛。"那个符号和'黑暗姐妹'马车上的一模一样——我这么称呼她们，达克太太和布莱克太太，我是说——"

"你不是第一个这么称呼她们的人。暗影魅族都这么叫她们，"威尔说，"当我研究那个符号的时候发现了真相。我必须在上百个暗影世界的巢穴中找到可能认识这个符号的人。为此我还重金悬赏能提供消息的人。于是，有人跟我提到了'黑暗姐妹'。"

"暗影世界？"特莎随声附和，一脸困惑，"那是伦敦的什么地方？"

"别管这个了，"威尔说道，"我的调查能力可是一流的，而且我一定要让这件事水落石出。对了，我现在在哪儿？"

"那把匕首——"特莎突然噤声，一个尖细、甜腻的声音在走廊里荡开。

"格雷小姐。"没错，这是达克太太的声音。此刻，这个声音正像团烟雾一般在墙壁之间飘忽不定。"噢，格——雷小姐，你在哪儿呢？"

特莎顿时浑身僵硬。"噢，上帝，她们会抓住我的——"

威尔又一次一把抓住她的手腕，往前跑去。另一只手握着的巫光石穿透了层层黑暗，照亮了两壁之间曲折的走廊。走廊的地势开始往下倾斜，脚下的石头越发滑腻潮湿，周身的空气越来越热。"黑暗姐妹"的喊声在墙壁间回荡，他们似乎正向地狱跑去。"格——雷小姐！你知道，我们不会让你逃走的。我们不会让你藏起来的！我们会找到你的，小乖乖。你知道我们会的。"

威尔和特莎侧身挤过一个拐角，便再也无路可走了——走廊的尽头是一扇高大的金属大门。威尔松开了特莎的手，猛地向大门冲去。门被巨大的冲力撞了开来，威尔滚进了门洞之中。特莎紧随其后，回身想把大门关上。金属大门实在太重了，几乎让她坚持不住。她只得用脊背抵住大门，使劲全力。终于，大门关上了。

此时，房间里唯一的光源只剩下威尔那块发光的石头了，就像漆黑舞台中央的一盏照明灯，从指间泻出的光亮好似余烬般渐渐暗淡了下去。他来到特莎身边，砰地一声拴上了沉重而又锈迹斑斑的插销。此时此刻，她就站在离他咫尺之遥的地方，在这开门关门的瞬间，她真切地感受到他周身所散发出的紧张和不安。

"格雷小姐？"他斜靠在她的身上，而她的脊背则依然抵在紧闭的大门上。她能感觉到他剧烈的心跳——也许是她自己的也说不定？发出微光的石头投射下一片怪异、苍白的光晕，照在他那瘦削的脸颊周围，锁骨间渗出的汗珠发出微弱的光泽。她看见，那里也有一个黑色的印记，从他那没扣住的衬衣领子间现了出来——跟他手上的一模一样，好似有人用墨水在他的皮肤上绘成。

"我们在哪儿？"她轻声问道，"我们现在安全了吗？"

他没有回答，一言不发地从她身边走了开去，接着将右手高高举起。与此同时，石头发出的亮光开始变强，照亮了整个房间。

这地方有点像一个巨大的牢房。墙壁、地板和屋顶都是用石头垒就的。房间中央有一条巨大的排水沟。唯一的一扇窗户悬于高墙之上。除了他们进来的那扇门以外，这里别无出口。然而让特莎倒抽了一口冷气的，却不是以上这些。

这里是一个屠宰场。房间里横陈着长条木桌。桌上躺着一些尸体——那是人的躯干，一丝不挂，发出尸体特有的灰白色。每具尸体的胸口都有一个Y字形的伤口，头颅在桌子边缘摇来晃去，女人的长发好像扫帚一样拖曳在地板上。房间中央的桌子上堆着血迹斑斑的刀具和器械——铜制的凸榫、黄铜齿轮，还有锋利的钢锯泛着森森银光。

特莎用手紧紧捂住自己的嘴，极力忍住尖叫。手指被她咬破了，她尝到了鲜血的滋味。然而威尔却对这些毫不在意。他惨白着脸，目光扫过整个房间，喃喃说着一些特莎听不懂的话。

随着一声巨响，金属大门震动了一下，好像正被什么重物撞击着。特莎放下流血的手，不禁大喊：“希伦戴尔先生！”

他转过身来，此时，大门又震动了一下。有个声音在门外响起：“格雷小姐！赶紧出来吧，我们不会伤害你的！”

"她们撒谎！"特莎急忙说道。

"噢，你真这么认为吗？"威尔的话音里极尽挖苦之能事。他把巫光石放进衣兜里，跃上房间中央那张放满了血迹斑斑的器械的桌子。他弯下腰，拿起一个沉重的铜制凸榫，在手里掂了掂分量。然后，他用尽全力将凸榫往高窗扔去。窗玻璃应声粉碎。威尔提高嗓门，说：“亨利，请你帮帮忙！亨利！”

"谁是亨利？"特莎问道。然而这时大门第三次发出了震动声，金属门板上出现了一条裂痕。显然，他们坚持不了多久了。特莎冲到桌子边，胡乱抓起一件武器——这是一把钢锯，上面布满了参差不齐的齿牙，看来是屠夫用来切骨头用的。当她回身将钢锯紧紧抓在手里的时候，大门突然洞开。

"黑暗姐妹"站在门口——又瘦又高的达克太太的身躯好似一把耙子，裹在闪亮的柠檬绿袍子里，而布莱克太太则满脸通红，眼睛眯成了一条细缝。一圈明亮的蓝色光晕好似小型烟花笼罩着她们。不知不觉间，她们的视线定格在威尔身上——此刻，他依然站在桌子上，已经从皮带里拔出了一把冒着寒光的利器，正准备来到特莎身边。布莱克太太的嘴角上扬，好似在她那张苍白的脸上划出的一道鲜红的伤疤，龇牙咧嘴地笑了起来。"你在逃跑之前应该考虑清楚。我们已经告诉你了，如果你胆敢再逃走的话……"

"来吧！把我抽得皮开肉绽。索性把我杀了。我不在乎！"特莎大吼着，"黑暗姐妹"因为她的突然爆发往后退了一小步，这不禁让她生出一丝喜悦。她以前可从不敢在她们面前大声说话。"我不会让你把我交给'法师'的！我情愿去死！"

"真没想到你还挺伶牙俐齿，我亲爱的格雷小姐。"布莱克太太一边说着，一边从容地脱下右手的手套。特莎第一次看见了她裸露着的手。皮肤灰白粗糙，就像大象的皮肤，指甲就像魔爪一般又黑又长，看起来好像刀子一般锋利。布莱克太太看着特莎，笑容凝固在脸上。"也许我们得把你的脑袋割下来，你才能学会彬彬有礼。"

她一步步逼近特莎。这时，威尔跳下桌子，挡在特莎身前。"马利克。"随着他一声令下，手中的那把泛着寒光的利器好似星体一般发出熊熊火光。

"别挡路，小拿非力①战士，"布莱克太太冲着威尔说，"收起你的六翼天使。这可不是属于你的战争。"

"你错了，"威尔眯缝着双眼，"我可听说了一些关于你的事情，女士。暗影世界中的流言就像一条流淌着黑色毒液的河流。我已经告诉过你和你的姐姐，你们将为那些死去的人类付出巨大的代价，不过看起来你们好像并不在意。"

"真是小题大做。"达克太太窃笑着踱回她姐姐身边。威尔拿着正发出烈焰的武器，退了几步，依然挡在特莎和两位女士之间。"我们跟你可是无冤无仇，暗影猎手，除非你要向我们宣战。你闯进我们的地盘，这么做可违反了圣约。我们可以去圣廷告你——"

"虽然圣廷不喜欢侵入者，可是却更痛恨将人类砍头和剥皮。他们很少那么干。"威尔说道。

"人类？"达克太太吐了口唾沫，"俗物。你可没有我们关心他

---

① 拿非力人，天使和人类的后代，详见卡桑德拉·克莱尔所著《骸骨之城》系列。

们。"说着，她直直地看着特莎。"他有没有告诉过你他究竟是谁？他可不是人类——"

"你没资格这么说。"特莎的声音颤抖着。

"那么她有没有说过她是谁呢？"布莱克太太试探着威尔，"有没有说过她的天赋？她能干点什么？"

"如果要我大胆猜测的话，"威尔回答，"我想这事儿跟'法师'有关。"

布莱克太太一脸狐疑。"你知道法师？"她瞥了特莎一眼。"啊，我明白了。这是她唯一告诉你的事。我的小天使，法师可比你想象的危险得多。他已经等待了很长时间才让特莎具有了那种能力。甚至可以这么说，是他给了她生命——"

她的话淹没在了一个巨大的碎裂声中，屋子东面的墙壁突然整片坍塌了下来。那景象就像特莎在旧约图画书中读到过的耶利哥之墙[①]轰然倒塌一般。前一刻那堵墙还在那儿，下一刻它却不复存在，取而代之的是一个裂开的长方形大洞，扬起一阵令人窒息的灰尘。

达克太太的嗓子里发出一种微弱而刺耳的声音，她用瘦骨嶙峋的双手一把提起自己的裙子。显然，她没有料到墙壁会突然坍塌，而特莎的惊讶也绝不亚于她。

威尔抓住特莎的手，一把将她揽入怀中，把自己挡在她和散落下来的石块与滚滚烟尘之间。当他的手臂环绕她的那一刻，她听到了布莱克太太的尖叫声。

特莎被威尔紧紧抱在怀里，试着向外探头张望。达克太太站在那里，她那只戴着手套的手颤抖地直指着墙上的黑色洞穴。扬起的灰尘纷纷沉淀下来，能勉强看出手指的形状。两个模糊的身影在尘幕中慢慢清晰了起来，他们手上都握着利器，跟威尔的一样，正发出蓝白色的亮光。上帝啊，特莎在心里默念着，可又觉得奇怪，她什么都没说。那道光太明亮了——他们该怎么办？

[①] 耶利哥之墙，约旦古城墙。传说不可摧毁的耶利哥城的崩毁，是西方家喻户晓的故事，此城守着迦南的门户，城墙高厚，守军高大壮健，是古代极强大的堡垒，犹太人虽有百万人，但却无任何能力与技术攻城，但据《圣经》记载，犹太人围城行走七日，然后一起吹号，上帝以神迹震毁城墙，使犹太军轻易攻入，而后能顺利攻入迦南。

布莱克太太惨叫着冲了过来。她伸出双手，燃烧的炮弹像炸裂的烟花般从她的手上射出。特莎听到一声吼叫——是人类的吼声——是威尔。他一把放开了特莎，挥舞着他那炽烈燃烧着的武器冲向布莱克太太。他劈开层层空气，刺进了她的胸口。她尖叫着，扭动着身体，摇摇晃晃地往后倒去，砸在一张堆着尸体的桌子上。桌子立时倒塌在一片血污和碎木之中。

威尔咧嘴一笑。这笑容并不让人感到愉快。他转身看向特莎。当他们视线相交的那一瞬间，周身的静默将他们分隔开来。这时，他的伙伴们来到了他的身边。这是两个穿着紧身黑衣的男人，正挥舞着耀眼的武器。他们的动作之快让特莎感到一阵目眩。

特莎退到远处的墙边，让自己离房间中央越远越好。达克太太正站在那里，一边大声咒骂着，一边靠着身体里熊熊燃烧着的能量从双手间不断往外喷着烈焰，不让袭击她的人近身。

特莎向通往走廊、洞开的大门靠近——突然，一双有力的大手一把抓住了她，猛地往后拉去。特莎尖叫着死命挣扎，然而那双环绕着她左臂的大手却坚硬如铁，纹丝不动。情急之下，她转过头来，狠狠地一口咬在那只手上。那人大吼一声，松开了她。她在一阵晕眩之中看到一个有着一头蓬乱的姜黄色头发的高个子男人正用责备的眼神盯着她，那只流血的手正搁在他的胸前。"威尔！"他大喊，"威尔，她咬我！"

"她咬你了，亨利？"威尔一如既往满脸嬉笑着，出现在一片融合着烟雾与烈火的混乱之中，就像个被召唤而来的幽灵。特莎看到，在他身后还有另一个同伴。那是一个肌肉发达、一头棕发的年轻男子，达克太太正在他的手上苦苦挣扎。布莱克太太则在黑暗中弓着背躺在地上。威尔朝着特莎的方向挑起一边的眉毛。"咬人可不好。"他告诉她，"你知道，那么做很粗鲁。以前没人告诉过你吗？"

"抓住一个完全陌生的女士不放也很粗鲁，"特莎生硬地回答，"以前没人告诉过你吗？"

那个被威尔叫作亨利的姜黄色头发的男人苦笑着摆了摆那只流着血的手。他的脸蛋挺漂亮，特莎想着，她甚至有点内疚自己刚刚咬了他。

"威尔！当心！"棕发男人突然大喊。威尔如离弦之箭般避开。说时迟那时快，有什么东西划破空气，紧贴着亨利的脑袋飞了过来，砸进了特莎身后的墙上。那是一只巨大的铜齿轮，它砸进墙壁时的冲力如此之大，以至于现在就像一颗嵌进馅饼里的弹珠一样，一动不动地卡在墙壁之中。一阵晕眩向特莎袭来——然后，她看见布莱克太太正向他们走来，她那布满皱纹的苍白的脸上，一双眼瞳好似煤块一般熊熊燃烧着。她的胸口被宝剑刺穿了，此时，剑柄之上正散发出丝丝黑色的火焰。

"该死——"威尔向挂在腰带上的另一把利器伸出手去，"我还以为我们已经解决了——"

布莱克太太露出森森白牙，冲了过来。威尔一闪而过，然而亨利的动作却慢了一拍。她的身体重重撞到了他，把他逼得向后退去。她就像只虱子一样紧紧地纠缠着他，咆哮着把他压倒在地，她的爪子嵌进了他的肩膀，亨利不禁大声叫喊起来。威尔回转身来，此时他的手上已经提着另一把利器。他将武器高高举起，大吼着"乌列尔！"利器应声发出耀眼的光芒，好像一把熊熊燃烧的火炬。当他将利器狠狠往下劈去的时候，特莎一步步退回墙边。布莱克太太弹了出去，她的爪子从身体断开，落在他的脚边——

那把利器几乎将她的喉咙一切为二。她的脑袋重重地撞在地上，几乎肝脑涂地。亨利的身体浸在一摊黑色的血泊之中，他一边充满厌恶地大叫，一边把她的残肢从身上弄开，从地上爬了起来。

这时，屋子里响起一声撕心裂肺的惨叫。"不！"

是达克太太。与此同时，一股蓝色火焰从她的双手和眼睛里喷射而出，让那个正抓着她的棕发男子不得不松开了手。他痛苦地大叫着，向一边倒去。达克太太立马越过他，向威尔和特莎逼近，她燃烧着的眼睛好像黑色火炬一般。她的嘴里嘶嘶地说着什么，那是特莎从没听过的一种语言，就像起火时木材发出的劈啪声。女人将一只手抬高，把一道好似闪电的东西劈向特莎。威尔大吼一声，跳到她的身前，伸出了手中发光的利器。闪电被利器弹开，打在一块石墙之上。墙壁立刻发出一种奇怪的光亮。

"亨利，"威尔头也不回地大叫道，"也许你能把格雷小姐带去一个安全的地方——快——"

正当达克太太向特莎发出第二道闪电的时候，亨利被咬了一口的手搭在了特莎的肩上。她为什么要杀了我？特莎的脑中一片混乱。为什么不是威尔？亨利一把把她拉进怀里，此时，更多光亮正从威尔的武器上如利刃般飞出，折射成无数炽烈燃烧着的碎片。特莎盯着那光看了一会儿，为不可思议的瑰丽而着迷——然后，她听到了亨利让她趴在地上的喊声，可是太晚了。一道烈焰的碎片以不可思议的力量打在了她的肩上，把她从亨利的身前撞了出去，她的身体被抛向空中，然后向地面落去。那感觉就像被一列疾驰而过的火车撞到一般。她的头重重地撞在墙上。有一瞬间，她清晰地听到达克太太刺耳的大笑声，然后，很快地，世间的一切离她远去。

第三章
协 会

> 爱情、希望、恐惧和信仰——是它们构成了人性；
> 它们是人性的标志、注解和本质。
>
> ——罗伯特·布朗宁,《帕拉塞尔苏斯》

特莎梦见自己重又躺回了"黑屋"里的那张狭窄铜床。姐妹俩正居高临下地看着她，一边用一对长毛衣针噼噼啪啪地打着毛线，一边用尖锐、刺耳的声音大笑着。当特莎凝神细看时，她们又变了样貌：眼睛陷进了脑袋里；头发正不断往下脱落；双唇上布满了针脚，被紧紧地缝在一起。特莎无声地尖叫，然而她们似乎并没有听到。

然后姐妹俩消失得无影无踪，哈丽雅特姨妈正站在特莎面前。她因为发烧而满脸通红，像是已经患上了那种置她于死地的可怕疾病。她无限悲伤地看着特莎。"我已经努力过了，"她说，"我很努力地要好好爱你。可是实在太难了，因为这个孩子根本就不是人……"

"不是人？"一个陌生女人的声音说道，"好吧，如果她不是人，那么，伊诺克，她是什么东西？"那声音因为不耐烦而变得无比尖锐。"你到底是什么意思，你难道不明白吗？世间万物都得有一个名头。这个姑娘不可能什么都不是……"

特莎在哭泣中醒来，她突然睁开眼睛，发现自己的眼前一片漆黑。浓稠的黑暗正凝聚在她的周围。她几乎连自己因为恐惧而发出的呻吟都听不见了。她挣扎着坐了起来，踢开身上的毯子和枕头。她隐约感觉到毛毯又重又厚，并不是"黑屋"里那条编制薄毯。

就像她刚刚梦到的那样，此刻她身在一间巨大的石屋之中，正躺在一张床上，这里没有丝毫亮光。当她转动身体的时候，能听到自己粗重的喘息声，喉咙里的尖叫正不可抑制地要爆发出来。黑暗中，噩梦中的情境正盘桓在她的眼前——一张如苍白的月亮一般的圆脸盘，头发被剃得精光，脑袋光滑得好像一颗弹珠。原本是眼睛的位置只剩下两个空洞——看样子眼珠并不是后来被挖走了，而是从来就没有出现过。双唇被黑色的针脚密密地缝在一起，脸上胡乱涂画着一些黑色的印记，跟威尔皮肤上的那种有点像，虽然眼前的印记像是被刀子刻画而成的。

她又一次放声尖叫，挣扎着往后退去，几乎摔到了床下。她冷不丁触到了冰冷的石头地面，艰难地站了起来，因为动作太大，身上穿着的白色睡袍的边缘被撕裂了——这一定是有人趁她昏迷之际替她穿上的。

"格雷小姐。"有人在叫她的名字，然而在如此惊恐的当下，她只知道那声音听着非常陌生。声音的主人一定不是那个站在她的床边盯着她的、满脸伤疤、没有眼睛的怪物。她刚刚移动身体的时候，那个怪物倒没什么反应，然而此刻却神不知鬼不觉地跟着她。她开始小心翼翼地往后退去，感觉到自己的身后有扇房门。屋子里的一切是如此昏暗，她只能依稀看出房门的形状是粗糙的椭圆形，墙壁和地面都是石头做的。高高吊起的天花板隐在一片漆黑之中，对面的墙壁上有一溜长窗，形状有点像教堂里的拱形窗户。极其微弱的光线从窗户渗进屋里，看来外面正是天黑的时候。"特莎·格雷——"

她找到了门上的金属门把。谢天谢地，她紧紧抓着它，旋转着，用力拉开。房门纹丝不动。巨大的失望不禁让她呜咽出声。

"格雷小姐！"那个声音再次响起，屋子里突然充满了光亮——她认得这种刺眼如白银一般的亮光。"格雷小姐，我很抱歉。我们并不是故意吓唬你的。"依然是那个陌生女人的声音，可是此刻听来却充满了活力和关切。"格雷小姐，请。"

特莎慢慢转过身来，把身体抵在门上。现在她可以清楚地看到眼前的一切。她所在的地方是一间石屋，房间的中央被一张巨大的四柱大床占据着，此刻，天鹅绒床罩变得皱皱巴巴，被她从床垫上拽了下来，斜搭在床沿上。织锦窗帘被拉开了，那边光秃秃的地板上铺着一块精致的地毯。墙上没有挂任何图画或者照片，黑乎乎的木质家具上也不见任何装饰品的影子。两把椅子相对而置在床边，中间放着一张小茶几。屋子的一角竖着一张中国屏风，浴缸和盥洗盆好像隐藏其后。

一个高个子男人正站在床边，他穿着一件僧袍模样的衣服，羊皮纸颜色的袍子长而粗糙。袖口和下摆环绕着红棕色的神秘符号。他挂着一根银权杖，顶端雕刻成天使的样子，周身同样装饰着那种神秘符号。袍子上的兜帽被放了下来，露出他那伤痕累累、苍白而麻木的面容。

他的身边站着一个身材极其矮小的女人，身材几乎只有孩子一般大小，一头浓密的棕发绑在脑后，一张精致、机灵的小脸光彩照人，黑色的眼眸好像鸟儿的眼睛一般。她并不十分漂亮，但脸上透出冷静而亲切的表情。不知道为什么，特莎看着她的脸，胃部因为惊恐而发出的阵阵剧痛竟然慢慢减轻了。她的手里握着一块发光的白色石头，和威尔在"黑屋"中拿着的那块一样。她的指间发散出明亮的光线，照亮了整间屋子。

"格雷小姐，"她说，"我是夏洛特·布兰韦尔，伦敦学院的负责人，我身边的这位是圣者伊诺克——"

"他到底是什么怪物？"特莎暗自嘀咕。布拉泽·伊诺克一言不发，脸上没有一丝表情。

"我知道这个世界上是有怪物存在的，"特莎说，"你别告诉我没有。我见过它们。"

"我没打算告诉你世界上并没有怪物存在，"布兰韦尔夫人说道，"如果世界上没那么多怪物，那就用不着暗影猎手了。"

暗影猎手。"达克姐妹"就是这么称呼威尔·希伦戴尔的。

哦，威尔。"我是——威尔曾经跟我在一起，"特莎的声音在发抖，"在那个地下室里。威尔说过——"她内心一阵抽搐，再也没办法说下去了。她不该如此亲昵地称呼威尔。这会让人觉得他们之间有什么，其实根本没有。"希伦戴尔先生现在在哪儿？"

"他在这里，"布兰韦尔夫人的声音极其冷静，"他在学院里。"

"是他把我带到这儿来的吗？"特莎喃喃问道。

"是的，不过千万别以为是他出卖了你，格雷小姐。当时你的脑袋遭到了重击，而威尔很担心你的伤势。圣者伊诺克的样子虽然会吓到你，不过他在治病方面可是一把好手。他说你的头只是轻微撞伤，主要是精神过度紧张，受惊过度。事实上，现在你最好还是能坐下。赤脚站在门边会着凉的，对你没什么好处。"

"你的意思是我必须待在这儿，"特莎说着，舔了舔干裂的嘴唇，"我哪儿也去不了了。"

"如果你坚持要走的话，那么在我们谈过以后，我会让你走的。"布兰韦尔夫人说，"拿非力人是不会囚禁暗影魅族的。圣约禁止这么做。"

"圣约？"

布兰韦尔夫人犹豫了一下，转向圣者伊诺克，向他耳语了几句后，他便戴上了羊皮纸色袍子上的兜帽，把脸藏了起来，这让特莎觉得好多了。然而，片刻之后，他竟朝特莎走了过来。她慌忙往后退去。可是他只在门槛上稍停了一下，便打开了大门。

在他停顿的极短的时间里，他开口对特莎说了什么。也许用"说"这个词并不准确：因为特莎在自己的脑袋里听到了他的声音，而不是从他的嘴里发出的。你是个精灵，特莎·格雷。你是变身者。但是这种类型对我来说有点陌生。你身上没有恶魔的印记。

变身者。他竟然知道她的事。她凝视着他，心怦怦直跳，而他已经走了出去，在身后关上了房门。特莎知道如果自己跑到门那儿，试着把门打开的话，一定会发现门已经又被锁上了。然而，逃生的欲望已经从她的身上溜走了。她的双膝像是在水里似的直往下沉。终于，她的身体陷进了床边的一把大椅子里。

"你怎么了？"布兰韦尔夫人坐到特莎对面的一把椅子上，问道。她的裙子在那矮小的躯干上显得松松垮垮，不知道她是不是在裙子里穿了什么紧身衣，而她的手腕骨就像孩子一般粗细。"他对你说了什么？"

特莎摇摇头，双手紧握着放在膝盖上，这样布兰韦尔夫人就不会看到她的手指正在发抖。

布兰韦尔夫人用锐利的眼神看着她。"首先，"她说，"请叫我夏洛特，格雷小姐。学院里的人都这么叫我。我们暗影猎手可不像大多数人那样循规蹈矩。"

特莎点点头，感觉自己的面颊一阵发热。很难看出夏洛特的年龄，矮小的身材让她看上去分外年轻，可是她那充满权威的气场又让她老了几岁，于是直呼其名便显得有点奇怪。更何况，正如哈丽雅特姨妈以前对她说过的，在罗马……

"夏洛特。"特莎试着叫了她一声。

布兰韦尔夫人——夏洛特——微笑着轻轻靠在椅子上，这时，特莎惊讶地发现她的身上有一些黑色的文身。一个女人身上竟然有文身！她身上的印记跟威尔的很像：在窄窄的袖口露出手腕的地方，能看到她的左手手背上有一个看起来像是眼睛的图案。"其次，让我告诉你关于你我都知道些什么，特莎·格雷。"她用跟先前一样冷静的口吻说道，她的眼神虽然依然透着亲切，却突然变得锐利无比，好像细针一样直刺人心。"你是个美国人。你跟随着哥哥从纽约来到这儿。是你哥哥给你买了船票。他的名字叫纳撒尼尔。"

特莎身体僵硬地坐在那里。"你是怎么知道的？"

"我知道是威尔在'黑暗姐妹'的房子里找到了你，"夏洛特接着说，"我知道你口口声声说有一个叫'法师'的正为你赶来。我知道你完全不知道'法师'到底是谁。我还知道在跟'黑暗姐妹'的战斗中，你失去了知觉，然后被带到了这里。"

夏洛特的话好像一把打开了大门的钥匙。转瞬之间，特莎回忆起了一切。她记得自己和威尔在走廊里狂奔；她记起了那扇金属大门和门里面满是鲜血的房间；她记起了身首异处的布莱克太太；她记得威尔挥舞着他的利器——

"布莱克太太。"她喃喃自语。

"她死了，"夏洛特说，"死透了。"她把双肩靠在椅背上。跟她瘦小的身体相比，椅背在她身后高出了一大截，就像一个坐在大人椅子上的孩子似的。

"那达克太太呢？"

"不见了。我们搜遍了整幢房子和周边的区域，都没发现她的踪迹。"

"整幢房子？"特莎用极其微弱的声音战战兢兢地说，"房子里一个人也没有？一个活人或……或者死人也没有？"

"我们没找到你哥哥，格雷小姐。"夏洛特温柔地说道，"他不在那幢房子里，也不在周围的几幢房子里。"

"你们——找过他？"特莎有些不知所措。

"我们没有找到他，"夏洛特又说了一遍，"不过我们找到了你的信。"

"我的信？"

"那些你写给哥哥的、从未寄出过的信。"夏洛特说，"藏在你的床垫底下。"

"你们读过了？"

"我们不得不这么做，"夏洛特保持着温柔的语调，"我向你道歉。我们很少会把一个暗影魅族或者非暗影猎手的人带到学院里来。这对我们来说得冒很大的风险。我们必须确保你不会造成危险。"

特莎把头转到一边。她将内心深处的思绪——所有的梦境、希望和恐惧全都倾注在那些信里，从来没想到会被别人发现，然而现在那些陌生人竟读了她的信，这让她有种被侵犯了的可怕的感觉。她的眼睑感到一阵刺痛，眼泪正向眼眶逼近。她命令它们回去，对自己，对周围的一切感到无以复加的愤怒。

"你努力忍住不哭，"夏洛特说，"我明白你的心情，因为我也有过这种体会，有时候直视着明亮的光线会帮上忙。来，试试巫光石。"

特莎将目光移向夏洛特手上的石头，目不转睛地凝视着它。石头发出的亮光在她眼前扩散开来，好像一只不断变大的太阳。"那么"，特莎艰难地说道，"你们确定我不会造成危险，然后呢？"

"也许你只是不会对自己造成危险，"夏洛特说，"毫无疑问，'黑暗姐妹'之所以把魔爪伸向你，就是因为你拥有变身的能力。换了别人也会这么做的。"

"比如你们？"特莎说，"还是你们打算装作只是出于仁慈才让我进入你们极为珍视的学院？"

夏洛特的脸上闪过一丝受伤的表情。那表情只出现了一瞬，却如此真切。比起这个女人刚刚跟她说的一切，只有这个表情让特莎开始觉得也许自己错怪了夏洛特。"并不是出于仁慈，"她说，"这是我的使命。我们的使命。"

特莎一脸茫然地看着她。

"也许，"夏洛特接着说，"也许我告诉你我们是谁——我们做些什么以后，你就会明白了。"

"拿非力人，"特莎说，"'黑暗姐妹'是这么称呼希伦戴尔先生的。"她指着夏洛特手上的黑色印记。"你也是拿非力人，对不对？这就是为什么你们都有那些——那些印记的原因？"

夏洛特点点头。"我也是拿非力人——暗影猎手。如果你喜欢的话，可以把我们当作是……一个种族的人，一群有着特异功能的人。我们比大多数人类都更强壮，更敏捷。我们可以通过迷魂的魔法让自己隐身。而我们尤其擅长的是斩杀恶魔。"

"恶魔。你的意思是——像撒旦那样的？"

"恶魔是邪恶的生灵。它们长途跋涉来到这个星球并且在此生存。如果我们不加以阻止的话，它们会把地球烧成灰烬，涂炭生灵。"她的语气坚定，"就像人类警察的工作是保护这个城市的市民免受伤害，我们的工作就是要保护地球上的居民免受恶魔和其他超自然危险的侵扰。当有罪恶发生、影响暗影世界的时候，当我们的法律被破坏的时候，我们必须展开调查。事实上，我们也受到法律的约束，甚至因为被谣传违背了圣约而受到征询。威尔告诉过你，他在巷子里发现了那个女孩的尸体。她是我们发现的唯一一具尸体，可是还有其他的失踪案，各种关于人类世界的男孩和女孩从城市里最最贫穷的街道上消失的可怕流言。利用魔法杀死人类是违法行为，因此，我们就得行使我们的权力。"

"希伦戴尔先生作为一名警察，可真够年轻的。"

"暗影猎手们成长得很快，而且威尔不会单独调查。"听起来夏洛特并不想将这个话题展开，"我们所做的并不只有这些。我们护卫《大律法》，维护圣约——正是这些法律统治着暗影魅族的安宁。"

威尔也说过这个词。"暗影世界？那是一个地方的名字吗？"

"暗影魅族是一种生命形式——是一种血缘里包含着部分超自然

力量的人。吸血鬼、狼人、精灵和巫师都是暗影魅族。"

特莎目不转睛地看着她。精灵是童话传说里的人物，吸血鬼是让人毛骨悚然的东西。"这些生物真的存在？"

"你也是个暗影魅族。"夏洛特说，"圣者伊诺特已经证实了。我们只是不知道你属于哪个种类。你看，你所拥有的魔法——你的超能力——那可不是一个普通人能够做到的。而我们暗影猎手也同样无法做到。威尔觉得你更像是巫师，我自己也这么猜想，可是所有的巫师都有各自的特征，好将自己跟盲呆区别开来，好比是翅膀、兽蹄、带蹼的脚趾，或者像你见过的布莱克太太的爪子。可是你呢，完全是一副人类的样貌。而且你的信里也明白无误地表明你认为或者相信自己的双亲都是人类。"

"人类？"特莎依然盯着她的眼睛，说道，"他们怎么可能不是人类？"

还没等夏洛特回答，房门打开了，一个戴着白帽、穿着围裙、身材苗条的黑发姑娘端着一个茶盘走了进来，把茶盘放在特莎和夏洛特中间的桌子上。"索菲，"夏洛特的声音听起来，像是这个姑娘的到来让她松了一口气，"谢谢你。这位是格雷小姐。她将是我们今晚的客人。"

索菲直起身子，转向特莎，行了个屈膝礼。"小姐。"她说。当索菲抬起头、露出整张面容的时候，因为被行了屈膝礼而满脸新奇的表情从特莎的脸上消失了。她本应是个大美人——一双乌黑中带着榛色的明亮的眼眸，皮肤光滑，双唇柔软而精致——可是一道银色的如山脊线一样高低起伏的粗大疤痕从她左边的嘴角一直延伸到右边的太阳穴，把她的脸斜刺里一分为二，这让她的五官变形，好像戴着一只扭曲的面具。特莎努力不让震惊的表情浮现在脸上，然而她从索菲暗淡的眼神中知道自己失败了。

"索菲，"夏洛特说，"你是不是已经听我的吩咐把那件暗红色的裙子拿来了？你能不能替特莎把裙子刷一刷、擦拭干净？"女佣点点头，往衣橱走去。夏洛特又把头转向特莎。"我做主从我们贾丝明的旧衣服里替你拿了一件。你之前穿的衣服都被毁了。"

"非常感谢。"特莎生硬地回答。她一点也不喜欢像这样不得不向别人表示感激。那两姐妹也曾装出一副像是在帮助她的样子,然而事实却并非如此。

"格雷小姐。"夏洛特诚挚地看着她,"暗影猎手和暗影魅族不是敌人。我们之间的条约可能会让人不舒服,可是在我的信念中,暗影魅族是值得信任的——如果我们要打败恶魔、取得最终胜利,那么,他们才是制胜的关键。我要做些什么才能让你相信我们完全没有要利用你的打算呢?"

"我……"特莎做了一个深呼吸。"当'黑暗姐妹'第一次告诉我我拥有那种能力的时候,我以为她们疯了,"她说,"我告诉她们这种事情根本就不存在。我觉得自己一定是被她们禁锢在一个噩梦中了。可是后来希伦戴尔先生出现了,他懂魔法,还有那块会发光的石头,于是我想,也许这个人能救我。"她抬头看着夏洛特。"可是你们并不知道我为什么会变成现在这样,甚至不知道我到底是什么。你们甚至……"

"也许……要学会看清这个世界的本质、它真实的样子是很困难的,"夏洛特说,"大多数人一辈子都学不会。还有很多人根本无法忍受。不过我读过你的信。我知道你很坚强,格雷小姐。你经受住了一切,换作别的姑娘早就没命了,可是暗影魅族却不会死。"

"我别无选择。我所做的一切都是为了我哥哥。她们可能会杀了他。"

"有些人,"夏洛特说,"或许就会听之任之。可是我从你的字里行间知道,你从来没那么想过。"她向前探出身子,"你对哥哥的下落有什么想法?你觉得他是不是很可能已经死了?"

特莎不禁倒吸了一口冷气。

"布兰韦尔夫人!"正刷着酒红色裙子下摆的索菲抬头看着布兰韦尔夫人,用令特莎吃惊的责备的口吻说。那些她以前读过的书里都明明白白地告诉她,这可不是一个仆人可以纠正他们雇主的场合。

可是夏洛特只是看起来有些悲伤。"索菲是我的乖天使,"她说,"我的话有点太直率了。除了你写在信里的那些事情以外,我以为你还会知道点别的,这会帮助我们知道他的下落。"

特莎摇摇头。"'黑暗姐妹'告诉我他被囚禁在一个安全的地方,我猜他应该还在那儿。可是我不知道怎样才能找到他。"

"那么在我们找到他以前，你就待在学院里。"

"我不想要你的施舍。"特莎倔强地说，"我能找到别的住处。"

"这可不是施舍。我们受法律约束，有责任帮助和援救暗影魅族。让你无家可归地离开这里可是违反了圣约的，那可是我们必须遵守的重要法则。"

"那么你不要求回报吗？"特莎的语气充满了尖刻，"你不要求我使用我的——我的能力？你不要求我'变身'？"

"如果，"夏洛特说，"你不愿意使用你的能力，那么就别用，我们不会勉强你。虽然我相信学会操纵和使用它一定会对你自己有好处的——"

"不！"索菲被特莎的大喊吓了一跳，手中的刷子也掉落在地。夏洛特瞥了她一眼，又转头看着特莎。"你愿意怎样都行，格雷小姐。你可以通过别的方法帮助我们。我肯定除了你信里写到的以外，你还知道更多的事情。作为回报，我们会帮你找到你的哥哥。"

特莎抬起头来。"你们会吗？"

"我向你保证。"夏洛特说着站了起来。她们谁都没碰盘子里的茶，"索菲，你能帮格雷小姐穿上衣服，然后带她去吃晚餐吗？"

"晚餐？"在听了那么多关于拿非力人、暗影世界、精灵、吸血鬼和恶魔的事情以后，对晚餐的欲望已经被震惊的情绪替代，几乎消失殆尽了。

"当然。现在已经快七点了。你已经见过了威尔，你可以再见见其他人。也许你会发现我们是值得信任的。"

说着，夏洛特轻快地点了点头，离开了房间。当房门在她身后关上的时候，特莎默默地摇了摇头。哈丽雅特姨妈已经够专横了，可是跟夏洛特·布兰韦尔相比简直就是小菜一碟。

"她看上去很严厉，不过她其实是个好人，"索菲说着，把特莎要穿的裙子搁在床上，"我从没见过心肠那么好的人。"

特莎用指尖触着裙子的袖口。正如夏洛特所说，这裙子是用暗红色的绸缎做的，腰部和下摆镶着黑色云纹绸花边。她从没穿过这么漂亮的衣服。

"需要我帮您为晚餐打扮一下吗，小姐？"索菲问。特莎想起哈丽雅特姨妈经常挂在嘴边的一句话——你无法从一个男人的朋友对他的评价来了解他，但可以从他对待仆人的方式上看出他的为人。如果索菲觉得夏洛特有一颗善良的心，那么也许她真的是个好人。

她抬起头来。"非常感谢，索菲。我想我需要你的帮忙。"

在此之前，除了姨妈，特莎从没要别人帮自己穿过衣服。尽管特莎身材苗条，但显然这裙子是为身材更瘦小的姑娘准备的，索菲不得不拉紧特莎的胸衣，让她能套得进去。这让特莎几乎喘不过气来。"布兰韦尔夫人从不相信紧身胸衣，"她向特莎解释，"她说这会引起神经性头痛和虚弱，而身为暗影猎手是绝不能虚弱的。可是贾丝明小姐却喜欢腰围极小的裙子，而且她坚持这么做。"

"好吧，"特莎说道，感觉呼吸有点困难，"无论如何，我可不是暗影猎手。"

"说的也是。"索菲赞同，同时用一个灵巧的小绊钩扣好了裙子的后背，"好了，感觉怎么样？"

特莎看着镜中的自己，吓了一跳。对她来说这裙子实在太小了，很明显，它原本的设计就是要尽可能地贴身。现在裙子的上半身正紧紧地贴在她的身体上，背部拱着一些碎褶，下半身则覆在一个优雅的裙撑之上。袖子被翻了起来，现出袖口里的香槟色花边饰带。她看着镜子里的自己——年纪变大了，她想，她现在的样子已经不再是"黑屋"里那个不幸的稻草人，而是令自己感到陌生的另一个人。难道是我"变身"做回自己的时候出了错？也许这根本就不是我自己的脸？恐惧像闪电一般击中了她的身体，她觉得自己快要昏厥了。

"您的脸色看起来有点苍白，"索菲一边说，一边用审慎的目光凝视着特莎，试探着她的反应。至少她没有因为裙子过于紧身而显得太过震惊。"也许您可以收紧面颊，这样脸色会红润一些。贾丝明小姐就是这么做的。"

"她实在是太可怕了——贾丝明小姐，我是说——让她把裙子借给我实在太可怕了。"

索菲发出一阵轻笑。"贾丝明小姐从没穿过它。这是布兰韦尔夫人送给她的礼物,可是贾丝明小姐却说这条裙子让她看起来气色不好,把它扔到了衣橱的最里面。如果您问我的话,我得说她真不领情。现在,让我们继续吧,把您的脸颊稍微收缩一点。您的脸色好像牛奶一样苍白。"

打扮停当,谢过索菲以后,特莎走出卧室,来到一条长长的石头走廊上。夏洛特正在那儿等着她。看到特莎以后,她便立刻朝前走去,特莎微微有些一瘸一拐地跟在她的身后——她脚上的那双黑色丝绸鞋子并不适合她受伤了的双脚。

身处这个学院里,感觉有点像在一座城堡之中——高高的天花板隐没在一片黑暗之中,墙上挂着挂毯。至少它的样子跟特莎以前想象中的城堡一模一样。挂毯上不断出现星星和宝剑的图案,还有她曾在威尔和夏洛特身上见过的用墨水描画的印记。还有一种单一的画面也重复出现着,那是一个一手握着宝剑,一手拿着杯子,悬于湖面之上的天使。"这地方原来是座教堂。"夏洛特说,解开了特莎心里的疑团,"圣莱斯教堂。它在伦敦大火①中付之一炬。在那之后我们接受了这块土地,在老教堂的废墟之上建立了学院。能留在这块神圣的土地上,对我们达成目标会很有帮助。"

"你们把房子建在老教堂的遗址上,难道人们不会觉得奇怪吗?"特莎一边问,一边急急跟上她的脚步。

"他们并不知道。盲呆们——我们这么称呼那些普通人——并不清楚我们的事。"夏洛特解释道,"对他们来说,从外面看起来,这地方就像一块空地。除此以外,盲呆们对那些不直接影响他们的事情并不感兴趣。"她转身引导特莎穿过一道门,来到一个巨大而灯火通明的餐厅。"我们到了。"

特莎光彩照人地站在这里。这个房间大得出奇,足够放下一张可以坐二十个人的桌子。一盏巨大的煤气吊灯悬挂在天花板上,使房

---

① 伦敦大火,是英国伦敦历史上最严重的火灾,火势自一六六六年九月二日开始蔓延,至九月五日方才扑灭。火灾烧毁了不列颠尼亚城墙内的中世纪伦敦市建筑,并直逼贵族势力范围西敏市、查理二世的怀特霍尔宫和许多近郊贫民区,但有幸及时获得控制。火灾损失包括13200户住宅、87座教区教堂、圣保罗大教堂以及多数市政府建筑,估计造成城市8万人口之中的7万居民无家可归。

间里充满了微黄色的光晕。餐具柜上放着看起来价格不菲的瓷器。房间深处有一面有着镀金边框的镜子。白色的鲜花插在一只低矮的玻璃大碗中,装饰在桌子的中央。屋子里的一切都很雅致,也很平常。这屋子没有任何特别之处,让人完全猜不出住在这房子里的究竟是什么人。

长餐桌上铺着白色亚麻布,只在桌子的一端摆了五套餐具。此刻,只有两个人已经落座——威尔和一个一头金发、年龄和特莎相仿、穿着一件闪闪发亮的低胸礼服的姑娘。两人看起来像是故意对对方视而不见的样子。当夏洛特和特莎走进来的时候,威尔简直像是抓到了救命稻草。"威尔,"夏洛特说,"你还记得格雷小姐吧?"

"她给我留下的印象,"威尔说,"简直难以磨灭。"彼时他穿着的那件奇怪的黑衣已经不见了,此刻他身上不过是一件有着天鹅绒衣领的灰色夹克和一条普通至极的裤子。灰色的上衣让他的眼睛看起来更蓝了。他笑嘻嘻地看着特莎,这让特莎不禁脸颊发烫,赶紧把视线移向别处。

"这位是贾丝明——杰茜,把头抬起来。杰茜,这位是特蕾莎·格雷小姐。格雷小姐,这位是贾丝明·洛夫莱斯。"

"很高兴认识你。"贾丝明含含糊糊地打了个招呼。特莎无法把目光从她身上收回。她实在是太漂亮了,在特莎读过的小说里把这样的人物叫作"英伦玫瑰"——她们无一例外都有一头闪闪发亮的金色秀发、一双温和的棕色眼眸和好似奶油一般的肤色。她穿着一件亮蓝色的裙子,几乎每根手指上都佩戴着戒指。即使她也像威尔和夏洛特一样,皮肤上有着同样的黑色印记,那也早已被她周身的光芒掩盖了。

威尔投向贾丝明充满厌恶的一瞥,转向夏洛特。"那么,你那个无知的丈夫在哪儿呢?"

夏洛特坐了下来,示意特莎坐在威尔旁边的椅子上。"亨利在他的工作室里。我已经派托马斯去叫他了。他一会儿就到。"

"那杰姆呢?"

夏洛特的脸上现出警告的表情,只说了句"杰姆病了"当作回答。"他最近一直不舒服。"

"他最近总是不舒服。"贾丝明的声音里充满了厌恶。

正当特莎打算问杰姆是谁的时候，索菲走了进来，身后跟着一个胖乎乎的中年女人，几缕灰发从她脑后的圆髻里溜了出来。她们两人将食物从餐具柜里端了上来。今晚的菜肴有烤猪肉、土豆、美味可口的汤羹和涂上黄油的松软的小圆面包。特莎突然感到一阵晕眩。她几乎已经不知道饥饿为何物了。她咬了一口圆面包，这时，她发现贾丝明正盯着她，不得不检查自己的举止是否得体。

"你知道，"贾丝明好像对着空气说话一般，"我从没见过一个巫师吃东西的样子。我猜你从不需要减肥吧？你光靠魔法就能让自己保持苗条的身材。"

"我们还不能够确定她是不是巫师，杰茜。"威尔说道。

贾丝明对他的话置若罔闻。"你有没有因为自己邪恶的出身而觉得害怕？你有没有担心自己以后会下地狱？"她把身体倾向特莎，"你觉得恶魔长什么样？"

特莎放下了手中的叉子。"你想见见他吗？如果你愿意的话，我可以在瞬间把他召唤到这儿来。这对一个巫师来说，简直是小菜一碟。"

威尔爆发出一阵大笑。贾丝明眯缝起双眼。"没必要这么粗鲁。"她还没说完，夏洛特突然坐直了身体，发出一声惊叫，打断了贾丝明的话。

"亨利！"

一个男人正站在餐厅的拱形门前——这是一个高个子，看着挺眼熟，一头蓬乱的姜黄色头发，眼睛是淡褐色的。他穿着一件颜色极其鲜亮的条纹背心，外面罩着一件破破烂烂的花呢质地单排纽扣宽上衣，像是裹着一层煤灰一样，奇怪极了。然而令夏洛特发出惊叫的不是这些，而是他的左臂正在着火。小火苗从他手肘上的一点喷出，舔舐着他的手臂，发出袅袅黑烟。

"夏洛特，亲爱的。"亨利对正一脸惊恐、张口结舌盯着自己的妻子说。而坐在她身边的贾丝明则瞪大了双眼。"抱歉，我来晚了。我想我差不多完成了传感器的工作——"

还没等他说完，威尔便插嘴道："亨利，知道吗？你着火了。"

"哦，是的。"亨利急切地说。这时火焰几乎已经烧到了他的肩膀。"我就像一个着了魔的男人一样工作了一整天。夏洛特，你听到我说的关于传感器的事了吗？"

夏洛特把捂着嘴的手移开。"亨利！"她尖叫着，"你的胳膊！"

亨利瞥了自己的胳膊一眼，不禁张口结舌。他刚说完"我的天啊"，威尔便站了起来，抓起桌上的花瓶，朝亨利扔了过去，以令人惊讶的镇静完成了一系列动作。火焰被扑灭了，好像抗议似的发出微弱的嘶嘶声，亨利像只落汤鸡似的站在门口，夹克的一只袖子被烧成了黑色，一把湿漉漉的白花散落在他的脚下。

亨利眉开眼笑，满意地拍了拍烧焦了的袖管。"你知道这意味着什么吗？"

威尔放下花瓶。"你在自己身上放了把火，可是你根本没发现？"

"我上个星期研究的阻燃混合剂奏效了！"亨利无比自豪地说，"这种材料能燃烧足足十分钟，而它现在只烧了甚至不到五分钟！"他斜睨了一眼胳膊。"也许我应该把另一个袖子也点燃，看看能烧多久——"

"亨利，"夏洛特看起来已经从震惊当中恢复了过来，"如果你故意在自己身上放火，那么我就要启动离婚程序。现在，坐下吃你的晚饭。来跟我们的客人打声招呼。"

亨利坐了下来，看着坐在餐桌对面的特莎——惊讶地眨着眼睛。"我认识你，"他说，"你咬过我！"他的声音听起来好像挺高兴，像是回忆起一件令他们俩都觉得很美好的事儿一样。

夏洛特绝望地瞪着她的丈夫。

"你问过格雷小姐'地狱俱乐部'的事了吗？"威尔问道。

地狱俱乐部。"我知道这个词。'黑暗姐妹'把它写在她们的马车上。"特莎说。

"它是一个组织，"夏洛特说，"这个组织年代久远，由一群醉心于魔法艺术的盲呆组成，他们在集会上将恶魔和鬼魂召唤而来。"

贾丝明发出哼的一声。"我无法想象他们为什么要给自己添这种麻烦。"她说，"跟鬼魂们在一起胡闹，穿那种连帽袍子，还放几把小火。这实在太荒唐了。"

"哦，他们干的可不止这些。"威尔说，"他们在暗影世界的影响力比你想象的可要大得多。许多盲呆社会中的富豪和重要人物都是这个组织的成员——"

"那就更愚蠢了。"贾丝明充满不屑地甩了甩头发，"他们有钱有势，为什么还要用魔法来胡闹？"

"问得好。"夏洛特说，"那些将自己投身于未知领域的盲呆们往往都没有好下场。"

威尔耸了耸肩。"当我在追踪我和杰姆在巷子里发现的刀子上的符号的时候，我听说了'地狱俱乐部'。接着，那里的成员又让我去找'黑暗姐妹'。这是她们的符号——两条毒蛇。她们掌控着那些暗影魅族常去光顾的赌场。她们热衷于引诱盲呆，让他们在魔术游戏里输光所有的钱，而当这些盲呆债务缠身的时候，'黑暗姐妹'便会用可怕的利息向他们逼债。"威尔凝视着夏洛特。"她们还做些别的生意，都是些不光彩的事情。有人告诉我，她们囚禁特莎的地方是暗影世界里的一间妓院，那地方是为了满足一些有着特殊癖好的盲呆们而开设的。"

"威尔，我不确定——"夏洛特有些将信将疑。

"嗯，"贾丝明说，"毫无疑问你在那里可是左右逢源呢，威廉。"

如果她是想用这话惹恼威尔，那她可就失算了，因为威尔压根没留意她说了什么。他的视线定格在特莎的身上，眉毛微微扬起。"是我冒犯了你吗，格雷小姐？我还以为你在经历了这些事情以后，不会再那么容易就被吓到了。"

"我并没有受到冒犯，希伦戴尔先生。"虽然这么说，特莎依然感觉自己的脸颊发烫。有着良好教养的年轻女士可不知道妓院为何物，更不会在众人面前说这个词。谋杀是一回事，可是这个……"我，啊，不明白那地方怎么可能……是那种地方，"她尽力保持着镇静，"除了一个女佣和马车夫以外，从来没有人在那里进出，我从来没见过有别人住在那里。"

"我去的时候，那里真是个极其荒凉的地方。"威尔赞同，"显然她们已经决定歇业了，也许是为了把你与世隔绝地孤立起来。"他瞥了一眼夏洛特。"你觉得格雷小姐的哥哥是否也拥有她那种能力？不然的话，为什么'黑暗姐妹'先抓了他？"

真高兴他们终于改变了话题，特莎不禁插嘴道："我哥哥从来没有显示出任何拥有那种能力的迹象——可是，我在被'黑暗姐妹'发现之前，也从不知道自己有这种本事。"

"你有什么能力？"贾丝明像是在盘问她，"夏洛特可没说。"

"贾丝明！"夏洛特怒气冲冲地看着她。

"我可不相信她有什么能力，"贾丝明继续说着，"我觉得她就是一条小蛇。她以为只要我们相信她是个暗影魅族，就会因为圣约而不得不善待她。"

特莎因为愤怒而咬紧牙关。她想起哈丽雅特姨妈说过"别发脾气，特莎""别因为哥哥欺负了你就跟他打架"。可是她不在乎。他们的目光都齐刷刷地射向了她——亨利那充满好奇的淡褐色眼睛，夏洛特的眼神像玻璃一般锋利，贾丝明的眼睛里含着淡淡的轻蔑，而威尔的眼神里则有一丝冷漠的消遣意味。要是他们的想法都和贾丝明一样呢？要是他们都以为她是在谋求施舍呢？比起特莎的坏脾气，哈丽雅特姨妈更讨厌接受别人的恩惠。

接着开口的是威尔，他探过身去，目不转睛地看着她的脸。"你可以对我们保密，"他的话声温柔，"可是所有的秘密都有自己的代价，你也许得为保守这个秘密付出很大的代价。"

特莎抬起头来。"我没必要向你们保密。可是对我来说，在你们面前展示要比告诉你们更容易。"

"太棒了！"亨利兴高采烈，"我喜欢看表演。你需要什么道具吗？比如一盏酒精灯，或者——"

"这可不是降神会，亨利，"夏洛特厌烦地警告他，然后转向特莎，"如果你不愿意的话，你没必要这么做，格雷小姐。"

特莎并没有理会。"事实上，我确实需要一些道具。"她对着贾丝明说，"请给我一样你身上的东西。一枚戒指也行，或者一块手帕——"

贾丝明皱了皱鼻子。"天哪，怎么我听起来你的超能力就是偷窃呢！"

威尔一脸恼怒。"给她枚戒指，杰茜。你身上戴的已经够多了。"

"那么，把你身上的东西给她。"贾丝明挑衅地抬起下巴。

"不。"特莎坚持，"一定得是你身上的东西才行。"因为在这些人当中，只有你的身材跟我最接近。如果我把自己变成矮小的夏洛特，那我身上的裙子就会脱落，特莎想道。她考虑过从身上的裙子着手，可是贾丝明从来没有穿过它，特莎不能保证会顺利"变身"，也不想心存侥幸。

"哦，好吧。"贾丝明气呼呼地从小指上取下一枚嵌着一颗红石头的戒指，递给了桌子那边的特莎，"最好能奏效。"

哦，它会的。特莎一脸严肃地把戒指攥在左手掌心之中。接着，她闭上了眼睛。

每次都是这样：一开始什么都没有，接着她的内心深处有什么东西闪耀着，就像有人在一间黑屋子里点燃了一支蜡烛。就像"黑暗姐妹"教她的那样，她摸索着向那东西靠近。要驱走内心的恐惧和胆怯原本是件困难的事，可是她已经做过太多次了，她很清楚自己接下来应该做什么——向黑暗中的亮光靠近，直到触碰到它。那光的触感和它散发出的温暖像条厚重的毯子似的将她包裹，覆盖着她的每一寸肌肤。然后，那亮光似烈火一般在她周身燃烧了起来。于是，她便裹着另一个人的皮囊，走进了他们的心扉。

这一次，是贾丝明的心。

然而，她只是游走在贾丝明的思绪边缘，就像手指轻轻掠过水面一般。可是就连这样都已经让她无法呼吸。突然，特莎的脑海之中闪过一幅图景，那是一颗颜色鲜亮的糖果，可是内里却裹着一些黑乎乎的东西，就像苹果核里的虫子一样。她感到一阵怒火攻心——那是一种极其热切地想要占有某样东西的感觉。

她突然睁开了眼睛。此刻，她依然坐在桌边，手里紧紧抓着贾丝明的那枚戒指。戒指上的棱角嵌进了她的皮肤里，每次变身她身上都会留下类似的印记。现在，她奇妙地感受到了另一个躯壳的重量，还有贾丝明那轻盈的发尾触在肩上的感觉。纤细的发丝纷纷从特莎脑袋上别着的发卡里滑落下来，如瀑布一般无力地睡在她的颈上。

"天哪，"夏洛特低吟。特莎环顾餐桌。每个人都盯着她——夏洛特和亨利惊讶地张大了嘴巴；威尔难得一次哑口无言，连端在手里的那杯水都忘了喝，就这样举着僵在了唇边。而贾丝明呢——贾丝明正一动不动地注视着她，眼神充满了无助和恐惧，好像刚刚亲眼目睹了自己的鬼魂一般。有一瞬间，特莎觉得自己的心被内疚蜇了一下。

然而，这一切只持续了片刻。贾丝明慢慢地把因为惊恐而掩着嘴巴的手放了下来，她的脸色依然十分苍白。"上帝，我的鼻子好大，"她大声叫嚷着，"为什么从来没人告诉过我？"

第四章
我们是幽灵

> 我们是尘土阴魂。
>
> ——贺拉斯《颂歌》

当特莎变回自己的时候,她面临的是大家连珠炮般地提问。在充满魔幻色彩的暗影世界里,这群拿非力人被她那不可思议的能力慑服了,而这也让特莎之前的种种猜测变得更加凿无疑——她的"变身"能力确实与众不同。就连在此之前已经知晓此事的夏洛特,也完全惊呆了。

"所以你必须拿着属于你即将'变身'而成的那个人的某件东西吗?"夏洛特又问了一遍同样的问题。索菲和被特莎猜作是厨师的老妇人早已端走了晚餐的盘碟,换上了精美的茶点,可是桌上的众人对美食完全没有兴趣。"你不可能只是看着一个人,然后就——"

"我已经解释过了。"特莎觉得有些头疼,"我必须握着属于他们的一样东西,就算是一丝头发或者一根睫毛。只要是他们的东西就行。不然什么都不会发生。"

"那你觉得如果拿着一小瓶鲜血的话,会管用吗?"威尔问道,听起来就像在跟她探讨某个学术问题。

"也许吧——我不知道。我从没试过。"特莎端起她那杯已经冷却的茶水,啜了一小口。

"你说'黑暗姐妹'知道你有这个才能?她们在你自己发现之前就已经知道了?"

"没错。这就是她们把我关在那地方的原因。"

亨利摇了摇头。"可是她们是怎么知道的？我不明白。"

"我不知道，"特莎已经不止一次重复这句话了，"她们从来没有向我解释过原因。我已经把我知道的一切都告诉你们了——能对我做些什么、怎么训练我，她们都知道得清清楚楚。她们每天都在我身上花好几个小时……"特莎竭力将嘴里的苦涩咽了回去。种种回忆浮现在她的脑海中——在"黑屋"里的地下室中捱过的每时每刻，她们咆哮着对她说如果她不乖乖"变身"内特就得死的样子，还有当她终于学会"变身"后所经历的极度痛苦。"一开始很痛苦，"她喃喃地说着，"感觉好像身上的骨头都被折断了，正在身体里融化。一天之内她们会逼我'变身'两次、三次，无数次，直到我失去意识。然后，第二天她们又会故技重施。我被锁在那间屋子里，无论如何都逃不走……"她的声音里带着喘息。"最后一天，她们命令我'变身'成那个死去的女孩，以此来测试我是否合格。她记得自己被一把匕首袭击，被刺了几刀。有什么东西跟着她来到了巷子里——"

"也许这就是那个我和杰姆发现的姑娘。"威尔坐直了身体，双眼放光，"杰姆和我猜她一定是遭到了攻击，然后逃进了黑夜之中。我想一定是她们派沙克斯恶魔跟着她，好把她带回去，可是沙克斯恶魔却被我杀了。她们一定很奇怪到底发生了什么。"

"我变成的那个女孩叫埃玛·贝利斯，"特莎近乎耳语一般说道，"她的头发是纯金色的——绑着一个粉色的小蝴蝶结——她只是一个孩子。"

威尔点点头，似乎对特莎描述的小姑娘很熟悉。

"她们一定是想知道她到底怎么了，才会让我'变'成她的。当我告诉她们她已经死了的时候，她们看起来如释重负。"

"可怜的灵魂，"夏洛特低声说，"所以你可以'变'成死人？而不仅仅是活人？"

特莎点点头。"当我'变身'以后，无论是死是活，他们都会在我的心里说话。唯一的区别是亡灵们往往只记得临死前的那一刻。"

"啊。"贾丝明打了个寒战，"真变态。"

特莎看着威尔。应该是希伦戴尔先生才对，她默默责备着自己，可是在心里这么称呼他对她来说确实有点难。她有种感觉，好像自己对他的了解远不止这些。可是这么想实在太愚蠢了。"你是在寻找杀害埃玛·贝利斯的凶手的时候找到我的。"她说,"可是她只是一个死去的小姑娘而已。一个死人——你们管这个叫什么?——盲呆。为什么要花这么多精力来查明她到底发生了什么呢?"

有一瞬间威尔和她的视线相交,他的蓝色眼眸如此深沉。然后,他的表情发生了细微的变化,这一切都没能逃过她的眼睛,虽然她不知道那种变化意味着什么。"哦,我可不想自找麻烦,不过夏洛特坚持调查。她觉得那件事背后隐藏着更大的真相。有一次杰姆和我潜入'地狱俱乐部'的时候还听到了一些其他凶杀案的谣传,我们意识到比起一个姑娘的死,这其中一定有更多的内幕。无论我们是否喜欢盲呆,我们都不能让他们遭到有组织有预谋的屠杀。这是我们的使命。"

夏洛特把身体前倾,靠着桌子。"'黑暗姐妹'从来没提过她们打算用你的能力干什么,对不对?"

"你已经知道了关于法师的事,"特莎回答,"她们说过我是为他而准备的。"

"你要为他做些什么?"威尔问,"把你当作晚餐吃了?"

特莎摇了摇头。"为了——让我嫁给他,她们是这么说的。"

"让你嫁给他?"贾丝明毫不掩饰自己的轻蔑,"真可笑。她们大概只是打算把你用作血祭的供品,为了不把你吓坏,才编了这个谎话。"

"我对此一无所知,"威尔说道,"但在我找到特莎之前,我查看了好几间屋子。其中一间被装饰成了要举行婚礼的样子。一张巨大的床铺上挂着白色的幔帐。衣橱里挂着一条白色裙子,看起来就是你的尺寸。"他意味深长地看了特莎一眼。

"合法的婚姻是极其强大的,"夏洛特说,"准确地说,它可以让你的另一半分享你所拥有的能力,特莎,甚至可以把你牢牢地控制。"她一边思考,一边用指尖轻敲着桌面,"关于'法师'这个人,我已经在档案馆里搜寻过他的名号了。这是用来称呼女巫大集会或者其他巫师组织的首领的。而'地狱俱乐部'就自以为是这种类型的组织。我的直觉告诉我'法师'和'地狱俱乐部'一定有关系。"

"我们以前也曾经调查过他们,可是他们从来都没被我们逮到,"

亨利提醒大家注意,"《大律法》可没有规定不能做个白痴。"

"这对你来说可真够幸运的。"贾丝明轻声嘀咕。

亨利像是被这话伤了心,却什么都没说。夏洛特冷冷地看了贾丝明一眼。

"亨利说得对,"威尔说道,"他们干的那些稀奇古怪的违法勾当确实没被我和杰姆逮到过,诸如喝那些混着恶魔粉末的苦艾酒。只要他们除了伤害自己不干别的坏事,那我们是没必要干涉,可是如果他们要谋害别人……"

"你知道他们当中都有哪些人吗?"亨利好奇地问。

"都是些盲呆,不对,"威尔不屑一顾地说,"目前为止我们还没有查到,他们中的大多数人在参加俱乐部活动的时候都戴着面具或者会化装。不过我倒是认出了不少暗影魅族。马格纳斯·贝恩,贝尔科特女士,拉格诺·费尔,还有德昆西——"

"德昆西?我希望他没有违反法律。你知道要找到一个跟我们意见一致的吸血鬼首领是件多么困难的事情。"夏洛特焦急地说。

威尔面前的茶杯里映出了他的笑脸。"我每次见到他的时候,他都完美得像个天使。"

夏洛特严厉地看了他一眼,然后对特莎说:"那个你提到过的女佣——米兰达——她跟你一样也有那种能力吗?埃玛呢,她有没有?"

"我想她们没有。如果米兰达跟我一样,那她们一定也会像我一样训练她的,而埃玛完全不记得跟这有关的任何事情。"

"那她们从来都没提过'地狱俱乐部'吗?她们做这些事情,到底有什么不可告人的目的?"

特莎头疼欲裂。每次"黑暗姐妹"以为她听不见的时候都说了些什么?"我从没听她们提过这个俱乐部的名字,可是她们有时候会说到打算参加什么会议,还说要是其他成员看到她们在我身上取得的成功该有多高兴。有一次,她们确实提到过一个名字……"特莎努力回忆着,连面孔都有些扭曲,"是俱乐部里的人。我不记得了,那名字听起来像是外国人的……"

夏洛特从桌子那端探过身来。"你能试试看吗,特莎?试着回忆一下？"

特莎知道，夏洛特没有恶意，然而她的声音却唤醒了她脑袋里的其他声音——那些声音竭力说服她试试看，从内心深处将能量释放出来。那些声音动不动就变得生硬而冰冷，一会儿用甜言蜜语劝诱她，一会儿又威胁和哄骗她。

可是特莎完全不为所动。"首先你得告诉我我哥哥怎么样了？"

夏洛特眨了眨眼睛。"你哥哥？"

"你说过如果我把'黑暗姐妹'的事情告诉你们，你们就会帮我找到我哥哥。好了，我已经把我知道的都告诉你们了。可是我还是没有得到半点关于内特的音信。"

"哦。"夏洛特把身体靠回椅背，看起来有些惊愕，"当然了。我们打算明天就开始调查他的下落。"她向特莎保证。"我们会从他工作的地方开始——先跟他的老板谈谈，看看他会不会知道些什么。我们已经布下了许多眼线，格雷小姐。暗影世界跟人类世界一样也充斥着各种流言蜚语。我们最后一定会找到知道你哥哥下落的人的。"

没多久，晚餐便结束了，特莎离席的时候终于松了一口气，夏洛特提出送她回房间，却被婉拒了。此时此刻，她只想一个人待一会儿，好好地想一想。

她独自走在灯光明灭的走廊之上，想起下船踏上南安普敦的那一天。在英格兰，除了哥哥以外她举目无亲，还被"黑暗姐妹"强迫着为她们效命。而现在，她遇到了这些暗影猎手，他们真的会善待她吗？就像"黑暗姐妹"一样，他们也想利用她——从她身上得到他们需要的各种信息——而现在他们很清楚她所拥有的能力，不知道什么时候开始他们也会觊觎她的这种能力呢？

特莎胡思乱想着，差点一头撞上墙壁。她已经走了好久好久，远远超过此前和夏洛特一起走到餐厅的距离，可是她依然没有找到记忆中的那间屋子。事实上，她甚至不确定自己是否找到了印象中的那条走廊。此刻，她身在一条过道之中，墙壁上排列着火把，还悬挂着壁毯，不知道是不是就是她来时经过的那条走廊呢？这里的有些过道灯火通明，有些则一片昏暗，点燃的火把投下了万千光影。有时当她经过的时候，火把的火苗会一下子蹿高，然后又微弱下去，好像有什么她看不见的东西在逗弄着它们似的。她小心翼翼地来到过道的尽头，在那里出现了两条一模一样的岔路。

"迷路了？"背后有个声音问道。那语调缓慢而自大，她马上认了出来。

是威尔。

特莎回头看去，他正交叉着双腿，漫不经心地靠在她身后的墙上，脚上的靴子伤痕累累，一副正在到处闲逛的样子。他的手上握着什么东西：是那块发光的石头。当她看着他的时候，他把石头收进了口袋，亮光消失了。

"不妨让我带你稍微参观一下学院，格雷小姐。"他建议，"这样你下次就不会迷路了。"

特莎眯缝着眼睛，看着他。

"当然，如果你愿意的话，你可以继续一个人逛逛。"他又说道，"不过我有责任提醒你，在这个学院里，至少有三四扇门是被禁止打开的。因为我们在那些房间里关着恶魔之类的东西。它们的脾气可不太好。这里还有一间武器室。有些武器拥有自己的意志，而且极为锋利。另外有些房间，打开以后会发现空无一物。它们是为那些侵入者准备的，如果你一不小心走到了教堂的顶端，你一定不想就这样猝不及防地掉下去，然后——"

"我可不相信你说的话，"特莎说，"你是一个可怕的骗子，希伦戴尔先生。还有——"她咬着嘴唇，"我不喜欢到处乱走。如果你保证不耍花样，那么我愿意跟着你参观一下。"

威尔向她做了保证。然而，出乎特莎意料，他竟真的信守了诺言。他一边带她走过一连串看起来一模一样的走廊，一边告诉她关于学院的种种事情。他告诉她学院一共有多少房间（简直不计其数），这里同时居住着多少暗影猎手（数以百计），还向她展示了一年一度为"昂克拉夫"举行圣诞派对的巨大宴会厅。威尔告诉她，"昂克拉夫"是居住在伦敦的暗影猎手的名号。(他还告诉她，在纽约，暗影猎手被叫作"康克拉夫"。看起来，美国暗影猎手也有他们自己的专有名词。)

参观完宴会厅，他们来到了厨房，在那里他们见到了此前特莎在餐厅见过的那个中年妇人，威尔介绍说她叫阿加莎，是这里的厨师。她正坐在一个巨大的炉灶前做着针线活，更让特莎不可思议的是，她正抽着一只巨大的烟斗。桌上的盘子里正晾着一些巧克力馅饼，她微笑着任由威尔从盘子里拿走了几个。威尔把其中一个递给了特莎。

可她只是耸了耸肩。"哦，不了。我讨厌巧克力。"

威尔好像被她的话吓了一跳。"这个世界上怎么可能会有讨厌巧克力的怪物？"

"他什么都吃，"阿加莎温和地微笑着，告诉特莎，"从他十二岁开始就这样。我想是因为训练才没让他发胖。"

一个胖乎乎的威尔，想到这里特莎不禁被逗乐了，她向掌管着这个巨大的厨房、抽着烟斗的阿加莎道了谢。厨房里鳞次栉比地排列着一罐罐蜜饯和汤羹、许许多多的香料罐头，还有一只巨大的烤牛腿正挂在敞开的壁炉上，如此应有尽有，似乎能烹制出各种各样的食物。

"好样的。"当他们离开厨房的时候，威尔说道，"你刚刚向阿加莎道了谢，这样做会让她喜欢你的。如果阿加莎不喜欢你，那可就糟了。她可会在你的麦片粥里放石头。"

"哦，天哪。"特莎假装吓了一跳，却难以掩饰此刻的愉快心情。他们从厨房来到音乐室，屋子里摆着几把竖琴和一架古老的大钢琴，上面布满了灰尘。再走下几个台阶就是客厅了。和别的房间里裸露的石头墙壁不同，这里的墙上覆着鲜亮的墙纸，上面绘着树叶和百合花的图案。巨大的壁炉里生着火，几把舒适的扶手椅摆在壁炉周围。房间里还有一张木制大书桌，威尔告诉她，夏洛特就是在那上面办公，操持着整个学院的运转。特莎不禁好奇亨利·布兰韦尔在这里扮演的是什么角色，不知道他的办公室在什么地方。

接着是武器室。这里的藏品之丰富完全超出了特莎的想象，这可是在任何博物馆都见不到的。数以百计的狼牙棒、斧头、匕首、宝剑、刀具，墙上还挂着好几把手枪，房间里还摆着各种类型的盔甲，从保护小腿的护胫套到从头到脚用铁环串连做成的盔甲，五花八门，应有尽有。一个深褐色头发的年轻男子正坐在一张高脚桌之后，擦拭着一套短匕首。看见他们进来，他笑着向威尔问好："晚上好，威尔大人。"

"晚上好，托马斯。你已经见过格雷小姐了吧。"他指了指特莎。

"你也去过'黑屋'！"特莎惊讶极了，不禁走近了几步，看着托马斯，"当时你跟布兰韦尔一块出现的时候，我还以为——"

"您以为我也是暗影猎手？"托马斯笑了笑。他有一张甜美、开朗、讨人喜欢的脸蛋和一头卷发。他的衬衫领口敞开着，露出结实的喉结。他个子高大，身体强壮，胳膊上的肌肉把衣袖绷得紧紧的，浑身洋溢着青春活力。"我可不是暗影猎手，小姐——我还在接受训练。"

威尔把背靠在墙上，问道："托马斯，我要的那种短剑到了吗？最近我跟不少沙克斯恶魔狭路相逢，我需要一种刀锋轻薄的武器，能穿透它们披着盔甲的外壳。"

托马斯告诉威尔，因为伊德里斯的天气原因船只延误了，可是特莎的注意力却被别的东西吸引了过去。这是一个黄金木做的高高的盒子，被擦拭得闪闪发亮，正面烙着一个图案——是一条首尾相衔的蛇。

"那不是'黑暗姐妹'的标志吗？"她问，"怎么会出现在这里？"

"不对，"威尔说，"这盒子是一个罗盘。恶魔是没有灵魂的。它们的意识来自一种可被储存的能量。而罗盘则可以牢牢地控制它们——哦，对了，这个标记是一条衔尾蛇——'吞尾蛇'。这是一个古老的炼金术符号，用来代表不同的次元——在毒蛇身体之内的部分代表着我们的世界，而身体之外则代表着其他生灵。"说着他耸了耸肩。"除了那姐妹俩的标志，我从没见过两条蛇组成的'衔尾蛇'符号——哦，别碰它。"眼看着特莎就要触到那只盒子，他赶紧加了一句，敏捷地挡在她的身前。"除了暗影猎手，没人可以碰这只盒子。不然会有危险的。打扰了托马斯那么久，我们现在该走了。"

"我可不介意。"托马斯抗议着，可是威尔已经向外面走去。特莎在门口又回头看了托马斯一眼。他已经回到桌子那里继续擦拭着武器，不知为什么，他的身影让特莎觉得他看起来有一点孤单。

"我没想到你们会和盲呆一起并肩作战，"她对威尔说，这时他们已经把武器室留在了身后,"托马斯是个仆人吗？还是——"

"托马斯一生中的大部分时间都在学院中度过，"威尔一边说着，一边带着特莎在走廊上拐过一个急转弯。"有些家族与生俱来就有洞见力，他们常常为暗影猎手效力。托马斯的父母在学院中效力于夏洛特的父母，现在托马斯则为夏洛特和亨利工作。而他的孩子们也将为他们的后代效命。托马斯无所不能——驾驶，照顾贝里奥斯和桑索斯——这是我们的马匹的名字——还能帮我们管理武器。其他事情则由索菲和阿加莎管理，托马斯偶尔也会搭把手。我猜他喜欢索菲，不想看到她工作得那么辛苦。"

最后一句话让特莎觉得很高兴。她之前因为看到索菲的伤疤而吓了一大跳，这让她觉得自己很糟糕，而现在她知道有一个英俊的男人爱慕着索菲，这让她好受了一些。"也许他爱的是阿加莎呢。"她说。

"我可不希望这样。我才是要娶阿加莎的人。虽然她看起来足有一千岁了，可是她做的果酱馅饼可是天下无敌。要知道，美貌易逝，厨艺可是恒久不变的。"他在一扇镶着厚厚的铜制门轴的巨大橡木门前停住了。"我们到了。"他说，轻轻一碰，大门随即打开。

这间房间比她之前去过的宴会厅还大。屋子是长方形的，一溜矩形橡木桌子在中间排开，一直延伸到远处的墙壁处，那里的墙上漆着一个天使的图案。每张桌子上都有一盏用来照明的玻璃灯，白色的灯光摇曳。墙面的上半部分是一个突出的平台，周围环绕着木质扶手，房间两端各有一架旋转楼梯通向那里。一列列书架按照一定的间隔排列在房间两端，就像穿着制服的哨兵。更多的书架排列在平台之上。书籍隐藏在书架上锈迹斑斑的金属隔板之后，每块隔板上都印有四个字母 C 的标记。房间里向外突出的弧形窗户上镶着彩色玻璃，一些布满磨痕的石头长凳参差排列在书架之间。

此刻，有一本大书被留在了一张桌子上，它的书页被翻开了，引起了特莎的好奇。她向那张桌子走去，心里想着那一定是本字典，走近了才发现，书页之上，被灯光照亮的地方胡乱涂写着难以辨认的潦草字迹和一些残破而陌生的地图。

"这是大图书室，"威尔说道，"每个学院都拥有一个自己的图书室，不过这间可是所有图书室中最大的——不管是在西方还是其他任何地方。"他靠着大门,双臂交叉在胸前。"我说过会让你得到比以前更多的书的,对不对?"

他竟然还记得自己先前的承诺,这让特莎惊呆了,过了好一会儿才回过神来。"可是这些书都被锁住了!"她说,"这里就像一座囚禁书籍的监狱!"

威尔笑着向她解释:"这里的一些书很危险。把它们仔细保管起来是明智的做法。"

"每个人都必须善待书本,"特莎说,"书本里的内容具有改变我们命运的力量。"

"我可不敢肯定自己是否因为一本书而发生过改变,"威尔说,"好吧,这里有本书能教会你彻头彻尾地把自己变成一群绵羊——"

"只有那些意志极为薄弱的人才会拒绝文学和诗歌的熏陶。"特莎硬是把跑了题的威尔拉了回来。

"当然,为什么有人会愿意变成一整群绵羊完全是另一回事,"威尔总结,"这里有什么书是你感兴趣的吗,格雷小姐?把书名告诉我,我会为你设法把它从监狱里释放出来。"

"你觉得这座图书室里会有《辽阔大世界》或者《小妇人》吗?"

"从没听说过这两本书,"威尔说,"我们这儿的小说并不多。"

"好吧,我想读小说。"特莎说,"或者诗歌也行。书籍是用来阅读的,而不是用来把一个人变成家畜。"

威尔好像想到了什么,双眼放光。"我想我们应该有一本《爱丽丝漫游仙境》。"

可是特莎却只是皱了皱鼻子。"哦,那是给小孩子看的书,不是吗?"她说,"我一点儿也不喜欢这本书——看起来通篇都是废话。"

"如果你用心发现的话,有时候废话也蕴含着许多大道理。"威尔的眼睛蓝得如此深邃。

可是特莎早已向一个书架走去,她在那里找到了一本熟悉的书,那神情就像跟一个老朋友久别重逢一般。"《雾都孤儿》!"她欣喜若狂,"你们还有狄更斯先生的其他作品吗?"她双手紧握着问。"哦!你们有《双城记》吗?"

"那么愚蠢的东西?男人们为了爱情而人头落地?太可笑了。"威尔离开倚靠着的大门,向特莎所在的那个书架走去。他向着周围浩如烟海的书本张开双臂。"不,如果你需要的话,你会在这里找到各种不同的方法,教你怎么让别人身首异处,这可有用得多。"

"我不!"特莎抗议,"我根本不需要砍下别人的脑袋。那些根本无人问津的书是说什么的呢?你们真的没有别的小说了吗?"

"有一本叫《奥德利夫人的秘密》的书,说的是女主角在闲暇时残杀恶魔的故事,除了这本之外没别的小说了。"说着,威尔几步跃上了台阶,从书架上猛地抽出一本书来。"我会帮你找到你喜欢的书的。接着。"他看也没看就把书扔了下来,特莎不得不在书本落地之前把它接住。

这是一本方方正正的大书,裹在深蓝色的天鹅绒之中。一个螺旋形的标记被刻在天鹅绒之上,让人想起威尔肌肤上的那个印记。封面上印着烫银的书名:《暗影猎手法典》。特莎抬眼看着威尔问:"这是什么?"

"你现在可以说是居住在我们的圣殿之中,所以我猜,关于暗影猎手,你有一肚子的问题要问。这本书会把你想知道的一切都告诉你——关于我们,关于我们的历史,里面甚至还有像你这样的暗影魅族的事情。"威尔的表情严肃起来,"不过,你可得小心这本书。它已经有六百年的历史了,而且就剩这一本了。如果不慎丢失或者损坏,在《大律法》上可是要判死刑的。"

威尔的话让特莎吓了一跳,恨不得立马把书还给他,好像这是个烫手山芋一般。"你不是认真的吧。"

"答对了。我在开玩笑。"威尔从楼梯上一跃而下,轻盈地落在她的面前。"可是,我说什么你都相信,对不对?我看起来那么值得信任吗?还是你自己太天真了?"

特莎没有回答,只是生气地看着他,然后径自穿过房间,来到房间一角临近窗户的地方,那里有一条石头长凳。一屁股坐在凳子上,她打开《法典》,读了起来,故意对威尔视而不见,就连他坐到她的身边都无动于衷。然而,当她读书的时候,依然能感觉到他注视着她的目光。

在这本关于拿非力人的书的第一页上,是一幅她已经在走廊里的挂毯上见过的图画,因此看着并不陌生:一个天使悬浮在湖面之上,一手持着宝剑，一手拿着杯子。在插图下面有一段注解：大天使拉结尔与凡俗之器。

"这就是开头。"威尔兴高采烈地说，完全不顾特莎对他的视而不见，"这是用来施咒的，那个是天使的鲜血，有了它们，你便可以成为一个刀枪不入的人类勇士。听着，光看这本书根本不可能让你了解我们，不过这是第一步。"

"这根本不是人类——更像是复仇天使。"特莎轻声嘀咕着，翻到了下一页。好几幅天使的图片跃然眼前——它们正无一例外慌慌张张地逃离天际，掉落的羽毛就像燃烧的流星一般滑落而下。还有更多的图片是关于大天使拉结尔的，它的手上拿着一本打开的书本，其上的书页像被烈火焚烧一般一片焦黑，它的身边跪着几个男人，身上的印记清晰可见。她曾经在噩梦中见过这样的男人，他们没有眼睛，嘴唇被缝了起来；而暗影猎手则挥舞着熊熊燃烧的宝剑，就像从天堂来到人间的战斗天使。她抬头看着威尔。"那么，你的身上也流着一部分天使的血液，对不对？"

威尔没有回答。他的视线穿过一扇干净、低矮的窗格，投向窗外。特莎追随着他的目光看去。窗户之下是一个圆形的庭院，周围环绕着围墙，这里应该就是学院的正面了吧。一扇高大的铁门镶在圆弧形门洞之上，视线越过铁门的栅栏，她能依稀瞥见远处的街道之上撒着煤气灯发出的暗淡的黄色光线。几个锻铁打造的字母悬在精心打造的拱形门楣之上。从这个角度看去，字母的顺序是反的，于是特莎只能斜睨着将它们拼凑起来。

"'我们是尘土阴魂[①]'。这是《颂歌》里的一句话。'我们是尘土阴魂。'说得一点没错，你觉得呢？"威尔说，"生命易逝，而我们终其一生都在消灭恶魔。如果年纪轻轻就死了，尸体便会被焚烧——书上管这叫'尘归尘，土归土'。然后我们便消失在历史的阴暗处，连一丝痕迹也没有留下，后世之人永远不会知道我们曾经存在过。"

特莎看着他。此刻他脸上的神情如此怪异而引人注目——眉眼之间那种充满消遣意味的表情并没有消失，好像世界上的一切都让他觉

---

① 原文为拉丁文。

得如此可笑却又如此悲惨。她不知道到底是什么让他变成了今天这个样子,把黑暗和邪恶当作调笑一般,虽然她待在这儿的时间不长,但在她见过的别的暗影猎手身上却并没有发现这种独特的个性。也许这是他从父母身上继承的品格——可是他的父母究竟是什么样的人?

"你有没有担心过?"特莎轻声说道,"外面的那些东西——会跑到这里来?"

"你的意思是恶魔和其他那些令人作呕的东西?"威尔问,然而特莎却并不肯定自己指的到底是什么,也许就是人们常说的世上的那些罪恶之事。他把一只手搭在墙上。"垒成这些石墙的灰泥之中混合着暗影猎手的鲜血。每一道横梁都是用花楸木制成的。用来固定横梁的每一枚钉子都是用银、铁或者合金铸就。学院建立在一片神圣的土地之上,周围戒备森严。大门只会为身上流着暗影猎手血脉的人而打开,如若不然,它便永世紧锁。这里简直就是一座堡垒。所以,我一点都不担心。"

"可是为什么要住在一座堡垒之中呢?"在威尔吃惊的表情中,特莎娓娓道来,"你显然不是夏洛特和亨利的孩子,他们的年纪根本做不了你的父母。除了你和贾丝明以外,这里也没有其他暗影猎手的后裔——"

"还有杰姆。"威尔提醒她。

"没错,可是——你看,你明白我的意思。为什么不跟自己的家人住在一起呢?"

"我们没有父母。贾丝明的父母死于一场大火,而杰姆的爸妈——自从他父母被恶魔杀害之后,杰姆便从一个遥远的地方来到这里,住了下来。《大律法》规定,圣廷有责任将失去双亲的暗影猎手的后裔抚养至十八周岁。"

"所以你们就是彼此的家人。"

"如果你一定要用浪漫主义来形容的话,我想我们是的——同在学院屋檐下的兄弟姐妹们。你也是其中之一,格雷小姐,虽然只是暂时的。"

"那么说的话,"特莎觉得一阵脸红,"我想你可以叫我的名字,就像你称呼洛夫莱斯小姐那样。"

威尔看着她，脸上终于绽开了笑容。当他微笑的时候，蓝色的眼睛闪闪发亮。"那你也得叫我的名字，"他说，"特莎。"

以前她从没仔细思量过自己的名字，可是当他说出这两个字的时候，她像是第一次听见自己的名字一样——第一个字的发音有些用力，结尾的时候又轻柔地带过，一呼一吸之间便念完了。轮到她的时候呼吸便有些急促，只是轻轻叫了声："威尔。"

"什么？"消遣的神情又在他的眼里明灭不定。

特莎也被自己吓了一跳，这才意识到自己只是为了叫他的名字才脱口而出，其实她并没有什么要问他的。她只得急急忙忙地说道："你是怎么学会——学会打仗的？又是怎么学会画那些神秘的符号，还有别的本领的呢？"

威尔笑着回答："有专门教授我们文化知识、训练我们体能的导师——虽然他现在已经动身前往伊德里斯了，而夏洛特正在寻找他的继任者——那个人还要和夏洛特一起负责教我们历史和古老的语言。"

"这么说来夏洛特还是你们的家庭教师？"

威尔的脸上闪过一丝坏笑。"可以这么说吧。不过我要是你的话，为了让自己手脚健全，就不会管夏洛特叫家庭教师。我们的夏洛特对各种武器可是精通得很，从外表上可一点儿也看不出来。"

特莎吃惊地眨了眨眼。"你的意思不会是说——夏洛特应该不会像你和亨利那样打仗吧，是不是？"

"她当然可以。为什么不行？"

"因为她是个女人。"特莎说。

"博阿迪西亚也是女人。"

"她是谁？"

"于是博阿迪西亚女王傲然站立在战车之上，挥舞着手上的标枪，双目中翻滚着如母狮一般的眼神。①"特莎一脸困惑，于是威尔露齿一笑，说道："不明白？如果你是英国人的话就会知道了。你得提醒我找一本关于她的书让你读读。无论如何，她是一位英勇强大的女

---

① 英国维多利亚时代最受欢迎及最具特色的诗人阿尔弗雷德·丁尼生的作品《博阿迪西亚》中的诗句。

王。当她终于战败的时候,她宁愿服毒自尽也不让自己成为罗马人的俘虏。她比男人更勇敢。我觉得夏洛特跟她挺像的,就是矮小了一点儿。"

"可是她应该并不擅长打仗吧?我的意思是,女人一般都没有那种感觉。"

"那种感觉是指什么?"

"我猜,应该是嗜血成性的欲望。"特莎想了想,说,"是残暴。身为勇士的感觉。"

"我见过你向'黑暗姐妹'挥舞着钢锯的样子,"威尔指出,"而且如果我记得没错的话,事实上,奥德利夫人的秘密便是,她是一个杀人犯。"

"这么说你读过那本书!"特莎无法掩饰自己的欣喜若狂。

他一脸顽皮的样子,"其实我更喜欢《毒蛇的踪迹》。那本书里没那么多婆婆妈妈的内容,更刺激一些。不过,还是《月亮宝石》最好看。你看过科林斯的作品吗?"

"威尔基·科林斯可是我的偶像,"特莎兴奋极了,"哦——《阿玛代尔》!还有《白衣女人》……你是在嘲笑我吗?"

"我笑的可不是你,"威尔笑着说,"不过却是因为你才笑的。我从没见过有人会因为书籍而变得如此兴奋。你把它们都当作钻石了吧。"

"好吧,它们就是钻石,难道不是吗?难道你从来没有像我这样钟爱过什么吗?可别用些诸如'护脚'或者'草坪网球'的愚蠢答案来敷衍我。"

"上帝啊,"他装出吃惊的样子,"好像她有多了解我似的。"

"每个人的生活中都会有一件不可或缺的东西。别担心,我会帮你找到属于你的那一样的。"她故意装出一派轻松的样子,可是他脸上的表情却让她动摇了,声音里透出一丝不确定。他正用一种异常坚定的目光看着她。他那深蓝色的眼眸就跟她手上拿着的书本上裹着的天鹅绒的颜色一模一样。他的视线从她的脸上移开,往下看向她的颈项,之后是她的腰部,最后又回到她的脸上,在她的嘴唇周围徘徊着。特莎的心跳加剧,就好像刚刚跑了好几级楼梯似的。有什么东西堵在她的胸口，让她觉得像是又饿又渴。她期待着发生什么，可是却又不知道自己所期待的是什么——

"太晚了，"威尔突然开口，把视线从她身上移了开去，"我应该带你回房间了。"

"我——"特莎想表示反对，却发现毫无理由。他说得对。太晚了，透过洁净的窗玻璃，能看见天上的繁星。她从石凳上站了起来，把书本抱在胸前，跟着威尔来到了走廊上。

"我应该教你几个秘诀，这样你就不会在学院里迷路了。"他说，却依然不看她。此刻，他对待她的态度有了一丝微妙的变化，已经跟以前不一样了，好像特莎做了什么冒犯他的事似的。可是她到底做了什么呢？"那些认路的方法会让你分辨出不同的房间和拐角。"

他忽然停了下来，这时，特莎看见有人从走廊那头向他们走过来。是索菲，她的胳膊上挎着一只洗衣篮。她看见威尔和特莎便停下了脚步，脸上多了一丝戒备的神情。

"索菲！"他又变回了那个顽皮鬼威尔，"我的房间收拾好了吗？"

"收拾好了。"索菲板着脸回答，"屋子里太脏了。我希望你以后不要在屋子里追踪那些恶魔的尸块了。"

特莎惊讶得合不拢嘴。索菲怎么可以这样跟威尔说话？她只是个仆人，而他——即使他年龄是比她小——他也是位绅士啊。

而威尔也只是泰然处之的样子。"这是工作的一部分嘛，小索菲。"

"布兰韦尔先生和卡斯泰尔斯先生都能把自己的靴子弄得干干净净，"索菲一边说着，一边用阴郁的眼神在威尔和特莎身上扫来扫去，"也许你可以跟他们学学。"

"也许吧，"威尔说，"不过我可不敢保证。"

索菲沉下脸来，一声不吭地往前走去，双肩因为愤怒而紧绷着。

特莎一脸惊异地看着威尔。"她怎么了？"

威尔懒懒地耸了耸肩。"索菲喜欢装出一副不喜欢我的样子。"

"不喜欢你？我觉得她是讨厌你！"如果在其他场合之下，她也许会怀疑威尔和索菲是一对情侣，可是人们是不会跟仆人陷入爱河的。如果仆人们有什么令人不满意的地方,便可以随时将他们解雇。"你们——你们之间发生了什么?"

"特莎,"威尔不耐烦地说,"够了,这些事情你永远也不可能明白。"

特莎讨厌别人告诉自己,有些事情她永远也不可能明白。因为她还年轻,因为她是个姑娘——除此之外还有一千个毫无意义的理由。她倔强地扬起了下巴。"好吧,除非你不愿意告诉我。不过我还是得说,一定是你对她做了什么可怕的事情,才会让她那么讨厌你。"

威尔的表情黯淡了下来。"随你怎么想。别以为你有多了解我。"

"我知道你说话喜欢拐弯抹角。我知道你大约有十七岁。我知道你喜欢丁尼生——你在'黑屋'里引用过他的诗,还有刚刚在图书室里也是。我还知道你跟我一样也是个孤儿——"

"我从没说过我是个孤儿。"威尔突然变得意想不到的凶狠,"而且我厌恶诗歌。所以,其实你对我一无所知,是不是?"

说完,他便转身走开了。

第五章
暗影猎手法典

梦境如此真实,难道我们不是生活在梦境之中吗?

——阿尔弗雷德·丁尼生,《更高的泛神论》

特莎闷闷不乐地在错综复杂的走廊里徘徊了很久,所幸终于在无穷无尽的壁毯中认出了之前留意到有裂缝的那一条,这条走廊上的某一间应该就是她的房间了。她又摸索了一会儿,终于回到了自己的房间,把房门在身后关上,又插上了插销。

她刚换上睡袍,把自己窝在床上,便迫不及待地打开了《暗影猎手法典》,看了起来。威尔说过,光看这本书根本不可能让你了解我们,可那并不是重点。他不知道书籍对她来说意味着什么,书籍象征着真理和内涵,只有读书才能让她感受到生存的意义,也让她相信这世上还有很多跟她一样的人。现在,手上持着的这本书让特莎感到这六个星期以来在她身上发生的一切都是真的——此刻的感觉甚至比彼时彼刻经历的时候更真切。

特莎从《法典》中知道,暗影猎手的祖先是一位名为拉结尔的大天使,是它把一本用"天堂的语言"写就的《灰色格雷》赐给了第一个暗影猎手——而好像夏洛特和威尔这样经过训练的暗影猎手们身上所有的神秘的黑色印记就是来自"天堂的语言"——如尼文。如尼文是用石杖刻在他们肌肤之上的,在"黑屋"里的时候,她曾看到威尔把石杖抵在门上,将门破开。这些如尼文使拿非力人具备了各种防卫能力:一旦受伤他们便会不治而愈,拥有超人般的力量和速度,即便在夜晚也能看得一清二楚,甚至还能通过使用叫作"迷幻"的如尼文让自己在盲呆面前隐身。不过以上这些能力可不能当作礼物送给别人。若在暗影魅族或者人类的身上刻上这种如尼文，便会让他们痛不欲生，最后造成非疯即死的后果，即使是那些太过年幼或者未经训练的暗影猎手也不行。

而他们用来自我保护的方式也并非只有如尼文一种——当他们作战时会穿着一种叫作"齿轮"的战斗服，那是用施过法术的坚硬皮革制成的。在不同的国家，男人们的"齿轮"也各不相同。而出乎特莎意料的是，还有专门为女子设计的长衫长裤——那可不是她此前曾在报纸上看到的被人们嘲笑的灯笼裤，而是实实在在的男式裤装。她摇摇头，翻过了这一页，心里好奇，不知道夏洛特和贾丝明是不是真会穿这种奇装异服。

下一页说的是除了如尼文之外，拉结尔赐给第一个暗影猎手的其他礼物——三件神奇而强大的"致命秘器"——还有暗影猎手的家乡：从神圣罗马帝国中切割出的一小块土地，四周防卫森严，以防盲呆越界。那地方叫伊德里斯。

当特莎埋头看书的时候，房间里的灯光摇曳，逐渐暗淡了下去，她不得不把眼睛凑得离书本更近些。她读到，暗影魅族是一种超自然的生灵，精灵、狼人、吸血鬼和巫师都属于这一族群。其中，吸血鬼和狼人是一群被恶魔传染了疾病的人类。精灵的血脉有一半来自于恶魔，另一半则来自于天使，因此她们外表美艳，内心邪恶。可是巫师呢——巫师是人类与恶魔共同孕育的后代。怪不得夏洛特曾问过她，她的父母是不是都是人类。可是他们都是，她心想，所以，感谢上帝，我不可能是巫师。这段文字的下面有一幅插图：石头地面上用粉笔画着一个五芒星，一个头发蓬乱的男人站在正中。他的样子看起来极为普通，除了那一双眼睛好像猫咪的眼眸一般瞳孔狭长。在五芒星的每个角上都点着蜡烛。蜡烛的火焰栩栩如生地晃动着，模糊成了一片，而特莎在筋疲力尽之中视野也逐渐模糊了起来。她闭上双眼——转瞬之间便进入了梦乡。

在梦中，她舞动着穿越了一片漩涡般的烟雾，来到一条排列着镜子的走廊之上，当她经过时，每一扇镜子里映照出的都是不一样的脸孔。她能听见有一种悦耳的音乐声正萦绕在周围。听起来似乎有些遥远，却又似乎无处不在。有一个男人正走在她的前面——没错，是个身材颀长、乳臭未干的男孩——虽然看不见他的脸，也没有认出他是谁，她却有种似曾相识的感觉。他也许是她的哥哥，或者是威尔，或者完全就是一个陌生人。她跟随着他，呼唤他，可是他却像被烟雾裹挟着似的离她越来越远。那音乐的声音越来越大，直到顶点——

特莎醒了过来，觉得一阵呼吸困难，当她坐起来的时候，书本滑落到了膝盖处。刚刚的梦境已经消失了，可那音乐还在，那样大声而悦耳地萦绕在周围。

走廊上的音乐声愈发清晰。事实上，它就是从大厅那头的房间里传来的。音符就像从狭窄的瓶口涓涓涌出的水流一般从那半开半闭的房门内倾泻而出。

特莎的房门上挂着一件晨袍。她把衣服取了下来，穿在睡衣的外面，来到走廊上。如同身在梦境中一般，她穿过走廊，把手轻轻地搭在那扇房门之上。只轻轻一触，门便打开了。房间里一片漆黑，唯一的照明便是从屋外洒进来的月光。房间里也有一张四柱大床，笨重的家具颜色暗沉，和走廊那头她的卧室简直一模一样。此时，高窗上的窗帘被拉了开来，苍白的银光好像细雨一般倾泻在屋子里。窗户前被月光照亮的一小块地方，有个身影正站在那里。是个男孩——他的身型瘦弱，像是还未成年的样子，他的肩上正架着一把小提琴。他的面颊依靠着乐器，琴弓在琴弦上前后移动着，生出串串音符，特莎从没听到过如此动听而完美的乐音。

他的双目紧闭。"威尔？"他问，却没有睁开眼睛，也没有停止演奏，"威尔，是你吗？"

特莎没有说话。她实在不忍心打断这乐声——可是不一会儿，男孩便停了下来，他放下琴弓，皱着眉头睁开了眼睛。

"威尔——"他刚要开口便看见了特莎，于是双唇微启，一脸惊讶的表情。"你不是威尔。"他的声音充满了困惑，可却没有因为被打扰而显得不高兴，尽管特莎在半夜里闯进了他的卧室，还在他穿着睡衣演奏小提琴的时候吓了他一跳，而他的睡衣也让特莎吓了一跳。他穿着一条轻薄、宽松的睡裤和一件无领衬衫，外面松松地罩着一件黑色的丝质晨袍。她猜得一点没错。他很年轻，应该跟威尔一般大，而他那细长的身材使他更显年幼。他个子高挑却也单薄，在隐藏在衬衣领口之下的肌肤上，她看到了之前曾在威尔和夏洛特身上见过的那种黑色图案隐隐露出的弯曲的边缘。

现在她知道该怎么称呼它们了。如尼文。她也知道如尼文所有者的身份便是拿非力人。人类和天使共同孕育的后代。难怪在月光之下，他苍白的肌肤就像威尔的巫光石一样闪闪发亮。他的头发也是银灰色的，还有那双略显呆滞的眼睛。

"我很抱歉，"特莎清了清喉咙，说道。在如此寂静的房间里，她的声音显得如此响亮，连她自己都觉得像噪音般刺耳。她急忙为自己辩白。"我——我不是这样闯进来的。是因为——是我的房间就在大厅的那头，还有……"

"没关系。"他把小提琴从肩上放下，"你是格雷小姐，是吗？那个会突然变身的女孩。威尔对我说了一些关于你的事。"

"哦。"特莎说。

"哦？"男孩扬起了眉毛，"你的声音告诉我，你对此不太高兴。"

"我想威尔正在生我的气，"特莎解释，"所以无论他告诉你什么——"

他大笑了起来。"威尔在生每个人的气。"他说，"我可不会因为这个而左右自己的判断。"

男孩转身把小提琴放在衣柜上，光滑的琴面映照在月光之下。接着，他微笑着转向她。"我叫詹姆斯·卡斯泰尔斯。请叫我杰姆吧——大家都这么喊我。"

"哦，你就是杰姆。你没来吃晚饭。"特莎想了起来，"夏洛特说你生病了。你现在好点儿了吗？"

可他只是耸了耸肩。"我只是有点累而已。"

"好吧，我猜你们做的那些事情确实挺累人的。"才刚读过《法典》，特莎就觉得自己有一肚子关于暗影猎手的问题要问，"威尔说你长途跋涉才来到这里——这么说，你以前住在伊德里斯？"

他惊讶地抬起了眉毛。"你知道伊德里斯？"

"或者你来自另一个学院？它们分布在所有的大城市之中，对不对？可你为什么会来伦敦呢——"

这时，他满脸困惑地打断了她。"你问了很多问题，不是吗？"

"我哥哥常说好奇心是我最大的毛病。"

"好吧，好奇心可不能算是这世上最坏的毛病。"他一屁股坐在床脚边的一只旅行箱上，充满好奇地看着她，"让我们继续；想知道什么尽管问吧。反正我也睡不着，正好让我轻松一下。"

突然，特莎的脑袋里响起了威尔的声音。杰姆的父母是被恶魔杀死的。我可不能问他那件事，特莎思忖。于是她说："威尔告诉我你来自一个遥远的地方。那你以前住在哪儿？"

"上海，"杰姆回答，"你知道那地方吗？"

"中国，"特莎有些生气地说，"这不是人人皆知的吗？"

杰姆开心地笑了。"你应该吃惊才对。"

"你在中国干什么？"特莎对此很感兴趣。此时她在脑海之中并不能确切描绘出杰姆待过的那个地方。每当她想到中国的时候，脑海中出现的只是马可·波罗和茶叶而已。她知道那是一个很远很远的地方——好像杰姆是从地球的另一端来到这里一般——要是换做哈丽雅特姨妈，一定会说那里就是太阳之东，月亮之西的地方。"我还以为除了传教士和水手，没人会去那里。"

"暗影猎手们住在世界各地。我妈妈是中国人；爸爸是英国人。他们在伦敦相识，后来被任命负责上海的学院，便搬到了那里。"

特莎惊呆了。如果杰姆的母亲是中国人，那么他的身上也有中国血统，难道不是吗？纽约也有一些中国来的移民——他们大多在洗衣店工作，或是在街头售卖手工卷烟。她从没发现他们中的任何一个有像杰姆这样奇怪的银色头发和眼睛。也许他是在成为暗影猎手以后才变成现在这模样的？可是她却无论如何也没办法把这个问题问出口，这实在是太不礼貌了。

幸好，杰姆并没有等着她继续这个话题，而是兀自开口说道："恕我冒昧，可是——你的父母是不是都已经去世了？"

"是威尔告诉你的吗？"

"他没必要告诉我这个。我们孤儿总是能在人群中认出跟我们一样的人。我可以问问——这是你小时候发生的事吗？"

"在我三岁的时候他们死于一场车祸。我几乎已经不记得他们的样子了。"记忆中只有一片微弱的亮光——有一阵香气传来，不知是烟草的烟雾发出的，还是来自母亲连衣裙上的丁香花。"我是被姨妈带大的。还有我哥哥，纳撒尼尔。我姨妈，虽然——"说到这里，特莎竟有一种如鲠在喉的感觉。哈丽雅特姨妈躺在她卧室的那张铜制小床之上，眼睛因为高烧而闪闪发亮，这一切正栩栩如生地映在特莎的脑海之中。弥留之际，姨妈已经不认得特莎了，而是用她母亲的名字，伊丽莎白，呼唤她。特莎始终握着姨妈那瘦骨嶙峋的双手直到她去世，陪伴着她们的只有一个牧师。她当时曾想，现在她终于变成孤零零的一个人了。"她刚去世不久。突如其来的高烧夺走了她的生命。她的身体一直都不太好。"

"我很抱歉。"杰姆真心诚意地说道。

"我当时害怕极了，因为我哥哥不在我们身边。他在那之前一个月就出发去英格兰了。他甚至还给我们寄了礼物——福特纳姆·梅森牌①的茶叶，还有巧克力。后来姨妈生病过世，我开始不断地给他写信，可是所有的信都被退了回来。正当我万念俱灰的时候，收到了一张驶往南汉普敦的船票，还有一封内特的短笺，他说他会在码头接我，既然姨妈已经过世了，我只有去伦敦跟他一起生活。虽然现在我知道那封信并不是他写的——"特莎觉得双眸一阵灼痛，不得不停了下来，"对不起。我絮絮叨叨说了那么多。你没必要听我说这些的。"

"你哥哥是个什么样的人？"

特莎略显惊讶地看了杰姆一眼。所有人都问她哥哥到底干了什么才把自己弄到这步田地，她知不知道"黑暗姐妹"到底把他关在哪里，他是不是也拥有"变身"的能力。可是却没人问过他是个怎样的人。

"姨妈以前总说他是个梦想家。"她说，"他总是生活在自己的思绪之中。他从不关心当下，只在意有朝一日，当他得到想要的一切时会发生什么。不对，应该说是我们得到了我们想要的一切时。"她连忙纠正，"他过去常常赌博，我想那是因为他无法想象失去的感觉——那可不是他所梦想的东西。"

---

① 是一家有着悠久历史的皇家御用食品店，它经营的食品和下午茶点等已有百年盛名。

"梦想有时候可是件危险的东西。"

"不——不。"她摇了摇头,"是我说得不对。他是一个好哥哥。他……"夏洛特说得对,如果把视线凝聚在别的事物之上,便能轻而易举地将眼泪击退。于是,她把视线凝聚在杰姆的手上。他的手又细又长,手背上的图案跟威尔的一模一样,是一只睁开的眼睛。她指着它,问:"这是派什么用的?"

杰姆像是没有注意到她已经换了话题。"这是一个如尼文。你知道关于印记的事吗?"他把手伸向她,手心朝下。"这个如尼文叫作'洞见力'。它清除了我们眼前的遮蔽物。在它的帮助之下,我们能看到'暗影世界'。"接着,他撸起衬衣的袖管。在他的手腕和手臂内侧出现了更多的如尼文,在他那白皙的肌肤之上颜色更显黝黑。它们像是和他的血管交织在一起,这让他的血液看起来像是在印记之中流动。"它们赐予我们敏捷的反应能力、夜视力,还有受伤时能快速治愈的天使的力量,"他高声宣读,"不过它们的名字可比我刚刚说的复杂得多,并不存在于英语之中。"

"它们会带来痛苦吗?"

"当我第一次拥有它们的时候确实很痛苦。不过现在已经没有感觉了。"他放下袖管,微笑着看着她,"好了,现在别告诉我你已经问完所有的问题了。"

哦,我的问题可比你想象的多得多。"你为什么睡不着?"

她觉得自己已经让眼前这个男孩卸下了心防;在他开口之前,他的脸上闪过一丝犹豫的表情。可他为什么会犹豫?她暗忖。他可以随便撒个谎,要不就像威尔那样转弯抹角地回避过去。可是直觉告诉她,杰姆会对她说真话。"因为我会做梦。"

"我刚刚也是。"她说,"我梦见了你的音乐声。"

他笑了笑。"这么说,是个噩梦了?"

"不,那是个可爱的梦。这是我自从来到这个可怕的城市以后所听过的最美的声音。"

"伦敦一点儿也不可怕,"杰姆平静地说,"只要你慢慢了解它以后便会发觉了。哪天你真应该跟我到外面去逛逛。我可以带你去一些漂亮的地方——我自己挺喜欢那儿。"

"你是在吟唱我们美丽城市的赞美诗吗?"有个声音轻轻地问道。特莎一转身,便看到了正倚靠在门框上的威尔。在他身后,走廊上的灯光在他湿漉漉的头发上勾勒出一些金色。他脸颊发红,大衣的下摆和黑色的靴子上都沾着一些泥巴,像是刚从外面回来。跟往常一样,他依然光着头,没戴帽子。"我们把你招待得不错,是不是,杰姆?我真怀疑要是在上海我会不会也像你这样幸运。在那里,你们都管我们叫什么?你能不能再说一遍?"

"洋鬼子,"杰姆回答,看起来并没有被威尔的突然出现吓到。"是外国魔鬼的意思。"

"听见了吗,特莎?我是个魔鬼,你也是。"威尔从门口慢慢踱进了屋子里。他连外套的扣子也没解开,就一下子躺在了床上。大衣的外面还罩着一件披风,那是用蓝色丝绸织成的,做工极其考究。

"你的头发湿了,"杰姆说,"你去哪儿了?"

"这里,那里,所有的地方。"威尔笑了。在他的举手投足之间,除了一贯的优雅,似乎还有些别的东西——是他脸上的红晕,还有眼里闪烁着的亮光——

"简直烂醉如泥,是不是?"杰姆的声音里透着一丝关切。

啊,特莎心想。他喝醉了。她见多了哥哥酒醉的样子,因此知道在酒精的作用下会出现什么征兆。看到这样的威尔,竟让她莫名奇妙的有些失望。

杰姆笑着问:"你去哪儿了?是'蓝龙'?还是'美人鱼'?"

"如果你非要问的话,我就告诉你吧。我去了'恶魔酒馆'。"威尔叹了口气,把身体抵在一根床柱上。"今晚我本来就计划去那儿。我的目标是那些酗酒成性的任性女子。可是,唉,却没能如愿。当我在'恶魔酒馆'喝到第三杯的时候,有个卖花小孩靠了过来,长得还挺可爱,让我出两便士买一支雏菊。我觉得价钱太贵,就拒绝了。当我这么告诉那个小姑娘的时候,她竟然要抢我的钱。"

"一个小女孩抢劫了你?"特莎说。

"事实上,她根本不是什么小女孩,只是一个穿着裙子、有暴力倾向的侏儒,人们管他们叫'六个指头的奈吉尔'。"

"确实是个容易犯的错误。"杰姆说。

"当他把手滑进我的口袋的一瞬间,我就一把抓住了他。"威尔一边说着,一边用他那伤痕累累的修长的双手比划着,"我当然不会让他得逞。于是争斗一触即发。我一直占着上风,直到奈吉尔跃上了吧台,把一整壶杜松子酒朝我扔了过来。"

"啊,"杰姆惊呼,"怪不得你的头发都湿了。"

"这是一场公平的战争,"威尔说,"只是'恶魔酒馆'的主人不这么想。他把我从酒馆里扔了出去。我至少有两个星期都不能再光顾那里了。"

"对你来说可是件大好事。"杰姆一点儿都不同情他,"幸好那里还能正常营业。我本来还指望你早点回来看看我是不是好点儿了呢。"

"我不在的时候,你干得也挺漂亮。看来你已经见过住在我们这儿的这位擅长易容的神秘女子了。"威尔看着特莎,说道。这是自他出现在门口以来,第一次注意到她的存在。"难道你常常在半夜里出现在绅士们的卧房里吗?早知如此,我当时就应该更加卖力地说服夏洛特让你留下来。"

"我不明白我的所作所为到底跟你有什么关系,"特莎回答,"尤其是当你把我一个人扔在走廊里,任凭我自己摸索着走回房间以后。"

"所以你才找到了杰姆的房间吗?"

"是小提琴,"杰姆解释,"她听到了我练琴的声音。"

"真是如哀鸣一般可怕的噪音,对不对?"威尔问特莎,"我不明白为什么每次他拉琴的时候,这里的猫咪都跟着停了下来,再也不跑来跑去。"

"我觉得很好听。"

"确实很好听。"杰姆赞同。

威尔竖起一根手指,向杰姆和特莎的方向指去,带着责问的口气说道:"你们联合起来对付我。是不是从现在开始你们都打算就这样对待我?我变成了一个不合群的人?亲爱的上帝啊,看来我得跟贾丝明做朋友了。"

"贾丝明可受不了你。"杰姆一针见血。

"那么,就亨利吧。"

"亨利会在你身上发火。"

"那就托马斯吧。"威尔建议。

"托马斯。"杰姆刚要开口,却爆发出一阵剧烈的咳嗽,他痛苦地弯下腰来,身体从旅行箱上滑落,跪坐在地。特莎惊呆了,一动不动地盯着威尔——刹那之间他原本夸张的醉态便消失得无影无踪——他一下子从床上弹了起来,跪在杰姆的身边,把一只手搭在他的肩上。

"詹姆斯,"他轻身问,"它在哪儿?"

杰姆抬起一只手把他推开。他那瘦弱的身躯因为痛苦的喘息而颤抖不已。"我不需要它——我没事——"

他又咳了起来,一片红色的雾气从他的嘴里喷射而出,撒在他身前的地板上。是血。

威尔紧紧地揽着朋友的双肩;特莎看见他的指关节因为用力而发白。"它在哪儿?你把它放在哪儿了?"

杰姆向床的方向无力地挥了挥手。"在——",他喘息着说,"在壁炉上——在盒子里——银色的那个——"

"我来拿。"特莎从没听到威尔如此温柔地说过话,"待在这儿别动。"

"我根本哪儿也去不了。"杰姆用手背擦拭着嘴角;独眼印记染上了红色。

威尔站了起来,转过身去——这时,他看见了特莎。有一瞬间他好像愣住了似的,像是忘记了她还在这儿。

"威尔,"她嗫嚅着问,"有什么事——"

"跟我来。"威尔温柔地抓住她的手臂,把她往敞开的房门带去。接着,他一把把她推到走廊上,用身体挡住了屋里的一切。"晚安,特莎。"

"可他在咯血,"特莎低声抗议,"也许我应该去找夏洛特——"

"不用了。"威尔往身后瞥了一眼,视线又回到特莎身上。他把身体倾向她,一只手搭在她的肩膀上。她能感觉到他的每一根手指按在她的肌肤上的重量。他们之间的距离如此之近,她都能闻到夜晚的空气留在他皮肤上的气息,那是金属和烟雾的味道。除了这个,他身上的味道还有哪里不对劲,可她却说不出个所以然。

威尔低声说:"他有药。我会帮他拿的。没必要让夏洛特知道这事儿。"

"可是他要是病了——"

"求你了，特莎，"威尔的蓝眼睛里浮现出急切恳求的神情，"你最好什么都不要说。"

不知怎么地，特莎发现自己竟然无法拒绝他的请求。"我——好吧。"

"谢谢。"威尔把手从她的肩上松开，又举起一只手，触着她的面颊——他的动作如此轻柔，让特莎恍如未觉一般，还以为这一切只是自己的想象罢了。她因为惊愕而说不出话来，就这样站在一片静默之中，任凭他把她关在了门外。当她听到屋子里的锁门声，才一下子意识到当威尔靠近她的时候，自己会觉得他有点不对劲的原因。

虽然威尔说自己整夜都在外面喝酒——虽然他甚至宣称被一整瓶杜松子酒砸中了脑袋——可他身上却没有一丝酒味。

特莎过了很久才重新进入梦乡。她躺在床上，看着投射在天花板上的灯光光晕，打开的《法典》就在她的身边，发条天使在她的胸前滴答作响。

特莎站在梳妆台前，看着镜子里的自己，索菲正帮她扣着连衣裙后背上的纽扣。清晨的日光从高窗上洒进屋里，让她的肌肤更显苍白，眼眸之下蒙上了一层黑影。

她从来没有这样仔细地凝视过镜中的自己。粗看之下她的头发收拾得挺好，衣服也没有染上污渍。接着，她的视线停留在镜子里那张苍白、瘦削的脸庞之上。当她凝神细看时，镜面好像泛起了一层涟漪，镜中人就像水面下的倒影一般，一阵颤栗向她袭来，有点像"变身"前的预兆。既然她可以换上另一副面容，透过另一双眼睛看世界，那么她要如何才能分辨到底哪一张脸才是自己本来的样子呢？也许就连她出生以来的样子都并不真正属于她？当她"变"回自己的时候，谁能保证她还是原来的那个自己，"变身"没有在她的身上留下一丝一毫的痕迹？又或者她的样子真有那么重要吗？难道她的脸孔不就是一张一闪即逝的面具而已，跟真正的那个她早已毫无瓜葛了吗？

索菲的身影也在镜子里出现了；此时，她正转过脸来，镜子里映出了那布满伤疤的面颊，比白天看起来更可怕了几分。就像一幅美丽的油画上被刀子划出了几道裂痕。特莎真想问问她到底发生了什么让她变成了今天的模样，但她知道不行，于是改口说道："真谢谢你来帮我梳妆。"

"很乐意为您效劳，小姐。"索菲的声音不带一丝波澜。

"我只想问问你。"特莎说道。索菲愣了一下。她以为我要问关于她的脸蛋的事，特莎心想。接着她大声说道："昨晚在走廊上你那样跟威尔说话——"

索菲笑了。特莎可没有看错，虽然那笑容极为短暂。"只要我乐意，无论何时我想跟希伦戴尔先生怎么说话都行，他们允许我这么做。这可是我在这儿干活的条件之一。"

"夏洛特允许你自己提条件？"

"并不是人人都能在学院工作的，"索菲向她解释，"你得有一点儿'洞见力'才行。阿加莎和托马斯都有。当时布兰韦尔夫人正要为贾丝明小姐找一个跟她年龄相当的女佣，当她第一眼看到我的时候就知道我有这种能力，便决定雇用我。不过她也警告我得当心希伦戴尔先生，说不定他会对我有些粗鲁，还喜欢套近乎。她说我完全可以回敬他，根本不会有人介意。"

"他真该被好好教训一下。他对人可真够不客气的。"

"我敢担保布兰韦尔夫人一定也是这样想的。"索菲和特莎在镜中相视一笑；不管有没有疤痕，她笑起来的时候真是可爱，特莎心想。

"你挺喜欢夏洛特的，对不对？"她说，"她看起来真是个菩萨心肠的人。"

索菲耸了耸肩。"在老房子的时候我就开始为她干活了。阿特金斯太太——她是当时的管家——会把我们用的每一支蜡烛、每一小块肥皂统统记录在案。我们每次只有把肥皂快用尽的时候，她才会给一小块新的。可是无论什么时候只要我需要，布兰韦尔夫人都会给我一块新肥皂。"她仿佛是在用力证明夏洛特的人品一般。

"我猜他们挺有钱的。"特莎想起学院里的华丽装饰和这里宏伟庄严的气派。

"也许吧。可是我也替布兰韦尔夫人改了不少裙子,才知道她并不是那些衣服的第一任主人。"

特莎想起昨晚吃晚餐时贾丝明穿着的那件蓝色礼服。"那洛夫莱斯小姐呢?"

"她有自己的财产。"索菲神神秘秘的样子。她从特莎身前退后了几步。"你瞧。你现在可以出去见人了。"

特莎笑着向她道谢:"谢谢你,索菲。"

***

当特莎来到餐厅的时候,其他人的早餐已经吃了一半了——夏洛特穿着一条朴素的灰色衣裙,正把果酱抹在一片吐司上面;亨利一半的身体都藏在一张报纸后面;而贾丝明正优雅地拿起一碗麦片粥。威尔面前的盘子里盛着一堆鸡蛋和腌肉,正努力地消灭着它们,一点也不像整夜醉酒的样子,这不禁让特莎觉得有些不寻常。

特莎找到了她的座位,这时,贾丝明开口了:"我们刚刚还在谈论你呢。"说着,她把一个银制的烤面包架推给桌子对面的特莎。"要不要吐司?"

特莎拿起自己的叉子,不安地看了大家一眼。"说我什么?"

"当然是该拿你怎么办了。暗影魅族可不能永远住在学院里。"威尔说完,又转向夏洛特,加了一句:"要我说,我们可以把她卖给住在汉普特斯西斯公园[①]的吉普赛人。我听说他们不但要马匹,如果你有多余的女人他们也要。"

"威尔,住嘴。"夏洛特从她的早餐上抬起头来,"这话真可笑。"

威尔把身体向后靠在椅子上。"你说得对。他们根本不会买她的。她简直骨瘦如柴。"

"够了,"夏洛特说,"格雷小姐应该留在这里。不为别的,就我们正在进行的调查也少不了她的帮忙。我已经给圣廷递了口信,告诉他们我们会把她留在这儿,直到'地狱俱乐部'的事情水落石出,把

---

① 汉普特斯西斯公园,位于英国伦敦北部,是伦敦面积最大的绿地。

她哥哥找到为止。对不对，亨利？"

"没错，"亨利说着，放下了报纸，"当务之急是解决'地狱俱乐部'的事。正是如此。"

"你最好也跟班尼迪克·莱特伍德说一声，"威尔说，"你知道他是什么样的人。"

夏洛特的脸色有些微微发白，这让特莎不禁好奇，这个班尼迪克·莱特伍德到底是何许人也。"威尔，我想请你今天再去一趟'黑暗姐妹'的宅子；虽然那里已经被废弃了，不过最好还是再去搜索一次。而且我想让你带着杰姆一起去——"

这时，威尔脸上嬉皮笑脸的表情消失得干干净净。"他好了吗？"

"他现在非常好。"这不是夏洛特的声音。是杰姆在说话。他不知何时已经悄无声息地走进了房间，此刻正环抱双臂，站在餐具柜旁。他的脸色已经不像昨晚那样苍白，身上穿着的红色马甲也给他的脸颊添上了些许血色。"事实上，他跟你一样已经准备停当了。"

"你应该先吃点早餐。"夏洛特的声音有些焦急，把一盘腌肉推到了他的面前。杰姆坐了下来，向着坐在对面的特莎微微一笑。"哦，杰姆——这位是格雷小姐。她是——"

"我们已经见过了。"杰姆轻声说，特莎觉得脸孔一阵发烫。当他拿起一片面包，涂抹着黄油的时候，她无法将自己的视线从他身上挪开。真难想象一个如此超凡脱俗的人竟然也会吃吐司。

夏洛特有些困惑。"你们已经见过了？"

"昨晚我在走廊上偶然遇见了特莎，便做了自我介绍。我想也许我做了什么，让她受了惊吓。"他那银色的眼眸里闪烁着调皮的意味，撞上了特莎的视线。

夏洛特耸了耸肩。"那么，太好了。我希望你跟着威尔去一趟。与此同时，今天，格雷小姐——"

"叫我特莎吧，"特莎说，"我希望大家都能这么喊我。"

"太好了，特莎，"夏洛特露出一个浅浅的微笑，"我和亨利打算去拜访阿克塞尔·莫特梅因先生，他是你哥哥的老板，去看看他或者他的雇员会不会有任何关于你哥哥下落的消息。"

"谢谢。"特莎喜出望外。他们说过会帮她找到哥哥的，他们现在真的言出必行了。这出乎她的意料。

"我听说过阿克塞尔·莫特梅因,"杰姆说道,"他是个富商,是上海一家大财团的头儿。他的公司在外滩有办公室。"

"没错,"夏洛特说,"报上说他是靠进口丝绸和茶叶发迹的。"

"呸。"杰姆虽然说得很轻,却听得出他有些生气,"他是靠做鸦片生意发财的。那些有钱人都这样。从印度购买鸦片,通过船只运到广州,然后售卖。"

"他这么做并没有违反法律,杰姆。"夏洛特把报纸推到贾丝明面前,"在我们调查的同时,杰茜,也许你和特莎可以仔细读读这些报纸,把任何与调查有关或者值得琢磨的讯息记录下来——"

贾丝明像避开毒蛇一样离那些报纸远远的。"作为一名淑女,我是不看报纸的。那些社会版,也许还有那些关于戏院的新闻。我们可不读这些污秽的东西。"

"哎呀,"威尔说,"一大早就听到这些刺耳的真理,可不助于消化。"

"我的意思是,"夏洛特重又说道,"你的身份首先是暗影猎手,其次才是一名淑女。"

"是说你自己吧。"贾丝明说着,把椅子往后一推。一片可怕的红晕浮现在她的脸颊上,"你知道,"她说,"我没指望你会留心,不过显而易见,特莎唯一有的、现在正穿在她身上的这件可怕的红色旧连衣裙可是我的,而且它一点都不适合她。这件衣服连我穿着都不合身,更何况她的个子比我还高。"

"难道索菲不能……"夏洛特含糊地开口。

"你可以把这件衣服改一改。但这跟一开始就把它撑得足有原来的两倍大可不是一回事。真的,夏洛特。"贾丝明愤怒地鼓起了腮帮子,"我觉得你应该让我带着可怜的特莎去买些新衣服。不然的话,她只要做一次深呼吸,这裙子立刻就会从她身上掉下来。"

威尔现出很感兴趣的样子。"我想她应该现在就试试,看看会发生什么。"

"噢。"特莎说,她完全被搞糊涂了。昨天贾丝明那么讨厌她,为什么突然之间会这么为她着想?"不,真的没必要——"

"有必要。"贾丝明坚决地说。

夏洛特连连摇头。"贾丝明，只要你还住在学院里，你就是我们中的一分子，你必须献出——"

"是你坚持我们必须收留那些遇到麻烦的暗影魅族，喂饱他们，庇护他们，"贾丝明说，"我百分之百肯定这其中也包括给他们提供衣物。你看，我会为——特莎的门面功夫献出一己之力的。"

亨利向桌子对面的妻子探出身去。"你就让她做吧，"他建议，"你还记得上一次你努力让她把武器室里的匕首分类，而她却用它们切碎了这屋子里所有的亚麻制品吗？"

"我们需要新的亚麻制品。"贾丝明脸不红心不跳地说。

"哦，好吧，"夏洛特恶声恶气地说，"老实说，有时候我对你们这些人简直感到绝望。"

"我做了什么？"杰姆问，"我才刚来没多久。"

夏洛特把脸埋在双手之中。而亨利则轻拍着她的双肩，说着一些安慰她的话。威尔越过特莎，把身体倾向杰姆，完全无视特莎的存在。"我们现在是不是该走了？"

"我得先喝完我的茶，"杰姆说，"我不知道你有什么好着急的。你不是说那地方不做妓院已经好多年了吗？"

"我是想在天黑前回来。"威尔说。他的身体几乎越过了特莎的膝盖，她能闻到他的头发和皮肤上萦绕着的那种小伙子们身上常有的淡淡的皮革和金属的味道。"今晚我跟佳人在'苏荷'有约。"

"上帝啊，"特莎冲着他的后脑勺说，"要是你一直去见'六个指头的奈吉尔'的话，他可会期待你向他告白的哟。"

杰姆被茶水呛得说不出话来。

正如特莎担心的那样，跟贾丝明一起消磨时间，开头就如此糟糕。路上堵车堵得厉害。特莎从没见过比中午的斯特兰德更混乱的地方，跟这相比，拥挤的纽约都相形失色。四轮马车们一辆挨着一辆缓慢前行，高高堆放着瓜果蔬菜的小贩们的推车夹杂其间；披着披巾的妇女背着装满鲜花的簸箩穿梭在车水马龙之间，试图吸引各色马车的主人对她们商品的兴趣；出租马车们堵塞在道路中央，这样车夫们便能透过窗户互相吆喝。这吵闹声和其他喧嚣混杂在一起——卖冰激凌的小贩高喊着"便宜的冰激凌，一分钱一块"，报童们沿街叫卖着今天的头条新闻，不知什么地方还有人在拉着手风琴。特莎不禁奇怪，在伦敦生活和工作的人们怎么没被这些噪音折磨成聋子。

正当她看向窗外的时候，一个老妇人提着一只大铁笼挨到了他们的四轮大马车旁边，笼子里装满了五颜六色扑闪着翅膀的小鸟。老妇人转过头来，特莎看见她的皮肤是绿色的，就像鹦鹉羽毛的颜色，黑色的大眼睛就像鸟儿的眼睛一样，头发则是一大蓬颜色各异的羽毛。特莎惊呆了，贾丝明顺着她的视线看去，皱了皱眉毛。"把窗帘拉上，"她说，"她能把灰尘阻隔在外。"接着，她越过特莎，拉上了窗帘。

特莎看着她。贾丝明的小嘴抿成一条细线。"你看见了吗——？"特莎开口。

"没有。"贾丝明说道，视线射向特莎，这是她曾在小说里读到过的"杀人"的表情。特莎急忙把目光从她身上移开。

当她们终于来到时尚的伦敦西区的时候，情况并没有好转。留下托马斯耐心地等在马车上，贾丝明拖着特莎在各种服装沙龙里进进出出，看了一个式样又看下一个，站在一旁观看店里最美丽的助理充当模特为她们试穿衣服。（真正的淑女是不会允许那些也许已经被陌生人穿过的衣服触到她们的肌肤的。）每光顾一家店，她都报上一个不一样的假名，再编出一个不同的故事；每一家店的老板似乎都被她的外貌和财富迷住了，竭尽全力地为她服务。而特莎呢，几乎被视而不见，无声地待在一边，被无聊折磨得半死不活。

在一家沙龙里，冒充年轻寡妇的贾丝明甚至还试了一套镶着绉纱和蕾丝的黑色丧服。特莎不得不承认这衣服把她的金发碧眼和白皙的肌肤衬托得棒极了。

"您穿着这件衣服简直美极了，一定能再觅得如意郎君。"裁缝的眼中闪烁着狡黠的神色，"事实上，您知道我们管这套衣服叫什么吗？'第二次引诱'。"

贾丝明咯咯笑了，裁缝一副皮笑肉不笑的样子，而特莎则想就这样冲到大街上，把自己扔在一辆双轮双座马车之下，好把这一切统统了断。像是察觉到了她的烦躁不安，贾丝明瞥了她一眼，露出一个居高临下的微笑。"我还要给我这个来自美国的表妹买些衣服,"她说,"别处的衣服实在太可怕了。她就像一枚大头针一样相貌平平,那些衣服根本帮不了她,不过我敢肯定你能帮到她。"

裁缝眨了眨眼,像是第一次留意到特莎一样,不过也许确实是第一次。"您想挑选一下款式吗,女士?"

而接下来如旋风般的一连串动作完全让特莎意外。在纽约的时候,她的衣服都是姨妈帮她买的——都是一些买来以后还不得不改改才能合身的现成衣服,而且往往是用深灰或者藏青的廉价面料做的。她以前从不知道蓝色挺适合她,还能衬出她的浅蓝色眼眸,更不知道自己应该穿淡粉的衣服,可以使脸庞红润一些。正当她的尺寸在一片模糊不清的关于紧身连衣裙、紧身胸衣和一个被称作查尔斯·沃思先生的人的讨论中被反复提及的时候,特莎站在那里,盯着镜子里自己的脸,半是等待着镜中的五官慢慢消失,变成另一个样子。不过她依然还是那个自己,最后还预定了四条一周以后送货的新裙子——一条粉色的,一条黄色的,一条蓝色条纹的,一条镶着骨头纽扣的白色裙子,另有一匹金色和黑色相间的丝绸——还有两件漂亮的外套,其中一件的袖口上装饰着薄纱,上面镶着一些可爱的小珠子。

"我猜穿上这些新衣服,你一定会很漂亮的。"当她们爬上马车的时候,贾丝明说,"时尚的威力是多么惊人啊。"

特莎在心里数到十,才开口回答。"非常感激你为我做的一切,贾丝明。我们现在可以回学院了吗?"

这时,愉快的表情从贾丝明脸上消失了。她是真的讨厌那里,特莎心想,比起别的事情来,这更让她困惑不解。学院究竟为什么如此令人生畏?毫无疑问它存在的理由已经十分不寻常了,可是贾丝明应该早就习以为常才对。她跟其他人一样可都是暗影猎手。

"今天可真是美好的一天,"贾丝明说,"而你还几乎没怎么逛过伦敦呢。我想,去海德公园走走是理所当然的。在那之后,我们可以去冈特的店,让托马斯给我们买冰激凌!"

特莎把视线投向窗外。天空阴云密布,只有在两块云朵互相分离的间隙才现出一丝蓝色。在纽约这样的天气绝不会被叫作"美好的一天",可是看来伦敦对于气候有不同的标准。除此以外,她现在还欠了贾丝明一个人情,而这个姑娘最不愿意做的事情,就是回家。

"我喜欢公园。"特莎说。

贾丝明的脸上似乎出现了一丝笑容。

＊＊＊

"你没告诉格雷小姐那些轮齿的事。"亨利说。

夏洛特从她的笔记上抬起头来,叹了口气。虽然她经常再三要求,但克拉夫人只允许学院拥有一辆四轮马车,这件事已经成为了她的心头之痛。这是一辆不错的马车——一辆可以在镇上行驶的四轮大马车——而托马斯也是一位出色的马车夫。不过这也意味着每当学院里的暗影猎手们分头行动的时候,就好像今天这样,夏洛特就不得不向班尼迪克·莱特伍德借一辆马车,而她一点儿也不喜欢这个人。更何况他唯一愿意出借的马车很小,坐着又不舒服。可怜的亨利因为个子高,脑袋还被低矮的车顶撞了一下。

"没有,"她说,"可怜的姑娘,她看起来已经够不知所措的了。我可不能告诉她我们在地下室里发现的那个机械装置是她哥哥的公司生产的。她已经够为他担心的了。要是她知道了这件事,会受不了的。"

"这也许并不意味着什么,亲爱的,"亨利提醒她,"全英格兰使用的绝大多数机械工具都是莫特梅因公司生产的。莫特梅因在某些方面真是天才。他所拥有的生产钢珠轴承的系统专利——"

"是的,是的。"夏洛特努力驱走声音里的不耐烦,"也许我们还是应该告诉她。可是我觉得我们最好还是先跟莫特梅因先生谈谈,等对他有一个初步的印象后再说。你说得对。他可能什么都不知道,可能这中间根本毫无关联。可是这实在太巧了,亨利。而我是对一切巧合都小心翼翼的人。"

她复又低头看向自己写下的关于阿克塞尔·莫特梅因的笔记。他是霍林沃思·莫特梅因医生唯一的儿子(且很有可能是私生子,尽管笔记上没有详细说明),他的父亲原本在一艘驶往中国的船只上担任外科医生,职位低下,若干年前靠购买和出售香料、糖、丝绸、茶叶,还有——这里没写,但是夏洛特已经和杰姆达成了共识——很有可能是鸦片,而成为一个富有的私营商人。莫特梅因医生去世以后,他的儿子,年仅二十岁的阿克塞尔,继承了他的财产,然后当机立断地将这些财产用于建造一支船队,这些船只航行速度更快,造型也更美观,胜过海上航行的任何其他船只。十年之间,年轻的莫特梅因已经将他父亲的财富翻了两倍,然后是四倍。

特别是最近几年,他从上海退休回到了伦敦,卖掉了他的船舶,用这些钱买下了一家制造机械装置的大型公司,他们生产的零件被用于制造小至怀表,大到落地大摆钟的各种钟表。他是一个极其富有的人。

四轮马车停在一座住宅跟前。这里成排的房屋都有着白色的楼梯,每一幢房子上都悬着高窗,俯视着下面的广场。亨利把身体探出马车,读着镶在前门门柱上的那块铜牌上的门牌号。"就是这一幢了。"他把手伸向车门。

"亨利,"夏洛特说着,把手搭在他的胳膊上,"亨利,你牢牢记住了我们今天早上谈过的事情,对不对?"

他苦笑了一下。"我会尽最大的努力不拖你的后腿,也不会在调查中犯错。老实说,有时候我真奇怪,你为什么要带我来做这些事情。你知道在跟人打交道的事情上,我就是个白痴。"

"你可不是白痴,亨利。"夏洛特温柔地说。此时此刻,她多么想伸出手去抚摸他的脸庞,把他的头发撸到脑后,让他安心。可是她控制住了自己。她明白——她已经被多次建议——不要把那些亨利不想要的情感强加在他的身上。

把莱特伍德的车夫留在马车上,他们拾级而上,按响了门铃;开门的是一个穿着深蓝色制服、一脸阴沉的男仆。"早上好,"他生硬地说,"请问你们有何贵干?"

夏洛特瞟了亨利一眼,他正神情恍惚地盯着那个男仆。天知道他的心思飘去了哪里——毫无疑问,一定是那些轮齿、齿轮,还有那些小巧的机械装置——可是这根本不是他们此行的目的。在心里叹了口气,她说:"我是格雷太太,这位是我的丈夫,亨利·格雷先生。我们正在寻找我们的一个表亲——一个叫作纳撒尼尔·格雷的年轻人。

我们已经有六个星期没有听到他的音讯了。他是，或者曾经是，莫特梅因先生的雇员之一——"

有一瞬间——也许只是她的想象——她觉得自己看到了什么，男仆的眼睛里闪过一丝不安。"莫特梅因先生拥有的是一家大型公司。你们不能指望他知道每一个为他工作的人的下落。那是不可能的。也许你们应该去问问警察。"

夏洛特眯缝起双眼。在他们离开学院之前，她在自己的手臂内侧描画了劝导如尼文。很少有盲呆能完全不被如尼文影响。"我们找过警察，可是他们似乎毫无进展。这实在太可怕了，你看，我们非常担心内特。如果我们可以见一见莫特梅因先生，只要一小会儿……"

看到男仆慢慢地点了点头，她松了口气。"我会向莫特梅因先生禀报你们的来访。"他说，往后退了几步让他们进屋。"请在前厅稍等片刻。"他的表情看起来有些吃惊，像是惊异于自己竟然默许他们进屋。

他把门打开了一些，夏洛特跟在他的后面走了进去，她的身后跟着亨利。虽然男仆没有请夏洛特落座——她把这种失礼归结为受劝导符文影响而产生的混乱——他倒是接过了亨利的外套和帽子，还有夏洛特的披肩，然后留下他们两个人好奇地打量着这幢房子的入口处。

这间房间的天花板很高，却并不华丽。这里也没有意料之中会出现的田园风景画和家族肖像。取而代之的是，从天花板上悬挂着长长的锦旗，上面描绘着寓意吉祥的汉字图案；房间一角的墙上钉着一只印度圆盘；墙上排列着水墨画就的名胜古迹的草图。夏洛特认出了乞力马扎罗山、埃及金字塔、泰姬陵，还有一张画着一段中国长城。一看便知，这是用来纪念一个走遍世界各地的人所留下的足迹，且以此为傲。

夏洛特转向亨利，看看他是不是跟自己一样也在观察这些东西，可是他只是茫然地盯着楼梯，又一次神游物外；她还没来得及说话，男仆就出现了，脸上挂着令人愉快的笑容。"请这边走。"

亨利和夏洛特跟着男仆来到走廊的尽头，他打开一扇光滑的橡木门，把他们让到身前。

他们发现自己正身处于一间豪华的书房之中，透过宽大的窗户能看到外面的广场。墨绿色的窗帘被拉开了，以便让光线照进屋子里，透过窗玻璃，夏洛特能看见那辆借来的马车正在路边等着他们，拉车的马正把脑袋埋在脖子上挂着的饲料袋里，马车夫正坐在高高的驾驶座上看着报纸。树木绿色的枝叶向街对面的方向伸去，撑出一片翠绿色的树荫，从这里却听不到一丝声响。是窗户把一切声音都阻隔在外，屋子里除了一座在金色的钟面上雕刻着"莫特梅因公司"的挂钟发出单调的滴答声外，便再也没有别的动静。

房间里的暗色家具是用一种沉重的黑色纹理的木料打制的，墙上挂着一排兽头——一只老虎、一只羚羊，还有一只美洲豹——更多的是一些异国的风景画。房间正中是一张巨大的桃花心木书桌，上面整齐地放置着好几叠纸张，每一摞上都用一个沉重的铜齿轮压着。一个黄铜框架的地球仪固定在书桌一角，框架上印刻着"怀尔德的世界地球仪，有最新发现"的字样。夏洛特总是觉得检查世俗世界的地球仪会是一种别样的体验。据她所知，地球根本不是眼前这个形状。

桌子后面坐着一个男人，当他们进来的时候，他站了起来。这是一个身材矮小、精力充沛的中年男人，鬓角的灰发整齐服帖。他的皮肤看起来饱经风霜，像是经常在恶劣的天气中外出。他的眼睛是极浅的灰色，脸上的表情令人愉快；除去他那身优雅、昂贵的服装，很容易把他想象成一个正站在轮船的甲板上，敏锐地凝视着远方的男人。"沃克告诉我你们正在寻找纳撒尼尔·格雷先生？"

"是的，"亨利说道，这让夏洛特吃了一惊。亨利极少率先跟陌生人对话。她不知道是不是桌上那些看起来错综复杂的蓝图勾起了他的兴致。亨利正无限神往地看着它们，好像看着食物一样。"你知道，我们是他的表亲。"

"我们很感激您能抽时间跟我们谈谈，莫特梅因先生，"夏洛特急忙补充，"我们知道他只是您的一个雇员而已，在那么多人里面——"

"上百个。"莫特梅因先生说。他有一副悦耳的男中音嗓子，此刻听起来令人愉悦。"我确实不能掌控他们每个人的行踪。不过我倒是记得格雷先生。虽然我必须说，我实在不记得他说过他的表亲是暗影猎手。"

第六章
奇怪的土地

> 我们绝不能看到妖精,
> 我们绝不能买他们的鲜果:
> 谁知道他们靠什么土壤滋养了
> 他们饥渴的根茎?

——克里斯蒂娜·罗塞蒂,《妖精集市》

"你知道,"杰姆说,"这里可不是我想象中妓院的样子。"

两个男孩站在白教堂大街上被特莎称作"黑屋"的入口处。这地方看起来要比威尔记忆中的更加脏乱和昏暗,像是有人在屋子里抹上了许许多多的污垢。"你以为这里会是什么样的,詹姆斯?妓女们在妓院里挥着手?大门口装饰着裸体雕像?"

"我以为,"杰姆温和地说,"我以为这里至少还有几分妓院的影子。"

威尔第一次来这里的时候想的正是同一件事。"黑屋"里的一切给人一种极其强烈的感觉,没有人会把这个地方当作一个家。狭小的窗户看起来油腻腻的,拉开的窗帘污秽肮脏。

威尔卷起了袖管。"我们可能得破门而入——"

"或者,"杰姆说着,伸手握住了门球,转动了一下,"不需要。"门打开了,露出屋里的一片黑暗。

"可真是偷懒。"威尔说道。他从皮带上取下一把猎刀,小心翼翼地走进屋里,杰姆紧随其后,手里紧握着他的玉头手杖。在遇到危险的时候,他们会采取轮流打头阵的方式前进,虽然大多数时候杰姆更乐意殿后掩护——威尔常常忘记留意身后的动静。

房门在他们身后关上了，将他们禁锢在一片昏暗之中。入口通道跟威尔第一次来的时候毫无二致——一样的木质楼梯向上延伸，一样碎裂却依然高雅的大理石地板，布满灰尘的空气也依然如故。

杰姆举起一只手，他的巫光石焕发亮光，吓跑了一群蟑螂。它们在地上一窜而过，这让威尔扮了个鬼脸。"是个适合居住的好地方，是不是？希望她们除了垃圾以外还留下了些别的。好比转发地址、几个断肢、一两个妓女……"

"没错。或者，如果我们幸运的话，还能染上梅毒。"

"或者恶魔瘟疫也说不定。"威尔兴高采烈地建议，试了试楼梯下的那扇门。门打开了，就像前门一样根本没上锁。"到处都有恶魔瘟疫。"

"恶魔瘟疫根本就不存在。"

"可别小看了它。"威尔说着，消失在楼梯之下的一片漆黑之中。

他们一起细致地搜索了地下室和底层的房间，除了垃圾和灰尘以外一无所获。当初特莎和威尔打败"黑暗姐妹"的那个房间里的一切都被搬空了；长时间的搜索之后，威尔终于在墙上发现了像是血迹的东西，然后却没有发现它的源头在哪儿，于是杰姆指出这可能只是油漆而已。

他们放弃了地下室，往楼上走去，发现了一条排列着房门的长走廊，威尔觉得有些眼熟。特莎曾经跟在他的身后跑过这条走廊。他飞快地走进了右手第一间房，他就是在那里发现她的。那个大眼睛的女孩曾在这里用一只水壶袭击过他，然而现在已经了无痕迹。房间里空空如也，家具都被运往"无声之城"，它们会在那里被一一检查。地板上的四个黑乎乎的压痕表明这里曾经摆着一张床铺。

其他的房间也都一样。威尔来到左手边的最后一间房间，察看了那扇窗户，他在那里听见杰姆大叫着他。威尔飞快过去，发现杰姆正站在一间巨大的正方形房间的中央，他的巫光石在他的手上闪闪发亮。他并不是孤身一人。那里还留着一件家具——一把垫着软垫的扶手椅，坐在上面的是一个女人。

她很年轻——也许还没贾丝明大——穿着一条廉价的印花裙子，

头发收拢在颈背上。她的头发是暗沉的灰棕色，赤裸的双手通红。她双眼大睁，凝视着前方。

"啊，"威尔惊讶得说不出话来，"她是不是——"

"她死了。"杰姆说。

"你肯定？"威尔无法把视线从那个女人的脸上移开。她肤色苍白，却不是尸体常有的那种灰白色，她的双手抱住膝盖，手指松松地弯曲着，并不像一般死尸那样僵硬。他向她靠近一些，把一只手放在她的手臂上。在他手指之下是僵硬和寒冷的感觉。"好吧，她对我的进一步动作毫无回应，"他所观察到的比他感觉到的更加鲜明，"所以她一定是死了。"

"也许她是个品味不俗的女人。"杰姆双膝着地，抬头看着女人的脸庞。她那淡蓝色的眼球突出；此刻，它们正呆滞地凝视着他，如画一般毫无生气。"小姐。"他说着把手伸向她的手腕，打算摸摸她的脉搏。

她动了，在他的手下抽搐了一下，发出一声低沉的呻吟，那并不是人类的声音。

杰姆急忙站了起来。"这究竟——"

女人把头抬了起来。她的眼睛里依然一片虚无，没有焦点，可她的嘴唇却发出一种刺耳的声音。"小心！"她哭喊。她的声音在屋子里回荡，而威尔则大喊着向后跃去。

女人的声音听着就像齿轮互相摩擦发出的那样。"小心，拿非力人。当你大开杀戒的时候，你也会被屠杀。你们的天使无法保护你们免受那既非上帝亦非魔鬼所造的产物的侵扰，这个敌人既非来自天堂亦非来自地狱。小心人类之手。小心。"她的声音逐渐升高，变成了尖叫，她的身体在椅子里前后抽搐着，就像一只正被无形的绳索狠狠拉扯的偶人。"小心小心小心小心——"

"上帝啊。"杰姆喃喃低语。

"小心！"女人发出最后一声尖叫，向前倒去，摊手摊脚地躺在地上，突然安静了下来。威尔目瞪口呆。

"她是……"他开口说道。

"是的，"杰姆说，"我想她这次是真的死了。"

可是威尔却摇了摇头。"死了。知道吗，我并不这么看。"

"那你怎么看？"

威尔并没有回答，而是走到尸体旁边，跪了下来。他把两根手指放在女人的脸颊旁，轻轻地把她的脸转了过来，直到正对着他们。她的嘴巴挺大，右眼凝视着天花板。左边的眼珠在面颊一半的地方摆荡着，一圈铜线把它和眼窝连在一起。

"她从未有过生命，"威尔说，"但是也并没有死亡。我想，她可能……就像亨利的一件机械小玩意。"他碰了碰她的脸。"谁会做出这种事来？"

"我猜不出来。不过她管我们叫拿非力人。她知道我们是谁。"

"也许有人知道，"威尔说，"我猜她什么都不知道。我想她就是一只机器，就像一只钟。而她现在已经停止了运转。"他站了起来。"无论如何，我们最好把她带回学院。亨利会想要见见她的。"

杰姆没有回答；他正低头看着地上的那个女人。她赤裸的双脚露在裙摆之下，脏兮兮的。她的嘴巴大张着，他能看到她的喉咙深处发出金属的光泽。她的一只眼睛可怕地摆荡在铜线之上，这时，窗外的什么地方响起了教堂正午的钟声。

一来到公园，特莎便觉得自己轻松了不少。自从来到伦敦，她就再也没有去过如此绿意盎然的安静处所，她发现自己的心情几乎因为草地和树木的景色而愉悦了起来，虽然她觉得这个公园根本比不上纽约的中央公园。这里的空气不像城市的其他地方那样雾气弥漫，头上的天空也几乎接近蓝色了。

当姑娘们散步的时候，托马斯则在马车上等着。特莎和贾丝明并肩而行，贾丝明一直漫无目的地聊着闲话。她们走过一条宽阔大道，贾丝明告诉特莎，这条路被莫名其妙地叫作"堕落之道"[①]。虽然这个名字不吉利，但这里依旧人来人往。道路中央，骑在马背上盛装打扮的男男女女们正列队前行，女人们戴着的面纱飞扬起来，他们的笑声

[①] 此处指的是海德公园中的一处被称为"骑马道"的景观，英语中为 Rotten Row，直译为"堕落之道"之意，故后文说这个名字不吉利。

回荡在夏天的空气之中。行人们沿着道路的两边行走。椅子和长凳安在树下，打着五颜六色阳伞的女人们坐着，啜饮着薄荷水；在她们身边的是留着络腮胡、吸着烟的绅士们，烟草的气味、割草时的味道，还有马儿的气息混合在一起，充斥在空气之中。

虽然没有一个人停下和她们交谈，但贾丝明却像是认识这里的每一个人——谁结婚了，谁正在寻找如意郎君，谁跟某某的妻子有一腿，还搞得人尽皆知。这一切都让特莎有些目不暇接，因此当她们终于走出了大道，来到一条通向公园的窄径之上时，她的心情一下子畅快起来。

贾丝明挽着特莎的胳膊，友善地握了一下她的手。"你不知道终于有一个姑娘和我作伴了，这对我来说是多大的安慰，"她高兴地说，"我是说，夏洛特没什么不好，可是她挺无聊的，而且结婚了。"

"还有索菲。"

贾丝明轻蔑地哼了一声。"索菲是个佣人。"

"我认识一些女孩，她们跟女主人都相处得很好。"特莎不同意她的话。贾丝明说得不对。她在书上读到过这样的姑娘，虽然她并不认识她们中的任何一个。并且，小说里作为一位淑女的女仆，主要作用就是听她倾诉悲惨的爱情生活，偶尔还会穿上她的衣服，扮成她的样子，让她不被坏人抓住。然而特莎却无法把索菲代入任何一个由贾丝明扮演女主人角色的情境之中。

"你见过她的脸长什么样。丑陋增加了她的苦难。淑女的女佣要长得漂漂亮亮的，还得会说法语，可是索菲一样也不行。当夏洛特把那个姑娘带回来的时候，我就是这么告诉她的。夏洛特没有听我的。她从来都不听我的。"

"我无法想象其中的缘由。"特莎说。她们已经转到了一条在林木之间开辟出来的狭窄小径上。透过树林能看到河流反射出的亮光，头顶的枝叶缠绕在一起，形成了一个天然的华盖，阻挡了炽烈的阳光。

"我知道你不明白！我也是！"贾丝明仰起脸庞，树荫间洒下的阳光在她的肌肤上舞动着。"夏洛特从来不听任何人的话。她总是责骂可怜的亨利。我不知道他到底为什么会娶她。"

"我猜是因为他爱她？"

贾丝明又轻蔑地哼了一声。"没人这么想。亨利想要进入学院，这样他就能在他的地下室里做他的那些小实验，而不用打仗了。而且我不认为他会介意迎娶夏洛特——我觉得他压根不想跟任何人结婚——可是要是有人操持着这个学院，他就会娶她们。"她嗤之以鼻。"还有那些小伙子——威尔和杰姆。杰姆已经够讨人喜欢的了，可是你也知道外国人都是什么样的。根本不值得信任，而且基本上都又自私又懒惰。他总是待在自己的房间里装病，拒绝为任何事情出一份力。"贾丝明漫不经心地侃侃而谈，显然已经忘了此时此刻杰姆和威尔正在搜索"黑屋"，而她自己却和特莎在公园里散步的事实。"还有威尔。长得倒是挺帅，可是有一半时间行为举止就像个疯子；好像他是被野蛮人带大的一样。他从不把任何人或事放在眼里，对一个绅士应该有的举止也毫无概念。我猜这是因为他是威尔士人的缘故。"

特莎有些困惑。"威尔士人？这难道是一件坏事吗？"她正打算多说几句，可贾丝明意识到特莎对威尔的血统有所疑问，便兴致勃勃地继续发表议论。

"哦，没错。就凭他那头黑发，你绝对能看得出来。他母亲是个威尔士女人。他的父亲和她坠入了爱河，事情就是这样。他离开了拿非力人。也许她是用符咒迷住了他，"贾丝明大笑着说，"你知道，在威尔士，他们有各种稀奇古怪的魔法和玩意儿。"

其实特莎并不知道。"你知道威尔的父母发生了什么事情吗？他们死了？"

"我猜他们一定是死了，要不然的话，他们怎么不来找他呢？"贾丝明皱起了眉头。"啊，好吧。我不想再谈论和学院有关的事情了。"她转过身来看着特莎。"你一定在奇怪我为什么会对你那么好。"

"呃……"特莎确实这么觉得。小说里像她这样出身于富贵人家，后来又家道中落的姑娘，总是会被善良又富有的保护人收留，会得到新衣服和良好的教育。（不对，特莎想道，自己的教育出了些毛病。她唯一的家庭教师只有哈丽雅特姨妈。）当然了，贾丝明跟这些故事里慈悲心肠、无私慷慨的老夫人毫无相像之处。"贾丝明，你有没有读过《点灯人》？"

"当然没有。姑娘们可不应该看小说。"贾丝明像是在照本宣科，

"无论如何，格雷小姐，我对你有个建议。"

"特莎。"特莎不自觉地替她纠正。

"当然了，我们都已经是最好的朋友了，"贾丝明说，"而且很快会变得比现在更要好。"

特莎迷惑不解地注视着她。"你的意思是？"

"我敢肯定讨厌的威尔已经告诉你了，我的父母，我亲爱的爸爸妈妈，已经死了。可是他们却给我留下了一大笔钱。这笔钱目前正被托管着，直到我十八岁生日为止，离那一天也只有几个月了。毫无疑问，你会发现这里有个问题。"

特莎完全不明就里，说道："我？"

"我并不是暗影猎手，特莎。我藐视关于拿非力人的一切事情。我从来不想成为他们中的一员，而我最大的心愿便是离开学院，再也不用跟住在里面的任何一个灵魂说上一句话。"

"可是我以为你的父母都是暗影猎手……"

"一个不想做暗影猎手的人便不必成为暗影猎手，"贾丝明恨恨地说，"我的父母并不愿意。他们在年轻的时候离开了暗影猎手。妈妈的心里一清二楚。她从来不想让暗影猎手靠近我。她说她永远也不希望这样的命运落在一个姑娘的身上。她希望能给我些别的东西。她希望我能步入社交界，见到女皇陛下，找到一个如意郎君，然后生下心爱的小宝宝。过一种正常的生活。"她恶狠狠地说着，声音里带着一丝渴求。"此时此刻在这个城市里，还有别的姑娘，特莎，跟我一样年纪的女孩，她们没有我漂亮，她们在跳舞、打情骂俏、笑逐颜开，然后俘获丈夫。她们用法语上课。而我上课时用的是可怕的恶魔的语言。这不公平。"

"你还是可以结婚啊，"特莎一头雾水，"任何男人都会——"

"我可以嫁给一个暗影猎手，"贾丝明吐出这句话，"然后就像夏洛特那样生活，得把自己打扮成一个男人，像个男人那样作战。简直令人作呕。女人不应该那样。我们应该操持着可爱的家园。把它们布置成我们的丈夫喜欢的样子。用我们的温柔和天使般的仪态振奋和安慰他们。"

贾丝明的声音既不温柔也不似天使，可是特莎还是忍住了没有说出来。"我不明白我怎么……"

贾丝明一把抓住了特莎的胳膊。"你不明白？我大可以离开学院，特莎，但是我没办法独自生活。那么做是不体面的。如果我是个寡妇的话还行，可我只是个姑娘。这么做行不通。可是如果我有个伴——一个姐妹——"

"你希望我假装是你的姐妹？"特莎尖声说道。

"为什么不行？"贾丝明说，好像这是世界上最最合理的建议。"或者你可以是我来自美国的表亲。是的，这样能行。你看到了，"她又补充道，这次更加切合实际，"你并没有别的地方可去，不是吗？我敢肯定我们俩一定很快就能俘获到各自的丈夫的。"

特莎的头开始隐隐作痛，她多么希望贾丝明不要再用"俘获"这个词了，她说这话的口气就像是得了一场感冒或是逮住一只逃跑的猫咪。

"我可以把你介绍给所有的精英们，"贾丝明继续说道，"我们可以参加舞会，还有晚宴——"她突然停了下来，一脸茫然地看向四周。"可是——我们现在在哪儿？"

特莎环顾左右。道路越变越窄了。一条漆黑的小径在高大、扭曲的树林中向前延伸着。特莎已经看不到天空的踪影了，也听不到别的声音。贾丝明在她的身边停了下来。她的脸上现出一阵突如其来的恐惧。"我们迷路了。"她低声说道。

"好吧，我们可以找到回去的路，对不对？"特莎回过身来，在树林中寻找一个缺口、一片阳光。"我想我们能找到路——"

突然，贾丝明的手指好像利爪一般紧紧抓住了特莎的胳膊。有什么东西——不，有什么人——出现在她们前方的小径上。

那个身影很小，以至于有一瞬间特莎觉得她们面对的是个孩子。可是当那个影子一步步走到亮处的时候，她看到那是一个男人——一个弯腰驼背、干瘪瘦削的男人，从他的打扮来看像是一个小贩，衣衫褴褛，一顶破破烂烂的帽子耷拉在后脑勺上。他的脸上布满了皱纹，肤色白净，就像一只布满霉斑的老苹果，而他的一双黑眼睛则在厚厚的皮肤褶皱之间闪闪发亮。

他咧嘴笑着，露出好像剃刀一般锋利的牙齿。"漂亮姑娘们。"

特莎瞥了贾丝明一眼；她身体僵硬，一动不动地盯着那个男人，双唇发白地紧紧抿在一起。"我们该走了。"特莎小声说着，拉起贾丝明的胳膊。贾丝明就像在做梦一样，慢慢地任由特莎带着她转过身来，面对着来时的那条路——

此时，那个男人重又出现在了她们的面前，挡住了回到公园的路。隔着遥远的距离，特莎觉得自己看到了公园里的一小片光线充足的林中空地。那里看起来像是离她们有十万八千里远。

"你们在小径上迷了路。"陌生人说。他的嗓音听起来富有节奏。"漂亮姑娘们，你们在小径上迷了路。要知道像你们这样的姑娘会发生什么事。"

他向前走了一步。

依然浑身僵硬的贾丝明紧紧握着她的阳伞，好像这是她的救命稻草。"小妖精，"她说，"妖怪，不管你是什么东西——我们跟精灵族群可是无冤无仇。可要是你胆敢碰我们一下——"

"你们在小径上迷了路。"小矮人吟唱着，走到离她们更近的地方，这时，特莎看到在他脚上闪闪发亮的根本不是鞋子，而是一对兽蹄。"愚蠢的拿非力人，竟会来到这个不为人所知的地方。这里可要比任何协议都更加古老。这里是一片奇怪的土地。要是你们身上的天使之血滴落在这里，地上便会长出结着钻石果实的金色葡萄藤。而我要的正是那个。我要你们的鲜血。"

特莎使劲拉着贾丝明的手臂。"贾丝明，我们应该——"

"特莎，安静点。"贾丝明把胳膊从特莎的手里挣开，用她的阳伞直指着小妖精。"你不能这么做。你不能——"

那东西跳了起来。当他向她们猛冲过来的时候，他的嘴巴大张，皮肤开裂，特莎看到了藏在下面的那张青面獠牙的脸孔。她惊声尖叫着踉跄着往后退去，不料鞋子却被树根绊住了。当她重重摔倒在地的时候，贾丝明举起了她的阳伞，随着她的手腕一震，阳伞像朵鲜花一样猛然打了开来。

小妖精发出了尖叫。他尖叫着往后倒去，在地上滚作一团，不断发出刺耳的叫声。鲜血从他的面颊上涌了出来，弄脏了他破破烂烂的灰色外套。

"我告诉你了。"贾丝明说。此刻她呼吸困难,胸膛一起一伏,像是刚刚疾跑着穿过了公园。"我早就告诉你离我们远点儿,你这个脏东西——"说着,她又打了一下妖精,这时,特莎看到贾丝明那把阳伞的边缘发出一种古怪的金白色光泽,好像剃刀一般锋利。鲜血飞溅在这个花朵形状的东西上。

小妖精咆哮着,扬起双臂保护自己。他现在看起来就像一个驼背小老头,虽然特莎知道这只是自己的错觉,但还是忍不住生出一股怜悯。"饶了我吧,小姐,饶了我——"

"饶了你?"贾丝明啐了一口。"你想用我的血来种花!你这个脏东西!讨厌的东西!"她又用阳伞猛戳了他一通,于是小妖精又一次剧烈扭动着身躯惊声尖叫起来。"我恨你,还有跟你一样的那些东西——暗影魅族——讨厌,讨厌——"

"贾丝明!"特莎跑到她的身边,用自己的胳膊环住了她的身体,按住了贾丝明的双臂。贾丝明挣扎了一会儿之后,特莎便意识到自己根本不可能控制得了她。她很结实,肌肉在她那柔软的女性肌肤之下虬结,好像一条鞭子一样紧绷着。正在这时,贾丝明出乎意料地瘫软地倒在特莎的身上,她呼吸急促,手上的阳伞也无力地垂了下来。"不,"她嚎啕大哭,"不。我不想这样的。我不是故意的。不——"

特莎往地上看去。小妖精正弓着背,一动不动地躺在她们的脚边。从他躺着的地方开始,遍地都是鲜血,好像一条穿过土地的黑色藤蔓。特莎扶着抽泣的贾丝明,不禁奇怪此时此刻地上会长出什么东西来。

毫无意外地,首先从震惊中恢复过来的一定是夏洛特。"莫特梅因先生,我不明白你的意思——"

"你当然明白。"他笑的时候嘴角咧到了耳根。"暗影猎手。拿非力人。你们是这么称呼自己的,对不对?人类和天使的私生子。奇怪,《圣经》里的拿非力人是可怕的魔鬼,是不是?"

"你知道,那并不是事实,"亨利说道,没办法克制自己不卖弄一下一肚子的学问,"是从阿拉姆语翻译过来的时候出了问题——"

"亨利。"夏洛特警告他。

"你们真的会把被你们干掉的恶魔的灵魂禁锢在一个巨大的水晶球里面吗？"莫特梅因双目圆睁，继续说道，"太了不起了！"

"你是指罗盘吗？"亨利像是被难住了，"那不是水晶球，更像是一只木头盒子。那些东西也不是灵魂——恶魔们可没有灵魂。它们只有能量——"

"安静，亨利。"夏洛特厉声说道。

"布兰韦尔夫人。"莫特梅因说。他的声音听起来极其愉悦。"请别只关心你自己。你看，我早就对你们这种人了如指掌了。你叫夏洛特·布兰韦尔，对不对？而这位是你的丈夫，亨利·布兰韦尔。你负责着伦敦的学院，它就在圣莱斯教堂的遗址之上。你真以为我不认识你吗？尤其是你还试图用妖术迷住我的男仆？你知道，他可受不了引诱，这会让他出疹子的。"

夏洛特眯缝起双眼。"你是怎么得到这些信息的？"

莫特梅因热切地探过身去，揉搓着双手。"我年轻的时候在印度待过一阵子，我就是从那时候开始学习神秘学的，当我第一次接触这些东西的时候，我便被这个幽灵的国度迷住了。像我这样一个男人，既有充足的财富，更有花不完的时间，有如此多的大门会为我敞开。一个人只要愿意买书，便能用金钱交换信息。关于你们的知识可没有你们以为的那样讳莫如深。"

"也许吧，"亨利看起来一脸的不高兴，"可是——你知道，这么做很危险。干掉恶魔——这可不像射杀一只老虎那样容易。就像你可以伤害它们一样，它们也大可以反咬你一口。"

莫特梅因发出咯咯的笑声。"我的小男孩，我可没打算跑到外面赤手空拳地跟恶魔战斗。当然了，要是这些信息掌握在那些心浮气躁的人手里当然是危险的，可我却是个谨慎、明智的人。我在这个世界上只找到了唯一一个扩散这些知识的渠道，再也没有第二个了。"他环顾房间。"我不得不说，在此之前我从未有幸与拿非力人交谈。当然了，文学作品中常常会提到你们，可是阅读和真实的体验完全是两码事，我肯定你们对此不会有异议的。你们可以教我那么多东西——"

"够了。"夏洛特的声音冷若冰霜。

莫特梅因不解地看着他。"对不起，请再说一遍？"

"看来你对拿非力人知道的不少，莫特梅因先生。请允许我问一句，你知不知道我们的使命是什么？"

莫特梅因看起来分外得意。"就是消灭恶魔。保护人类——我知道你们管我们叫盲呆。"

"没错，"夏洛特说，"我们花费大量的时间来保护人类，这都得归功于他们那极度愚蠢的私欲。我知道你也不例外。"

听了这话，莫特梅因惊愕极了。他把目光投向亨利。夏洛特知道这是什么意思。这是只有在男人之间才会交换的眼神，说的就是，难道你连自己的老婆都管不了吗，先生？她知道，这个眼神对亨利根本没用，因为他正努力读着莫特梅因书桌上那张乱七八糟的蓝图，根本没留神他们的对话。

"你以为你拥有的神秘学知识让你变得聪明绝顶，"夏洛特说，"可是我倒是见识过那些死去的盲呆，莫特梅因先生。我们替那些醉心于练习巫术的盲呆收尸，这样的事已经不计其数了。我记得当我还是个小姑娘的时候，曾被召唤到一个律师的家里。他加入了一个愚蠢的圈子，成员们都相信自己能成为一名巫师。他们花费大量的时间吟唱赞美诗，穿上长袍，在地上描绘五芒星。一天夜里，他坚信自己已经有足够的能力饲养一只恶魔了。"

"真的吗？"

"没错，"夏洛特说，"他养了一只叫莫拉格斯的恶魔。然后，它残杀了他和他的家人。"她用毋庸置疑的语调娓娓道来。"被我们发现的时候，这一家子中的大多数人都被倒挂在马车车库里，头颅不知去向。他最小的孩子被插在一根铁叉上，放在火上烘烤。我们再也没有发现莫拉格斯的踪影。"

莫特梅因脸色苍白，却依然故作镇静。"总有那些高估了自己能力的人，"他说，"可我——"

"可你永远也不会那么愚蠢，"夏洛特说，"然而此时此刻你是多么愚蠢啊。你看着亨利和我，你根本不怕我们。你只是觉得好玩！一个童话故事竟然成真了！"她一掌击在书桌的边缘，把他吓了一跳。"圣廷是我们强有力的后盾，"她尽可能语气冰冷地说，"我们的使命是保护人类。就像纳撒尼尔·格雷这样的人。他消失了,很明显,在他的失踪背后有什么超自然的东西。令人费解的是,这两件事情之间竟然毫无关联。"

"我——他——格雷先生消失了?"莫特梅因结结巴巴地说。

"是的。他的妹妹找到我们,请我们寻找他;有一对巫师告诉她,他哥哥正处于极度危险之中。而你,先生,却只顾着自己高兴,他此时已经危在旦夕了。而圣廷可不会对那些跟它的使命作对的人心慈手软的。"

莫特梅因一手遮面。当他重又露出脸庞的时候,面色发灰。"当然了,我会的,"他说,"我会把你们想知道的一切都告诉你们的。"

"太好了。"夏洛特的心跳加速,但声音却没有流露出一丝焦急。

"我过去认识他的父亲。纳撒尼尔的爸爸。二十年前当莫特梅因公司主要经营船舶业的时候我雇佣了他。那时,我在香港、上海、天津都有办公室——"夏洛特不耐烦地用手指敲着桌面,打断了他。"理查德·格雷在伦敦为我工作。他是我的首席办事员,一个善良、聪明的男人。当他举家迁往美国的时候,我很遗憾失去了他。后来纳撒尼尔写信给我告诉我他是谁,我就给了他一份负责人的工作。"

"莫特梅因先生,"夏洛特生硬地说,"这跟我们问你的事情可毫无关系——"

"哦,当然有关系,"小个子男人坚持,"你看,我对神秘学的认知对我的生意可是大有助益。举个例子,几年之前,朗伯德街①上的一家著名银行倒闭了———举摧毁了好几家大公司。而与我相熟的一个巫师帮我避过了这场灾祸。我在银行解体之前收回了我的资产,于是我的公司得救了。可是这却引起了理查德的怀疑。他一定进行了调查,最后,他把我跟他所知道的'地狱俱乐部'联系在了一起。"

"那么,你是成员之一了,"夏洛特低声说道,"毫无疑问。"

"我推荐理查德加入俱乐部——甚至带他参加了一两次活动——可是他不感兴趣。很快他便搬家去了美国。"莫特梅因张开双手。"'地狱俱乐部'可不是随便就能加入的。我周游列国,在许多城市都听说

---

① 朗伯德街,英国的金融中心。

过类似组织的故事，成员们都是一些熟知暗影世界并且希望能够将这些知识彼此分享，从中获利的人，可是他们却要为保守会员身份这个秘密付出沉重的代价。"

"有人付出的代价更加沉重。"

"它并不是一个邪恶的组织。"莫特梅因说。他听起来几乎有些伤心。"这个组织取得了巨大的进步，诞生了许多伟大的发明。我曾见过一个巫师打造了一枚银戒指，只要将它在手指间转动一下，它便能将佩戴者传送到另一个地方。或者说这就是一扇可以把你带到世界上任何一个你想去的地方的门。我见过那些从死亡边缘被带回来的人——"

"我对巫术和它能做些什么十分清楚，莫特梅因先生。"夏洛特瞥了亨利一眼，他正研究裱在墙上的一幅设计图，像是在看一件机械发明。"我只关心一个问题。绑架格雷先生的巫师跟俱乐部有些关联。一直以来我只听说这是一个盲呆俱乐部。为什么会有暗影魅族在那儿？"

莫特梅因眉头一皱。"暗影魅族？你是说那个超自然族群——诸如巫师、狼人，还有他们的同类？俱乐部里有不同级别的会员等级，布兰韦尔夫人。可是主席——也就是操持着这项事业的人们——是暗影魅族。巫师、狼人和吸血鬼。不过精灵族群可是对我们避之唯恐不及。对他们来说，俱乐部里有太多工业界的巨头——铁路、工厂，诸如此类的。他们憎恨这些东西。"他摇了摇头。"精灵们真是可爱的生灵，可我害怕文明的进步会将他们置于死地。"

夏洛特对莫特梅因关于精灵的思考完全不感兴趣；此刻，她的头脑正在飞速运转着。"让我猜猜，你把纳撒尼尔·格雷介绍进了俱乐部，正如当年你对他父亲做的那样。"

已经恢复了往日自信的莫特梅因，听到这话，顿时又萎靡了下去。"格雷在把这件事向我摊牌之前，只在我的伦敦办公室里工作了没几天。我猜他是得知了父亲在俱乐部的经历，而激发了他旺盛的好奇心。我没法拒绝他。我带着他去了一次，心想着这样事情就解决了。可是，并没有。"他摇了摇头。"纳撒尼尔在俱乐部里如鱼得水。在第一次参加活动以后几个星期，他便离开了租借的房子。他给我写了一封信,在信中提出辞职,还说他将为另一个'地狱俱乐部'的成员工作,显然这个人愿意支付他足够多的薪资来支持他的赌博嗜好。"他叹了口气。"不用说,他没有留下地址。"

"就这么多吗?"夏洛特怀疑地问,"你就没有试着找找他?查查他到底去了哪儿?他的新老板是谁?"

"一个男人可以去他喜欢的地方工作,"莫特梅因气势汹汹地说,"根本没有理由会想要——"

"那么你从此以后就再也没见过他?"

"没有。我告诉你了——"

夏洛特打断了他。"你说他在'地狱俱乐部'如鱼得水,那么在他辞职以后,你难道就没有在任何一次活动中见过他吗?"

莫特梅因的眼里闪过一丝恐慌。"我……从那以后我再也没去参加过活动。工作让我无法分身。"

夏洛特的视线越过他的大书桌,狠狠地看着阿克塞尔·莫特梅因。她从来觉得自己很会看人。在此之前,她并不是没有遇到过像莫特梅因这样的人。那些虚张声势、亲切友好、充满自信的男人,他们相信他们在生意或者其他世俗追求上可以无往不利,这便意味着他们可以在魔法事业上取得相同的成功。她又一次想到了那个律师,在他那位于骑士桥大街的宅子里的墙壁上血迹斑斑,那是他的家人的鲜血。她想着,在他生命的最后时刻所感受到的会是怎样的一种恐惧。现在她在阿克塞尔·莫特梅因的眼中也渐渐看到了同样的恐惧之情。

"莫特梅因先生,"她说,"我不是傻瓜。我知道你对我有所隐瞒。"她从手袋里拿出一枚先前威尔从"黑屋"里取出来的轮牙,把它放在书桌之上。"这东西看上去像是你的工厂制造的。"

莫特梅因心烦意乱地低头看着书桌上的这一小片金属。"是的——是的,这是我生产的一枚轮牙。那又怎么样?"

"有两个自称'黑暗姐妹'的巫师——都是'地狱俱乐部'的成员——她们谋害人类。都是年轻的姑娘,比孩子大不了多少。而我们是在她们家的地下室里发现了这个。"

"我跟杀人犯可是毫无瓜葛!"莫特梅因疾呼,"我从未——我想——"他开始冒汗了。

"你怎么想？"夏洛特温柔地说。

莫特梅因颤抖着拿起了那枚轮牙。"你无法想象……"他的声音越变越小。"几个月前，俱乐部董事会的成员之一——来找我，让我以低价卖给他一些机械设备。有轮牙、凸轮和诸如此类的东西。我没问他要把这些用来干什么——我为什么要问呢？这个要求看起来很正常。"

"是不是有这种可能，"夏洛特说，"这个男人就是在纳撒尼尔离开你之后雇佣他的人？"

莫特梅因任由轮牙落在书桌上。当它滚着穿过桌面的时候，他用手猛地摁住了轮牙的顶端，阻止了它的前进。虽然他一句话都没说，但夏洛特能看出他眼里闪烁着的恐惧，她知道自己猜得没错。一阵胜利的喜悦刺激了她的神经。

"他的名字，"她说，"告诉我他的名字。"

莫特梅因的视线凝固在桌面上。"如果我告诉你，我会没命的。"

"那么纳撒尼尔·格雷的生命怎么办？"夏洛特说。

莫特梅因避开她的眼睛，只是摇了摇头。"你不知道这个男人的势力有多大。太危险了。"

夏洛特挺直了身子。"亨利，"她说，"亨利，把'召唤者'给我。"

亨利从墙壁那里转过身来，惊愕而迷惑不解地看着她，"可是，亲爱的——"

"把装置给我！"夏洛特厉声说道。如此呵斥亨利并非她所愿，这么做让她觉得就像在踢一只宠物一般。可是有时候她不得不这么做。

亨利保持着疑惑的神情，来到莫特梅因的书桌前，与妻子并肩而立，接着从外套口袋里掏出了什么东西。这是一个黑色金属质地的椭圆形玩意儿，面上布满着许多样子古怪的刻度盘。夏洛特接过去，向着莫特梅因挥舞着。

"这是一个'召唤者'，"她告诉他，"用它我可以把暗影猎手召唤而来。三分钟之内他们便会将你的屋子包围，然后把你拖出这间房间，任凭你如何大吵大闹。他们会对你施以最严酷的刑罚，直到你不得不开口说话为止。你知道一旦恶魔的鲜血滴落在一个人的眼里，他会发生什么事吗？"

莫特梅因面无人色地看了她一眼，却什么都没说。

"请不要试探我，莫特梅因先生。"夏洛特手里的装置因为沾上了汗水而变得湿滑，可她的声音却更让人觉得滑腻。"我可不喜欢看你死在我的面前。"

"老天爷，你，告诉她！"亨利爆发出一声大叫，"真的，没必要这样，莫特梅因先生。这么做只会让你自己的处境更加艰难。"

莫特梅因把脸埋在手中。夏洛特看着他的样子暗忖，一直以来他都想见识一下真正的暗影猎手。而现在他终于如愿以偿了。

"德昆西，"他说，"我不知道他姓什么。只知道他叫德昆西。"

上帝啊。夏洛特慢慢地呼出一口气，放下了举着装置的那只手。"德昆西？不会是……"

"你知道他是谁？"莫特梅因的声音呆滞，"好吧，我想你会知道的。"

"他是一个强大的伦敦吸血鬼族群的首领，"夏洛特几乎有些嫌恶地说道，"一个非常有影响力的暗影魅族，还是圣廷的一位盟友。我无法想象他会——"

"他是俱乐部的头。"莫特梅因说。他的样子看起来筋疲力尽，面色发灰。"所有人都服从于他。"

"俱乐部的头。他有什么头衔吗？"

莫特梅因看起来对这个问题有些惊讶。"法师。"

夏洛特轻轻摇晃了一下那只握着装置的手，"召唤者"便滑进了她的袖管里。"谢谢你，莫特梅因先生。你真是帮了我们的大忙。"

莫特梅因看着她，眼神之中有一种无力的愤怒。"德昆西会发现是我告诉你的。他会杀了我的。"

"有圣廷看着，他不会这么做的。而且我们会将你的名字保密。他永远也不会知道是你告诉我们的。"

"你们会这么做吗？"莫特梅因嗫嚅着，"为了——一个愚蠢的盲呆？"

"我对你抱有希望，莫特梅因先生。看来你对自己的愚蠢心知肚明。圣廷会照看你的——不仅是你的个人安危，还会留神你是否远离'地狱俱乐部'之类组织。为你自己着想，我希望你能把这次会面当作一次警告。"

莫特梅因连连点头。夏洛特走到门边，亨利跟在她的身后；当莫特梅因再度开口说话的时候，她早已经将门打开，站在门槛之上了。"它们只是些轮牙，"他轻声说道，"只是些齿轮。害不了人的。"

令夏洛特意外的是，这回接话的是亨利，他背对着莫特梅因，说道："没有生命的东西确实不会害人，莫特梅因先生。可那些使用这些东西的人可就不好说了。"

莫特梅因再也没有说话，不一会儿，两个暗影猎手便来到了屋外的广场上，呼吸着新鲜空气——他们从没觉得伦敦的空气如此清新，虽然伦敦的空气总是因为煤烟和灰尘而厚重，但夏洛特心想，至少这空气里闻不到莫特梅因书房里那一种恐惧与绝望的气息。

夏洛特把装置从袖管里取了出来，递给了她的丈夫。"我想我应该问问你，"看着他神色黯淡地接过去，她说，"那是什么东西，亨利？"

"是我一直以来研究的一样东西。"亨利怜爱地看着它，"一个可以感知恶魔能量的装置。我打算叫它'感应仪'。我还未曾让它开始工作，但是刚才它的确起作用了。"

"我敢肯定它将会成为一件出色的装置。"

亨利把原本用在装置上的一脸柔情转到了他的妻子身上，这可是一件稀罕事。"你真是一个天才，夏洛特。你装作可以把圣廷的人即刻召唤过来，其实只是吓唬吓唬那个男人！可是你怎么知道我带着你用得着的装置呢？"

"好吧，你就是带着，亲爱的，"夏洛特说，"不是吗？"

亨利看上去有些怯弱。"你如此出色，却也令人害怕，亲爱的。"

"谢谢你，亨利。"

在回学院的路上，贾丝明盯着窗外混乱的伦敦交通中的出租马车，一言不发。她把阳伞夹在两膝之间，似乎完全不在意阳伞边缘的鲜血沾染在她的塔夫绸外套上。当她们来到教堂墓地的时候，她让托马斯先帮着自己下了马车,然后她伸手抓住了特莎的手。

被这突如其来的肌肤接触吓了一跳,特莎只得盯着她瞧。贾丝明握着她的手指冷冰冰的。"一起来,"贾丝明不耐烦地厉声说,接着一把把她的伙伴拉向学院的大门,留下托马斯目不转睛地凝视着她们的背影。

特莎任凭她把自己拖上台阶,进入学院,走过一条长廊,这似乎就是特莎卧室外的那条走廊了。贾丝明在一扇门前停了下来,把特莎推进房里,自己紧随其后,把门在身后关上。"我先给你看点东西。"她说。

特莎环顾四周。这里看起来似乎是学院无数间大卧房中的一间。从房里的装饰多少能看出主人的品位,这是贾丝明的卧室。木质护墙板之上贴着玫瑰丝绸墙纸,床上的被单上绘着鲜花。房间里还有一张空无一物的白色桌子,上面摆放着一套看似价格不菲的梳妆用具:一个放戒指的架子、一瓶玫瑰水、一把银发梳,还有一面镜子。

"你的房间真可爱。"特莎说,她更希望这话能安抚贾丝明那显而易见的歇斯底里。

"这屋子实在太小了,"贾丝明说,"可是,过来——到这儿来。"她把染血的阳伞抛到床下,穿过房间,来到窗户边的一个角落里。特莎带着一丝迷惑跟在她的身后。角落里除了一张高脚桌,什么都没有,桌子上放着一个玩具屋。这可不是特莎小时候有的那种只有两个房间、用木板做的"多莉的玩具屋"。这是以真正的伦敦独立洋房为模型做成的漂亮的迷你复制品,而当贾丝明的手触到它的时候,特莎看到镶着极小铰链的前门打开了。

特莎屏息静气。玩具屋里的小房间用迷你家具完美地装饰,从铺着针绣花边椅垫的木头小椅子到厨房里的铁炉子,每一样东西都是按比例制造的。玩具屋里还有一些顶着陶瓷脑袋的小娃娃,墙上挂着的小油画也栩栩如生。

"这是我的屋子。"贾丝明跪了下来,把视线与玩具屋里的房间齐平,然后示意特莎也像她这么做。

特莎笨拙地照做了,努力不把膝盖压在贾丝明的裙子上。"这是你当小姑娘的时候拥有的玩具屋吗?"

"不，"贾丝明像是有些生气，"这是我的屋子。我爸爸在我六岁的时候为我做了这个。这跟我们在可胜街上住的房子一模一样。这是我们在餐厅用的墙纸——"她指着玩具屋，说，"还有这些就是我爸爸书房里的椅子。你看见了吗？"

她目不转睛地看着特莎，她的目光如此专注，这让特莎觉得自己应该在这里看出点儿什么，而不仅仅只是贾丝明渐渐长大后丢弃的一件极其昂贵的玩具而已。只是她不知道自己究竟应该看什么。"它真漂亮。"她终于说道。

"看，这个打着阳伞的人是妈妈，"贾丝明说，用手指触碰了一下一个小娃娃。那娃娃被她一碰，摇摇晃晃地落在一把豪华的扶手椅里。"还有这个在书房里看书的是爸爸。"她的手在另一个小瓷人身上滑过。"而在楼上育婴房里的是杰茜宝宝。"确实还有一个娃娃躺在小小的婴儿床里，它的身上裹着小被单，只露出一个脑袋。"过一会儿他们会在这里吃饭，就在餐厅里。然后妈妈和爸爸会坐在客厅的炉火边。有几个晚上他们会去剧院，或者参加舞会和晚宴。"她的声音逐渐低了下去，像是在背诵一个熟记的冗长故事。"再然后妈妈会给爸爸一个晚安吻，接着他们会回到他们的房间，睡上整整一夜。不会有来自圣廷的召唤，命令他们在午夜时分在一片漆黑之中与恶魔战斗。不会有人循着血迹来到这幢宅子。不会有人被狼人夺去一条胳膊或是一只眼睛，或者因为受到一个吸血鬼的攻击而不得不强咽下圣水。"

上帝啊，特莎暗忖。

贾丝明像是能读透特莎的心思，她的脸扭成了一团。"当我们的房子付之一炬以后，我便无家可归了。没有可以收留我的亲戚，妈妈和爸爸所有的亲戚都是暗影猎手，当他们跟圣廷一刀两断以后便再也没有说过话了。是亨利为我做了那把阳伞。你知道吗？我觉得它漂亮极了，直到有一天他告诉我伞面的边缘镶着琥珀金，就像剃刀一般锋利。其实它一直就是一把武器。"

"是你救了我们，"特莎说，"今天，就在公园里。我完全无法与之抗衡。如果你没那么做的话——"

"我不应该那么做的，"贾丝明用空洞的眼神凝视着玩具屋，"我不要再过这样的日子了，特莎。我不要。我不管付出什么代价。我就是不想这样活着。不然我情愿去死。"

特莎心头一紧，正想告诉她别说这种话的时候，身后的房门打开了。来人头戴白帽，身穿整洁的黑色衣裙，是索菲。当她的视线触到贾丝明的时候，便变得小心翼翼起来。她说："特莎小姐，布兰韦尔先生十分想在书房里见一见您。他说有要紧事。"

特莎转向贾丝明，想问问她好些了没有，可是贾丝明的脸就像是一扇紧紧关闭的门扉。脆弱和愤怒都已经没了踪影，那副冰冷的面具又回来了。"那么，如果亨利想见你就去吧，"她说，"我早就已经对你厌烦透了，我觉得我的头都疼了。索菲，等你回来的时候，替我用古龙水揉揉太阳穴。"

索菲的视线穿过房间与特莎的相遇了，眼里带着一种兴味。"随您高兴，贾丝明小姐。"

第七章
发条姑娘

> 我们是一副可怜的象棋
> 昼与夜便是一场棋局
> 任"他"走东走西或擒或杀。

——《鲁拜集》
爱德华·菲茨杰拉德 1859 年 译

  学院外的天空越发暗了下来,索菲提灯的光晕在墙上投下舞动着的奇怪光影,她带着特莎走下一段又一段石头阶梯。这些台阶年代久远,一代代人的脚步磨损着它们,台阶的中间布满了凹痕。粗糙的墙壁满是纹理,小小的窗格按照一定的间隔嵌于其上,终于连窗格也逐渐消失了,这表明他们已经穿过了地面之下。

  "索菲,"特莎终于说道,她的神经被黑暗和静默折磨着,"也许我们是在进入教堂的地窖?"

  索菲轻笑了一声,提灯发出的光亮在墙上闪烁着。"这地方以前是个地窖,后来布兰韦尔先生把它改造成了自己的实验室。他总是待在下面,摆弄着他的玩具和实验。布兰韦尔夫人几乎为此发疯。"

  "他都做了些什么东西?"特莎差点被一格不平坦的台阶绊倒,不得不一把抓住墙壁才稳住自己。索菲似乎没有察觉。

  "各种各样的东西。"索菲说,她的声音在墙壁之间发出奇怪的回声。"为暗影猎手们发明新式武器和防护装备。他热爱发条、机械和诸如此类的东西。布兰韦尔夫人有时候说她觉得要是她像只钟表一样发出滴答声,他一定会更爱她一些。"说着,她笑了起来。

"听起来，"特莎说，"你挺喜欢他们的。我是说布兰韦尔夫妇。"

索菲虽然什么都没说，但那本就骄傲的背影却让人觉出一丝冷淡的意味。

"反正比起威尔，你更喜欢他们。"特莎说，希望用幽默缓和一下索菲的心情。

"他。"索菲毫不掩饰自己的厌恶，"他是——威尔，他是个坏人，不是吗？他让我想起了我前一位雇主的儿子。他就跟赫伦威尔先生一样骄傲自大。自他出生之日起，他想要什么，便能得到什么。而要是他得不到的话，好了……"她不知不觉地举起手来，触碰着自己的半边脸孔，在那之上有一道疤痕从嘴巴一直延伸到太阳穴。

"然后呢？"

然而此时，索菲的那股子唐突无礼又回来了。"那么他就会再挑一个合适的，就这样。"她把发光的提灯换到另一只手上，盯着脚下的重重暗影。"当心这里，小姐。通往底下的楼梯十分湿滑。"

特莎移到离墙壁更近的地方。在她赤裸的双手之下是冰冷的石墙。"你觉得这只是因为威尔是个暗影猎手吗？"她问，"而他们——好吧，他们更乐意把自己当作上司，不是吗？贾丝明也是——"

"可是卡斯泰尔斯先生就不是那样。他跟别人都不一样。还有布兰韦尔夫妇也是。"

特莎还没来得及说话，她们便来到了楼梯角，突然停了下来。眼前是一扇镶着栅栏的沉重的橡木门；透过栅栏，特莎除了一片阴影，什么都看不见。索菲把手伸进宽宽的栅栏间隙，吃力地推开了大门。

门开了，现出里面无比明亮的空间。特莎目瞪口呆地走进了房间；很明显，这里原是教堂的地窖。支撑着屋顶的矮胖的顶梁柱隐没在一片漆黑之中。地面是由巨大的石板组成的，因为年代久远而显得暗沉发黑；一些石板上刻着一些词句，这让特莎有种正站在墓碑上的感觉——而那些尸骨——它们的主人正埋藏于地窖之下。这里没有窗户，可是黄铜灯具却发出亮白色光线，打在顶梁柱上，特莎知道，那是巫光石。

房间的中央是几张大木桌，上面放满了各种机械物件——颜色暗沉的黄铜和铁制成的齿轮和轮牙；一根根长铜线；玻璃烧杯中盛着颜色各异的液体，有些冒出袅袅青烟或者发出苦涩的气味。屋子里的空气有股刺鼻的金属味，有点像暴风雨前的空气。有一张桌子上零散地堆着一些武器，刀锋在巫光石的映照之下闪闪发亮。有一个做了一半、看起来像是一套按照一定比例缩小的、用薄金属制成的盔甲挂在一个铁丝架上，旁边是一张被层层叠叠的厚羊毛毯子覆盖着的大石桌。

亨利正站在桌后，在他身边的，是夏洛特。亨利正向妻子展示着手里的什么东西——是一个铜轮，或是一个齿轮——并低声跟她说着什么。他在衣服外面松松地套了一件帆布衬衫，就像渔夫穿的工作服，上面沾染着污垢和黑色汁液。而最引起特莎注意的莫过于他向着夏洛特说话时那信誓旦旦的样子。此时此刻的他和平常截然不同。他听起来那样自信而直接，而当他抬眼看着特莎的时候，眼神如此清朗而坚定。

"格雷小姐！是索菲带你下来的吧？她真是太好了。"

"为什么，是的，她——"特莎开口说道，她瞥了一眼身后，可是索菲已经不在那儿了。她一定是拐出了门口，然后悄无声息地回到了楼梯那里。特莎觉得自己真是愚蠢，竟然没有察觉。"是她带我来的，"她把话说完，"她说你想见我？"

"没错，"亨利说，"我们有些事需要你帮忙。你可以过来一下吗？"

他示意她走到桌边，到他和夏洛特那儿去。当特莎走近他们的时候，她看到夏洛特的脸色发白，五官痛苦地扭曲在一起，棕色的眼眸覆上了一层阴影。她看着特莎，咬着嘴唇，然后又把视线投向桌面，那里堆满了布料——而且在动。

特莎眨了眨眼。她曾经想象过这种事吗？可是不对，她又往那里挪了一些——现在她离得更近了，其实桌上并不只是一堆布料，那底下还有什么东西——那东西的大小和形状有点像人类的躯体。她停住了脚步，此时，亨利伸出手去，抓住布料的一角，将它掀了开来，现出了躺在下面的东西。

特莎突然觉得一阵晕眩，于是伸手抓住了桌角。"米兰达。"

死去的姑娘仰面躺在桌上，双臂在身体两侧张开，暗沉的棕发散乱地披在肩上。当特莎逃跑的时候她的眼中还满是烦恼不安。而现在那苍白的脸庞上只有两个黑乎乎的凹洞。她那廉价衣裙的正面已经被剪了开来，露出了她的胸脯。目光及此，特莎畏缩着扭头看向别处——但很快又难以置信地把视线收了回来。虽然米兰达的胸脯被切了开来，她的皮肤就像橘子皮一样向两边翻转了开来，然而却并没有露出内里的皮肉，也没有一丝鲜血。在这怪异的残缺之下闪烁着亮光——是金属？

特莎往前走了几步，直到她站在亨利的对面，米兰达就躺在旁边的桌子上。本应流血、皮肉撕裂、肢体残缺的地方，现在有的只是两片向外翻开的白皙皮肤，在那之下则是一个金属外壳。几块铜片胡乱地拼凑在一起，组成了她的胸脯，慢慢往下看去，一个用铜和软黄铜做成的带关节的骨架便是米兰达的手腕。在死去的姑娘的胸口，一块大约特莎手掌大小的方形铜片失去了踪影，露出一个空洞。

"特莎，"夏洛特的声音温柔而急切，"威尔和杰姆找到了这个——这具尸体就在你被禁锢的屋子里。那房子里除了她以外已经空无一物了；她被孤身一人留在一个房间里。"

特莎依然着迷地盯着桌上的尸体，点了点头。"是米兰达。姐妹俩的女佣。"

"你知道她的事情吗？她可能会是什么人？还有她的背景？"

"不。不。我想……我是说，她很少说话，即使开口，她也只会重复姐妹俩说过的话。"

亨利用一根手指勾住了米兰达的下嘴唇，打开了她的嘴巴。"她有一条发育不完全的金属舌头，可是她的嘴巴从来不是用来说话或是吃东西的。她没有咽喉，而且我猜她连胃也没有。她的嘴巴到牙齿后面的一片金属这里就结束了。"他眯缝着眼睛，来回转动着她的脑袋。

"可她到底是什么东西？"特莎问，"是暗影魅族中的一种，还是恶魔？"

"不是。"亨利放开了米兰达的下巴，"确切地说她根本就没有生命。她是一个机器人，是一具行为举止和人类一模一样的机器。列奥纳多·达·芬奇就设计过一个。你可以在他的画中找到——一个可以坐，可以走，可以转头的机器生物。是他第一个提出人类只是一具复杂的机器,我们体内的器官就像用肌肉和骨血打造的轮齿、活塞和凸轮。那么为什么就不能用铜和铁来替代呢?为什么不能造出一个人来呢?可是,这个东西。就连雅盖·德罗①和梅拉德特②也不会想到会有这种东西。一个真正的生物机械机器人,会自己移动,自己控制方向,还裹着人类的躯壳。"他的眼中光彩熠熠。"它太美了。"

"亨利,"夏洛特的话声严厉,"你正在赞美的那副皮囊,是从某个地方弄来的。"

亨利把手背抵在前额上,眼中的神采逐渐消失了。"没错——那些地下室里的尸体。"

"'无声使者'已经检查过那些尸体了。大多数都少了器官——心脏和肝脏。有的少了些骨头、软骨组织,甚至连头发都没有。我们猜测是'黑暗姐妹'从尸体上割下了某些部分用来制造她们的机器人。就像米兰达这样的。"

"还有马车夫,"特莎说,"我觉得他也是个机器人。可她们到底为什么要这么做呢?"

"不止这些,"夏洛特说,"'黑暗姐妹'地下室里的机械工具是由莫特梅因公司制造的。那是你哥哥工作的地方。"

"莫特梅因!"特莎把目光从桌上的姑娘身上移开,"你见过他了,是不是?关于内特他都说了些什么?"

夏洛特犹豫了一下,瞥了一眼亨利。特莎知道这代表着什么意思。这是人们准备联合起来说谎时互相交换的眼神。从前,当她跟纳撒尼尔有事瞒着哈丽雅特姨妈的时候也交换过这种眼色。

"你有事瞒着我,"她说,"我哥哥在哪儿?莫特梅因到底知道些什么?"

夏洛特叹了口气。"莫特梅因跟神秘的暗影世界有着很深的瓜葛。他是'地狱俱乐部'的一员,这个俱乐部看起来是由暗影魅族操

---

① 雅盖·德罗(1721—1790),世界上最古老的钟表品牌之一雅盖·德罗牌瑞士表的创始人。
② 亨利·梅拉德特,瑞士钟表匠,在美国费城的富兰克林科学博物馆里存放着的一座有着200多年历史的古董玩偶便是出自他手。令人惊奇的是,上紧发条后,这座玩偶不仅会念诗(两首法语诗歌和一首英语诗歌)还会作画,而且即使在经历了两个多世纪之后它仍能活动自如。

纵的。"

"可是那跟我哥哥有什么关系？"

"你哥哥发现了这个俱乐部，并且为之着迷。他跑去为一个叫德昆西的吸血鬼工作。这是一个非常有影响力的暗影魅族。事实上，德昆西就是'地狱俱乐部'的头儿，"夏洛特极其厌恶地说，"看起来，这个职位还有个头衔。"

为了抵挡突如其来的一阵晕眩，特莎不得不用手撑住了桌子边缘。"法师？"

夏洛特看了一眼亨利，他的手正在那东西胸口的嵌板之中。他像是触到了什么东西，然后把那东西掏了出来——是一颗人类的心脏，颜色鲜红而肥厚，可是又如此坚硬而有光泽，就像被涂了一层油漆。它被周围的铜银金属线捆绑着。每隔一会儿就无精打采地发出砰的一声。它竟然还在跳动。"你想拿着这个吗？"他问特莎，"你得小心点。这些铜管贯穿于这东西的身体里，里面装着油和其他易燃液体。我还没有将它们全部识别出来。"

特莎连连摇头。

"好吧，"亨利看上去有些失望，"我想让你看一些东西。也许你就看看这里——"他用纤长的手指小心地将那颗心脏翻转了过来，露出另一面上的一块金属平板。板上蚀刻着一个印记——一个大大的字母Q，里面是一个小小的D。

"这是德昆西的标志。"夏洛特说。她的眼神黯淡无光。"我在他寄给我的一封信上见过这个。一直以来他都是圣廷的同盟，至少我是这么认为的。他势力强大。城市西半部分的'黑夜之子'都由他控制。莫特梅因说德昆西从他那里买去了机械部件，看来他说的是真的。看来在'黑暗姐妹'的屋子里，你并不是唯一一件为法师准备的东西。还有这些发条生物也是。"

"如果这个吸血鬼就是法师的话，"特莎慢慢地说，"那么就是他让'黑暗姐妹'逮住我的，也是他强迫内特给我写了那封信。他一定知道我哥哥的下落。"

夏洛特差点笑出声来。"你的想法可真是单纯啊。"

特莎的声音透着生硬。"我也想知道到底为什么法师会需要我这个人。他为什么要抓住我,并且训练我。如果可以的话,我一定要报复他。"她哆嗦着吸了一口气。"可是这个世界上我只剩下哥哥一个亲人了。我一定要找到他。"

"我们会找到他的,特莎,"夏洛特说,"不知为什么,所有这些事情——'黑暗姐妹',你哥哥,你的天赋,还有德昆西也牵涉其中——凑在一起变成了一个拼图。我们还差其中的几块碎片而已。"

"我必须说,我希望我们很快就能找到他,"亨利说着,悲伤地瞅了桌上的尸体一眼,"为什么一个吸血鬼会需要那么多半机械人偶?这根本说不通。"

"现在还没有,"夏洛特一边说,一边托着她的小下巴,"不过,会找到的。"

在夏洛特宣布已经过了上楼吃晚饭的时间之后,亨利依然还留在他的实验室里。他坚称自己五分钟后就来,心不在焉地跟她们挥手告别,这让夏洛特连连摇头。

"亨利的实验室——我从没见过像这样的地方。"当她们上了一半楼梯的时候,特莎对夏洛特说。此时,她已经气喘吁吁,然而夏洛特却步伐稳健,像是永远不会疲劳一样。

"没错,"夏洛特有些哀伤地回答,"只要我允许,亨利便会整日整夜地待在那里。"

只要我允许。这话让特莎感到惊讶。这个人可是她的丈夫,难道不是应该由他来决定什么可以什么不可以,他的家该如何操持吗?妻子的义务只是实现他的愿望,并且为他提供一个远离尘嚣、平静安稳的避风港罢了。可是学院却完全不是这样。这里的一部分是家,一部分是寄宿学校,还有一部分是作战基地。而很明显,无论是谁说了算,那个人都不是亨利。

随着夏洛特发出一声惊叹,她突然在特莎跟前停住了脚步,两个人几乎撞在一起。"贾丝明!究竟发生什么事了?"

特莎抬起头看。贾丝明正站在楼梯顶端,整个人定格在打开的房门里面。她还是穿着白天的那套衣服,只是头发变成了精致的卷发,显然是为了晚餐而准备的,毫无疑问是出自永远那么有耐心的索菲之手。此时此刻,她正怒容满面。

"是威尔,"她说,"他在餐厅里实在太可笑了。"

夏洛特一脸不解。"这跟他在图书室或是武器室或是任何别的地方表现出来的可笑有什么区别吗?"

"这是因为,"贾丝明说道,好像这么说会更明白一些,"我们得在餐厅吃饭。"说完,她便转身疾步向走廊走去,同时越过肩头往身后扫了一眼,以确保特莎和夏洛特正跟着她。

特莎情不自禁地笑了。"他们都有点像你的孩子,是不是?"

夏洛特叹了口气。"没错,"她说,"我猜,除了他们不被要求爱我以外,就差不多了。"

特莎一时接不上话。

因为夏洛特坚称自己得赶在晚饭前去客厅办些事情,特莎只得独自一人去餐厅了。她一到那里——正为没有迷路而万分自豪的时候——就发现威尔正站在一个餐具柜上,往天花板上装着什么东西。

杰姆则坐在一把椅子上,半信半疑地看着威尔。"要是你把它弄坏了就是活该。"他说着,把头歪向一边,这时,他看见了特莎。"晚上好,特莎。"顺着她的视线看去,他露齿一笑。"我把煤气吊灯给挂歪了,威尔正在努力把它摆正。"

特莎看不出煤气吊灯有什么不对劲,可她还没来得及把这话说出口,贾丝明便昂首阔步地走进了房间,同时瞪了威尔一眼。"真的吗?你为什么不叫托马斯来做这事?作为一名绅士,没必要——"

"你袖子上的是血迹吗,杰茜?"威尔往下看了一眼,问。

贾丝明绷着脸。她一句话都没说,就突然转身,大步朝桌子的另一端走去,然后一屁股坐了下来,面无表情地注视着前方。

"你和贾丝明在外面发生了什么事吗?"是杰姆在问,看起来很担心的样子。当他转头看向特莎的时候,她看到在他的咽喉深处有什么东西正发出绿色的微光。

贾丝明打量着特莎,脸上现出一种近乎恐慌的表情。"没有,"特莎说道,"什么事都没有——"

"我搞定了!"亨利得意洋洋地走进了房间,一只手上挥舞着什么东西。它看着像是一支铜管,边上有一个黑色按钮。"我敢打赌你们一定想不到我会成功,对不对?"

威尔放弃了对煤气吊灯的努力,怒气冲冲地瞪着亨利。"我们根本就不知道你都在做些什么事情。你到底明不明白?"

"我终于让我的'磷光体'开始工作了。"亨利自豪地挥舞着那东西。"它的功能就跟巫光石的原理一样,但能量却要比巫光石强上五倍。只要按下一个按钮,你就会看到一片灯火通明的景象。"

一片沉默。"所以,"威尔最后终于说道,"那么它就是一个非常非常明亮的巫光石了?"

"完全正确。"亨利说。

"这个东西真的有用吗?"杰姆问道,"毕竟,巫光石只是用来照明罢了。它似乎并不危险……"

"等着瞧吧!"亨利回答。说着,他举起了那个东西。"看。"

威尔走近那东西,可是已经太迟了;亨利早已按下了按钮。那东西发出一束炫目的亮光和嘶嘶的声响,然后整个房间都陷入了漆黑之中。特莎惊叫一声,杰姆则温柔地笑了。

"是我瞎了吗?"威尔的声音透着一丝烦躁,从黑暗中浮了出来,"如果你把我弄瞎了,我会不高兴的,亨利。"

"不会的。"亨利听起来有些担心。"不,'磷光体'像是——威尔,它好像把房间里所有的灯都关了。"

"它不应该这么做吗?"杰姆的声音温柔如昔。

"呃,"亨利沉吟,"不该这样。"

威尔压低了嗓门咕哝着什么。虽然特莎听不真切,却十分肯定听到了"亨利"和"傻瓜"这两个词。片刻之后,屋子里发出了巨大的碎裂声。

"威尔!"有人惊慌地叫喊着。突然,房间里一下子灯火通明,这让特莎一阵目眩。夏洛特正站在门口,一手高举着点着巫光石的灯,她脚边的地板上有一大堆破碎的陶器,那原是餐具柜里的东西,而威尔就躺在那里。"到底怎么了……"

"我正努力要把煤气吊灯给弄正。"威尔生气地说,他站了起来,把陶片从衬衫上拂开。

"可以让托马斯来做。而现在你把一半的盘子都砸了。"

"那是拜你的白痴丈夫所赐,"威尔从上到下打量着自己,"我想我把哪里弄断了。好疼啊。"

"我看你毫发未伤,"夏洛特无情地说,"起来。我想今晚我们得就着巫光石吃饭了。"

坐在桌子那头的贾丝明对此嗤之以鼻。这是自从威尔问她外套上的血迹以后,她第一次发出动静。"我讨厌巫光石。它让我皮肤的颜色发绿。"

尽管贾丝明在巫光石的照耀下肤色发绿,特莎却发现自己实在很喜欢巫光石。它把白色的光辉投向万物,就连豌豆和洋葱都因此蒙上了一层浪漫而神秘的气息。当她用沉重的银质刀具往小餐包上涂抹着奶油的时候,情不自禁地想起曼哈顿的那间小公寓,自己和哥哥、姨妈曾在那里就着几支蜡烛发出的亮光围着一张朴素的松木桌吃着粗劣的晚餐。可是哈丽雅特姨妈总是细致地将每样东西都收拾得一尘不染,从前窗上的白色蕾丝窗帘到炉子上闪闪发亮的铜水壶。她总是说,你所拥有的东西越少,就更应该留心归你所有的每件东西。特莎不知道暗影猎手是否对他们所拥有的一切都小心谨慎。

夏洛特和亨利讲述了他们从莫特梅因那里知道的事情;杰姆和威尔聚精会神地听着,而贾丝明则无聊地注视着窗外。杰姆像是对莫特梅因房子的描述尤其感兴趣,那里有来自世界各地的文物。"我告诉你们,"他说,"这些富商。他们全都以为自己是十分重要的人。凌驾于法律之上。"

"是的,"夏洛特说,"他的言谈举止正是如此,就像已经习惯于发号施令。这样的男人总是很容易被那些想把他们拉进暗影世界的人辨识出来。他们已经习惯于拥有权力,并且期待着只需要极少的成本便能变得更有势力。他们完全不知道要在暗影世界中获得权力得付出多么昂贵的代价。"她转过头来,向威尔和贾丝明皱着眉头,这两个人像是正为什么事情厉声争吵着。"你们两个怎么了?"

趁此机会,特莎转头看向坐在自己右边的杰姆。"上海,"她低声说道,"它听起来真让人心驰神往。但愿我也能去那里旅行。我一直想去旅行。"

当杰姆朝她微笑的时候,她能看见他的喉间发出的微光。这是一个用一块暗绿色的石头雕成的坠饰。"那么现在你已经如愿以偿了。你到这儿来了,不是吗?"

贾丝明砰的一声把叉子扔在桌上,打断了他们的谈话。"夏洛特,"她尖声要求,"让威尔离我远点儿。"

威尔正把背靠在椅子上,蓝色眼眸闪闪发光。"要是她肯说明白为什么她的衣服上沾着鲜血,我就离她远点儿。让我猜猜,杰茜。你从公园里一些穷苦的女人中间跑过,她们穿着的长袍不幸碰到了你,所以你就用那把灵活小巧的阳伞割开了她的喉咙。我说的对吗?"

贾丝明对着他龇牙咧嘴。"你真可笑。"

"她说的对,这你知道。"夏洛特告诉他。

"我是说,我现在穿的是蓝色的衣服。蓝色可是百搭,"贾丝明继续说道,"真的,这你应该知道。你对自己的装束可是颇为自负的。"

"蓝色并不百搭,"威尔告诉她,"举例来说,它跟红色就不搭配。"

"我倒是有一条红蓝条纹的背心。"亨利插嘴说道,伸手去拿桌上的豌豆。

"要是那还不足以证明这两种颜色根本不应该同时出现的话,我也想不出还有什么更好的例子了。"

"威尔,"夏洛特严厉地说,"别这么跟亨利说话。亨利——"

亨利抬起头来。"什么?"

夏洛特叹了口气。"你把豌豆舀到贾丝明的盘子里去了,那不是你的盘子。你得留神些,亲爱的。"

正当亨利惊讶地低头查看时,餐厅的大门打开了,索菲走了进来。她低垂着头,一头黑发闪闪发亮。当她弯腰向夏洛特低声说话的时候,巫光石刺目的亮光投射在她的脸庞上,把她的疤痕变成了皮肤上的一道银光。

夏洛特的脸上覆上了一层备受安慰的神情。片刻之后她便站了起来,急急忙忙地走出了房间,只在走过亨利身边的时候轻轻碰了一下他的肩膀。

贾丝明睁大着她的棕色眼眸。"她这是去哪儿？"

威尔看着索菲，特莎觉得他那从上到下打量她的眼神就像是用手指轻抚你全身的肌肤一般。"的确，索菲，我亲爱的。她到底去哪儿了？"

索菲恶狠狠地瞪了他一眼。"如果布兰韦尔夫人想让你知道的话，我肯定她会亲自告诉你的。"她恶声恶气地说完，便跟随着她的女主人急匆匆地走出了房间。

亨利搁下了豌豆，试着挤出一个亲切的微笑。"好吧，那么，"他说，"我们刚刚是在讨论什么？"

"没什么，"威尔说，"我们想知道夏洛特去哪儿了。发生了什么事？"

"没有，"亨利说，"我是说，我不认为——"他环顾房间，看到四双眼睛正齐刷刷地看向自己，于是叹了口气。"夏洛特并不常常告诉我她正在做的事情。你们知道的。"他的微笑中带着一丝痛苦，"真的，这不能怪她。是我不够明白事理。"

特莎正希望自己能说点儿什么安慰亨利。他身上有什么东西让她想起了小时候的内特，笨头笨脑，又很脆弱。她条件反射一般把手放在颈间的天使身上，在它那安稳的滴答声中寻求一丝慰藉。

亨利打量着她。"你戴在脖子上的那个上发条的东西——能让我看看吗？"

特莎犹豫了一下，然后点了点头。毕竟只是亨利而已。她解开链子上的锁扣，取下了项链，然后递给了他。

"这是一个精巧的小玩意儿，"他接了过去，"你是从哪儿得到它的？"

"是我妈妈的。"

"有点像护身符，"他抬头看向她，"你介意我把它拿回实验室检查一下吗？"

"哦，"特莎无法掩饰自己的担忧，"你千万要小心。这是我妈妈留给我的唯一一样东西。要是它被弄坏了……"

"亨利不会弄坏它的，"杰姆向她保证，"他对这些东西可是十分在行。"

"没错。"亨利的回答是如此平淡而谦逊，完全没有流露出自以为是的样子。"我会把它完好如初地还给你的。"

"好吧……"特莎犹豫着。

"我不明白有什么可大惊小怪的。"贾丝明说，看起来已经对这次交换厌烦透了，"那上面又没有钻石。"

"有些人珍视情感更胜于钻石，贾丝明。"是夏洛特的声音，她正忧心忡忡地站在门口。"有人想跟你谈谈，特莎。"

"跟我？"特莎不可置信地问道，暂时忘记了发条天使。

夏洛特长叹一声。"是贝尔科特女士。她在楼下。在'庇护室'里。"

"现在？"威尔眉头紧皱，"发生了什么事？"

"是我联系了她，"夏洛特说，"是关于德昆西的事。就在晚餐前。我希望她会知道些什么，她确实知道，不过她坚持要先见见特莎。看来虽然我们处处提防，关于特莎的风言风语还是走漏进了暗影世界，而贝尔科特女士……对此很感兴趣。"

特莎"当啷"一声放下了手里的叉子。"对什么很感兴趣？"她环顾餐桌，意识到此刻四双眼睛正目不转睛地看着自己。"贝尔科特女士是谁？"没有人回答，于是她转向杰姆，好像只有他才最有可能给她一个答案。"她是个暗影猎手吗？"

"她是个吸血鬼，"杰姆说，"事实上，是一个吸血鬼线人。她向夏洛特提供消息，让我们获悉'黑夜'部落正在发生的一切。"

"要是你不愿意的话，你不用跟她说话，特莎，"夏洛特说，"我可以把她撵走。"

"不，"特莎推开了她的盘子，"如果她对德昆西了如指掌的话，也许她也会知道一些内特的事。要是她真知道些什么，我可不能就这么让她走掉。我要去见见她。"

"你难道不想知道她想从你这里得到些什么吗？"威尔问。

特莎从容地看着他。巫光石把他的皮肤照得发白，双眸也更显蓝色。那是北大西洋海水的颜色，在那墨蓝色的海面上漂浮着冰块，好像黏附于黑色窗玻璃上的星星雪花。"除了'黑暗姐妹'以外,我还从来没有见过其他的暗影魅族,"她说,"我想——我想见见。"

"特莎——"杰姆想说什么,可是她已经站了起来,跟着夏洛特匆忙走出了房间,再也没有看桌上的任何人一眼。

第八章
卡米尔

> 鲜果腐坏,爱情凋零,时光流逝;
> 永恒的空气将你滋养,
> 于无穷变化之后生还,
> 被死亡亲吻后依然鲜活,
> 在倦怠中死灰复燃,
> 在贫瘠中欢欣浪荡,
> 荒谬而徒劳无功的过往,一个了无生气
> 道德败坏的女王。
>
> ——阿尔加侬·查尔斯·斯温伯恩,《多洛莉丝》

威尔和杰姆在走廊一半的地方赶上了特莎——一人一边走在她的身侧。"你难道真的以为我们会让你一个人去吗?"威尔问,他举起手来,巫光石在他的指间发光,将走廊照得如同白昼一般。快步走在他们前头的夏洛特转过头来,眉头紧皱,却一句话也没说。

"我知道你是不会错过任何好事的,"特莎目视前方回答,"可我没想到杰姆也是这样。"

"威尔去哪儿我就去哪儿,"杰姆好脾气地说,"况且我也跟他一样好奇。"

"这可没什么好得意的。我们这是要去哪儿?"特莎吃惊地加了一句,这时他们已经来到了走廊末端,向左拐去。下一座大厅在他们身后延伸开去,隐入了一片不讨人喜欢的阴暗之中。"我们是不是走错路了?"

"耐心可是一种美德，格雷小姐。"威尔说道。此刻他们已然来到了一条陡峭着向下倾斜的长走廊之上。墙上既没有挂毯也没有火把，这片幽暗才让特莎意识到威尔为什么会带着他的巫光石。

"这条走廊通向我们的'庇护室'，"夏洛特告诉她，"这是学院中唯一不在圣地之上的部分。我们出于某些原因，会在那里见那些无法进入圣地的人：那些遭受诅咒的人、吸血鬼等。我们也常常选择在那里保护那些受到恶魔或其他暗影世界居民威胁的暗影魅族。为此，房门上安装着许多防护物，而且如果没有石杖或者钥匙的话，是不能出入这个房间的。"

"他们是因为受到诅咒才变成吸血鬼的吗？"特莎问道。

夏洛特摇摇头。"不是。我们认为这是一种恶魔疾病。大多数影响恶魔的疾病并不会传染给人类，然而在某些情况之下，疾病常常会通过咬伤或者抓伤而传播。好像吸血鬼病。还有变狼狂——"

"还有恶魔瘟疫。"威尔说道。

"威尔，恶魔瘟疫根本就不存在，这你知道。"夏洛特说。

"变成吸血鬼并不是因为诅咒。这是一种病，"特莎补充道，"可他们还是进不了圣地？这是不是意味着他们被打入了地狱？"

"这取决于你的信仰，"杰姆说，"还有你到底是否相信有地狱这种事。"

"可你们捕猎恶魔。你们一定对此深信不疑！"

"我相信善与恶，"威尔说，"我还相信灵魂是永恒的。可我并不相信地狱里真有炽热的深渊、干草叉或者永无止境的折磨。我根本不相信人们会因此而变得善良。"

特莎看着威尔。"那你的信仰是什么？"

"我们是尘土和阴魂，"威尔说话的时候并没有看着她，"我相信我们是尘土和阴魂。除此之外还会是什么？"

"不管你相信什么，都请别让贝尔科特女士知道你觉得她被诅咒了。"夏洛特说。她在一扇高大的铁门之前停了下来，门扇上各雕刻着一个奇怪的符号，看起来像是两对背靠着背的字母C，走廊在那里结束了。她转过身，看着自己的三个同伴。"她善意地向我们提供帮助，我们无论如何都不该那样侮辱她。尤其是你，威尔。如果你不能彬彬有礼的话，我就把你赶出'庇护室'。杰姆，我相信你会展现出迷人的那一面的。特莎……"夏洛特把她那肃穆、和蔼的眼神投在特莎身上，"别害怕。"

她从裙子的口袋里拿出一把铁钥匙，把它滑进了门锁之中。钥匙头是一个展开双翅的天使形状；当夏洛特转动钥匙的时候，那翅膀短暂地闪了一下，门开了。

眼前的房间像是一个藏宝室。这里没有窗子，除了他们走进来的这扇门以外，便再没有别的入口了。在一排枝形大烛台的照耀下，巨大的石柱支撑着幽暗的屋顶。环绕着石柱，雕刻着如尼文和复杂的图案，让人看着眼花缭乱。巨大的挂毯从墙上悬挂而下，每一条都被撕扯成了一个如尼文的形状。屋子里还有一面镀金大镜子，让这地方看起来足有实际的两倍大。房间中央高耸着一个巨大的石头喷泉。它有一个圆形底座，中间是一尊收起双翅的天使塑像。连绵不绝的泪水从它的眼里涌出，积聚在下面的喷泉中。

除了喷泉以外，在两根大柱之间，还放置着一组装饰着黑色天鹅绒的座椅。一个身材苗条、表情庄重的女人正坐在最高的那把椅子上。她头上的帽子因为帽顶上插着的一大蓬黑色羽毛而向前倾斜着。她的裙子是昂贵的红色天鹅绒，雪白的肌肤微微鼓起在紧身衣之外，尽管她的胸脯从来没有因为呼吸而起伏。颈间的一条红宝石项链像是给脖子添上了一道疤痕。她的淡金色头发浓密，精致而僵硬的卷发聚拢在她的颈背周围；她的眼睛是翠绿色的，像猫眼一样闪闪发光。

特莎觉得有些喘不上气来。暗影魅族竟会如此美丽。

"熄掉你的巫光石，威尔。"夏洛特在快步向前欢迎客人之前悄声关照。"谢谢你能等我们，男爵夫人。我相信'庇护室'还让你觉得舒服吧？"

"一如既往，夏洛特。"贝尔科特女士百无聊赖地说；她说话的时候略微带着一些口音，但特莎却无法辨认到底是何处的发音。

"贝尔科特女士。请让我为你介绍特莎·格雷小姐。"夏洛特指了指特莎，特莎一时不知所措，只是礼貌地向她点头致意，虽然她已经在脑子里努力回忆人们是如何问候男爵夫人的。"在她身边的是詹姆斯·卡斯泰尔斯先生，一位年轻的暗影猎手，跟他在一起的是——"

贝尔科特女士的绿色双眸却早已停留在了威尔的身上。"威廉·希伦戴尔。"她微笑着说。特莎一下子紧张起来,可是这个吸血鬼的牙齿看着倒是和常人没什么两样,完全没有露出一丝利齿。"真没想到你会来迎接我。"

"你们认识?"夏洛特大吃一惊。

"威廉在打法罗牌的时候赢了我二十磅,"贝尔科特女士说,她的绿色眼眸久久停留在威尔身上,这让特莎犹如芒刺在背。"几个星期前,就在'地狱俱乐部'开的暗影世界赌场里。"

"是吗?"夏洛特看了看威尔,后者只是耸了耸肩。

"这是调查的一部分。我装成一个去那里堕落一下的愚蠢盲呆,"威尔解释道,"要是我拒绝参加赌博会引起怀疑的。"

夏洛特扬起下巴,说道:"虽然如此,威尔,可那些你赢来的钱可是证据。你应该把它交给圣廷。"

"我买了杜松子酒喝。"

"威尔。"

威尔无所谓地耸了耸肩。"罪恶的战利品可是沉重的负担。"

"可你竟然不可思议地经受住了。"杰姆在一边评头论足,调皮的神情在他的银色眼睛里一闪而过。

夏洛特高举双手,说:"我一会儿再跟你讨论这事,威廉。贝尔科特女士,这么说您也是'地狱俱乐部'的成员之一了?"

贝尔科特女士摆出个极其厌恶的表情。"当然不是。我那晚会在赌场里出现是因为我的一个狼人朋友想从纸牌游戏里赚些不义之财。俱乐部里的各种项目都向大多数暗影魅族开放。我们这些人的出现会让那些盲呆长长记性,还会打开他们的钱袋。我知道掌管那里的是暗影魅族,可是我永远也不想加入。这整桩生意实在是太低级了。"

"德昆西是其中一分子。"夏洛特说,特莎在她的棕色大眼睛里看到了一种强大的智慧。"我听说事实上他是这个组织的头目。你知道这事儿吗?"

贝尔科特女士摇了摇头,显然对这个消息完全不感兴趣。"德昆西跟我在几年前挺亲近的,可是我们已经分道扬镳了,而我也向他直言我对俱乐部不感兴趣。我猜他有可能是俱乐部的头儿;要是你问我的话，我得说这是一个可笑的组织，可毫无疑问也非常赚钱。"她身子前倾，把戴着手套的纤细双手叠放在膝头。她的一举一动都异常迷人，就连一个极小的动作亦是如此，言谈举止中有一种奇怪的像动物一般优雅的体态，就像一只潜行在幽暗之中的猫咪。"关于德昆西，你首先应该明白的是，"她说，"他是伦敦最最危险的吸血鬼。他想方设法爬上了这个城市里最有权势的族群的最高位。伦敦的吸血鬼们统统都听命于他的奇思妙想。"她抿了抿鲜红色的嘴唇。"其次，你要知道德昆西老了——甚至在'黑夜之子'中也算老了。在协议诞生之前他就已经一把年纪了，而且他讨厌里面的条条框框，讨厌在协议的约束之下过活。而最重要的是，他讨厌拿非力人。"

特莎看见杰姆的嘴角扬起一个微笑，侧身跟威尔说着什么悄悄话。"的确如此，"威尔说道，"我们是如此迷人，有谁会小瞧我们呢？"

"我想你一定知道大多数暗影魅族都不喜欢你们。"

"可我们却把德昆西当作盟友，"夏洛特把她那瘦削却有力的双手搁在一把天鹅绒椅背上。"他经常跟圣廷合作。"

"这是幌子。他跟你们合作是因为这对他有好处。其实他很乐意看到你们统统沉入汪洋大海。"

夏洛特一下子面色发白，却强自镇定着。"你知不知道他跟两个叫作'黑暗姐妹'的女人有些牵扯？他对机器人——机械生物是否也感兴趣？"

"啊，'黑暗姐妹'，"贝尔科特女士不寒而栗，"多么邪恶、讨厌的东西啊。我相信她们是狼人。我提防着她们。据说她们把那些没有……正当爱好的人介绍进俱乐部。贩卖恶魔药物、在暗影世界经营妓院，干些诸如此类的勾当。"

"那机器人呢？"

贝尔科特女士厌倦地摆了摆她纤弱的双手。"我不知道德昆西对钟表零件感兴趣。老实说，当你第一次跟我联系的时候，夏洛特，我根本没打算向你透露任何信息。原因之一是这么做会让圣廷知道不少暗影魅族的秘密，其二便是会背叛伦敦最有权势的吸血鬼。直到我听说了你们那个小变身者的故事，这才改变了主意。"此刻，她的绿眼睛停留在特莎身上。红嘴唇上扬，摆出一个微笑的表情。"你倒是跟你们家的人长得挺像的。"

特莎一动不动地看着她。"我长得像谁？"

"还用问吗，当然是纳撒尼尔了。你跟你哥哥长得挺像。"

特莎像是被一盆凉水兜头泼下，因为震惊而处于高度戒备状态。"你见过我哥哥？"

贝尔科特女士笑了笑，像是对一切都了如指掌。"我在'地狱俱乐部'里见过他几次，"她说，"他看着满脸晦气，可怜的人啊，他是被妖术给迷住了。夏洛特告诉我是'黑暗姐妹'带走了他；我一点也不吃惊。她们热衷于把盲呆逼入负债累累的境地，然后用最骇人听闻的手段逼他还债……"

"可是他还活着？"特莎说，"你看见他的时候他还活着？"

"已经有些时日了，不过确实如此。"贝尔科特女士挥了挥手。她的猩红色手套让她的双手看起来像是浸泡在鲜血之中。"回到刚刚的话题，"她说，"我们正在说的是德昆西。告诉我，夏洛特，你知道他在卡尔顿广场的宅子里举办派对的事吗？"

夏洛特把手从椅背上移开。"我倒是听说过。"

"很不幸，"威尔说，"看来他忘记邀请我们了。也许我们的请柬被寄丢了。"

"在这些派对上，"贝尔科特女士继续，"人们被折磨和残杀。我相信他们的尸体一定是被丢弃在泰晤士河里，完好的部分被那些拾荒者给挑走了。你知道那事儿吗？"

此话一出，连威尔都大吃一惊。夏洛特说道："可是《大律法》禁止'黑夜之子'杀害人类——"

"而德昆西却藐视《大律法》。他喜欢杀戮，他这么做等于是在嘲笑拿非力人。毫无疑问，他绝对乐在其中。"

夏洛特的双唇毫无血色。"这些事情都有多久了，卡米尔？"

那么这就是她的名字了，特莎心想。卡米尔。听起来像是法国人的名字，也许她的祖籍是法国。

"至少有一年了。也许更长。"吸血鬼无动于衷地说。

"而你现在才告诉我是因为……"夏洛特的声音里透着伤心。

"揭开伦敦统治者的秘密，其代价就是死亡，"卡米尔说道，绿色的双眸随之黯淡了下来，"而且即使我告诉了你，对你也没什么好处。德昆西是你的盟友之一。你根本不可能像对付一个普通的罪犯那样闯进他的家里。他根本无懈可击。要是我没理解错的话，在新圣约的规定之下，只有当吸血鬼真正危害到人类的时候，拿非力人才能采取行动，是不是？"

"是的，"夏洛特不情不愿地说，"可要是我们能去参加一次派对——"

卡米尔大笑一声。"德昆西绝不会让这事儿发生的！他只消看一眼暗影猎手，就会把你们拒之门外。你们永远也进不去。"

"可你进得去，"夏洛特说，"你可以带着我们中的一个——"

卡米尔帽子上的羽毛伴随着她的摇头晃脑而一阵颤动。"让我冒着生命危险？"

"你根本就不是个活人，不是吗？"威尔说。

"我跟你一样珍视自己的存在，暗影猎手，"贝尔科特女士眯缝着双眼说，"有件事你得好好学学。拿非力人最好别再以为那些跟他们不一样的人根本就没有存在过。"

"贝尔科特女士——请允许我问问——你到底想从特莎那里得到些什么？"这回说话的是杰姆，自从他们走进房间以后他一直保持着沉默。

卡米尔直视着特莎，绿色的眼睛就像宝石一样闪闪发亮。"我听说你可以把自己假扮成任何人，我没说错吧？扮得可真好——从样貌到声音到举止，不是吗？"她撇了撇嘴唇，"我有自己的消息源。"

"没错，"特莎踌躇着，"是这样，据说我扮得一模一样。"

卡米尔仔仔细细地打量着她。"真完美。要是你能扮成我的样子——"

"你？"夏洛特说，"贝尔科特女士，我不明白——"

"我明白了，"威尔立即说道，"要是特莎假扮成贝尔科特女士，她就能去参加德昆西的派对了。这样她就能抓住他违反《大律法》的把柄。那么圣廷就能发起攻击而不会违反圣约。"

"你可真是个小战略家。"卡米尔笑了，又一次露出了她那雪白的牙齿。

"而且这还是一个搜索德昆西住宅的大好机会,"杰姆说道,"看看他对机器人是否感兴趣。要是他真的谋害了盲呆,那也绝不仅仅是为了娱乐而已。"他意味深长地看了夏洛特一眼,特莎知道此时此刻他的想法同自己一样,他们都想到了"黑屋"地下室里的那些尸体。

"到时我们得想办法在德昆西的宅子里向暗影猎手发信号,"威尔沉思着说,蓝色的眼睛早已大放神彩,"也许亨利会有办法。要是能有那幢房子的建筑图纸就好了——"

"威尔,"特莎抗议,"我不能——"

"当然不会让你一个人去的,"威尔不耐烦地说,"我会跟你一起去。我不会让你出事的。"

"威尔,不行,"夏洛特说,"就你和特莎两个人,在一幢满是吸血鬼的屋子里?我反对。"

"那么,除了我,你打算派谁跟她一起去呢?"威尔问,"你知道我有能力保护她,你也知道安排我去是正确的选择——"

"我可以去。或者亨利——"

卡米尔饶有兴味又有些厌烦地看着这一切,这时终于说道:"恐怕我得赞同威尔的建议。只有和德昆西亲近的朋友,只有吸血鬼,还有被吸血鬼奴役的人类才能参加派对。德昆西以前见过威尔,以为他只是一个醉心于神秘事物的盲呆;要是他发现他是吸血鬼的奴隶,也不会吃惊的。"

人类奴隶。特莎曾在《法典》上读到过:那些发誓效忠吸血鬼的盲呆被称为奴隶或是暗黑族。他们陪伴在吸血鬼左右,并为之提供食物,作为回报,每隔一段时间他们会得到少许吸血鬼的鲜血,输进他们的体内。这血把他们跟他们的吸血鬼主人紧紧联系在一起,同时也确保他们在死后亦能变成吸血鬼。

"可威尔才十七岁。"夏洛特反对。

"大多数人类奴隶都很年轻,"威尔说道,"吸血鬼们喜欢捕获年轻的奴隶——看着更漂亮,血液也更健康。而且年轻人能活得长一点儿,虽然也没多久。"他一边说着,一边摇头晃脑。"而绝大多数昂克拉夫人都没办法冒充一个令人信服的年轻英俊的人类奴隶——"

"因为我们这些人都长得太丑了,是不是?"杰姆一脸调皮地问,"这就是我无法胜任的原因?"

"不,"威尔说,"你知道为什么不让你去。"他的语调里毫无抑扬顿挫,而杰姆也只是看了他一会儿,就耸了耸肩,把视线移开。"我还是没有把握,"夏洛特说,"下一次派对是什么时候,卡米尔?"

"星期六晚上。"

夏洛特做了个深呼吸。"在我同意之前,我得先跟其他暗影猎手谈谈。而且还得特莎同意才行。"

所有人的眼睛都看向特莎。

她紧张地舔了舔干涩的嘴唇。"你相信,"她对贝尔科特女士说,"我哥哥也许真的会在那儿?"

"我不能保证。只是有这种可能性。但是那里也许有谁会知道他的下落。'黑暗姐妹'可是德昆西派对的常客;要是能抓住她们或者她们的同伴审问,多半会向你们招供的。"

特莎的胃里一阵翻江倒海。"我会的,"她说,"可是我希望你们向我承诺,如果内特在那里,那我们就把他救出来,要是他不在那儿,我们也会把他找到。我要确保这次行动并不单单是为了抓住德昆西。它必须也得是为了营救内特才行。"

"当然,"夏洛特说,"可是我不知道,特莎。这将是很危险的——"

"你有没有把自己'变'成一个暗影魅族过?"威尔问道,"你觉得这能行吗?"

特莎摇了摇头。"我从未做过这事。可是……我可以试试。"她转向贝尔科特女士。"能给我一样你的东西吗?一枚戒指,或者一块手帕。"

卡米尔把手伸向后脑勺,把颈上的银金色卷发掠到一边,解下了她的项链。项链在她纤细的手指间摆荡着,她把它递给了特莎。"在这儿。拿着这个。"

杰姆眉头紧皱,向前一步接过了项链,然后把它递给了特莎。当她从他的手上接过链子的时候,她感受到了它的重量。项链沉甸甸的,正方形的红宝石吊坠有鸟蛋大小,手感冰冷,像是曾躺在冰天雪地中一般。她握着项链的手指就像握着一片冰块。她急促地喘了口气，便闭上了眼睛。

这次的变身有些奇怪，感觉跟以往都不一样。黑暗出现得如此之快，将她包裹其中，隔着一段距离，她看到一团冰冷的银色亮光。从光亮处发出一阵刺骨的寒意。特莎向那团光走去，冰冷的强光环绕着她的身体，让她不由得向光源处靠近。突然，她周围的亮光变成了一堵耀眼的白色墙壁——

她觉得胸口一阵刺痛，片刻之后她的视线里一片鲜红——是鲜血的深红色。一切都染上了鲜血的颜色，她开始害怕起来，奋力挣扎，她的眼睑突然张开了——

她依然待在"庇护室"里，所有人正盯着她。卡米尔微笑着，其他人则是满脸惊恐的样子，虽然不似看到她变成贾丝明时那般惊愕。

可是却有哪里很不对劲。她感觉身体里有一种巨大的空虚感——没有痛楚，却深切地觉得缺了什么。特莎一时说不出话来，周身被一股灼热冲击着。她跌坐在一把扶手椅里，双手按住了胸口，浑身都在发抖。

"特莎？"杰姆蹲在椅子旁边，握住她的一只手。她能从挂在对面墙上的镜子里看到自己的样子——或者更准确地说，她能看见卡米尔的样子。卡米尔那富有光泽的浅色头发披散在肩上，她那白皙的肌肤鼓起在特莎正穿着的过于紧绷的连衣裙上身之外，这让特莎看起来面色红润——要是她真能如此就好了。可是只有当一个人的血管里真有血液流动的时候才会双颊泛红，而且她记得，吸血鬼是不会呼吸的，身体也不会发热或变冷，而且胸膛里也没有心跳，想到这些，她不禁开始觉得恐怖。

所以这便是她为什么会感到空虚和怪异的原因了。她的心脏依然还在，只是像是她胸腔深处的一颗死物。她又发出一声喘息。有点疼，此时她意识到就算她还能呼吸，可她的新躯壳也已经不再需要了。

"哦，上帝，"她低声对杰姆说道，"我——我的心脏不跳了。我觉得自己好像已经死了。杰姆——"

他小心翼翼地轻抚着她的手，抬头看向她的银色双眸。她的眼神并没有随着她身体的变化而发生改变；他就像以前那样看着她，好像她还是特莎·格雷。"你还活着，"他用只有她听得见的声音轻柔地说，"你只是穿上了别人的皮囊而已，可你还是特莎，而且你活着。你知道我是怎么知道的吗？"

她摇了摇头。

"因为你刚刚对我说了'上帝'这个词。没有一个吸血鬼会这么说，"他紧握住她的手，"你的灵魂依然如故。"

她闭上眼睛，静静地坐了一会儿，感受着他的手紧紧握着她的，他温暖的肌肤紧贴着她冰冷的肌肤。慢慢地，让她浑身战栗的颤抖消失了；她睁开眼睛，向杰姆露出一个虚弱、飘忽的笑容。

"特莎，"夏洛特说，"你——还好吗？"

特莎把视线从杰姆脸上移开，看向夏洛特，她正忧心忡忡地注视着她。而站在夏洛特身边的威尔，则一脸高深莫测的表情。

"要是你希望让德昆西确信你就是我的话，你还得好好练练自己的一举一动，"贝尔科特女士说道，"我从来不会像你那样瘫坐在椅子里。"她把脑袋歪向一边。"不过，总体来说，你的表演令人印象深刻。有人把你训练得不错。"

特莎想到了"黑暗姐妹"。她们真的把她训练得不错吗？她们是不是唤醒了她身体里那原本沉睡的力量，尽管她是如此憎恨她们和这种能力？要是她永远也不知道自己的与众不同，会不会更好一些？

慢慢地，她褪下了卡米尔的皮囊。这感觉就像从一潭冰水中站了起来。一阵冰冷的寒意贯穿了她的全身，从脑袋到脚趾，一处都没有放过，她紧紧抓住了杰姆的手。接着，她觉得胸口有什么东西跳动着，就像一只从窗口飞入的小鸟，只为了积蓄力气好一飞冲天而一动不动地躺了许久，此刻，她的心脏突然重又跳动了起来。当空气涌入她的双肺的时候，她松开了杰姆，双手极快地放到胸口上，手指用力按着肌肤以感觉皮肤之下那轻柔的律动。

她的视线穿过房间，看向镜子里的自己。她又是她自己了：特莎·格雷，而不是那个美得超凡脱俗的吸血鬼。她感到如释重负。

"我的项链呢？"贝尔科特女士冷冷地说，伸出了她的纤纤玉手。杰姆从特莎那里接过了红宝石吊坠，递给了吸血鬼；当他将那项链高高举起的时候，特莎看见在吊坠的银色边框上刻着一些单词：真爱永不灭[①]。

不知为什么，她的视线不自觉地穿过房间看向威尔，却发现威尔也正看着她。他们两个不约而同地匆忙把目光移往别处。"贝尔科特女士，"威尔说道，"鉴于我们当中没有人去过德昆西的家，你能否给我们一张建筑平面图？或者房子布局的草图也行。"

"我会给你一样更好的。"贝尔科特女士抬起胳膊，一把抓住颈间的项链。"马格纳斯·贝恩。"

"那个巫师？"夏洛特眉头上扬。

"没错，"贝尔科特女士说道，"他跟我一样熟悉那幢宅子，也经常受邀去参加德昆西的社交活动。不过他跟我一样，以前也从不参加这些犯下杀人罪行的派对。"

"他真是个高尚的人。"威尔喃喃自语。

"他会在那里跟你们碰面，带着你们穿过宅子。没人会因为看到我们待在一块儿而大惊小怪的。你瞧，马格纳斯·贝恩是我的情人。"

特莎的嘴巴因为惊讶而微微张开。这可不是淑女们在文雅场合会说的话，在任何场合都不会这么说。也许吸血鬼是个例外？其他人也跟她一样大吃一惊，只有威尔除外，他的表情一如既往，似乎正强忍住大笑一通。

"太好了。"过了一会儿，夏洛特终于说道。

"的确如此，"卡米尔说着站了起来，"那么现在，也许有人可以送我出去。天色晚了，我还饿着肚子呢。"

夏洛特正忧心忡忡地看着特莎，这时便说道："威尔，杰姆，你们去吧？"

特莎看着两个小伙子好像士兵一样一左一右地站在卡米尔的身侧——那样子让她以为他们原本就是干这个的——跟随着她走出了房间。快要走出房门的时候，吸血鬼停了一下，回头看了一眼。当她微笑的时候，淡金色的卷发略过了她的面颊；她实在太美了，以至于当特莎看着她的时候竟产生了一丝痛苦的情绪，这感觉盖过了她内心深

[①] 原文为拉丁语。

处的厌恶之情。

"要是你真的这么做了,"卡米尔说,"而且成功的话——无论是否找到了你哥哥——我可以向你保证,小变身者,你不会为此后悔的。"

特莎眉头紧皱,可是卡米尔却已经走远了。她走得如此之快,仿佛在一呼一吸之间便消失得无影无踪。特莎转向夏洛特。"她那话是什么意思?我不会为此后悔?"

夏洛特摇摇头。"我不知道,"她叹了口气,"我想她是好意安慰你,可她是卡米尔,所以……"

"所有的吸血鬼都那样吗?"特莎问,"全都那样冷酷?"

"很多吸血鬼已经活了很久了,"夏洛特婉转地说,"他们跟我们看事情的角度不同。"

特莎按住了隐隐作痛的太阳穴。"没错,他们跟我们不一样。"

关于吸血鬼的种种总是困扰着威尔——他们走起路来无声无息,说话时那低沉而怪异的声音——相比这些,他们身上的味道却是最让威尔讨厌的。在所有人类的身上总能闻到些什么——汗味、肥皂味、香水味——可吸血鬼身上却连一丝气味都没有,好似蜡像一般。

在他的前面,杰姆正在打开离开"庇护室"通向学院外部大厅的最后一扇门。所有这些空间都被改为世俗之用,以供吸血鬼和其他生灵使用,可是卡米尔到此便再也不能向学院踏出一步。他们并非只是出于礼貌才护送她出去,而是为了确保她不会意外走入圣地,这会让他们大家都身临险境。

卡米尔从杰姆身边走过,几乎没有看他一眼,跟在其后的威尔只停下对杰姆低声咕哝了句"她身上什么味道也没有"便又向前走去。

杰姆一脸讶异。"你已经闻过她了?"

卡米尔已经走到了下一个门洞处,此刻正等着他们,她转过头来笑了笑。"你知道,你说什么我都听得见,"她说,"吸血鬼没有气味,这是真的。这让我们能够更好地捕食猎物。"

"没错,而且听力也很出色,"杰姆说着,在威尔身后关上了房门。此刻他们同卡米尔一起站在一个小小的方形入口处,她一只手握在前门的门球上,像是急着要出去,可是她打量着他们的眼神里却找不到一丝焦急。

"看看你们俩,"她说,"一个黑发,一个银发。你可以做个吸血鬼,"她对杰姆说,"好吧,我想在德昆西那儿不会有人质疑你是我的人类奴隶的。"

杰姆看着卡米尔,威尔常常觉得那种眼神能将玻璃切断。他说:"你为什么要这么做,贝尔科特女士?你提出的这个计划,德昆西,所有这一切——这都是为什么?"

卡米尔笑了。威尔不得不承认,她长得很美——不过话说回来,许多吸血鬼都很漂亮。于他而言,他们的美貌好似鲜花标本一般——可爱,却死板。"因为知道了他的所作所为,这让我良心不安。"

杰姆摇了摇头。"也许你是那种愿意为道义的圣坛而牺牲自我的人,可我却对此表示怀疑。我们大多数人所做的一切是出于更单纯而私人的缘由。为了爱,或者为了恨。"

"也许是为了复仇,"威尔说道,"毕竟你知道这些事情已经有一年了,而你现在才来找我们。"

"那是因为格雷小姐。"

"没错,可这并不是全部的原因,不是吗?"杰姆说道,"特莎是你的契机,却不是你来这儿的原因,你另有动机。"他把脑袋歪向一边。"你为什么那么讨厌德昆西?"

"这不关你的事,小银发暗影猎手。"卡米尔说着,摆出一副龇牙咧嘴的样子,露出了她的獠牙,在她那红嘴唇的衬托之下好似象牙一般。威尔早知道吸血鬼们可以任意展示他们的獠牙,可这时还是不由地吓了一跳。"我的动机有什么要紧的?"

威尔知道杰姆在想什么,于是便代他回答:"不知道你的动机我们就无法信任你。也许你正把我们引入圈套。夏洛特不愿那么想,不过并不是没有这种可能性。"

"把你们引入圈套?"卡米尔的声音充满了嘲弄,"然后引发圣廷那可怕的暴怒?这根本不可能!"

"贝尔科特女士,"杰姆说,"无论夏洛特向你承诺了什么,如果你真想帮助我们,你就应该回答这个问题。"

"太好了，"她说，"我知道如果我不给你一个满意的解释，你一定不会罢休的。你们，"她说着，朝着威尔点点头，"说对了。你们那么年轻，竟对爱情和复仇的事知道得不少；改日我们可得好好切磋切磋。"她又笑了起来，可眼睛里却没有半分笑意。"你看，我有个情人，"她说，"他是个变身者，也是个狼人。'黑夜之子'是严禁与'月之子'恋爱或发生肉体关系的。我们一直很小心，可还是被德昆西发现了。他发现了我们，还杀了他，手法就跟他在下一次派对的时候杀死那些可怜的盲呆囚犯如出一辙。"当她看着他们的时候，她的双眼好像两盏绿灯一般闪闪发亮。"我爱他，而德昆西杀了他，我的同类不但帮了德昆西，还怂恿他这么做。我不会原谅他们的。我要把他们全都杀了。"

如今已历时十年的圣约对拿非力人和暗影魅族来说都标志着一个历史性的时刻。从此以后，这两个族群再也不会互相攻击。他们将联合起来对抗共同的敌人——恶魔。在伊德里斯，有五十个人签署了圣约：十名"黑夜之子"；十名被称为巫师的莉莉丝的后代；十名来自精灵族群；十名"月之子"，还有十名拉结尔的后裔——

特莎被房间的敲门声惊醒了；她几乎已经睡着了，可手上依然拿着那本《暗影猎手法典》。她刚放下书，还没来得及从床上坐起来，还没来得及披件衣服，房门便打开了。

站在灯光里的，是夏洛特。特莎的心里发出一阵怪异的刺痛，有点失望的感觉——可她期待的究竟是谁呢？虽然已经很晚了，可夏洛特的装束像是打算出门的样子。她的表情极为严肃，她的黑眼睛之下满是疲态。"你醒了？"

特莎点点头，拿起她正在读的书。"我在看书。"

夏洛特一言不发，只是穿过房间，在特莎床尾的一把椅子上坐了下来。她伸出一只手。有什么东西正在她的掌心之中闪闪烁烁；那是特莎的天使吊坠。"你把这个给了亨利。"

特莎放下书本，接过吊坠。她把脑袋套进了链子里，原本空荡荡的颈项感受到了那熟悉的重量，这让她一阵安心。"他有没有研究出点什么？"

"我不确定。他说因为经年累月的锈渍，那里面早就已经全部阻塞了，不知道为什么它竟然还在工作。他清洗了里面的机械装置，不过看起来并没有得到改善。也许现在它的滴答声会更有规律一些？"

"也许吧。"特莎对此并不在意；她只是很高兴天使能回到她的身边，它象征着她的母亲和她在纽约的那段生活。

夏洛特把双手叠放在腿上。"特莎，有些事我没告诉你。"

特莎的心跳加快了。"什么事？"

"莫特梅因……"夏洛特犹豫着，"我曾说过是莫特梅因把你哥哥介绍进'地狱俱乐部'的，这话没错，可并不是全部的真相。在此之前，你哥哥已经知道了'暗影世界'的存在。看来他是从你父亲那里知道的。"

特莎惊呆了，沉默着一言不发。

"你父母去世的时候你多大？"夏洛特问。

"那是一场意外，"一阵眩晕向特莎袭来，"我当时三岁。内特六岁。"

夏洛特眉头紧皱。"你父亲在你哥哥那么小的时候就向他吐露了秘密，可是……我想有这种可能。"

"不，"特莎说，"不，你不明白。我得到的是你能想象到的最最正常、最最富有人性的抚养。哈丽雅特姨妈是这个世界上最最实际的女人。这么说她也知道这个秘密，是不是？她是妈妈最小的一个妹妹，他们带着她一起离开伦敦去往美国。"

"人们有时甚至会对自己爱的人保守秘密，特莎。"夏洛特的手指轻抚过装饰着浮雕花纹的《法典》封面。"而你必须得承认，他们这么做自有道理。"

"道理？这根本毫无道理！"

"特莎……"夏洛特发出一声叹息，"我不知道你为什么会拥有那种能力。可要是你的父母中有人与神秘世界有某种联系，这种联系也许就跟你的能力有关，这样不就说得通了吗？如果你父亲是'地狱俱乐部'的成员之一，那么会不会德昆西已经知道你的存在了？"

"也许吧,"特莎极不情愿地说,"只是……当我刚刚来到伦敦的时候,我坚信在我身上发生的一切只是一场梦而已。只有我从前的生活才是实实在在发生的,而伦敦的一切只是一场可怕的噩梦。"她抬起眼睛,和夏洛特四目相对。"可我现在不得不怀疑以前的生活才是一场梦,现在的一切才是真实的。要是我父母知道'地狱俱乐部'——要是他们也属于'暗影世界'——那么我就再也无法回到从前了。"

夏洛特的双手依然交叠着放在腿上,目光坚定地看着特莎。"你有没有想过索菲的脸上为什么会有一道疤?"

特莎一时措手不及,只得结结巴巴地说:"我——我是觉得奇怪,可我——不想问她这个问题。"

"你也不应该问。"夏洛特说。她的声音冷酷得没有一丝波澜。"当我第一次见到索菲的时候,她正蜷缩在一个门洞里,身上污秽不堪,脸颊上有一道血淋淋的伤口。虽然当时我使了迷魂术,但当我经过的时候她还是看见了我。于是我注意到了她。她跟托马斯和阿加莎一样会一点儿'洞见力'。我给她钱,可她却不要。我把她哄到了一个茶馆里,她告诉了我她的身世。她曾在圣约翰林的一幢豪宅里做迎宾女仆。毫无疑问,外貌是迎宾女仆的首要条件,而索菲长得很美——这对她来说既是极大的优点又是极大的缺点。你也许可以想象,那家人家的儿子对她发生了兴趣,企图诱奸她。她立马拒绝了他。盛怒之下,他用刀子割开了她的脸,宣称要是他得不到她,那么谁也别想得到她。"

"好可怕。"特莎低声说道。

"她跑去找女主人,也就是男孩的母亲,但他却声称是她想要勾引他,而他拿刀只是为了把她赶走以保护他的童贞。毫无疑问,他们把她扔到了大街上。当我发现她的时候,她面颊上的伤口已经严重感染了。我把她带了回来,还请了无声使者来替她瞧瞧,虽然他们治好了伤口的感染,却对伤疤无能为力。"

特莎把手放在自己的脸上,那姿势流露出她下意识的同情。"可怜的索菲。"

夏洛特转过头来,看着特莎那对明亮的棕色眼眸。她的气场真是强大,特莎心想,有时候几乎让人忘了她的身材是如此矮小而又敏捷轻快。"索菲有一种天赋,"她说,"她拥有'洞见力'。她能看见别人看不见的东西。过去她常常怀疑自己是不是疯了。现在她知道自己并没有发疯,而是异于常人。以前,她只是个迎宾女仆,一旦人老珠黄便会失去工作。而现在她是我们这个家里不可或缺的一分子,一个对我们贡献良多、天赋异禀的姑娘。"夏洛特向前探出身子。"当你回顾过去的生活,特莎,你会认为它比现在更让你有安全感。可如果我没弄错的话,你跟你姨妈都很贫穷。要是你没来伦敦的话,在她死后你还能去哪儿呢?你还能做些什么?有朝一日你是不是会发现自己就跟我们的索菲一样,正躲在巷子里暗自垂泪呢?"夏洛特摇摇头。"你所拥有的能力是无价之宝。你无需向别人索求任何东西。你也不需要依靠任何人。你是自由的,而那自由便是你得到的礼物。"

"当你因为一样东西被折磨和囚禁的时候,便很难把它当成是一件礼物了。"

夏洛特摇摇头。"有一次索菲告诉我她很高兴自己留下了这道伤痕。她说要是谁现在还爱她,那么爱的一定是真正的那个她,而不是她的漂亮脸蛋了。这是你真实的自我,特莎。你就拥有这样的能力。现在不管是谁爱着你——他爱的一定是那个真实的你——而你也必须好好爱自己。"

特莎拿起《法典》,紧紧地抱在自己的胸前。"这么说你觉得我现在是好的。现在的生活才是真实的,过去的一切只是一场梦。"

"说得对。"夏洛特轻轻拍了拍特莎的肩头,特莎几乎欣然接受了她们之间的身体接触。已经好久没有人如慈母一般触碰她了,她想起了哈丽雅特姨妈,喉头一阵哽咽。"那么,是时候起床了。"

第九章
昂克拉夫人

> 我的心也许会变成一块磨石,我的脸也许会变成一块燧石,欺骗又被欺骗,然后死去:谁能明了?我们只是灰烬和尘埃。
>
> ——阿尔弗雷德·丁尼生,《莫德》

"再试试,"威尔建议,"只要从房间这头走到那头就行了。要是你的表现无懈可击,我们会告诉你的。"

特莎叹了口气。她的脑袋隐隐作痛,还有眼皮也是。学着装成一个吸血鬼的样子让她筋疲力尽。

贝尔科特女士的拜访已经是两天前的事了,从那以后的每分每秒,特莎几乎都在努力把自己变成一个无可挑剔的吸血鬼女人,却没有取得什么成效。她依然觉得自己像是游走在卡米尔的思绪边缘,却无法触及她内心的想法或是品性。她不知道该怎么走路,如何交谈,还有当她在德昆西的派对上见到其他吸血鬼的时候该是怎样的一副表情——毫无疑问,卡米尔一定对他们非常熟悉,那么特莎就得跟她一样。

此时此刻她正在图书室里,午饭后,她已经花了好几个小时练习卡米尔那奇怪的滑步,用她那小心谨慎、有气无力的语调说话。她的肩上别着一枚宝石胸针,那是卡米尔的人类奴隶之一,一个叫作阿切尔的家伙,装在一个大箱匣里带来的。一同送来的还有一条让特莎穿去德昆西那里的裙子,可是平常穿着它实在过于沉重并且正式了。练习的时候特莎只得用她自己的那条新的蓝白相间的连衣裙对付一下,每当她变成卡米尔的时候,这条裙子的胸襟都紧绷得不行,而手腕处又变得松松垮垮，真是伤脑筋。

杰姆和威尔在图书室深处的一张长条桌上安营扎寨，表面上是向她提供帮助和建议，可看起来更像是在嘲笑她的手足无措。"你走路的时候脚尖太开了。"威尔接着说道。他正忙着用衬衫前襟擦拭一只苹果，显然没注意到特莎正怒气冲冲地瞪着他。"卡米尔走起路来步态优美。就像在树林里行走的半羊人①，可不像只鸭子。"

"我走起路来一点儿都不像鸭子。"

"我像鸭子，"杰姆出来打圆场，"特别像海德公园的鸭子。"他侧目瞥了威尔一眼；他们两个一同跷着二郎腿，坐在高脚桌边。"还记得有一次你试图说服我喂公园里的野鸭吃家禽才吃的馅饼，想看看这样能不能培育出食人鸭来吗？"

"它们照样也把馅饼给吃了，"威尔回忆道，"一群嗜杀成性的小畜生。永远不要信任一只鸭子。"

"请别再说这些了好不好？"特莎强烈要求，"如果你们不想帮我的话，那不如离开这里。我不想听你们待在这里扯那些鸭子的事。"

"你的不耐烦，"威尔说，"最最不像淑女。"他的脸绕过苹果，对着她嘿嘿一笑。"也许是卡米尔的吸血鬼本性在发挥功效？"

他的语气像是在开玩笑。真奇怪，特莎心想。几天前他还因为他父母的事向她咆哮，接着又求她帮忙隐瞒杰姆咯血的事，当时他的脸孔因为紧张而烧得通红。而现在他又如此逗弄着她，好像她是一个朋友的小妹妹，他偶然认识了她，可能有点喜欢她，但完全没有任何复杂的感情掺杂其中。

特莎咬到了自己的嘴唇——被一阵突如其来的刺痛弄得龇牙咧嘴。卡米尔的牙齿——是她的牙齿才对——受制于一种她无法理解的本能。它们会在没有受到任何刺激或者预兆的情况下向前滑动，只有当它们扎破她那脆弱的唇部肌肤的时候，她才会突然意识到它们的存在。她尝了尝嘴里鲜血的味道——那是她自己的血，炽热地带着咸味。她把指尖压在嘴上止血；当她把手拿开的时候，手指染上了

---

① 半羊人，希腊的牧神和狩猎神，半羊半人，主司放牧，保护牛群羊群猎人农民和乡间的人不受到野兽的侵扰，是个十分热爱自然的神，也是森林之神。

红色。

"别去碰它，"威尔说着，放下了手里的苹果站了起来，"很快就会好的。"

特莎用舌头舔了舔左边的门牙。它现在又变得跟普通牙齿一样平滑。"我不明白它们怎么会突然冒出来！"

"因为饥饿，"杰姆说道，"你刚刚在脑子里想到了鲜血吗？"

"没有。"

"那你想要吃了我？"威尔探究。

"没有！"

"要是你真这么想也没人会怪你的，"杰姆说，"他就是讨厌鬼。"

特莎叹了口气。"卡米尔实在太麻烦了。我对她一无所知，更别说要成为她了。"

杰姆凑近了看着她。"你能接触到她的想法吗？就像你以前说的你能接触到那些你变身对象的想法那样？"

"还不行。我一直在努力，可是我得到的只是一瞬间的灵光乍现和零碎的影像。看来她的思绪被保护得很好。"

"好吧，希望你能在明晚之前有所突破，"威尔说道，"不然我们可就没机会了。"

"威尔，"杰姆责备他，"别这么说。"

"你说得对，"威尔说，"我不应该低估我自己的本事。就算特莎把事情搞砸了，我也一定可以带着她在一大群流着口水的吸血鬼中闯出一条血路，重获自由。"

杰姆对他的话置若罔闻——特莎渐渐知道，遇到这种情况，他向来如此。"也许，"他说，"你只能触及那些死人的想法，特莎？也许'黑暗姐妹'给你的大多数用来变身的东西都是从被她们杀害的人身上拿来的。"

"不是这样。当我'变'成贾丝明的时候我接触到了她的想法。所以谢天谢地，那不可能。这天分实在太恐怖了。"

杰姆用一双关切的银色眼睛注视着她；他的目光中有什么东西如此强烈，令她几乎感到一阵不适。"你能看透多少死人的想法？比如说，要是我给你一样我父亲的东西，你能知道他临终时正在想什么吗？"

这会轮到威尔被吓了一跳。"詹姆斯，我不认为——"他还没说完，图书室的门打开了，夏洛特走了进来。她并不是孤身一人。她的身后至少跟着十二个特莎从没见过的陌生男人。

"昂克拉夫人。"威尔低声说着，一边示意杰姆和特莎躲到一个十英尺高的书架后面。他们从躲藏的地方观察着，这时房间里满是暗影猎手——大多数都是男人。可是他们走进来的时候，特莎看到其中有两个女人。

她无法把视线从她们身上移开，脑子里想起威尔说过的博阿迪西亚女王的故事，那两个女人可能也是战士。两人之中个子较高的那个——她几乎有六英尺高——有一头粉白色的头发，此刻统统挽进了戴在后脑勺上的王冠之中。她看起来已经有六十多岁了，仪态尽显王室风范。另一个女人要年轻一些，一头黑发，一双好似猫咪一般的眼睛，举止诡秘。

男人们可就更形形色色了。最年长的是一个一身灰衣的高个男子。他的头发和皮肤也是灰色的，好像老鹰一样的脸孔瘦骨嶙峋，有着一个瘦削的大鼻子和一个尖下巴。他的眼角布满了深深的皱纹，颧骨之下黑乎乎的。他的眼睛周围一片红色。他的身边站着这群男人当中最年轻的一个，这个男孩几乎跟杰姆和威尔一般年纪。他英俊的脸庞棱角分明，五官鲜明却又匀称，一头蓬乱的棕发，表情充满了警惕。

杰姆发出一声混合着惊讶和不满的动静。"加百列·莱特伍德，"他对着威尔低声说道，"他来这儿干什么？我以为他还待在伊德里斯的学校里。"

威尔一动不动，只是挑起眉毛盯着那个棕发男孩，唇边浮现出一丝笑意。

"别跟他打架，威尔，"杰姆急忙加了一句，"至少别在这儿。这是我唯一的要求。"

"你不觉得这个要求很过分吗？"威尔说着，却没有移动视线。他已经从书架后面探出了身体，此刻正看着夏洛特带着众人走向屋子前端的一张大桌子。她像是催促着大家围绕桌子坐定。

"弗雷德里克·阿什当，乔治·彭哈洛，请你们坐这儿，"夏洛特说，"莉莲·海史密斯，也许你们可以坐在地图旁边——"

"亨利在哪儿？"灰发男子生硬无礼地问，"你丈夫呢？作为学院的负责人之一，他应该在这儿。"

夏洛特只犹豫了极短的一瞬间，脸上便现出一个微笑。"他正赶来，莱特伍德先生。"她说道，这一幕被特莎看在眼里，意识到两件事情——其一，灰发男子很有可能是加百列·莱特伍德的父亲，其二，夏洛特在撒谎。

"最好是这样，"莱特伍德先生咕哝着，"没有学院负责人出席的昂克拉夫人会议——这是最不成体统的事情。"说完他转过头来，虽然威尔一下子躲到了高书架的后面，可已经太迟了。男人眯缝起双眼。"谁在那后面？出来！"

威尔瞥了杰姆一眼，后者只是意味深长地耸了耸肩。"没道理还躲在这儿等着被他们拖出去，对不对？"

"只管说你自己，"特莎嘘道，"要是我们不该待在这里，我可不想让夏洛特对着我发火。"

"别胡思乱想。你根本就不可能知道任何有关昂克拉夫人开会的事情，而夏洛特对此也心知肚明，"威尔说道，"她从来都是赏罚分明。"说着他咧嘴一笑。"要是你还听我的话，现在最好变回你自己。没必要给他们那套老掉牙的规矩制造太多的震惊。"

"噢！"有一瞬间特莎几乎忘了自己还是卡米拉的样子。她急忙从变身中抽离出来，接着他们三人从书柜后面走了出去，此刻她又变成了她自己。

"威尔。"当夏洛特看到他的时候不由叹了口气，接着转过头看到了特莎和杰姆。"我告诉过你四点的时候昂克拉夫人要在这里开会。"

"你说过吗？"威尔说，"我一定是忘记了。真该死。"他往旁边瞥了一眼，露齿一笑。"看呐，是加百列。"

棕发男孩回敬给威尔一个怒目而视的表情。他有一双十分明亮的绿色眼眸，当他盯着威尔的时候，他的嘴型是如此冷酷而充满了厌恶。"威廉。"他终于有些吃力地说道。他又把目光转到了杰姆的身上。"还有詹姆斯。要说偷听昂克拉夫人的会议，你们两个难道不是太年轻了点儿吗?"

"你不也是吗?"杰姆说道。

"到六月我就十八岁了,"加百列说着把身体向后深深地靠向椅背,而这样他的前腿就够不到地面了。"我现在已经有权参加昂克拉夫人的所有活动了。"

"你们可真有意思,"那个特莎觉得颇有王室风范的白发女子说道,"所以就是她吗,洛蒂①?这就是你跟我们说过的那个巫师女孩?"她把这个问题直接抛给了夏洛特,眼睛却未曾从特莎身上移开。"她看上去一点儿都不像。"

"我第一次看见马格纳斯·贝恩的时候也这样想,"莱特伍德先生说着,好奇地斜眼看着特莎,"那么,让我们开始吧。给我们看看你有什么能耐。"

"我不是巫师。"特莎生气地反驳。

"好吧,你一定是什么东西,小姑娘,"老妇人说道,"要不是巫师的话,还能是什么呢?"

"够了。"夏洛特愤怒地说道,"格雷小姐早已向我和布兰韦尔先生证明了她的诚意。这已经足够了——至少在昂克拉夫人做出希望利用她的天赋的决定之前。"

"他们一定会如此决定的,"威尔说,"要是没有她我们的计划根本不可能成功——"

加百列猛地把椅子向前挪去,如此用力以至于它的前腿砰的一声撞在石头地板上,发出碎裂的声音。"布兰韦尔太太,"他怒气冲冲地说道,"威廉的年龄是不是还不够格参加昂克拉夫人会议?"

夏洛特看了看加百列涨得通红的脸孔,又看了看威尔面无表情的样子。她叹了口气。"没错,他还太年轻。威尔,杰姆,请你们跟特莎一起等在外面的走廊上。"

威尔板起了脸孔,而杰姆则警告地斜了他一眼,于是他什么都没说。加百列·莱特伍德一脸得意。"我带你们出去。"他宣布,然后跳下了椅子。他带着他们三个走出了图书室,又跟在他们身后来到外面

---

① 洛蒂,夏洛特的昵称。

的走廊上。"你,"他对着威尔啐了一口,为了不让图书室里的人听见而把声音压得极低,"你到处给暗影猎手的名声蒙羞。"

威尔靠在走廊的墙壁上,用冷酷的蓝色眼眸注视着加百列。"自从暗影猎手中有了你父亲,我不觉得还有多少名声可以被败坏——"

"谢谢你不要提到我的家人。"加百利咆哮着说,伸手一把在身后关上了图书室的门。

"很不幸,我对你的感激之情毫无兴趣。"威尔说道。

加百列瞪着他,他的头发凌乱不堪,绿色的眼睛因为暴怒而闪闪发亮。那一刻,他让特莎想起了谁,虽然她一时之间说不清楚究竟是她认识的哪个人。"什么?"加百列吼道。

"他的意思是说,"杰姆在一旁解释,"他根本不在乎你的谢意。"

加百列的双颊一阵通红。"要不是你未成年,希伦戴尔,我非得跟你决斗不可。只有你跟我两个人,来一场殊死之战。我会把你碎尸万段的——"

"住嘴,加百列,"杰姆没等威尔回答便急忙打断他,"挑衅威尔跟你一对一决斗——这么做就像你对一条狗百般折磨之后被它咬了一口,而你还因为这个惩罚它一样。你知道他是什么样的人。"

"非常感谢,杰姆。"威尔说道,视线却没有离开加百列。"谢谢你为我的人品作证。"

杰姆耸了耸肩。"这是事实。"

加百列阴暗地瞪了杰姆一眼。"你最好置身事外,卡斯泰尔斯。这不关你的事。"

杰姆向房门走去,接着走近威尔,他依然一动不动地站在那里,用同样冰冷的眼神回敬着加百列。特莎感到一阵毛骨悚然。"要是关威尔的事,那么就关我的事。"杰姆说道。

加百列摇了摇头。"你是个体面的暗影猎手,詹姆斯,"他说,"你是个绅士。你有你的——短处,但没人会因此责怪你的。可是这个人——"他撇了撇嘴,用手指往威尔的方向戳了戳。"这个脏东西只会拖你的后腿。给自己另外找一个搭档吧。没人会指望威廉·希伦戴尔活过十九岁,也没人会因为他的离开而感到遗憾,或者——"

这对特莎来说实在太过分了。她未经思索便愤怒地大吼:"这是什么话！"

猝不及防被打断的加百列像是看见墙上的一幅挂毯突然开口说话一样一脸震惊。"你刚刚说什么？"

"你听见了。告诉别人你不会因为他们的死而感到遗憾！这简直不可饶恕！"她一把拉住威尔的袖子。"跟我走，威尔。这个——这个人——根本不值得在他身上浪费时间。"

威尔一副兴高采烈的样子。"说得太对了。"

"你——你——"加百列略微有些结巴地说，一脸惊恐地看着特莎。"你根本不知道他干了哪些好事——"

"而我也不在乎。你们都是拿非力人，不是吗？威尔，你不是吗？你们应该站在同一阵线上。"特莎厌恶地看着加百列。"我觉得你应该向威尔道歉。"

"我，"加百列说，"宁愿在我的眼皮子底下把肚肠拉出来再打上一个结，也不愿意跟这样一条虫子说对不起。"

"天哪，"杰姆温和地说，"你不能那样。威尔可不是一条虫子。肠子什么的听起来实在太可怕了。"

"我是认真的，"加百列对这个话题更加起劲了，"我宁愿被扔进一大桶玛法斯毒液里，慢慢消融直到剩下一堆白骨。"

"这倒是真的，"威尔说道，"因为我碰巧认识一个家伙，从他那里可以买到一桶——"

这时，图书室的门被打开了。莱特伍德先生站在门口。"加百列，"他冷淡地说，"你还打算参加会议吗——我不得不提醒你，这可是你的第一次昂克拉夫人会议——还是你宁愿待在走廊里跟其他孩子玩耍？"

没人听到这句话还能高兴得起来，尤其是加百列，他忍气吞声地点了点头，最后瞪了威尔一眼，便跟着他的父亲回到了图书室里，在身后砰的一声甩上了大门。

"好吧，"待房门在加百列身后关上，杰姆说道，"跟我预想的一样糟糕。自从去年的圣诞节派对以后，这是你第一次见到他吧？"他问威尔。

"没错，"威尔说，"你觉得我是不是该告诉他我挺想念他的？"

"算了吧。"杰姆说。

"他总是这样吗？"特莎问，"那么可怕？"

"你该见见他的哥哥，"杰姆回答，"跟他相比，加百列可比姜饼人还可爱。他可能比加百列更讨厌威尔。"

威尔对这话只是一笑了之，接着便转身沿着走廊走去，还边走边吹着口哨。杰姆犹豫了一下，便尾随其后，同时示意特莎跟上。

"为什么加百列·莱特伍德那么讨厌你，威尔？"特莎边走边问，"你对他做了什么？"

"我什么都没对他做过，"威尔说着，快步向前走去，"是因为我跟她姐姐之间的事。"

特莎瞥了杰姆一眼，后者耸了耸肩。"有我们威尔的地方，就会有半打怒气冲冲的姑娘指控他夺走了她们的贞操。"

"真的吗？"特莎一边问道，一边快步跟上他们。当你穿着一条沉重的裙子，行走的时候裙摆一直摩擦着你的脚踝，这便已经是最快的行进速度了。昨天新做的裙子已经从邦德大街送来了，她还没习惯穿戴如此昂贵的衣物。她还记得那条轻盈的小裙子，她穿着它的时候还是个跟在哥哥屁股后面跑、踢中了他的脚踝又急忙跑开不被他逮住的小姑娘。她有一瞬间想到要是她对威尔做同样的事不知会怎么样。虽然这想法吸引着她，但她怀疑结果会对自己不利。"我的意思是，他夺走了她的贞操。"

"你的问题可真不少，"威尔说着突然来了个左转，登上了一段狭窄的楼梯，"是不是？"

"我就是这样，"特莎说道，当她跟在威尔身后上楼的时候，她的靴子跟踩在石头台阶上，发出很响的"咔哒"声。"什么叫搭档？还有你说加百列的父亲糟蹋了暗影猎手的名声，又是什么意思？"

"搭档在希腊语里只是代表一名士兵搭配一名战车驾驶员的组合，"杰姆说道，"可是当拿非力人说这个词的时候，它的意思就是一个搭配好的战士队伍——两个男人发誓会互相保护和掩护对方。"

"男人？"特莎说，"难道不可以是两个女人，或者一男一女吗？"

"我记得你说过女人是没有嗜血成性的欲望的，"威尔说这话的时候并没有回头，"而说到加百列的父亲，让我们这么说吧，他异乎寻常地热衷于恶魔和暗影魅族。我敢肯定，一定是老一辈莱特伍德家的人在夜访沙德威尔某些房子的时候让他跟一箱恶心的恶魔瘟疫待在了一块。"

"恶魔瘟疫？"特莎感到一阵毛骨悚然的同时又被深深吸引了。

"这都是他捏造的，"杰姆急忙打消她的疑虑，"真的，威尔。到底要我们告诉你几次根本就没有恶魔瘟疫这样东西？"

威尔在楼梯转角上的一扇窄门前停了下来。"我觉得它是存在的。"他像是自言自语地说，接着轻轻扭动了门球。可是房门纹丝不动，于是他从外套里掏出他的石杖，在门上随意画上一个黑色如尼文。门应声弹开，扬起了一阵烟尘。"这里应该是间储藏室。"

杰姆跟着他走了进去，特莎也尾随其后。她发现自己正身处一间小屋子里，唯一的光亮来自悬在高墙之上的一扇拱形窗户。微弱的光线洒进屋里，照亮了屋子里一块方形空间，那里堆满了箱子和盒子。要是屋子的角落里没有堆着一些看似古老武器的东西，那它很可能便是一间随处可见的闲置的储藏室——那些沉重、生锈的铁器有着宽大的刀刃，铁链连着大块带刺的金属。

威尔把一只箱子拿到一边，在地上腾出一块方形空间。更多的灰尘扬起，引得杰姆一阵咳嗽，不由责备地瞪了威尔一眼。"别人会以为你把我们带到这儿来是要干掉我们，"他说，"要不然你的动机实在让人不明所以。"

"没人要杀你们，"威尔说道，"等一下。我还得移走几个箱子。"

当他把那些沉甸甸的东西推到墙边的时候，特莎瞥了杰姆一眼。"加百列的话是什么意思，"她问，尽量压低声音不让威尔听到，"你的短处？"

杰姆的银色双眸略微睁大了一下，"我身体不好。他说的就是这个。"

特莎知道，他在撒谎。此刻他的表情跟内特说谎的时候一模一样——用有点儿过于清澈的目光凝视着你，好让自己看起来像个诚实的人。可她还没来得及说话，威尔就已经清理干净了，向他们宣布："好了。过来坐下吧。"

说完，他一屁股坐在布满灰尘的地板上；杰姆走过去，在他的身边坐了下来,可特莎却犹犹豫豫地踌躇不前。此刻威尔已经掏出了石杖,正一脸坏笑地看着特莎。"不打算加入我们吗,特莎?我猜你是不想毁了贾丝明送你的漂亮裙子吧。"

正是如此。特莎从未拥有过这么漂亮的衣服,她可不想把它弄坏。可比起这个来,威尔的嘲弄实在令人讨厌。想到这里,她一咬牙,走到两个男孩对面坐了下来,这样他们便组成了一个三角形。

威尔把石杖尖尖的一端抵在脏兮兮的地板上,慢慢地移动了起来。特莎着迷地看着它的端口生出宽宽的黑色线条。石杖在地上涂写起来的样子有一种说不出的特别和美丽——并不像墨水从钢笔里流泻而出,更像是那些线条本身就在那里,威尔只是将它们显露出来而已。

当他进行到一半的时候,杰姆发出一声恍然大悟的声音,显然已经知道他的朋友正在画的是什么如尼文了。"你怎么——"他刚要开口说话,威尔就摇了摇头,用没有握石杖的那只手示意他不要说话。

"别动,"威尔说,"要是我画错了,我们可都得从地板上摔下去。"

杰姆骨碌碌转动了下眼珠,不过这个动作看来并没有影响威尔:他已经画完了,把石杖从完成的图案上拿了开去。当特莎看到他们中间那歪斜的地板上发出微光,接着又变成了像是窗户一般透明的物体时,不由尖叫一声。她完全忘了身上的裙子,一鼓作气向前快走几步,她发现自己像是透过一块玻璃一般在其中看见了自己目瞪口呆的身影。

她又定睛向下看去,发现自己看到的正是图书室。她能看见那张大圆桌,昂克拉夫人正围坐在桌子边,夏洛特坐在班尼迪克·莱特伍德和优雅的白发妇人中间。即使从上面看下去,她也凭借夏洛特一丝不乱的发髻和说话时一双小手的利落动作一眼认出了她。

"为什么要在这儿?"杰姆低声问威尔,"为什么不去武器室?它就在图书室隔壁。"

"声音是会发散开来的,"威尔解释道,"在上面听就跟在武器室一样轻而易举。更何况谁能保证不会有人开会开到一半想去武器室参观一下我们的存货呢?以前就发生过这样的事儿。"

特莎着迷地俯视着下面,发现自己竟然连他们的喃喃低语都听得一清二楚。"他们听得见我们说话吗？"

威尔摇了摇头。"这个魔法只能单向使用，"说着，他双眉紧蹙，向前探出身子，"他们在说什么呢？"

他们三个人安静了下来，在一片静寂之中，班尼迪克·莱特伍德的声音清晰地飘进了他们的耳朵里。"我不知道，夏洛特，"他说，"整个计划看起来极为冒险。"

"可我们不能任由德昆西这样下去，"夏洛特争辩，"他是伦敦吸血鬼族群的首领。其他'黑夜之子'都以他马首是瞻。如果我们任由他目中无人地践踏《大律法》，其他暗影族会怎么想？拿非力人越来越玩忽职守？"

"要是我没理解错的话，"莱特伍德说道，"你打算相信贝尔科特女士说的了，德昆西，圣廷长久以来的盟友，在自己的房子里谋杀盲呆？"

"我不明白这有什么可大惊小怪的，班尼迪克。"夏洛特的声音尖锐起来，"你是不是打算建议我们无视她的报告？在过去几年中她从未向我们提供过虚假情报。要是她此时此刻再一次道出事实，而我们置之不理的话，那么从此以后我们的双手就会沾满那些被德昆西谋害的人的鲜血。"

"还对《大律法》中规定我们必须对一切破坏圣约的报告展开调查的条例置若罔闻，"一个坐在桌子末端、身材瘦削的黑发男子说道，"你跟我们一样心知肚明，班尼迪克；你只是有些固执罢了。"

夏洛特松了一口气，而莱特伍德则黑着一张脸。"谢谢你，乔治。非常感谢。"她说。

那个刚刚将夏洛特唤作洛蒂的高个女人发出一声轻笑。"别演戏了，夏洛特，"她说，"你得承认，整件事情太匪夷所思了。一个不知是不是巫师的变身女孩，一座满是尸体的妓院，一个发誓曾将一些机械工具卖给德昆西的告密者——看起来你似乎将其视为最完美的证据，尽管你拒绝向我们透露告密者的姓名。"

"我发过誓不会把他拉下水，"夏洛特抗议，"他害怕德昆西。"

"他是不是暗影猎手？"莱特伍德探询，"如果不是的话，那他根本不可靠。"

"真的，班尼迪克，你的看法实在太过时了，"有着一对猫眼的女人说道，"跟你说话，别人会以为根本没有圣约这回事呢。"

"莉莲说得对；你可真可笑，班尼迪克，"乔治·彭哈洛说道，"寻找一个完全可以信赖的线人就像要寻找一个贞洁的情妇一般，根本就不可能。只要他们品性正直，那么一开始还会对你有点用处。线人要做的仅仅只是提供情报而已；甄别情报的真假则是我们的工作，而这正是夏洛特建议我们做的。"

"我只是讨厌看见昂克拉夫人的权力被滥用在这件事上。"莱特伍德声音温和。这可真是奇怪，特莎一边听着这群优雅的成年人互相直呼其名，一边想道。不过看来这便是暗影猎手的传统了。"举例来说，如果有一个吸血鬼对族群首领怀恨在心，想看着他被赶下权力的宝座，那么还有什么办法会比假手圣廷来替她做这件脏事更好呢？"

"该死，"威尔低声咒骂着，和杰姆交换了一个眼神，"他怎么知道？"

杰姆摇摇头，像是在说"我不知道"。

"知道什么？"特莎悄悄问道，可她的声音瞬间便被夏洛特和白发妇人异口同声的说话声淹没了。

"卡米尔不会做这种事的！"夏洛特大声抗议，"第一，她一点儿也不傻。她知道欺骗我们会得到什么样的惩罚！"

"班尼迪克有一点说得对，"老妇人说道，"如果目睹德昆西违反《大律法》的是个暗影猎手的话会更好——"

"可整件事的关键就在这里。"夏洛特说道。她的声音既紧张又急切。特莎突然对她生出一丝同情。"我们要做的就是暗中观察德昆西违反《大律法》的罪行，卡艾达姑妈。"

特莎不由得大吃一惊。

杰姆抬起头来看着她。"没错，她是夏洛特的姑妈，"他说，"以前是她的哥哥——就是夏洛特的父亲——掌管着这个学院。她喜欢向人们发号施令。她总是随心所欲。"

"她就是那样的人，"威尔同意，"你知不知道她曾经向我提出过非分要求？"

杰姆连看都不看他一眼。"她没有。"

"她有，"威尔坚称，"这简直太可耻了。要不是她把我给吓坏了，我也许就任由她摆布了。"

杰姆只是摇了摇头，又把注意力集中到了下面一览无遗的图书室里。"还有那个属于德昆西的标志，"正在发言的是夏洛特，"是我们在那个发条姑娘的身体里找到的。实在有太多蛛丝马迹把他跟这些事情联系在了一起，有那么多证据都没有被好好调查过。"

"我同意，"莉莲说道，"就我来说，我倒是挺担心那些发条生物的事。制造了一个发条女孩是其中之一，可他是不是正在制造一个发条军队？"

"这完全就是你的猜测，莉莲，"弗雷德里克·阿什当说道。

而莉莲只是挥了挥手当没听见。"机器人既不是六翼天使①也不是恶魔；它既不是上帝之子也不是撒旦的孩子。我们的武器能将它摧毁吗？"

"我认为你所设想的问题根本就不存在，"班尼迪克·莱特伍德说，"多年以来机器人便一直存在着；盲呆们对这个发明向来心驰神往。它们从来没有对我们构成过任何威胁。"

"因为从来没有一具机器人被施过魔法。"夏洛特说。

"那都是你道听途说的。"莱特伍德看起来一副不耐烦的样子。

夏洛特挺了挺腰；而只有特莎他们从上面看下去，才会发现她的双手正紧紧扭绞在大腿之上。"班尼迪克，你所担心的似乎是我们会冤枉了德昆西而让他受到不公正的惩罚，以至于危及'黑夜之子'与拿非力人之间的关系。我说的对吗？"

班尼迪克·莱特伍德点了点头。

"可威尔的计划只是要求我们暗中观察德昆西而已。如果我们没有亲眼目睹他违反《大律法》，我们是不会对他采取行动的，那么我们之间的关系也不会受到威胁了。要是我们将他的罪行逮了个正着，那么我们之间的关系就变成了一个谎言。我们不能任由《大律法》被践踏，尽管……这部法律对我们来说几乎没有什么便利之处。"

---

① 六翼天使，天使级别中的最高者。

"我同意夏洛特的话,"加百列·莱特伍德第一次开口发言,这让特莎吓了一跳。"我觉得她的计划听起来不错。只有一点除外——把那个变身女孩和威廉·希伦戴尔一起派去那里。他连可以出席这次会议的年龄都没到,怎么能担此重任呢?"

"虚情假意的小人,"威尔一边怒骂一边向前探出身体,像是恨不得穿过这道魔法传送门,一把掐住加百列的脖子。"等我逮住他一个人的时候……"

"应该让我跟她一起去,"加百列继续说道,"我会更加留意她的安危,而不只是独善其身。"

"这样的人判他绞刑都太便宜他了。"杰姆像是竭力忍着笑,附和道。

"特莎跟威尔很熟,"夏洛特反对,"她信任威尔。"

"我可不敢苟同。"特莎嘀咕。

"而且,"夏洛特接着说,"这个计划是威尔制定的,将会在'地狱俱乐部'与德昆西见面的人也将是他。只有威尔知道要在德昆西的宅子里找到什么样的证据才能把他跟发条生物与被杀害的盲呆联系在一起。威尔是一个杰出的调查员,加百列,他也是一个优秀的暗影猎手。这你必须得承认。"

加百列坐回他的椅子里,双臂交叉在胸前。"我不会认同关于他的任何事情的。"

"那么威尔和你的巫师姑娘会进入那幢房子,待在德昆西的派对里,直到逮到他违反《大律法》的证据,接着再给我们这些人暗号——打算用什么发暗号?"莉莲问道。

"用亨利的新发明。"夏洛特说道。她说这话的时候,声音里有一丝——只是一丝——颤抖而已。"用'磷光体'。它可以射出一束极其明亮的巫光石,将德昆西宅子里的每一扇窗户都照得灯火通明,不过只有一会儿时间。那就是信号。"

"哦,上帝啊,不会又是亨利的发明之一吧。"乔治说道。

"'磷光体'在一开始确实发生过一些状况,不过昨晚亨利已经向我展示过了,"夏洛特申明,"它运作得非常完美。"

弗雷德里克轻蔑地哼了一声。"还记得上一次亨利提议我们使用的那个发明吗？我们花了好几天时间才把鱼的内脏从我们的齿轮上弄干净。"

"可那个不该在水边使用——"夏洛特接着说道，声音里依然带着一丝颤抖，可其他人的说话声却早已盖过了她，他们正兴奋地聊着亨利那些失败的发明和随之产生的可怕后果，而夏洛特却陷入了沉默之中。可怜的夏洛特，特莎心想。要知道夏洛特对自身的权威感是多么重视，将其视为无价之宝。

"这群混蛋，竟然那样对她。"威尔低声咒骂。特莎惊讶地看着他。他正专心致志地盯着眼前的景象，双拳紧握。那么他是喜欢夏洛特的，她想，她的心里突然涌上一阵喜悦之情，这让她吓了一跳。也许这意味着威尔并不是冷血动物。

可毫无疑问，不管他是否有感情，那都与她无关。她慌张地把视线从威尔身上移开，看向杰姆，此时他也跟威尔一样局促不安。他咬着嘴唇，说："亨利在哪儿？他怎么还没到？"

好像是为了回答他的问题，储藏室的门砰的一声突然打开了，他们三个转头看到亨利正双眼通红、头发蓬乱地站在门口。他手上正抓着什么东西——是那个旁边有个黑色按钮、让威尔从餐厅的餐具柜上摔了下来，几乎摔断胳膊的铜管。

威尔惶恐不安地注视着那玩意儿。"让这个该死的东西离我远点儿。"

满脸通红、汗流浃背的亨利惊恐地盯着他们。"见鬼，"他说，"我正在找图书室。昂克拉夫人——"

"正在开会，"杰姆说道，"是的，我们知道。就在楼下，亨利。右手第三间就是。你最好快去。夏洛特正在等你。"

"我知道，"亨利发出一声悲叹，"见鬼，见鬼，见鬼。我刚刚正在努力调试'磷光体'，现在一切就绪了。"

"亨利，"杰姆说，"夏洛特需要你。"

"说得对。"说完，亨利转身正要冲出房间，却又回身盯着他们，长满雀斑的脸上闪过一抹困惑不解的表情，像是直到此刻才开始奇怪为何威尔、特莎和杰姆会一起缩在一间几乎已经被废弃的储藏室里。"你们三个究竟在这里干什么？"

威尔侧头对着亨利微微一笑。"我们在玩'看手势猜字谜',"他说,"这可是一个大型游戏。"

"啊。没错。"亨利说着便冲出了房间,房门在他的身后关上了。

"'看手势猜字谜'。"杰姆厌恶地哼了一声,接着又向前探出身子,把胳膊肘撑在膝盖上,这时,下面传来了卡艾达的声音。"老实说,夏洛特,"她说,"你到底什么时候才会承认亨利根本没有打理过这个地方,一直以来都是你一个人在做?也许詹姆斯·卡斯泰尔斯和威廉·希伦戴尔可以帮忙,但他们都没到十七岁。他们能帮多大的忙?"

夏洛特喃喃地发出反对的声音。

"一个人根本管不过来,尤其是像你这样的年纪,"班尼迪克说,"你才只有二十三岁。如果你愿意退下来——"

只有二十三岁!特莎大吃一惊。她一直以为夏洛特要大得多,也许是因为她周身散发出的干练气息。

"维兰德执政官五年前指定我和我的丈夫掌管学院,"夏洛特严厉地回答,显然她的声音已经平静如初了,"如果你对他的选择有什么意见的话,你应该向他提出。而与此同时,我会用我认为合适的方式领导学院。"

"那意味着依然会采用投票方式表决你的计划?"班尼迪克·莱特伍德说道,"还是现在都由你发号施令了?"

"别说傻话了,莱特伍德,当然得投票表决,"不等夏洛特回答,莉莲便生气地说,"赞成对德昆西采取行动的,就说'赞成'。"

令特莎感到意外的是,大家异口同声地赞成,连一个反对的声音都没有。这场讨论是如此针锋相对,她一直以为至少会有一个暗影猎手想要打退堂鼓了。杰姆看到她大吃一惊的样子,微微一笑。"他们总是这样,"他嘀咕着,"他们喜欢虚张声势,可没有人会对这样的事情投反对票的。要是谁反对的话,就会被打上懦夫的烙印。"

"很好,"班尼迪克说,"那么就是明晚了。大家都准备好了吗?有没有——"

这时,图书室的大门打开了,亨利冲了进来——似乎比之前更加双眼通红、头发蓬乱。"我来了!"他大声宣布,"不会太迟吧?"

夏洛特双手掩面。

"亨利，"班尼迪克·莱特伍德冷冰冰地说，"真高兴见到你。你妻子刚刚向我们简单介绍了你的最新发明。'磷光体'，是不是？"

"是的！"亨利自豪地举起了手里的'磷光体'，"就是它。我敢保证它运转起来就跟她说得一模一样。想看看吗？"

"现在没必要做示范，"班尼迪克急忙说道，可是已经来不及了。亨利已经按下了按钮。图书室里出现了一道明亮的闪光，所有的灯突然统统熄灭了，特莎只在地上看到一个漆黑的方块。下面传来一片喘气声。有人在尖叫，还有什么东西砸在地上，摔得粉碎。而班尼迪克·莱特伍德不断的咒骂声则盖过了这一切。

威尔抬起头来，嘿嘿一笑。"毫无疑问，亨利总是有点儿笨手笨脚的，"他兴高采烈地评论道，"可是也挺讨人喜欢的，你们觉得呢？"

对以上两点，特莎无法不表示赞同。

第十章
苍白的君王

> 我还看见了面色苍白的国王和王子，
> 还有武士们，个个面色煞白如骷髅
>
> ——约翰·济慈，《无情的妖女》

一辆四轮马车吱吱咯咯地行驶在斯特兰德大街上，威尔伸出一只戴着黑手套的手，将天鹅绒窗帘拉开了一半，一束昏黄的煤气灯光照进了漆黑的马车车厢里。"看来，"他说，"我们今晚可能要淋雨了。"

特莎顺着他的视线看去；窗外的天空阴云密布——伦敦一贯如此，她心想。戴着帽子、穿着暗色长外套的男人们行色匆匆地走在两边的人行道上，他们耸起双肩以抵御那带来一片煤灰、马粪和各种刺目的垃圾的一阵狂风。特莎又一次感觉自己闻到了河水的味道。

"街道中央是不是有一座教堂？"她大声问道。

"那是河滨圣母教堂，"威尔说道，"关于它可有一个很长的故事呢，可现在我还不打算告诉你。你听见我刚刚说了什么吗？"

"我听见了，"特莎说，"知道你谈到下雨的事情。谁会在乎下雨呢？我们正在做的是——吸血鬼社会事件，我还完全不知道自己该如何表现，而目前为止你根本没有帮助过我。"

威尔的嘴角向上抽动了一下。"你只要当心点儿。当我们来到那幢房子的时候，你不能向我寻求帮助或指点。记住，我是你的人类奴隶。你之所以带着我是为了喝我的血——当你需要的时候随时都能喝到我的血——除此以外别无其他。"

"所以你今晚根本就不打算说话。"特莎说。

"除非你命令我。"威尔说。

"看来今晚可能比我预想的要好。"

威尔像是没听到她的话。他用右手扣紧左手手腕上镶着金属刀片的护腕。他的目光凝视着窗外，像是看到了什么她看不见的东西。"你也许会以为吸血鬼都是凶猛的怪兽，可是这群吸血鬼却并非如此。他们既文雅又残忍。他们对人类虎视眈眈。"在微弱的亮光中，他下巴的线条显得如此强硬。"你必须时刻留神。看在上帝的份上，要是你不知道该怎么办，就什么都别说。他们有一套极为复杂的繁文缛节。一次严重的社交失态可能会让你在顷刻间送命。"

特莎的双手紧紧扭绞在膝头。她的双手冷极了。即使透过手套，她依然能感受到卡米尔的肌肤散发出的阵阵寒意。"你是开玩笑的吧？就像当初你在图书室扔下那本书一样？"

"不是。"他的声音离她很远。

"威尔，你在吓唬我。"这句话猝不及防地从特莎的嘴里吐了出来；她心头一紧，等待着随之而来的嘲笑。

威尔把视线从窗外收回，像是想到什么似的看向她。"泰丝，"他说，特莎瞬间一个激灵；从没有人叫过她泰丝。有时候她哥哥会叫她泰茜，但也仅此而已。"你知道如果你不愿意的话你没必要这么做。"

她深深地吸了一口气，虽然她现在根本不需要呼吸。"所以呢？我们现在可以把马车掉头，然后回家？"

他握住了她的手。卡米尔的双手如此小巧，以至于威尔戴着黑手套的大手紧紧将它们包裹了起来。"我为人人，人人为我。"他说。

她虚弱地笑了。"《三个火枪手》？"

他目光坚定地凝视着她。他的蓝色眼眸如此深沉，于是便显得分外独特。她认识的人里也有蓝色眼睛的，可他们的眼睛就是淡蓝色的。威尔眼睛的颜色就像黎明前天空的颜色。当他说话的时候，长长的睫毛掩着双眸，"有时候，当我不得不做一些我不想做的事情的时候，我就假装自己是书里的一个人物。他们知道怎么做能让事情变得容易一些。"

"真的吗？你假装自己是谁？达达尼昂①？"特莎问，这是她唯一记得的一个火枪手的名字。

"'这是我一生中最乐意做的事，'"威尔吟诵，"'这里是我最好的安息之所。'"

"西德尼·卡尔顿？可你说你讨厌《双城记》！"

"骗你的。"威尔看起来完全没有因为撒谎而脸红。

"西德尼·卡尔顿还是个浪荡的酒鬼。"

"没错。他是一个一文不值的男人，而他自己也深知这一点，虽然他如此努力地想要把自己的灵魂搞垮，可他身上也总有一些值得称道的地方。"威尔低声说道，"他是怎么跟露茜·曼内特说的？他虽然如此软弱，可是他依然可以燃烧？"

特莎读《双城记》的次数早已经多得数不清了，此时她喃喃说道："然而我一向便有，至今也有这个弱点。我总希望你知道你是怎样突然征服了我，让我这一堆死灰燃起了火焰的。'"她对接下来的话有些犹豫。"可那是因为他爱她。"

"是的，"威尔说，"他那么爱她，于是知道没有他的话她会过得更好。"他依然握着她的手，透过手套，她感受到了他双手的温度。外面狂风呼啸，当他们穿过学院的庭院走向马车的时候，大风吹乱了他墨黑色的头发。这让他看起来更加年轻，也更脆弱了——还有他的眼睛，好像一扇敞开的大门一般毫不设防。她从没想到威尔可以或者愿意像此时此刻这样看着她。要是她会脸红的话，她想，她现在该是怎样面红耳赤啊。

然而接下来的一瞬间她又希望自己从没那样想过。因为那种想法不可避免地会让她不愉快地想到另一件事：他现在正看着的人到底是她还是那个美得无与伦比的卡米尔？他是因为这个才一反常态说了那番话的吗？他能透过这副装扮看到特莎吗？或者仅仅只是她的外壳而已？

她往后退去，又把自己的手抽了回来。他的手正如此紧地包裹着她的，因此这花了她一点儿时间。

---

① 小说《三个火枪手》中的人物。

"特莎——"他还没来得及说什么，马车突然停了下来，引得天鹅绒窗帘一阵摇晃。托马斯从驾驶座上招呼他们："我们到了！"威尔做了个深呼吸，打开了车门，从马车上一跃而下，来到人行道上，接着帮着她走下马车。

特莎为了不压到卡米尔帽子上的玫瑰花，歪着脑袋走下了马车。尽管威尔跟她一样戴着手套，当他们的手触碰在一起的时候，隔着两层布料，她依然觉得自己几乎感受到了他肌肤之下的热血沸腾。他红光满面，脸颊通红，她甚至怀疑是不是寒冷的空气或者别的什么东西在他的脸上鞭打出了血痕。

此刻，他们正站在一幢高大的白色宅邸之前，门廊上镶着雪白的门柱。屋子的两边各有一些样子差不多的大宅，它们排列在一起，就像一排苍白的多米诺骨牌。走上一排白色的楼梯，便是一扇漆成黑色的双开门。大门半开半掩着，特莎可以看到屋里隐隐约约的烛光，就像星空一般闪闪烁烁。

特莎转头看向威尔。在他的身后，托马斯正坐在马车前部，他的脸庞隐藏在向前倾斜的帽子里。完全看不见在他的背心口袋里还塞着一把银柄手枪。

在她后脑勺的某个地方，她感觉到卡米尔正在大笑，尽管不知道自己是怎么做到的，但她就是知道，自己感觉到的是那个吸血鬼女人因为她对威尔的爱慕之情而发出的取笑。你就在那里，特莎心想，在心烦之余还是松了一口气。她此前已经开始害怕自己永远也感知不到卡米尔内心的声音了。

她走到威尔身前，高高地抬起了自己的下巴。摆出如此妄自尊大的姿势令她感觉很不自然——可她现在已经是卡米尔了。"你待会儿跟我说话的时候别像跟特莎说话似的，得做出仆人的样子，"她撇着嘴说，"走吧。"她傲慢地甩了一下脑袋，朝着楼梯走去，连头也没有回一下，完全不管他是否跟在她的身后。

一个身着盛装的男仆正在楼梯顶端等着她。"夫人，"他低声致意，当他弯腰鞠躬的时候，特莎看见他衣领上方的脖子被两枚獠牙扎破了。她回头想看看威尔是不是在她的身后，正打算把他介绍给男仆的时候，后脑勺里响起了卡米尔窃窃私语的声音，我们不会把各自的人类宠物介绍给对方。除非我们特意给他们取个名字，不然他们就是我们的无名资产。"

呸，特莎在心里骂了一句。就在她感到无比厌恶的时候，几乎没有注意到男仆正带着她穿过一条长长的走廊，来到一间铺着大理石地板的大房间里。他又鞠了一躬，接着便离开了；这时，威尔走到她的身边，有一瞬间，他们两个只是目瞪口呆地站在那里。

这地方除了蜡烛，便再没有别的照明工具了。房间里有许多金色烛台，硕大的白色蜡烛在支架上闪闪发光。手工雕就的大理石一直延伸到墙面之上，每一块上都插着一支红烛，红色的蜡油好像一朵朵玫瑰花，顺着雕花大理石滴落而下。

吸血鬼们在大烛台之间穿梭着，他们的脸孔好似云朵一般苍白，体态优雅又透着怪异。特莎能看出他们与卡米尔之间的相似之处，他们的样子都长得差不多——极其细腻的肌肤，宝石色的眼睛，苍白的双颊上抹着胭脂。其中有一些看起来更像人类；大多数吸血鬼的衣着打扮都很古色古香——穿着及膝短裤，打着领结，裙子要么跟玛丽·安托瓦内特王后的别无二致，要么拖着长长的裙摆，袖口镶着花边，装饰着亚麻布。特莎紧张地环顾着整个房间，试图搜寻那个熟悉的金发男人，可是到处都不见纳撒尼尔的身影。取而代之的，她的视线定格在了一个骨瘦如柴、像几百年前的古人那样戴着沉重的假发、涂脂抹粉的高个女人身上。她的长相阴森可怖，头发上撒着比白纸还白的粉末。当她发现这一点的时候，便努力把视线从她身上移开。她叫黛利拉夫人，卡米尔的声音在特莎的思绪里低声说道。黛利拉夫人牵着一个瘦小的身影，特莎的心一紧——在这种地方，竟然有一个孩子？——可是当那个身影转过来的时候，她发现那也是一个吸血鬼，孩子气的圆脸盘上嵌着一对凹陷的黑色眼眸。此刻他正对着特莎微笑，露出了一对獠牙。

"我们必须找到马格纳斯·贝恩，"威尔低声说道，"他会带着我们穿过这些人。要是我看到他的话，我会指给你看。"

她正打算告诉威尔卡米尔会替她认出马格纳斯时，她的视线触到了一个一头蓬乱金发、穿着黑色燕尾服的颀长男子。特莎顿时心跳加快——可是当他转过身来的时候，她的心又被失望荡到了谷底。他不是纳撒尼尔。这个男人是个面色苍白、棱角分明的吸血鬼。他的头发也不是像内特那般的金黄色，在烛光的映照下几乎没有颜色。他向特莎眨了眨眼，然后穿过人群，朝她走了过来。这时特莎看见，人群中除了吸血鬼还有一些人类奴隶。他们端着闪闪发亮的托盘，上面有许多空着的玻璃杯。除了玻璃杯以外，托盘上还放着锋利的银质餐具。毫无疑问，有刀，还有一些像是鞋匠用来在皮革上打洞的锥子一般的工具。

正当特莎迷惑不解地瞪着这一切的时候，那个假发上撒着白粉的女人拉住了一个奴隶。她傲慢地打了个响指，于是那个人——这是一个脸色苍白、穿着灰色衣服的男孩——便顺从地把脑袋歪向一边。她用皮包骨头的手指从托盘上挑出一支细细的锥子，把尖的那一头穿过男孩下巴下面一点儿脖颈间的肌肤。托盘上的玻璃杯随着他颤抖的双手发出一阵当啷声，可即使当女人举起一只玻璃杯，为了让一股细细的鲜血流进杯中而用杯子压住他的喉咙的时候，他也没让托盘掉落在地。

特莎突然觉得一阵反胃——既恶心又觉得饥饿；她无法抵御这种饥饿，尽管那根本不属于她，而是来自于卡米尔。而比饥渴更剧烈的，则是她的恐惧。她眼看着吸血鬼女人把玻璃杯举到唇边，在她痛饮鲜血的时候，她身边的男孩则一脸灰败、簌簌发抖地站在她的身边。

此刻，她好想握住威尔的手，可是作为一个吸血鬼男爵夫人，永远也不会握住她的人类奴隶的手。于是，她只得挺直了脊背，同时快速地打了个响指，示意威尔来到她的身边。他惊讶地抬头看了她一眼，接着便来到了她的身边，显然正竭力隐藏着内心的焦躁。可他必须把这种情绪藏起来。"别再乱跑了，威廉，"她说着意味深长地看了他一眼，"我可不想在人群中把你弄丢了。"

威尔咬紧牙关，低声说道："我有种奇怪的感觉，你似乎挺享受这一切的。"

"没什么可奇怪的。"在一种难以置信的大胆情绪的驱使下，特莎用蕾丝扇子的顶端轻抚过他的下巴，"只要管好你自己就行。"

"训练他们可真难，对不对？"淡金发色的男人从人群中走了出来，往特莎这边歪着脑袋说道。"我说的是人类奴隶。"看到她一脸惊恐的样子，他以为她没弄懂他的意思，于是补充了一句。"一旦你把他们训练妥当了，他们又会死于这样那样的事情。人类可真是脆弱的生灵。寿命就跟蝴蝶差不多。"

说完，他笑了笑，露出了牙齿。他的皮肤就像坚硬的冰块，苍白中透着一丝蓝色。他的头发近乎白色，垂在肩上，掠过他那优雅的黑色外套的衣领。他在外套里穿着一件灰色的丝质马甲，上面描画着扭曲的银色符号。他看起来就像从书里走出来的一位俄罗斯王子。"很高兴见到你，贝尔科特夫人。"他说道，声音里带着一丝口音，不是法语——更像是斯拉夫语。"我从窗户看见的是一辆新马车吗？"

这就是德昆西，卡米尔的声音飘荡在特莎的心里。突然，一幅幅图景出现在她的脑海里，就像一个打开的喷泉，只是此刻喷涌而出的是各种幻影而非泉水。她看见自己正与德昆西翩翩起舞，她的双手搭在他的肩头上；她站在苍白的北方夜空之下的一条黑色溪流旁边，看着他靠食用蔓生在草丛中的一种灰白色的东西为生；她一动不动地和其他吸血鬼一起坐在一张长桌边，德昆西坐在顶头，他对着她大吼大叫，一拳把大理石桌面打得粉碎。他正对着她咆哮，似乎是为了一个狼人和一段她理应感到懊悔的男女之情。接着房间里只剩下她一个人，她坐在一片漆黑之中痛哭流涕，德昆西走了进来，跪在她的椅子旁边，握着她的手，想要安慰她，虽然让她如此痛苦的正是他本人。吸血鬼也会痛哭？这是特莎的第一个念头，接着她又想到，阿列克谢·德昆西和卡米尔·贝尔科特，他们很久以前就认识了。他们曾经做过朋友，而现在他以为他们依然还是朋友。

"没错，阿列克谢。"当她说这话的时候，她知道这便是那晚在餐桌上自己努力想要回忆的那个名字——"黑暗姐妹"曾经提过这个外国人名。阿列克谢。"我想要……宽敞一点儿。"她伸出一只手，一动不动地任他亲吻了一下，他那冰冷的双唇触碰在她的肌肤上。

德昆西舔舐了下嘴唇，把视线从特莎身上滑向了威尔。"还有一个新来的人类奴隶。这个倒是挺迷人的。"他伸出一只瘦削而苍白的手，用食指从威尔一边的脸颊开始，慢慢掠过他的下巴。"如此与众不同的肤色，"他若有所思地凝视着他，"还有这双眼睛。"

"谢谢,"特莎说话的样子就像一个因为挑选了一种特别有品位的墙纸而受到恭维的人。她提心吊胆地看着德昆西越发靠近脸色苍白、神情紧张的威尔。她不知道当他的每一根神经都大叫着"敌人!敌人!"的时候,他是否还能克制住自己不采取行动。

德昆西的手指循着威尔的下巴来到了他的咽喉,指着锁骨附近跳动着脉搏的地方。"在那儿。"他笑着说道,露出了雪白的獠牙。它们的顶端好像针尖一般如此尖细。他的眼睑无精打采地垂了下来,当他开口说话的时候声音沙哑。"我就咬一小口,你不会介意吧,卡米尔……"

特莎的眼前一片空白。当她重又看见德昆西的时候,他雪白的衬衫前襟染着鲜血——接着她看见一具尸体头朝下悬挂在黑色溪流边的一棵树上,毫无血色的手指在漆黑的溪水中摇来晃去……

她用从未有过的敏捷一把抓住了德昆西的手腕。"亲爱的,不要,"她甜言蜜语地试图说服他,"我想把他留给自己,哪怕是一小会儿。你知道有时候你的胃口有多吓人。"说这话的时候她低眉顺眼。

德昆西噗嗤一笑。"我会为了你尽量克制自己,卡米尔。"他抽走了自己的手腕,有一瞬间,特莎在他的轻佻之中,看见一丝愤怒在他的眼里转瞬即逝。"为了我们的日久天长。"

"谢谢你,阿列克谢。"

"你考虑清楚了吗,亲爱的,"他说,"是不是接受我的提议,加入'地狱俱乐部'?我知道盲呆们令你心烦意乱,可他们只是一种财富而已。我们这些董事会成员很快就会发现一种非常……激动人心的东西了。是一种你做梦也想不到的能量,卡米尔。"

特莎屏声静气,可是卡米尔的心却不再说话了。为什么?她抵御着由此而来的一阵恐惧,努力向德昆西露出一个笑颜。"我的梦想。"她一边说,一边暗自希望他会以为她是因为高兴而非害怕才发出这样刺耳的声音。"可要比你以为的更加想入非非。"

她感觉到在她身边的威尔惊异地瞪了她一眼;可他很快就恢复了常态,收回了目光。德昆西的眼睛闪闪发亮,一个劲地微笑着。

"我只求你考虑一下我的提议,卡米尔。现在我得去招呼其他客人了。我相信我会在典礼上见到你吧?"

一阵头晕目眩，可她只是点了点头。"当然。"

德昆西向她微微颔首，接着便转身消失在人群之中。特莎深深地吁了一口气，她没料到自己竟然能控制住局面。

"别这样，"威尔在她身边温柔地说，"记住，吸血鬼是不需要呼吸的。"

"上帝啊，威尔，"特莎意识到自己正在发抖，"他会咬你的。"

威尔漆黑的眼睛里含着愤怒。"我会先发制人杀了他。"

一个声音在特莎身边响起。"那么你们两个都得死。"

她飞快地转过身去，不知何时一个高个男子好像一阵烟雾一般飘到了她的身后。他穿着一件做工精细的织锦夹克，衣领和袖口上镶满了白色的蕾丝，好像几个世纪前的衣服。特莎瞥到他在长外套下面穿着及膝短裤和带扣的高跟鞋。他的头发就像粗糙的黑色丝绸，墨黑的发色泛着蓝色的光泽；他的肌肤是棕色的，五官长得像杰姆。她怀疑也许他跟杰姆一样是个混血儿。他的一只耳朵上醒目地挂着一只圆环，上面晃荡着一个手指粗细的钻石吊坠，在烛光的照耀下闪闪发亮。而他的银手杖头上也镶满了钻石。他浑身上下闪烁着光彩，就好像一盏巫光石。特莎目瞪口呆地看着他；她从没见过如此疯狂的打扮。

"这就是马格纳斯，"威尔轻声说道，像是终于松了一口气。"马格纳斯·贝恩。"

"亲爱的卡米尔，"马格纳斯说着弯腰亲吻了一下她戴着手套的手。"我们好久没见了。"

当他碰到她的那一刻，卡米尔的回忆如潮水一般向她涌来——她想起马格纳斯是怎样抱着她，亲吻她，又是如何亲密地触碰她的身体。这让特莎不由发出一声尖叫，把手抽了回来。你终于又出现了，她在心里无比厌恶地对着卡米尔念道。

"我明白了。"他嘀咕着挺直了身体。当他抬起双眼看着特莎的时候，那目光几乎让她方寸大乱。那是一双金绿色的眼睛，瞳仁只有一条线大小，完全就是把一双猫的眼睛安在了一张人类的脸上。马格纳斯的眼神不像威尔，即使在嬉皮笑脸的时候也会流露出一丝悲伤，他的双眼里满是惊喜的神色。他们飞快地闪到一边，他朝着房间的另一边抬了抬下巴,示意特莎跟在他的身后。"走吧。那里有个私密的房间,我们可以在那里讨论。"

特莎头晕目眩地跟着他,威尔走在她的旁边。当她与吸血鬼们擦肩而过的时候,她似乎看见那些白色的脸孔一齐转了过来,尾随在她身后,又或者这些只是她的想象而已?一个穿着一袭华丽的蓝色衣裙、一头红发的女吸血鬼在她走过的时候瞪了她一眼;于此同时卡米尔的声音窃窃私语着告诉她,这个女人是在嫉妒德昆西对她如此尊重。谢天谢地,马格纳斯终于在一扇门前停住了——它被极其巧妙地安在一堵镶着木板的墙壁上,以至于她完全没有意识到这里还有一扇房门,直到巫师掏出了一把钥匙。他把钥匙插进了门锁中,随着一声轻轻的"咔哒"声,房门应声而开。

这间房间是图书室,显然很少被使用;墙壁上排列着的卷卷书册上都蒙着一层灰尘,就连窗户上悬挂着的天鹅绒窗帘也不例外。当房门在他们身后关上的时候,屋子里的亮光一下子变暗了;特莎还没反应过来,马格纳斯便"啪"地打了个响指,屋子两边的火炉里便"噌"地窜出了两股火苗。那蓝色的火焰发出一种像是焚香似的浓烈的气味。

"噢!"特莎不由轻轻地尖叫了一声。

马格纳斯面带微笑地跃上屋子中央一张巨大的大理石桌子,用手撑着脑袋,侧卧在桌子上。"你以前从没见过巫师变魔术吗?"

威尔无比夸张地叹了口气。"请别取笑她,马格纳斯。我希望卡米尔告诉过你,她对暗影世界知之甚少。"

"没错,"马格纳斯却依然坚持不懈地说道,"可我还是不敢相信,要知道她可会'变身'。"他把视线停留在特莎身上。"我吻你手的时候看到你的脸了。你马上就认出了我,是不是?卡米尔知道的你都知道。确实有些巫师和恶魔会变身——可以变成任何一种样子。可像你这样的我可从没听说过。"

"我并不一定就是巫师,"特莎说,"夏洛特说我身上没有巫师的印记。"

"噢,你就是个巫师。肯定没错。就凭你没有一对蝙蝠耳朵……"马格纳斯看见特莎眉头紧皱,便抬高双眉,说道:"噢,你不想做巫师，对不对？你厌恶这种想法。"

"我只是从没想过……"特莎小声说道，"自己不是人类。"

马格纳斯的声音充满了同情。"真可怜。现在既然你知道了真相，那便再也回不到过去了。"

"让她一个人待会儿，马格纳斯。"威尔的话声严厉，"我必须搜索一下这间房间。要是你不来帮忙，那至少别在我干活的时候缠着特莎了。"他往屋子中央的大橡木书桌走去，开始在桌上的文件之中翻找。

马格纳斯瞥了特莎一眼，向她使了个眼色。"我觉得他在吃醋。"他狡黠地对着她窃窃私语。

特莎摇了摇头，往最近的一个书架走去。中间的架子上像是为了展示一样搁着一本打开的书。书页上覆着一层亮光，映照出一些错综复杂的图形和一部分插图，好像它们是被镀金印制在羊皮纸上一般。特莎惊呼："这是《圣经》。"

"让你大吃一惊了吗？"马格纳斯问。

"我还以为吸血鬼们不能触碰圣物呢。"

"这要取决于他们活了多久、有什么信仰。德昆西确实有收集古老《圣经》的习惯。他说再也没有一本书会像《圣经》这样，书页上浸染着这么多的鲜血。"

特莎瞥了一眼紧闭的房门。门外正传来一阵渐渐变大的模糊的说话声。"我们像现在这样躲在这里，难道不会引起非议吗？其他人——那些吸血鬼——我敢肯定我们进来的时候正被他们盯着呢。"

"他们盯着的是威尔。"虽然马格纳斯没有獠牙，但他的笑容有点儿像吸血鬼似的，令人紧张不安。"威尔看上去有些不对劲。"

特莎把视线转向威尔，他正戴着手套在书桌抽屉之间翻找着。"我发现要获得那些跟你一个打扮的人的信任还挺困难的。"威尔说道。

马格纳斯对此置若罔闻。"威尔不像别的人类奴隶。比如说，他没有用盲目崇拜的眼神凝视着他的女主人。"

"这都怪她的那顶大帽子，"威尔说，"让我分了心。"

"人类奴隶永远都不会'分心'，"马格纳斯说，"无论主人如何打扮，他们都爱慕自己的吸血鬼主人。当然了，客人们盯着我们还因为他们知道我跟卡米尔的关系,他们正在奇怪我们会在这间图书室里做些什么呢……孤男寡女的。"说完,他向着特莎挑了挑眉毛。

特莎回想起刚刚看到的各种幻影。"德昆西……对卡米尔说过她应该为自己跟一个狼人的男女之情而感到懊悔。听起来就像是她承认了一桩罪行一般。"

马格纳斯此时正仰面躺在桌子上,在头顶飞速旋转着他的手杖,对特莎的话只是耸了耸肩。"对他来说这么做也许就是犯罪。吸血鬼和狼人彼此仇视。他们声称这跟繁衍他们的两个种族的恶魔之间结下的深仇大恨有关,可要我说的话,原因很简单,因为他们都是食肉动物,而食肉动物一贯痛恨自己的领地受到侵犯。其实吸血鬼们并非都喜欢疯疯癫癫的,当然他们也不喜欢我这样的,可是德昆西却挺喜欢我。他认为我们是朋友。事实上,我猜他还希望我们之间的关系能比朋友更进一步。"说着,马格纳斯咧嘴一笑,这让特莎着实迷惑不解。"可是我却厌恶他,尽管他对此一无所知。"

"既然这样,又为什么总跟他待在一起呢?"威尔一边问,一边往两扇窗户之间的一张书桌走去,开始在那上面搜查起来。"为什么到他的房子里来?"

"这是一种策略,"马格纳斯说着又耸了耸肩,"他是族群的首领;对卡米尔来说收到邀请却缺席他的派对,就会被解读成对他的侮辱。而对我来说如果让她一个人来这儿,就太……粗心大意了。德昆西是个危险人物,就连对自己人都不会手软。更何况是那些以前得罪过他的人。"

"那你就应该——"威尔突然刹住了话头,连声音都变了,"我有发现。"他顿了顿,接着说道:"也许你应该看看,马格纳斯。"威尔走到桌边,把一个纸页卷轴搁在桌上。他示意特莎也一起加入,接着在桌上摊开了卷轴。"桌上没什么有意思的东西,"他说,"但我在一个假抽屉的暗格里找到了这个。马格纳斯,你怎么看?"

特莎走到威尔身边,凝视着那张纸。这是一张由活塞、轮牙和许多金属组成的粗糙的人体骨骼图纸,骷髅的下巴上装着铰链,两个空洞的眼窝,嘴巴只到牙齿后面便结束了。骷髅的胸口镶着一块平板,跟米兰达一模一样。在图纸的左边用一种特莎无法辨识的语言潦草地写着许多笔记。那是一种完全陌生的文字。

"一张机器人图纸,"马格纳斯歪着脑袋说道,"一个仿制人类。人们总是着迷于这些东西——我猜那是因为机器人既长得像人,又不会死亡或者受伤。你们有没有读过《精巧机械装置百科全书》?"

"我从没听说过还有这本书,"威尔说道,"书里有没有写到包裹着一层神秘迷雾的阴冷荒原?有没有出现一个英俊的家伙快马加鞭赶去营救一个美丽却一贫如洗的女仆的桥段?"

"没有,"马格纳斯回道,"书里有一段关于轮牙的描写特别生动,可是大多数内容确实很枯燥乏味。"

"那么特莎一定也没看过。"威尔说。

特莎只是瞥了他一眼,什么都没说;她是没读过,她现在也没有心情向威尔解释自己的阅读趣味。

"那么,好吧,"马格纳斯说,"这本书两个世纪前出自一个阿拉伯学者之手,早于列奥纳多·达·芬奇,写的是如何才能制造模仿人类一举一动的机器。这本书中的内容并没有任何令人担心的地方。可是这个——"马格纳斯纤长的手指轻轻掠过图纸左边的那些文字,"我担心的是那个。"

威尔把身体凑得更近些。他的袖子擦着特莎的胳膊。"没错,这就是我要问你的。这里写的是一种咒语吗?"

马格纳斯点了点头。"这是一种具有捆绑性质的咒语。意思是说它可以将恶魔的能量注入无生命的物体之中,然后赋予那东西一种生命。我以前曾亲眼目睹有人用过这种咒语。在圣约诞生之前,吸血鬼们热衷于创造一些小恶魔机器来自我娱乐一番,好比只在夜晚演奏的音乐盒、只在太阳下山后奔跑的机械马,诸如此类的愚蠢玩意。"他一边说一边若有所思地轻轻敲打着手杖头。"毫无疑问,要创造出令人信服的机器人,最大的问题之一便在于它们的外观。没有一种材料可以做得跟人类的血肉之躯一模一样。"

"可要是就用这个呢——我是说人类的肉体?"特莎问道。

马格纳斯微妙地顿了一顿。"对人类设计者来说,这个问题,啊,显而易见。保存肉体的时候会破坏它的外观。所以必须得使用魔法。而要把恶魔能量和机械躯壳捆绑在一起的时候又需要用到魔法。"

"能达到什么目的呢？"威尔的问题一针见血。

"此前制造的机器人可以写诗、画风景画——可这些都只是用来听命于人类的。它们并没有被赋予创造力或想象力。可要是有一个机器人被注入恶魔能量而获得了生命，那么它便会具有一定的思维和意志。可是任何被束缚的灵魂都将沦为奴隶。它必然会彻底受制于任何将之捆绑的人。"

"发条军队，"威尔说道，这话听着幽默实则辛酸，"既不生于天堂，亦不来自地狱。"

"我倒没想得那么远，"马格纳斯说，"恶魔能量绝不是可以轻易得到的东西。首先必须召唤恶魔，接着让它们合二为一，要知道过程是多么艰难。要获得足够的恶魔能量来创建一支军队，这几乎是不可能的事情，还要冒极大的风险。即便像德昆西这样狠毒的王八蛋也不例外。"

"我明白了，"威尔说着把桌上的图纸卷了起来，放进了他的外套里，"非常感谢你的帮助，马格纳斯。"

马格纳斯像是有些不明所以，但仍然礼貌地回答："哪里的话。"

"我猜你不会因为看到德昆西被赶走，由另一个吸血鬼爬上他的位置而遗憾的，"威尔说，"你到底有没有亲眼看见他违反《大律法》？"

"见过一次。我受邀来这儿见证他的一次'典礼'。结果——"马格纳斯一反常态地现出一丝阴沉。"好吧，让你们见识一下。"

他回身向特莎刚刚检查过的书架走去，并示意他们跟上。威尔尾随其后，特莎走在他的身边。马格纳斯又打了个响指，蓝色的火星迸溅，书架上的插图版《圣经》滑向一边，露出书架背板上的一个小孔。当特莎惊讶地向着它探出身去的时候，她通过小孔看到了一间华丽的音乐室。她看到房间里的椅子成行排列着，一齐面对着房间的后部，她首先想到的是，这房间有点儿像座剧院。为了照明，一排排大烛台统统都点亮了。垂至地板的红色丝缎窗帘挡住了后墙，地板渐渐升高，就像一个临时搭建的舞台。舞台上除了一把高背木头椅子，什么都没有。

椅子的扶手上附着钢铁做的镣铐，在烛光的照耀下就像昆虫的外壳一般发出微光。木头椅子上这里那里地染着暗红色斑点。特莎看见，椅子的四条腿是被钉死在地板上的。

"这里就是他们进行他们的小型……演出的地方，"马格纳斯说道，声音里带着一丝若有似无的厌恶，"他们把人类带出来，然后把他——或她——锁在椅子上。接着他们排着队慢慢吸干受害人的鲜血，而其他吸血鬼就在一旁围观和鼓掌。"

"而且他们乐在其中？"威尔说。声音里的厌恶已经呼之欲出了。"享受盲呆们的痛苦？还有他们的恐惧？"

"并非所有的'黑夜之子'都是如此，"马格纳斯平静地解释，"这些只是他们中最坏的。"

"还有那些受害者，"威尔说，"是从哪里找来的？"

"绝大多数都是罪犯，"马格纳斯说，"有酒鬼、瘾君子、妓女。那些被遗忘的和迷失了方向的人。那些没人记挂的人。"他正视着威尔的双眸，"你愿意详细说说你的计划吗？"

"当我们亲眼看到《大律法》被打破的时候便开始行动，"威尔说，"当吸血鬼开始侵害人类的时候，我就会向昂克拉夫人发出信号。他们便会发动进攻。"

"真的吗？"马格纳斯说，"他们打算怎么进来？"

"别担心。"威尔不慌不忙地说，"你要做的就是在那个节骨眼上带走特莎，把她安全地从这儿带出去。托马斯的马车就等在外面。把你自己塞进马车，他就会带着你们回到学院。"

"派我照顾一个不大不小的姑娘，看起来对我有点儿大材小用了，"马格纳斯侃侃而谈，"你当然可以派我——"

"这是暗影猎手的事，"威尔说，"我们制定了《大律法》，我们维护《大律法》。迄今为止你已经向我们给予了极其宝贵的协助，我们再也不能要求你做更多的了。"

越过威尔的肩头，马格纳斯和特莎的视线撞在了一起；他摆出一脸怪相。"拿非力人的优越感。他们用得着你的时候自然会用你，可他们却无法与暗影魅族分享胜利的果实。"

特莎转向威尔。"在战争开始之前你打算把我也赶走？"

"我必须这么做，"威尔说道，"最好别让人看见卡米尔与暗影猎手合作。"

"这么做没用，"特莎说，"德昆西会知道是我——是她——把你带进来的。他会知道她说的如何发现你的事情都是在撒谎。难道这样她的族人还会不知道她是个叛徒吗？"

在她后脑勺的某个地方，响起了卡米尔呵呵的轻笑声。她听起来一点儿都不害怕。

威尔和马格纳斯交换了一个眼神。"她没料到，"马格纳斯说，"只要有一个吸血鬼今晚能够幸存下来，日后便能指控她的罪行。"

"死人是不会说话的。"威尔轻声说道。屋子里闪烁的烛光在他脸上交替映出黑色和金色的光影；他下巴上的线条棱角分明。他眯缝着双眼，盯着书架上的窥视小孔，说道："看。"

他们三个挤在一起凑近了那个小孔看去，音乐室一端的一扇小门滑开了。透过门洞，他们看见一间宽敞的亮着烛光的客厅；吸血鬼们从客厅向那扇门涌去，纷纷在"舞台"前的椅子上坐了下来。

"是时候了。"马格纳斯轻声说着，关上了窥视孔。

音乐室里几乎座无虚席。特莎挽着马格纳斯，看着威尔挤过人群，寻找着连在一起的三个空位。他始终低垂着脑袋，眼睛看着地板，但即便如此——

"他们还在盯着他看，"她对着马格纳斯耳语，"我是说，盯着威尔。"

"那是当然。"马格纳斯回答。当他们打量着房间的时候，他的双眸好像猫眼一样映出屋里的烛光。"你看他。生就一张坏天使的脸孔和一双地狱夜空的眼睛。他太英俊了，吸血鬼就喜欢他这样的。说实话我也难免动心。"马格纳斯咧嘴一笑。"黑头发蓝眼睛可是我的最爱。"

特莎只能抬手拍了拍卡米尔的淡金色卷发，以此掩饰自己的不安。

马格纳斯却只是耸了耸肩。"人无完人啊。"

幸好，特莎不用再搭腔了，因为威尔已经找到了座位，正用戴着手套的手招呼他们过去。当她跟着马格纳斯往那些座位走去的时候，她尽量不去注意那些吸血鬼注视着威尔的眼神。没错，他确实长相俊美，可他们在乎这个吗？难道对他们来说威尔不就是一道美食吗？

她坐在马格纳斯和威尔中间，落座之际她身上的塔夫绸连衣裙好像被强风刮过的树叶，发出一阵簌簌声。屋子里很冷，大概是因为坐在这里的都不是人类，所以便没有了人气。威尔伸手拍了拍自己的背心口袋，袖管往上滑去，露出了他的胳膊，她看到他的皮肤上起着鸡皮疙瘩。她不禁好奇那些陪伴在吸血鬼左右的人们是不是常常都得挨冻。

这时，屋子里传来一阵沙沙的低语声，特莎把视线从威尔身上移开。大烛台发出的亮光照射不到这间屋子的深处；"舞台"的一部分——房间的后半部——暗影重重，就连特莎的吸血鬼眼眸都无法辨识出一片黑暗之中的动静，就在此刻，德昆西突然出现在舞台上。

观众席上一片静默。接着，德昆西露齿一笑。他的笑容里透着疯狂，露出了一对獠牙，连五官都扭曲了。此刻，他看起来就像一头狼一样野蛮。房间里弥漫着一片轻轻的夸赞声，就像一个人类观众向在舞台上表现杰出的演员发出的赞叹声。

"晚上好，"德昆西说，"欢迎，朋友们。在你们之中有些曾与我并肩作战——"说着他对着特莎笑了笑，而她却只是不安地用眼神回敬了他。"他们都是让'黑夜之子'引以为豪的儿女。我们绝不会向《大律法》这具沉重的枷锁低头。我们绝不会屈服于拿非力人。我们也不会任他们随心所欲地将我们的古老习俗抛弃。"

德昆西的演说对威尔产生了不小的影响。他的身体犹如弓箭一般紧绷，双手紧握着放在腿上，脖子上血脉贲张。

"我们有一个囚犯，"德昆西接着说道，"他背叛了'黑夜之子'。"他扫视了坐在下面屏声静气的吸血鬼们一眼，"如此背信弃义，该受到什么样的惩罚？"

"死刑！"女吸血鬼黛利拉大声喊道。她竭力把身体探出座椅，脸上满是可怕的热切之意。

其他的吸血鬼也跟着她喊道："死刑！死刑！"

临时舞台的幕布间出现了更多的黑影。两个男吸血鬼一人一边抓着一个正苦苦挣扎的男子。男人的头上遮着一块黑色头巾，让人看不见他的五官。特莎能看见的只有他瘦削的身材，可能是个年轻人——浑身上下肮脏不堪，漂亮衣服又皱又破。他被两个男人拖着扔进舞台上的那把椅子里，赤裸的双足在地板上留下一行血迹。特莎不禁发出一声充满同情的微弱叹息，她感觉到身边的威尔也一样紧张。

吸血鬼们把男子的手脚捆绑在座椅上然后退去，留下他徒然地拼命扭动着身躯，就好像一条被挑在针尖上的虫子。一旁的德昆西咧嘴一笑，露出了一对獠牙。当他居高临下地看着下面的人群的时候，那对牙齿就像象牙别针一般发出耀眼的光亮。特莎感觉到吸血鬼们开始躁动起来——而比躁动更甚的，是他们的饥饿。他们再也不像一群有教养的人类戏剧观众了。此刻，他们就像一群嗅到了猎物气味的贪婪的狮子，纷纷从椅子上探出身子，睁大着灼热的双眼，大张着嘴巴。

"你何时才能召唤昂克拉夫人？"特莎对着威尔急急低声说道。

威尔的声音紧张。"当他开始吸血的时候。我们必须亲眼见证。"

"威尔——"

"特莎，"他低声用她的真名唤她，一把握住她的手指。"安静点。"

特莎不情愿地又把注意力放回到舞台上，德昆西正一步步逼近那个用镣铐铐住的囚犯。他在椅子旁边停了下来——伸出手去——他那苍白而细长的手指拂过男人的肩头，动作比蜘蛛还轻。囚犯的身体为之一震，随着吸血鬼的手从他的肩头滑向他的脖子而陷入了绝望的恐惧之中。好像医生为病人检测心跳似的，德昆西把两根苍白的手指搁在男人的颈动脉上。

特莎注意到德昆西的一根手指上戴着一枚银戒指，当他握拳的时候，一枚针尖便从戒指的一边突了出来。一丝银光闪过，囚犯开始尖叫起来——这是他第一次出声。

一道细长的红线出现在囚犯的头颈上，就像一根红色的金属丝。不断涌出的鲜血溅落在他那凹陷的锁骨之上。此时的德昆西像是戴上了一副龇牙咧嘴的饥饿面具，当他把两根手指向着那红色液体伸去的时候，囚犯剧烈扭动着身躯挣扎着。他把沾染了鲜血的指尖举到嘴边。人群发出一片嘶嘶声和呻吟声，几乎无法再待在坐席上。特莎瞥到一个帽子上装饰着白色羽毛的女人。她正大张着嘴巴，下巴被口水弄湿了。

"威尔，"特莎轻声说道，"威尔，求你了。"

威尔越过特莎，看向马格纳斯。"马格纳斯。把她带走。"

特莎从内心深处表示反对。"威尔，不，我可以待在这儿——"

威尔的声音平静，而双眸却炯炯燃烧着。"我们已经完成任务了。你不离开，我就不召唤昂克拉夫人。你要么走，要么任凭这个男人去死。"

"走吧。"说话的是马格纳斯，说着，他扶她站了起来。她极不情愿地任由巫师摆弄着，向着门口走去。特莎还不安地环顾了一下房间，看看有没有人注意到他们的离开，可是没人看着他们。所有的注意力都集中在德昆西和囚犯身上，许多吸血鬼已经站了起来，嘘声、欢呼声，还有野兽饥饿时发出的声音不绝于耳。

在沸腾的人群中，只有威尔依然坐着，像条渴望摆脱皮带束缚的猎犬一样向前探出身子。他的左手滑进了背心口袋，指间隐约现出正握着一样铜制的东西。

是"磷光体"。

此时，马格纳斯已经打开了他们身后的房门。"快。"

特莎犹豫了一下，回头看向舞台。德昆西正站在囚犯的身后。他咧开的大嘴上满是鲜血。他伸出手去一把抓住了囚犯的头巾。

威尔站了起来，将"磷光体"高高举起。马格纳斯咒骂着用力拉着特莎的胳膊。她半转过身去像是要跟着他走的样子，可就在此时，德昆西一把抽走了黑色头巾，露出了囚犯的真面目，特莎的身体僵住了，一动不动。

他的脸孔浮肿，上面满是殴打后留下的淤青。他的一只眼睛被打青了，肿得像馒头似的无法睁开。他的一头金发混着鲜血和汗水黏在他的皮肤上。可是任凭他的样子如何改变，特莎还是认出了他。她终于知道为何他那痛苦的叫喊声听起来是如此耳熟。

是纳撒尼尔。

第十一章
很少有人是天使

> 我们都是盲呆，
> 天性脆弱，容易
> 被肉体上的需要所左右；很少有人是天使
>
> ——莎士比亚，《亨利八世》

特莎放声尖叫。

这并非人类的尖叫，而是吸血鬼才会发出的。连她自己都对那从她的喉间喷薄而出的声音感到陌生——听起来就像破碎的玻璃。过了好一会儿，她才意识到自己正在大声叫喊着什么。她原以为自己大声哭喊的是她哥哥的名字，其实不然。

"威尔！"她大叫，"威尔，就现在！现在就行动！"

屋子里传出倒抽一口冷气的声音。许许多多惨白的脸孔统统朝着特莎看去。她的尖叫声打破了他们的杀戮欲。德昆西一动不动地站在舞台上；就连纳撒尼尔也一脸茫然地瞪着她，好像她的尖叫声只是他在垂死挣扎之际生出的一个梦魇。

已将手指放在"磷光体"按钮上的威尔犹豫了一下。他的双眸穿过房间与特莎的视线相遇了。虽然这对视只是电光火石般一瞬，却被德昆西看见了。他像是读懂了他们的眼神，神色一变，抬起手来直指威尔。

"那个男孩，"他厉声说道，"阻止他！"

威尔收回目光。吸血鬼们早已站了起来，向他靠近，眼里射出狂怒与饥饿。威尔的视线越过他们，定格在正愤怒地盯着自己的德昆西身上。威尔毫不畏惧地迎上了吸血鬼的眼睛——毫不犹豫,镇定自若。

"我可不是男孩,"他说,"我是拿非力人。"

说完,他便按下了按钮。

特莎已经准备好迎接那一束白得耀眼的巫光。然而取而代之的却是大烛台里的火苗发出巨大的嘶嘶声直窜向天花板。火花带着灼热的灰烬飞溅而下,落在窗帘和女人们的衣裙之上。突然,房间里满是滚滚浓烟和厉声尖叫。

特莎再也看不到威尔的身影了。她想要往前冲去,可是马格纳斯——她几乎忘记了他的存在——紧紧抓着她的手腕。"格雷小姐,不要。"他说。当她用力甩开他作为回答的时候,他又加了一句:"格雷小姐!你现在可是个吸血鬼!要是你的身上着了火,你会立刻被烧成灰烬——"

他话音刚落,像是为了验证他的说辞,一团火花恰好落在黛利拉夫人的白色假发上。假发立刻燃烧了起来。她哭喊着想要把它从脑袋上弄走,可是当她的双手碰到火焰的时候,那皮肤就像纸做的一样也燃烧了起来。说时迟那时快,她的胳膊已经变得像点燃的火炬一般。她咆哮着向房门冲去,可是火焰燃烧的速度远远比她快。几秒钟之间她原本站立的地方只出现了一堆疯狂燃烧着的火堆。特莎只能看见一个发黑、尖叫的身形在其中翻滚蠕动着。

"你看见了吗?"马格纳斯在特莎的耳边大吼,用尽全力将自己的声音盖过那些像黛利拉一样倒下和努力躲避着火焰的吸血鬼们的嗥叫。

"让我走!"特莎厉声叫喊。德昆西已经跃下了舞台,加入了混战之中。纳撒尼尔正独自一人倒在台上,显然已经失去了知觉,仅有那些镣铐把他跟椅子绑在一起。"我哥哥在上面。我哥哥!"

马格纳斯呆住了。趁他思绪紊乱之际,特莎挣出了自己的胳膊,向着舞台跑去。房间里一片混乱:吸血鬼们奔来跑去,他们中的大部分向门口蜂拥而去,争先恐后地往外挤;还有一些则大叫着冲向对着花园的落地玻璃门。

特莎转身避开了一把摇摇欲坠的椅子,又差点一头撞上一个早前曾对着她怒目而视、穿着一身蓝色衣裙的红发吸血鬼。此刻她正一脸惊恐。她的身体倒向特莎——像是要跌倒。她的嘴巴张开着像是要发出尖叫的样子，鲜血从其中喷涌而出。她的脸孔皱成一团，五官扭曲在一起，皮肤变成了粒粒灰尘，好像雨点一般从她的头骨上纷纷落下。她的红色发丝枯萎成了灰色；手臂上的皮肤融成了粉末，吸血鬼女人发出了一声绝望的哀嚎，终于倒在地上，变成了一堆躺在空空的绸缎连衣裙里的白骨和烟尘。

特莎恶心得想吐，努力不去看那一堆残骸，这时，她看见了威尔。他就站在她面前，手上握着一把长长的银刀；刀刃上沾染着猩红色的鲜血。他的脸上也血迹斑斑，眼神狂热。"该死，你怎么还在这儿？"他对着特莎大吼，"你真是个难以置信的蠢货——"

特莎先威尔一步听到了那微弱的嘎嘎声，就像一架坏掉的机器。那个穿着灰色外套的金发男孩——先前曾被黛利拉夫人吸血的那个人类奴隶——正冲向威尔，喉间发出尖锐的哀号，脸上沾着汗水和鲜血。他一只手上握着一根撕扯下来的椅子腿，顶端粗糙而尖锐。

"威尔，当心！"特莎大喊一声，而威尔则飞速旋身而去。特莎看见他动作敏捷得就像一个模糊不清的黑影，手上的刀子在烟雾弥漫的昏暗之中闪出一丝银光。当他停下来的时候，那个男孩正躺在地上，胸口插着刀刃。到处都是鲜血，比吸血鬼的血更浓，更稠。

威尔面色灰白地凝视着地下。"我以为……"

"要是他可以，一定会毫不犹豫地杀了你的。"特莎说。

"你什么都不知道。"威尔回答。说着，他甩了下脑袋，像是要把她的声音或是躺在地上的男孩的影像从脑海里抹掉一般。这个奴隶看起来非常年轻，他扭曲的脸孔在死后更显柔软了。"我让你去——"

"那是我哥哥。"特莎说着指了指房间的后面。纳撒尼尔依然昏迷着瘫在镣铐之中。要不是有鲜血仍然不断地从他脖子上的伤口里流出来，她会以为他已经死了。"纳撒尼尔。就坐在椅子上。"

威尔惊讶地双目圆睁。"可是怎么——？"他开口说道。他没来得及把话问完。因为就在那一瞬间，整个屋子都充斥着玻璃破碎的声音。落地玻璃门被打破了，转瞬间持着黑色战斗装备的暗影猎手们便涌入了房间。在他们面前，那些逃到花园里去的吸血鬼发出刺耳的尖叫，被赶作了一团。正当特莎目瞪口呆之际，更多的暗影猎手从各个房门口拥了进来，把面前更多的吸血鬼们聚在一起，就像牧羊犬把绵羊们赶入围栏一样。德昆西步履蹒跚地走在其他吸血鬼之前，他苍白的脸上满是黑色灰烬，牙齿暴露在外。

特莎一眼便在拿非力人中看到了姜黄色头发的亨利。夏洛特也在那儿，像个男人一样全身穿戴着黑色的战斗装备，就像从特莎的那本暗影猎手之书里走出来的女子。她个子小巧，目光坚定，还表现出不同寻常的凶猛。然后她看见了杰姆。他的装备令他显得更加苍白，肌肤上的黑色如尼文犹如白纸上的墨迹一般显眼。在人群之中她认出了加百列·莱特伍德；他的父亲，班尼迪克；身材苗条、一头黑发的海史密斯夫人；在他们身后正大步走来的是马格纳斯，当他用手示意的时候双手之间飞出蓝色的火苗。

威尔吐了口气，脸上终于有了些许血色。"'磷光体'出了故障，"他喃喃着，"我无法保证他们会不会出现。"他把视线从朋友们身上移开，转而看向特莎。"快去照看你哥哥吧，"他说，"但愿情况还不是最坏。"

说完，他转身头也不回地离开了她。拿非力人已经把剩下的那些没有被烈火吞噬——或被威尔杀死的吸血鬼们赶到了由暗影猎手们临时围起的圆圈的中央。德昆西笔直站在人堆之中，苍白的脸孔因为愤怒而扭成一团；他的衬衫上沾染着血迹——不知是他自己的还是别人的。其他那些吸血鬼就像跟着家长的小孩一样挤在他的身后，看起来既险恶又卑鄙。

"圣约，"德昆西咆哮着说道，"圣约会保护我们的。我们投降。《大律法》——"与此同时，班尼迪克·莱特伍德正向他步步逼近，他的右手持着一把发光的利刃，表面刻着黑色的神秘如尼文。

"你们破坏了圣约，"班尼迪克怒骂道，"因此它再也不会保护你们了。你们被判死刑。"

"一个盲呆，"德昆西不屑一顾地瞥了一眼纳撒尼尔，"一个同样违反了圣约的盲呆——"

"圣约并不涉及盲呆。不能要求他们遵从一个对他们来说一无所知的世界的协定。"

"他根本不值得你们这样做，"德昆西不依不饶，"你们不知道他根本不配。难道你们真的想要为了一个一文不值的盲呆而打破我们之间的联盟吗？"

"这可不仅事关一个盲呆！"夏洛特一边大声疾呼，一边从外套中取出威尔从图书室里拿走的那张纸。虽然特莎并没有看见威尔把它给了夏洛特，但一定是他做的。"这些咒语呢？你以为我们不会发现吗？这种——这种黑巫术是《大律法》明令禁止的！"

德昆西波澜不惊的脸上露出一丝吃惊的表情。"你是从哪儿找到的？"

夏洛特的双唇紧闭成了一条冷酷的细线。"那不重要。"

"不管你们自以为知道些什么——"德昆西还想辩白。

"我们知道的已经够多了！"夏洛特激动地说，"我们知道你憎恶、轻视我们！我们知道你跟我们所谓的联盟就是一场骗局！"

"你打算把违背圣约等同于讨厌暗影猎手？"德昆西继续说道，可他的声音里已经没有一丝讥笑了。他听起来已经精疲力竭了。

"别跟我们玩你那套把戏了，"班尼迪克厉声呵斥，"在我们把圣约慢慢变成法律之后，我们已经为你做得够多的了——我们为什么要这样？是为了努力让你们跟我们地位平等——"

德昆西的表情扭曲。"平等？你们根本不知道这个词意味着什么。你们无法放下自己的信念，放下与生俱来的优越感，长久以来就连好好思考这个词的意思都做不到。我们在圣廷的坐席在哪里？我们在伊德里斯的大使馆在哪里？"

"可那个——那太可笑了。"夏洛特坚称，虽然此刻她的面色因为不安而一阵发白。

班尼迪克不耐烦地瞪了夏洛特一眼。"完全是两回事。这些都不能成为你的借口，德昆西。你跟我们坐在一起，装出一副热心和平的样子，背地里却破坏《大律法》、嘲笑我们的势力。你还是乖乖投降，招供一切，我们也许还会赦免你的族群。不然的话，格杀勿论。"

这时，有另一个吸血鬼出声了。这是刚刚把纳撒尼尔绑在椅子上的两个吸血鬼的其中之一，一个一脸愤怒、发色如烈焰一般的大块头男人。"要是我们还需要更多证据，证明拿非力人从来没有履行他们对和平的承诺的话，那么这里就有。竟敢攻击我们，暗影猎手，你们很快就会迎来一场战争的！"

班尼迪克对他的话一笑了之。"那么就让战争从这儿开始吧。"说着，他掷出手中的利刃。它划破空气——插进了那个刚刚还在自己的族群首领面前大放厥词的红发吸血鬼的胸口，直没刀柄。他立刻血如泉涌，其他的吸血鬼们发出一片尖叫。德昆西一声嚎叫，扑向班尼迪克。吸血鬼们像是从惊慌失措中醒了过来，立刻紧随其后。转瞬之间，房间里便爆发了一场充斥着尖叫的大混战。

突如其来的混乱也让特莎复苏了过来。她提起裙摆，向舞台跑去，屈膝跪在绑着纳撒尼尔的椅子旁边。他的脑袋无力地垂在一边，双眼紧闭。从他脖子上的伤口冒出的鲜血变成了一道缓慢滴落的细流。特莎死命抓住他的袖管。"内特，"她在他的耳畔轻声呼唤，"内特，是我。"

他发出一声呻吟，再没有别的反应了。特莎紧咬着嘴唇，开始忙着弄开那些把他的手腕禁锢在椅子上的镣铐。它们是用硬铁铸成的，被成排的钉子固定在结实的椅子扶手上——显然就连吸血鬼的力量它们都经受得住。她用尽全力拉扯着，直到手指流血，可镣铐依然纹丝不动。要是她有一把威尔的刀就好了。

她环顾整个房间。屋子里依然弥漫着烟雾，一片漆黑。在黑暗的漩涡之中，她能看见武器闪出的亮光，特莎知道那是暗影猎手正挥舞着被称作六翼天使的亮白色刀发出的，每一把刀都用一个天使的名字命名而焕发出闪耀的生命。吸血鬼们的鲜血在刀尖上四散飞溅，明亮得犹如飞散开来的红宝石。她意识到——这让她大大地吃了一惊，对那些一开始把她吓得不轻的吸血鬼们来说——他们现在显然是寡不敌众的。虽然"黑夜之子"本性凶残又行动迅速，但暗影猎手在敏捷度上也毫不逊色，更何况他们拥有武器，并且久经沙场。吸血鬼们一个接着一个倒在六翼天使下。地板上血流成河，鲜血浸透了波斯地毯。

有一块地方的烟雾逐渐消散了，特莎看见夏洛特正在处决一个穿着灰色晨间外套、身材魁梧的吸血鬼。她的刀刃刺穿了他的喉咙，鲜血飞溅在他们身后的墙壁上。他咆哮着慢慢双膝着地瘫软了下去，夏洛特又一刀插进了他的胸口，将他毙命。

突然,一个模糊的身影出现在夏洛特身后;那是威尔,正被一个挥舞着一把银色手枪、一脸狂暴的吸血鬼追赶着。他把手枪指向威尔,瞄准,开火。威尔猛地一跃,在血迹斑斑的地板上一个打滚,接着一个鲤鱼打挺,一下子跳到一把天鹅绒座椅之上。吸血鬼又开了一枪,依然没能打中,特莎瞠目结舌地看着他轻盈地在一溜椅背上跑过,最后一跃而下。他飞速转身面对着吸血鬼,现在他们之间已经隔着整个房间的距离了。不知何时他手里已经出现了一把闪闪发亮的短柄刀。吸血鬼往旁边一闪,可是刀子的速度要快得多;短柄刀插进了他的肩膀。他痛苦地大吼一声,正要伸手拔刀,不知从哪里冒出一个身材修长的黑影。只见银光一闪,吸血鬼的身体四分五裂地躺在一摊鲜血和灰尘之中。在这场混战结束之际,特莎看见了杰姆,高举的手里依然紧握着一把长刀。此刻,他正咧嘴笑着,可并不是向着她;他踢了踢那把银手枪——它正孤零零地躺在吸血鬼的尸块之中——他又重重地踢了一脚,手枪滑过地板,来到威尔的脚边。威尔向杰姆点了点头,作为对他笑容的回应,接着从地上拾起了手枪,塞进了自己的皮带。

"威尔!"特莎大声叫他,虽然她无法保证他能在一片喧闹声中听到她的声音,"威尔——"

有什么东西抓住了她裙子的后背,她被拉得一个趔趄向后倒去。这感觉就像被一只巨鸟的爪子牢牢攫住。特莎大叫一声,接着发现自己被向前抛了出去。她滑过地板,撞在一堆椅子上。在一阵震耳欲聋的巨响声中,座椅们纷纷被撞倒,而特莎则四肢摊开地躺在这片混乱之中,抬头发出痛苦的大叫。

德昆西居高临下地站在她的身边。他的眼神狂乱,眼圈发红;一头白发披散在脸上,乱成一团,衬衫的正面被撕开了,裂缝的边缘浸染着鲜血。他一定中刀了,虽然伤口不深并不足以致命,而且已经开始愈合了。"贱人,"他咒骂特莎,"撒谎背叛我的贱人。是你把那个男孩带到这里来的,卡米尔。那个拿非力人。"

摔倒在地的特莎慌忙往后爬去,脊背撞在了墙边倒下的椅子上。

"即使在你跟那个狼人恶心的小——插曲发生之后,我依然欢迎你回到族群。我忍受你跟那个可笑的巫师在一起。而你就是这样报答我的。报答我们。"他把手伸向她；他的手上满是黑色的灰烬。"你看看这个，"他说，"这是我们死去的族人的骨灰。死去的吸血鬼们。而你竟然为了拿非力人背叛他们。"他好像吐出毒药一样，一字一句恶狠狠地说道。

特莎的喉咙里有什么东西正要往外涌。是大笑声。可不是她的笑声；是卡米尔的。"'恶心的插曲'？"这几个字从特莎的嘴里脱口而出。她似乎已经无法控制自己的语言能力了。"我爱他——而你从未爱过我——你从未爱过任何一样东西。你杀了他，只是为了向族群证明你的能力。我要让你知道失去至关重要的一切是什么滋味。当你的家园被焚毁、族群被烧成灰烬、你那可悲的生命行将结束的时候，我要让你知道，造成这一切的人是我。"

顷刻之间，卡米尔的声音消失了，就跟它出现一样毫无预兆，特莎只觉得心力交瘁、大惊失色。可她并没有停下手上的动作，在破碎的椅子中间挣扎着。这里一定有什么东西，比如断裂的碎片之类可以用来充当武器。德昆西一脸震惊地盯着她。特莎猜想从没有人这样跟他说过话。其他吸血鬼肯定不敢。

"也许，"他说，"也许是我低估了你。也许你会毁了我。"他一步步向着她逼近，把手伸了出来。"可是我会带你一起——"

此刻，特莎紧紧抓住了一根椅腿，她不假思索地一下子把椅子向上挥去，砸在德昆西的脊背上。当他大叫一声，踉跄着向后退去的时候，她的精神不由为之一振。当吸血鬼慢慢直起身来的时候，特莎也已经挣扎着站了起来，挥舞着椅子对着他又是一击。这次一根断裂的锯齿状的座椅扶手滑过他的面颊，割开了一长条鲜红的伤口。他的鲜血滴在她的身上，好像浓酸一样烧灼着她的肌肤。她大叫一声，更用力地给了他一下子，可他只是爆发出一阵大笑；此刻，他的瞳孔已经消失在了漆黑的眼眸之中，他已经完全没有人样了，而像是一条怪异的食人巨蟒。

他一把抓住她的两只手腕，把它们牢牢地摁在地板上。"卡米尔，"他向她俯下身来，声音沙哑地说道，"安静点儿，小卡米尔。一会儿就好——"

他像条受了惊的眼镜蛇似的把脑袋往后甩去。在极度惊恐之中，特莎奋力挣扎着自己受制的双腿,想要踢打他,用尽全力地踢他——

他大吼一声。边吼边痛苦地扭动着身体,接着,特莎看见有一只手一把揪住了他的头发,把他的脑袋提了起来,往后一拉,把他摔在地上。那只手上到处都是令人眼花缭乱的黑色如尼文。

是威尔的手。

德昆西厉声尖叫着被拖到威尔的脚边,他的双手牢牢地钳住了他的头颅。特莎奋力撑起了身子,目瞪口呆地看着威尔一脸轻蔑地把嚎叫着的吸血鬼扔了出去。威尔从头到尾都没有笑过,可他的眼睛却闪闪发光,特莎终于明白为何马格纳斯会用地狱天空的颜色来形容这一对眼眸了。

"拿非力人。"德昆西蹒跚着站了起来,对着威尔的脚边狠狠地吐了口唾沫。

威尔从皮带上拔出手枪,瞄准了德昆西。"你们可是撒旦的一大耻辱,是不是?你们根本不配跟我们这些人一起苟活在这个世界上,而当我们出于同情让你们活命的时候,你们却把这份馈赠扔在了我们的脸上。"

"好像我们真要你们同情似的,"德昆西回答,"好像我们永远都不如你们似的。你们这些拿非力人,以为自己——"他猝不及防地停住了。他浑身上下满是一种无法形容的污秽,不过脸上的伤像是已经痊愈了。

"以为什么?"威尔扳开了扳机;即使混战的声音如此嘈杂,这"咔哒"一声依然清晰可闻。"说。"

吸血鬼的眼里像有一把火正在熊熊燃烧。"说什么?"

"'上帝',"威尔说道,"你想说的是我们拿非力人把自己扮演成上帝的角色,对不对?要不是你根本不能碰这个词,你早就说出口了。你收集了那么些《圣经》就是为了嘲笑它,可这个词你还是说不出口。"他的手指被扳机压得发白。"说呀。说呀,要是你说出来我就让你活命。"

吸血鬼露出一对獠牙。"你用那玩意儿杀不了我——愚蠢的人类玩具。"

"要是子弹射穿了你的心脏,"威尔说道,手里的枪毫不动摇地瞄准了德昆西,"你必死无疑。而我可是个神枪手。"

特莎呆若木鸡地站在那里,一动不动地凝视着眼前这幅画面。她想往后退,跑到纳撒尼尔身边去,可是她害怕得一步也动不了。

德昆西抬起头来。他张开了嘴巴。当他试着努力挤出这个他的灵魂永远也不会允许他说出口的词的时候,喉咙里发出一阵微弱的嘎嘎声。他又喘了一口气,像是被噎住了说不出话,接着把一只手放在自己的喉间。威尔目睹了这一切,放声大笑起来——

说时迟那时快,吸血鬼突然窜了过来。他的五官因为愤怒和痛苦而皱成了一团,大吼一声扑向威尔。一个模糊的身影一闪而过。手枪发出一声巨响,鲜血喷涌而出。威尔应声倒地,手枪从他的手中滑落,吸血鬼正骑在他的身上。特莎急忙捡过手枪,回头便看见德昆西已经从背后抓住了威尔,用前臂紧紧扼住了威尔的咽喉。

她双手颤抖着举起了手枪——可她此前从未用过手枪,更别说开枪了,到底要怎么做才能击中吸血鬼却不伤到威尔呢?威尔显然已经开始窒息了,脸涨得通红。德昆西正咒骂着什么,把他的喉咙掐得更紧——

而威尔呢,则低下头来,在吸血鬼的前臂上狠狠咬了一口。德昆西大吼一声,猛地抽出了自己的手臂;威尔顺势滚到一边,干呕了几声,摇摇晃晃地支撑起身体,朝着舞台吐了口血。当他抬起头来的时候,嘴边沾着闪闪发亮的鲜血。当他——特莎简直不敢相信——他竟然嘿嘿一笑,露出闪耀着红光的牙齿,看向德昆西,说道:"你觉得怎么样,吸血鬼?你刚刚还打算咬那个盲呆呢。现在你知道那是一种什么感觉了吧?"

德昆西跪在地上,把视线从手臂上那个丑陋的红色窟窿移到了威尔的身上,虽然依然有暗黑色的污血从伤口处慢慢流出来,但那口子确实已经开始愈合了。"你会为此送命的,拿非力人。"他说。

威尔展开双臂。他跪在地上,像个恶魔一般咧嘴笑着,鲜血从他的嘴边滴落,连他自己似乎都失去了人性。"来抓我啊。"

正当德昆西挣扎着一跃而起之际——特莎扣动了扳机。她手里的枪重重地往回弹了一下,吸血鬼往一边倒去,鲜血从他的肩头流了出来。她没有射中他的心脏。真该死。

德昆西咆哮一声,费力地站了起来。特莎抬起胳膊,又开了一枪——什么都没有发生。扣动扳机时的松软手感让她知道已经没有子弹了。

德昆西放声大笑。虽然从肩膀上的伤口处冒出的鲜血已经变成了一股缓慢流动的细流,但他依然紧紧捂住自己的伤口。"卡米尔,"他恶狠狠地对着特莎说道,"我会报复你的。我要让你永世不得超生。"

特莎从心里生出一股寒意——并非只有她一个人感到害怕。那是卡米尔的恐惧。德昆西最后一次做出龇牙咧嘴的表情,接着便以令人难以置信的速度逃之夭夭了。他跑过房间,一头撞在一扇高窗的玻璃上。玻璃立时从里到外被撞得粉碎,他的身体像被一股气浪带着向外推去,消失在茫茫夜色之中。

威尔咒骂一声。"我们不能让他跑了——"说着便冲了出去。接着,在特莎的尖叫声中,他一个飞速回转。一个衣衫褴褛的男吸血鬼像个鬼魂一般悄无声息地出现在特莎的身后,一把抓住了她的肩膀。她奋力挣脱,可是他的手劲实在太大了。她听见他在她的耳畔嘀嘀咕咕地说着什么,说的都是关于她是如何背叛"黑夜之子",而他打算如何用利齿把她撕得粉碎的可怕言辞。

"特莎!"威尔大叫,而她已无法分辨他的声音里是生气抑或是其他了。他把手伸向腰间一把闪亮的武器。正当吸血鬼围着特莎团团转的时候,他的手指紧紧握住了六翼天使的刀柄。她忽然看到了吸血鬼那张狡黠的惨白脸孔,沾血的獠牙露了出来,打算把她大卸八块。吸血鬼弓步向前——

然后他被炸成了一摊灰尘和鲜血。碎尸万段,血肉从他的脸上和手上剥离,特莎还看到在血肉之下那发黑的骸骨已经四分五裂,只留下一堆衣服,还有一把闪闪发亮的银色尖刀。

她抬头看去,杰姆就站在几步开外的地方,脸色苍白。他的左手握着尖刀;右手空着。他一边的脸颊上有一道长长的伤痕,除此以外似乎毫发无损。在行将熄灭的火焰照耀之下,他的头发和眼睛都闪耀着一种残酷的银光。"我想,"他说,"那是最后一个了。"

特莎大惊失色,不由环顾四周。混战已经平息了。暗影猎手们在一片狼藉中来回穿梭着——有的正坐在椅子上,忙着用石杖疗伤——

可是她连一个吸血鬼都没看见。房间里的烟雾也已经消散了,只有被窗帘焚烧后余下的白色灰烬好像不期而至的雪花缓缓飘落在屋子里。

威尔的下巴依然往下滴着血,此刻他惊异地抬起眉毛,看向杰姆。"干得漂亮。"他说。

杰姆却摇了摇头。"你咬了德昆西,"他说,"你这个傻瓜。他可是个吸血鬼。你知道在吸血鬼身上咬一口意味着什么。"

"我别无选择,"威尔说,"他要掐死我。"

"我知道,"杰姆回答,"但是,真的,威尔。还要再来一次?"

最后还是亨利只用剑背轻轻一挥便打开了椅子上的镣铐,把纳撒尼尔救了出来。纳撒尼尔滑到地板上,躺在那里,发出阵阵呻吟,特莎跑了过去,轻轻地把他抱在怀里。夏洛特有些手忙脚乱地找来一些湿衣服,替内特擦拭脸庞,又找来一条破破烂烂的窗帘盖在他的身上,这才跑去跟班尼迪克热烈地交谈起来——在她说话的时候,时而转身指指特莎和纳撒尼尔,时而充满戏剧性地挥舞着双手。已经完全筋疲力尽的特莎不禁奇怪夏洛特究竟在干吗。

可这真的无关紧要了。一切宛如一场梦境。她跟纳撒尼尔一起坐在地上,暗影猎手们在她的周围走来走去,用石杖在彼此的身上描画着。当痊愈如尼文出现在他们身上的时候,伤口全都难以置信地消失了。他们看起来全都会画这些如尼文。她眼看着杰姆龇牙咧嘴地解开了衬衣扣子,露出一边肩头上一道长长的伤痕;当威尔小心翼翼地在那里画上一个如尼文的时候,他双唇紧闭,扭头看向别处。

一直到威尔忙完了杰姆的事,慢悠悠地踱到她的身边,她这才意识到为什么自己会感觉如此疲倦。

"我看你已经做回自己了。"他说。他手上拿着一块湿乎乎的毛巾,只不过还没有用它擦掉脸和脖子上的血污。

特莎从上到下打量了下自己。他说得没错。不知何时她已经不再是卡米尔而是变回了自己。她刚刚一定晕眩得不行,她暗忖,竟然没有留意到自己重又有了心跳。此刻,它正在她的胸口打鼓般地跳动着。

"我不知道你还会玩手枪。"威尔加了一句。

"我不会，"特莎说，"我觉得卡米尔一定知道怎么开枪。这是一种——本能。"她咬着自己的嘴唇，"不过也无所谓，反正也没奏效。"

"我们很少用这种武器。要是枪支或是子弹的金属外壳受到侵蚀，火药就不会被点燃；没人知道原因。当然了，亨利曾经一度试着修正这个问题，可却没能成功。要是不用如尼文或者六翼天使就没法干掉恶魔，所以手枪对我们来说就没什么用了。吸血鬼一旦被射中了心脏就必死无疑，这是众所周知的，要是你用银子弹的话就能打伤狼人，可如果你失手了，他们就会比先前更加凶猛地冲着你来了。对我们来说刻着如尼文的刀剑更有用，被它们砍伤的吸血鬼很难康复。"

特莎冷静地看着他。"很难是不是？"

威尔把湿毛巾扔到一边。毛巾染上了猩红色的血迹。"什么很难？"

"杀死吸血鬼，"她说，"他们可能不是人，可他们看起来跟人长得一模一样。他们会尖叫会流血。要消灭他们不是很困难吗？"

威尔的下巴紧绷。"不，"他说，"要是你对他们了如指掌的话——"

"卡米尔是有感情的，"她说，"她能爱能恨。"

"而且她依然还活着。每个人都有他们自己的选择，特莎。要是那些吸血鬼们不这么选择的话，他们今晚大可以不待在这里。"他低头看了看正瘫软在特莎腿上的纳撒尼尔。"我想，包括你哥哥也是这样。"

"我不知道为什么德昆西要杀了他，"特莎轻声呢喃，"我不知道他怎么会让吸血鬼们如此勃然大怒。"

"特莎！"夏洛特好像一只蜂鸟似的疾步来到特莎和威尔身边。她看起来依旧如此矮小，毫无杀伤力的样子，特莎心想——即使她正穿着战斗服，黑色如尼文好似卷曲的毒蛇一般交织在她的肌肤之上。"我们已经获得了准许，可以把你哥哥带回学院，"她宣布，用小手指了指纳撒尼尔，"那些吸血鬼很有可能给他下了药。他肯定已经被咬过了，谁知道还对他做过些什么？如果我们不采取措施的话，他的身体会发黑——或者更糟。无论如何，我怀疑人类的医院也许帮不了他。跟我们在一起的话，至少还能让'无声使者'过来瞧瞧，真可怜。"

"可怜？"威尔粗暴地重复了一遍，"这都是他自找的，不是吗？没人让他从家里跑出来跟一群暗影猎族混在一起。"

"行了，威尔，"夏洛特冷冷地看了他一眼，"你就不能有点儿同情心吗？"

"亲爱的上帝啊，"威尔回道，目光来回扫视着夏洛特和内特，"当女人们看到一个受伤的小伙子的时候，就顿时毫无理性可言，还有什么能让她们变得更愚蠢吗？"

特莎眯缝着眼睛看着他。"在你继续用那种语气跟我们争论之前，也许先愿意把脸上的血污清理干净吧。"

威尔把双臂往空中用力一甩，一副咄咄逼人的样子。夏洛特似笑非笑地看了看特莎。"我不得不说，我很喜欢你能这样管住威尔。"

特莎却只是摇了摇头。"没人管得了威尔。"

众人很快决定，特莎和纳撒尼尔跟着亨利和夏洛特坐四轮大马车回去；而威尔和杰姆则乘坐从夏洛特的姨妈那里借来的小马车，由托马斯负责驾车。莱特伍德家的人和其他昂克拉夫人则留下来继续搜查德昆西的房子，消灭战斗留下的一切痕迹，不让盲呆们在天亮后有所察觉。威尔原本也想留下加入搜索，但被夏洛特严词拒绝了。他曾经咽下吸血鬼的血，所以必须尽快回到学院开始治疗。

然而，托马斯是不会允许威尔这样浑身是血地坐上马车的。在宣布自己"片刻"就会回来之后，托马斯开始四处寻找一块湿布。威尔靠在马车的一边，看着昂克拉夫人们好像蚂蚁一样在德昆西的房子里跑进跑出，从大火的余烬之中救出文件和家具。

托马斯带回一块涂着肥皂的抹布，递给了威尔，接着便把自己的大个子倚靠在了马车车厢的一侧。马车在他的体重之下左右摇晃起来。夏洛特曾经鼓励托马斯跟杰姆、威尔一起进行体能训练，随着岁月流逝，托马斯已经从一个骨瘦如柴的孩子长成一个体形硕大、肌肉发达的男人，裁缝们都对他的尺寸绝望了。相比之下，威尔也许已经成为了一个更好的战士——他的血脉使然——可托马斯威风凛凛的样子也同样不可小觑。

有时候威尔会情不自禁地想起托马斯第一次来到学院时的样子。他出生在一个长期服侍拿非力人的家庭，可是他从娘胎里出来的时候实在太虚弱了,以至于大家都以为他会活不下来。他在十二岁那年被带到了学院;那个时候他个子还是很小,看上去最多才九岁的样子。威尔曾开玩笑地向夏洛特表示想要雇用他,心里偷偷希望他能留下来,这样在这幢房子里就会多一个跟自己年龄相仿的男孩了。而他们两个也做过一阵子朋友,暗影猎手和小男仆——直到杰姆的到来让威尔几乎忘记了托马斯的存在。托马斯似乎从未因此记恨过他,对待威尔的态度就像待其他人一样亲切友好。

"总是莫名其妙地看着这种事情发生,周围的邻居都习惯了,连一个跑出来看热闹的呆子都没有。"托马斯一边说着一边打量着街道。夏洛特一直以来都要求仆人们在学院的高墙之内说一口"得体"的英语,而每当托马斯一不留神的时候,就会冒出伦敦东区口音。

"这里被施了很重的幻术,"威尔擦拭着自己的脸和脖子,"而且我猜住在这条街上的有好些都不是盲呆,当暗影猎手办事的时候,他们深知明哲保身的道理。"

"好吧,你的话有点儿危言耸听,不过说得没错。"托马斯说道,他说这话的表情过于平静,威尔还以为他是在取笑自己呢。托马斯又指了指威尔的脸,说道:"要是你不在那里弄个如尼文的话,你明天一准就会拥有一个绝世佳人。"

"说不定我想要个黑眼睛的,"威尔语带愠怒,"你觉得怎么样?"

托马斯只是微微一笑,便爬上了马车前部的驾驶座。威尔则继续把那些已经干涸了的吸血鬼的鲜血从自己的双手和胳膊上擦干净。这活儿实在太有意思了,以至于威尔根本没看到加百列·莱特伍德从阴暗中走了出来,朝着他慢慢踱了过来,脸上还挂着一抹傲慢的微笑。

"干得漂亮,希伦戴尔,在这个地方放了一把火,"加百列评头论足,"幸好有我们替你收拾残局,要不然整个计划,连同你那所剩无几的名誉都会被付之一炬。"

"你的意思是我那所剩无几的名誉竟然还完好无缺?"威尔装出一副吓坏了的样子,反问道,"我肯定是犯了什么错。或者不是我的错也说不定。"他突然用力拍了拍马车车厢。"托马斯!我们必须立刻出发去最近的一家妓院!我需要丑闻和低贱的女伴。"

托马斯轻蔑地哼了一声,又咕哝着说了句像是"胡扯"之类的话,而威尔则完全一副视而不见的样子。

加百列的脸沉了下来。"对你来说有不开玩笑的事情吗?"

"目前还没想到。"

"知道吗?"加百列说,"我曾经一度以为我们能做朋友,威尔。"

"我曾经一度以为自己是个侦探,"威尔说,"最后发现原来是吸了鸦片烟雾。你知道它还有这个功效吗?我可不知道。"

"我想,"加百列说,"基于……你朋友卡斯泰尔斯的情况,你可能觉得开鸦片的玩笑挺有趣或者还挺有品位的。"

威尔愣了一下,接着用跟刚刚一模一样的声音说道:"你指的是他的残疾?"

加百列眨了眨眼。"什么?"

"你背地里不就是这么称呼它的吗?他的'残疾'。"威尔把染着血迹的布料扔到一边,"而你还在奇怪为什么我们不是朋友。"

"我只是奇怪,"加百列把声音压得更低,"你是不是已经觉得足够了。"

"足够什么?"

"你的所作所为。"

威尔把胳膊交叉放在胸前。他的眼里射出危险的光芒。"噢,我永远也不会满足的,"他说,"顺带一提,这话可是你妹妹跟我说的,就在我们——"

马车的门砰的一声打开了。一只手从车厢里飞快地伸了出来,从后面一把揪住了威尔的衣服,把他拖了进去。车门又砰的一声在他身后关上了,正襟危坐着的托马斯则一把抓住了缰绳,策马而去。不一会儿,马车便颠簸进了茫茫夜色之中,只剩下加百列一个人站在那里,愤怒地瞪着马车离去的方向。

"你在想什么呢?"杰姆刚刚把威尔安置在了对面的座椅上,此刻正连连摇头,银色双眸在昏暗的车厢中闪闪烁烁。他把手杖夹在两膝之间,一只手轻轻地搭在龙头雕花上。威尔知道,这根手杖曾经属于杰姆的父亲,是由一位生活在北京、专为暗影猎手打造武器的工匠为他父亲量身定做的。"那样故意惹怒加百列·莱特伍德——你为什么要这么做？目的何在？"

"你听到他是怎么说你的——"

"我不在乎他怎么说我。大家都这么想。他只是斗胆说了出来而已。"杰姆向前探出身子，用手支着下巴。"你要知道，我没办法永远替你掩护。你最终还是要学会独自应付一切。"

威尔一如既往地对他的话置若罔闻。"加百列·莱特伍德对我们构不成威胁。"

"那就忘了加百列。你咬着吸血鬼不松口是有什么特殊原因吗？"

威尔碰了碰手腕上凝固的血迹，笑了。"他们没想到我会来这一招。"

"他们当然想不到。他们知道要是我们喝下吸血鬼的血会有什么后果。他们大概高估了你的智商。"

"他们对我的估计看来让他们不太好过，不是吗？"

"你也一样不好过。"杰姆若有所思地看着威尔。只有他，跟威尔相处了那么久却从没有大光其火。无论威尔怎么做，充其量只能激起杰姆轻微的恼怒。"到底发生了什么事？我们一直在等信号——"

"亨利那个讨厌的'磷光体'失效了。它不但没有射出一束亮光，反而点燃了窗帘。"

杰姆笑得说不出话来。

威尔瞥了他一眼。"一点儿都不好笑。我根本不知道你们这些人到底会不会出现。"

"难道你真以为当那个地方像个火炬一样熊熊燃烧的时候我们不会来找你吗？"杰姆理智地问，"我们只知道他们可能已经把你给烤焦了。"

"还有特莎，那个愚蠢的家伙，本来应该跟着马格纳斯出去的，可她不肯离开——"

"她哥哥被绑在房间里的一把椅子上，"杰姆指出，"换作是我也不肯走。"

"我看你是下定决心要跟我作对了。"

"如果你想说的是房间里有个漂亮姑娘分散了你的注意力，那么我想我已经理解了。"

"你觉得她长得漂亮吗？"威尔大吃一惊，杰姆很少对这种事情发表意见。

"没错，而且你也是这么想的。"

"我根本没有注意过这一点，真的。"

"你注意过，而且被我亲眼看到了。"杰姆笑嘻嘻地说。尽管刚刚经受了战斗带来的压力，他今晚看起来倒是格外健康。他的双颊上有血色，黑色的眼眸中透出不起波澜的银色。有好几次，当他的病发作到最坏的时候，所有的颜色都从他眼里消失了，留下的只有可怕的苍白，近乎无色，只剩下当中一粒小小的黑色瞳仁，就像雪地当中的一颗黑色尘埃。每次他出现这些症状的时候还会精神错乱。他会烦躁不安地翻来翻去，用另一种语言大声喊叫，还会翻白眼，每当此时，威尔都不得不压住杰姆的身体，以为他这次必死无疑了。威尔有时候也会考虑自己的将来，可他完全无法想象，就像他已经完全不记得在来学院之前自己过的是什么样的日子了。所有这些不愉快的事情他都不愿意多想。

然而还有一些时候，当他看着杰姆，在他身上看不到一丝病态的时候，他会想要是杰姆永远也不会死该多好。可连这个念头他也不愿多想。在他的心里有一块可怕的黑色地带，所有的恐惧都来自于那里，有一个黑暗的声音让他愤怒、惊恐和痛苦，除了沉默以外什么都做不了。

"威尔。"杰姆的声音打破了威尔那不愉快的白日梦。"你到底有没有好好听我五分钟前说的话？"

"倒真是没有。"

"要是你不愿意的话，我们大可以不提特莎。"

"跟特莎没关系。"他说的是真心话。威尔脑子里想的并不是特莎。他已经习惯了不考虑跟她有关的事情，真的，只需要决心和勤加练习便能做到。"刚刚有个吸血鬼的人类奴隶朝我冲了过来。我杀了他。"威尔说，"连想都没想。他只是个愚蠢的男孩，我把他给杀了，仅此而已。"

"他躲在暗处，"杰姆说，"他疯了。他的死只是时间问题。"

"他只是个男孩。"威尔又说了一遍。他把脸转向窗户，此刻，巫光石把车厢照得通明,这意味着他除了在窗户上看到自己的脸部影子以外,什么都看不见。"等我们到家以后,我要把自己灌醉,"他加了一句,"我觉得我必须这么做。"

"不,你不会的,"杰姆说,"你很清楚我们到家以后会发生什么。"

威尔沉下脸来,因为他说得对。

在威尔和杰姆前面一辆马车里,特莎坐在亨利和夏洛特对面的天鹅绒长椅上;夫妇俩正在低声讨论今晚的事还有今后的打算。特莎任凭那些话从自己的左耳进右耳出,几乎都没有留心。只有两名暗影猎手被杀害,然而德昆西的逃脱却是个祸害,而夏洛特也担心其他昂克拉夫人会因此而迁怒于她。亨利一直在安慰她,可是夏洛特依然十分沮丧。要是特莎还有力气的话,应该能感觉到夏洛特的情绪坏透了。

纳撒尼尔瘫软地躺在特莎身上,脑袋搁在她的大腿上。她俯身看着他,用戴着手套的手指抚摸着他那脏兮兮、乱糟糟的头发。"内特,"她不想让夏洛特听见,于是用极低的声音说,"现在没事了。一切都好了。"

纳撒尼尔的睫毛颤动了一下,接着便睁开了双眼。他抬起一只手——指甲都断了,肘关节扭伤了,肿得厉害——他轻轻地握住了她的手,与她十指相交。"别走。"他气若游丝地说道。他的眼睛动了动又闭上了;即使他真的已经恢复了知觉,情况也不稳定,时醒时睡。"泰茜——别走。"

从没有人会这样叫她;她闭上眼睛,强忍住泪水。她不想让夏洛特——或者别的暗影猎手——看到她哭鼻子。

第十二章
血与水

> 我从来都不敢触碰她,唯恐灼热的吻
> 从我的唇间漏出。是的,主啊,请赐我一点儿幸福吧,
> 短暂而苦涩的幸福,为此我愿意犯下滔天大罪;
> 尽管你早已知晓这是一件多么美妙的事情。
>
> ——阿尔加侬·查尔斯·斯温伯恩,《礼赞维纳斯》

当他们到达学院的时候,索菲和阿加莎正掌着灯等在门口。特莎疲惫不堪、跌跌撞撞地走下马车,索菲走过来扶着她步上了学院的台阶,这不禁令她受宠若惊。夏洛特和亨利则一人一边半提着纳撒尼尔。在他们身后,载着威尔和杰姆的马车也飞速穿过了大门,托马斯大声打招呼的声音划破了夜晚寒冷的空气。

不出特莎所料,果然不见贾丝明的踪影。

他们把纳撒尼尔安顿在一间跟特莎的房间差不多的卧室里——一样沉重的暗色木制家具,一模一样的大床和衣柜。当夏洛特和阿加莎把纳撒尼尔安置到床上去的时候,特莎一下子瘫坐在旁边的椅子上,身体因为担惊受怕和筋疲力尽而有些发烫。各种声音——病房里特有的轻柔声响——盘旋在她的周围。她听见夏洛特说了些关于"无声使者"的事情,而亨利则压低声音回答了她。不知何时索菲出现在她的胳膊肘旁边,催她赶紧去喝点热乎乎、酸酸甜甜的东西,好让自己慢慢恢复体力。没过一会儿,她便可以坐直身子了,东张西望了一番后发现屋子里只剩下自己和哥哥两个人了。大家都走了。

她低头凝视着纳撒尼尔。他像具尸体一样一动不动地躺着,他

的脸被打得青紫，头发缠结在一起，在枕头上乱作一团。特莎不禁痛苦地想起记忆中那个衣冠楚楚的哥哥，他的一头金发总是被收拾得服服帖帖，鞋子和袖口也总是一尘不染。眼前的纳撒尼尔一点都不像那个曾经在客厅里带着妹妹翩翩起舞，因为满心喜悦而独自哼唱着小调的人。

她探出身子，凑近了看着他的脸庞，突然，她的眼角看见有什么东西一闪而过。她转过头来，原来是远处镜子里自己的影子。穿着卡米尔的衣裙，她就像一个正在玩换装游戏的孩子一般看着镜子里自己的双眸。在如此成熟风格的装扮之下，她的身材显得太过单薄了。她看起来就像个孩子———一个傻孩子。难怪威尔会——

"泰茜？"是纳撒尼尔的声音，如此虚弱，立刻把她从关于威尔的思绪中拉了回来。"泰茜，别离开我。我想我病了。"

"内特。"她握住他的手，将之紧紧包裹在自己的手掌之中。"你会没事的。你一定会没事的。他们已经去请医生了……"

"这是在学院里。你在这儿很安全。"

纳撒尼尔眨了眨眼睛。此刻，他的眼圈晦暗，嘴唇上凝结着好似血迹的东西。他的眼睛打量着四周，眼神游移。"暗影猎手。"他深深地叹了一口气，连带着吐出了这个词。"我以为他们根本就不存在……法师，"纳撒尼尔突然压低了声音，特莎的心头为之一紧，"他说他们就是《大律法》。他说他们受到人们的敬畏。可是这个世界上根本没有法律。也没有惩罚——要么杀人，要么被杀。"他抬高了声音，"泰茜，对于所有的一切——我很抱歉——"

"你说的法师，是指德昆西吗？"特莎问道，然而内特只是发出好像窒息一般的声音，一脸惊恐地盯着她的身后。特莎松开了他的手，转头顺着他的视线看去。

夏洛特已经悄无声息地走进了房间。虽然她在外面罩上了一件在脖颈处装着双挂钩的老式长斗篷，但依然掩不住身上的那套男装。圣者伊诺克站在她的身边，在地上投下一个巨大的身影，大概就是因为这个缘故，此刻她看起来分外娇小。他还是穿着那件羊皮纸颜色的长袍，只是手上的权杖变成了黑色的，杖头雕刻成一对黑色翅膀的形状。此刻，他的头上覆着袍子的兜帽，把脸藏在一片暗影之中。

"特莎,"夏洛特说,"你还记得圣者伊诺克吧。他来这儿是为了帮助纳撒尼尔。"

内特发出一种动物恐惧时才会发出的嚎叫,死命抓住特莎的手腕。她困惑地低头看向他。"纳撒尼尔?怎么了?"

"德昆西对我说过他们,"纳撒尼尔气喘吁吁地说,"格里高利家族——'无声使者'。他们光靠意志就能把人杀死。"他不寒而栗。"特莎,"他的声音小如蚊呐,"你好好看看他的脸。"

特莎依言行事。在她正跟哥哥说话的当口,圣者伊诺克已经悄悄地放下了他的兜帽。两个光滑的眼洞里反射出的巫光石无情地照亮了嘴巴周围密密匝匝的鲜红色伤疤。

夏洛特向前一步说道:"也许该让圣者伊诺克替格雷先生检查一下——"

"不!"特莎大叫。她把内特的手从自己的手臂上扳开,把自己挡在哥哥和屋子里另外两个人中间。"别碰他。"

夏洛特踌躇了一下,一副忧心忡忡的样子。"'无声使者'是我们最好的医治者。要是没有圣者伊诺克,纳撒尼尔他……"她的声音小了下去,"那我们就没什么能为他做的了。"

格雷小姐。

过了好一会儿她才反应过来,刚刚那句话,她的名字,并不是从哪个人的嘴里大声说出来的。它就像一首几乎被遗忘了的歌曲片段,在她的心头萦绕着——可却并不是她自己发自内心的声音。这声音陌生而突兀——是另一个人的。是圣者伊诺克的声音。当她第一天来到学院,他离开她房间的时候,就是这么跟她说话的。

真有意思,格雷小姐,圣者伊诺克继续说道,你自己是个暗影猎族,而你哥哥却不是。怎么会有这样的事情?

特莎愣住了。"你——你光凭肉眼就能判断?"

"泰茜!"纳撒尼尔用力从枕头上撑起身子,苍白的脸庞因为激动而涨得通红。"你在干什么?你在跟格里高利家族的人说话?他是个危险人物!"

"没事的,内特。"特莎盯着圣者伊诺克应道。她知道自己本应害怕才对,可她此时此刻感受到的却是一阵失望。"你是说内特没有任何与众不同之处？"她低声问道，"没有特异功能？"

什么都没有，"无声使者"回答。

直到此刻，特莎才意识到自己是如何抱着一丝希望，但愿哥哥能跟自己一样。失望的情绪把她的声音都变得尖利了。"我倒不这样认为，既然你知道那么多，那你知道我是谁吗？我到底是不是个巫师？"

我不能告诉你。关于你的一切都表明你是"莉莉丝之子"。虽然你身上没有恶魔的印记。

"我也注意到了，"夏洛特说，特莎这才意识到她也能听到圣者伊诺克的声音。"我想她也许并不是巫师。有些人类与生俱来便有一些轻微的超能力，就好比'洞见力'。或者她可能拥有精灵的血脉——"

她并不是人类。她一定是别的什么。我还会继续研究下去。也许档案里会有些线索。圣者伊诺克并没有眼睛，可他的样子看起来就像用自己灼热的目光在特莎脸上寻找着什么似的。我感觉到你拥有一种能力。那是巫师所没有的。

"你说的是'变身'吧。"特莎说。

不。我说的不是那个。

"那是什么？"特莎大惊失色，"我还会有什么——"纳撒尼尔发出的一阵声响打断了她的话。转过头，她看见他已经挣开了身上的重重毛毯，此刻正半躺着，像是要起床一般；他的脸上都是汗，脸色像死人一样苍白。内疚之情啮咬着她的心。她完全被圣者伊诺克的话吸引了，竟然忘记了自己的哥哥。

她冲到床边，在夏洛特的帮助之下使劲把内特搬回到枕头上，用毯子把他盖得严严实实。他现在的情况似乎比刚刚更糟糕了。当特莎把他裹在毛毯之中的时候，他又一次抓住了她的手腕，双目圆睁。"他知道吗？"他急问，"他知不知道我现在在哪儿？"

"你指的是谁？德昆西？"

"泰茜。"他紧紧握住她的手腕，把她拉近自己，在她的耳畔窃窃私语，"你一定要原谅我。他告诉我你将会成为他们的王后。他说他们会杀了我。我不想死，泰茜。我不想死。"

"你不会死的。"她柔声安慰，可他就像没有听见她的话一样。他定格在她脸上的眼睛突然张得好大，然后他尖声大叫起来。

"让它离我远点儿！让它离我远点儿！"他嚎啕大哭着一把把她推开，在枕头上来回拼命扭动着脑袋。"上帝啊，别让它碰我！"

特莎害怕极了，连忙把手缩了回来，看向夏洛特——可是夏洛特已经不在床边了，取而代之的是圣者伊诺克，那张没有双眸的脸上面色僵硬。你必须让我帮助你哥哥。要不然他真的会死的，他说。

"他在说什么胡话？"特莎楚楚可怜地问。"他到底怎么了？"

吸血鬼给他吃了药，这样他就会乖乖任他们摆布了。要是他不接受治疗的话，那种药会让他发疯，然后要他的命。他现在已经开始产生幻觉了。

"不是我的错！"纳撒尼尔声嘶力竭地哀嚎，"我别无选择！不是我的错！"他把脸对着特莎；她惊骇地看见他的眼里只剩下漆黑一片，就像虫子的眼睛一样。她倒抽一口凉气，倒退几步。

"帮帮他。请你帮帮他。"她抓住圣者伊诺克的袖子，可是马上就后悔了；袖管下的手臂好像大理石一般坚硬，摸上去只觉得寒气刺骨。她惊恐之下急忙把手抽了回来，可"无声使者"像是完全没有意识到这一切似的。他已经从她身边走过，此刻正把自己伤痕累累的手指搁在纳撒尼尔的额头上。纳撒尼尔瘫倒在枕头里，双目紧闭。

你得离开这儿。圣者伊诺克头也不回地说道，你在这儿只会妨碍对他的救治。

"可是内特要我留下——"

去吧。特莎的心里响起这个冰冷的声音。

特莎看着她的哥哥；他依然倒在枕头上，一脸呆滞。她转向夏洛特，想要提出反对，可夏洛特迎着她的视线，微微摇了摇头。她的眼里满是同情，却也告诉她没有转圜的余地。"一旦你哥哥的情况好转，我就来找你。我保证。"

特莎又看了看圣者伊诺克。他已经打开了挂在腰间的袋子，缓慢而有条不紊地把东西一一放在床边的桌子上。盛着粉末和液体的小玻璃瓶罐，一束束干瘪的植物，几根黑乎乎好像木炭似的东西。"要是内特有什么三长两短，"特莎说，"我永远也不会原谅你们。永远。"

她这话就像是在对一尊雕像说一样。圣者伊诺克毫无反应。

特莎逃离了那间屋子。

从内特病房里的一片昏暗中跑出来，走廊里烛台发出的亮光刺痛了特莎的双眼。她靠在房门旁的墙壁上，努力把眼泪收回去。这是她今晚第二次几乎要失声痛哭，为此她不禁对自己有些气恼。她把右手紧紧握成拳头，砰地一声打在身后的墙上，如此用力，把整条胳膊都震得生疼。这痛楚击退了眼泪，让她的头脑也为之一振。

"看起来挺疼的。"

特莎转身。杰姆像只猫一般悄无声息地出现在她身后的走廊里。他已经换下了那身装备。他穿着一条系到腰间的宽松黑色长裤，身上的白衬衫的颜色只比他的肤色浅一点点。他那一头富有光泽的金发湿乎乎的，鬈曲在他的太阳穴和颈背上。

"确实很疼。"特莎把手搁在胸口。她戴着的手套缓解了击打的力度，可她的指关节还是很痛。

"你哥哥，"杰姆说，"他没事吧？"

"我不知道。他跟一个——僧侣一起待在里面。"

"圣者伊诺克。"杰姆同情地注视着她。"我知道'无声使者'的样子，可他们确实是很好的医生。他们极为重视治疗和药用技术。他们已经活了一大把年纪了，知识渊博。"

"要是你长成那样，活得再久似乎也没什么意义。"

杰姆的嘴角抽动了一下。"这取决于你到底是为了什么活着。"他把两人之间的距离拉得更近了一些，直视着她的双眸。她觉得杰姆看她的样子有些不一样。好像他能够看透她的一切。可她身体里什么都没有，他既看不到也听不到，也没有什么会令他感到烦恼、沮丧或者失望的。

"圣者伊诺克，"她突然说道，"你知道他是怎么说的吗？他告诉我内特跟我不一样。他百分之一百是个人类。没有任何超能力。"

"这话让你心烦意乱了？"

"我不知道。一方面我不希望这样——在我身上发生的事情——在他或者别人身上重演。可他跟我不一样，那就意味着他不是我的亲哥哥。他是我父母的儿子。那我是谁的女儿呢？"

"你不能老是想着这些事。如果我们能够清清楚楚地知道我们到底是谁当然很好。可是自我认知并非来自于外部,而是取决于我们自己。正如神谕所言,'认识自己'。"杰姆笑着说道,"要是我的话让你觉得像是在诡辩,那我向你道歉。我只是把自己的经验之谈告诉你而已。"

"可我不认识自己。"特莎摇了摇头,"对不起。你在德昆西的宅子里战斗过,现在一定觉得我就是个可怕的胆小鬼,因为我哥哥不是个怪物,还因为我不敢独自变成一个怪物而哭鼻子。"

"你不是怪物,"杰姆说,"也不是胆小鬼。恰恰相反,你朝着德昆西开枪的样子让我印象深刻。要是枪里还有子弹的话,你一定已经把他杀了。"

"是的,我想我会的。我想把他们全杀了。"

"卡米尔要求我们那么干。把他们都杀了。也许你感受到的是她的情绪?"

"可卡米尔不可能关心内特的安危,而也就是在那时候一股从未有过的杀气涌上了我的心头。当我在那儿看见内特,当我意识到他们打算——"她颤抖着吸了口气,继续说道,"我不知道那当中有多少是我自己的情绪,有多少是卡米尔的。我甚至不知道那种感觉是对是错——"

"你的意思是说,"杰姆问,"对一个姑娘来说该不该有那些感觉?"

"也许是对所有人来说——我不知道。或者大概就是你说的那样吧。"

杰姆的目光像是穿透了她的身体,越过特莎,越过这条走廊,越过了整个学院。"无论你是怎样一具肉体,是男是女,强壮或虚弱,疾病或健康——这些跟你的内心比起来不值一提。如果你拥有一个勇士的灵魂,那么你便是勇士。无论灯盏里火焰的颜色、形状、将它遮盖起来的灯罩上的图案是怎样的,火焰本身总是亘古不变的。"接着他像是回过神来似的微微一笑,表情略微有些尴尬。"我如此相信着。"

还没等特莎回答,内特的房门打开了,夏洛特走了出来。她疲惫地点了点头，以此回答特莎的满腹疑问。"圣者伊诺克给予你哥哥很大帮助，"她说，"不过还有很多事情要做，而且天也快亮了。我建议你先去睡觉，特莎。把自己累倒可帮不了纳撒尼尔。"

特莎努力点了点头，克制着没有把一连串问题扔给夏洛特，她知道夏洛特不会给她答案的。

"还有杰姆，"夏洛特转向他，"我能跟你聊一会儿吗？跟我去图书室好不好？"

杰姆点头答应了。"当然。"他歪着脑袋对着特莎微笑了一下，"明天见吧。"说完便跟着夏洛特往走廊另一头走去。

当他们的身影消失在转角的时候，特莎试着打开内特的房门。房门上了锁。她叹了口气，转身走了。也许夏洛特是对的。也许她真的应该去睡一会儿。

走到一半的时候，她听到一阵骚动声。一手提着一只铁桶的索菲冷不丁出现在走廊上，正砰地一声关上身后的房门。她正铁青着脸。"今晚殿下的脾气格外的好，"当特莎走近的时候她高声宣布道，"他把一只铁桶扔向我的脑袋，他就是这么做的。"

"谁？"特莎问，接着便恍然大悟过来，"哦，你指的是威尔。他没事吧？"

"好的可以扔水桶，"索菲怒气冲冲地说，"而且还用一个难听的名字称呼我。我不知道那是什么意思。我以为那是法语，通常是娼妓的意思。"她绷紧了嘴唇。"我最好赶快跑去找布兰威尔夫人。说不定她可以让他接受治疗。"

"治疗？"

"他必须把这个喝了。"索菲亮出一只水桶；特莎看不清里面装着什么，不过看起来好像就是普通的水。"他必须这么做。不然我可不愿意说会发生什么。"

一股疯狂的冲动摄住了特莎的心。"我会让他喝下去的。他现在在哪儿？"

"楼上，在阁楼里。"索菲一下子睁大了眼睛，"可我要是你的话，我可不这么做，小姐。每当这种时候他总是变得非常蛮横无理。"

"我不在乎。"特莎说着伸手接过水桶。索菲用松了口气又满脸忧惧的表情把东西递了过去。水桶出乎意料得沉重,水已经漫到了桶口,正往外溢出。"威尔·赫伦戴尔得学着像个男人那样吃掉他的药。"特莎说着一把推开了通往阁楼的门。索菲看着她的背影,脸上的表情明白无误地说明她觉得特莎一定是疯了。

门后是一段向上的狭窄楼梯。她提着水桶往上走去,水桶里的水溅在她胸前的衣服上,她的肌肤因此起了一层鸡皮疙瘩。当她终于走上最后一级台阶的时候,衣服都被弄湿了,几乎喘不过气来。

楼梯顶端并没有出现房门,而是直接通往阁楼,那是一间巨大的屋子,急速向下倾斜的三角形屋顶让人感觉天花板极低。就在特莎脑袋上的屋椽穿过整个房间,墙壁上每隔一段距离便安着一扇低矮的窗户,透过那里特莎能看到灰蒙蒙的曙光。地上铺着未经打磨的木板。屋子里连一件家具都没有,除了窗户透进来的苍白亮光以外也别无照明。几格更为陡峭的楼梯通往天花板上一扇紧闭着的活板门。

威尔光脚平躺在屋子中央。他的周围放着几只水桶——当特莎走近的时候才看到他周围的地板也浸泡在水中。水流淌过地板,在坑坑洼洼的地方积聚成一个个水塘。有些水还略带红色,像是混杂着鲜血。

威尔把一条胳膊挡在脸上,遮住了双眼。他并非一动不动地躺着,而是不安地动来动去,好像正承受着某种痛苦。当特莎靠近的时候,他低声说了句什么,那好像是个名字。塞西莉,特莎觉得他说的是这个。没错,听起来他说的就是塞西莉这个名字。

"威尔?"她说,"你在跟谁说话?"

"是你回来了吗,索菲?"威尔回答,并没有抬起头来,"我告诉你了,要是你再给我拿来那种该死的水桶,我就——"

"不是索菲,"特莎说道,"是我。特莎。"

威尔沉默了一会儿——整个人一动不动,只有胸口的起伏表明他仍在呼吸。他只穿着一条黑裤子和一件白衬衣,身体就跟周围的地板一样浸泡在水中。身上的衣服紧贴着他的皮肤,一头黑发就像湿布一样黏在脑袋上。他一定已经冻僵了。

"是他们派你来的?"他终于说道。他的声音里听上去难以置信,还夹杂别的一些情绪。

"是的。"特莎回答,虽然事实不尽如此。

威尔睁开眼睛,把脸转向她。即使在一片昏暗之中,她依然能看见他眼眸里的光亮。"很好。把水放下就可以走了。"

特莎扫了一眼水桶。不知为什么她的双手不肯就这样离开金属把手。"这是什么东西?我的意思是说——我给你带来的是什么东西?"

"他们没告诉你吗?"他一脸惊愕地看着她,"这是圣水。可以把我身体里的东西清除干净。"

这回轮到特莎大吃一惊了。"你的意思是说——"

"我差点忘了你什么都不知道,"威尔说,"还记得今晚早些时候我咬过德昆西吗?好吧,我咽下了一些他身上的血液。分量不多,但这无关紧要。"

"什么无关紧要的事?"

"把你变成一个吸血鬼。"

这话让特莎差点把手上的水桶掉落在地。"你会变成一个吸血鬼?"

威尔付之一笑,用一只胳膊肘撑起自己的身体。"别大惊小怪。变身还得有好几天呢,更何况在那之前我早就死了。这血液能做的就是让我一点点变成吸血鬼,毫无转圜的余地——点点如他们所愿变成其中的一分子。就像他们的人类奴隶那样。"

"那这圣水……"

"它可以消减那血液产生的效力。我必须不断地喝这个。当然了,它会让我恶心——让我连同身体里别的东西一起把血液咳出来。"

"上帝啊,"特莎一脸苦相地把水桶推到他的面前,"我想我最好还是把它交给你吧。"

"我也这么觉得。"威尔坐了起来,从她手上接过了水桶。他怒视着桶里的东西,然后把水桶斜着端到了嘴边。咕嘟咕嘟吞了好几口之后,他愁眉苦脸地把剩下的液体随随便便地倒在头上。全部完成以后,他把水桶扔到了一边。

"这么做有用吗?"特莎确实感到好奇,"把它倒在你的头上?"

威尔发出只有在大笑时才会有的喘不过气来的声音,"你问的这个问题……"他摇了摇头,把头发上的液体甩在特莎的衣服上。水渗透了他的衣领和衬衣的前襟，把衣服变成了透明状。衬衫黏在他的身上，现出了那下面的肌肉线条——起伏的坚硬肌肉，线条清晰的锁骨，如尼文燃烧其上好像一团黑色的火焰——这让特莎觉得就像是有人把一张薄薄的白纸铺在一尊黄铜雕像上，再在上面涂上一层深灰色，让形状更加凸显。她艰难地咽了口唾沫。"这血液让我身体发烫，皮肤都烧起来了，"威尔说道，"我没法把自己的体温降下来。但是，没错，这水能帮我。"

特莎只是一动不动地看着他。当他走进她在"黑屋"里的房间的时候，她曾觉得他是自己所见过的最漂亮的男孩，但是此时此刻，她看着他——她从没像现在这样脸红发烫、心头发紧地看着一个男孩。她真想碰碰他的身体，触碰他湿漉漉的头发，看看他肌肉发达的手臂是不是真的像外表看起来那般坚硬，他布满茧子的手掌是否粗糙。她想把自己的面颊跟他的贴在一起，让他的睫毛拂着她的肌肤。多么长的睫毛啊……

"威尔，"她说，声音小得只有她自己才听得见，"威尔，我想问你……"

他抬起头来看着她。从头上浇下的圣水让他的睫毛黏在一起，这让它们看起来就像星星的尖角。"什么？"

"你表现出对一切都毫不在乎。"她呼出一口气说道。她觉得自己好像一直在奔跑，像是越过了一座山峰，而奔跑还在继续。重力正把她带往目的地。"可是——每人都有自己在乎的一些事。不是吗？"

"真的吗？"威尔轻声回答。特莎没有接话，于是他便靠了回去，把重心重新移到了手上。"泰丝，"他说，"过来，坐我旁边。"

她照做了。地板上又冷又湿，不过她还是坐了下来，用裙子把自己捂得严严实实，只露出靴子的一点尖尖。她看着威尔；他们彼此相对，距离如此之近。在灰色亮光之下，他的轮廓冷酷而洁净，只有他的嘴型略带柔和。

"你从不开怀大笑，"她说，"好像一切对你来说都很滑稽，可你从不大笑。只有在你以为没人注意的时候会微笑一下。"

有一会儿他一句话都没说。接着，"你，"他不情不愿地说道，"你会让我大笑。就从你用那个瓶子打我开始。"

"那是个水壶。"她不假思索地回答。

他的嘴角上扬。"更别提你常常纠正我的样子了。那时候你脸上的表情总是很滑稽。还有你跟德昆西说话的样子。你让我……"他突然打住了,看着她,而她不知道此刻自己的样子是否跟她所感觉到的一样——目瞪口呆地无法呼吸。"让我看看你的手,"他突然说道,"特莎?"

她把手递给他,掌心向上,自己却几乎无法正视。她无法把视线从他的脸上移开。

"这儿还是有点儿鲜血,"他告诉她,"就在你的手套上。"她低头看去,果然如此。她没来得及脱下卡米尔的白色皮手套,此刻它们满是血迹和污渍,在她用来撬开内特的枷锁时指尖处撕裂了。

"噢。"她想把手伸回来,打算脱下手套,可威尔只是放开了她的左手。他依然轻轻地握着她右手的手腕。她看见他的食指上带着一枚沉甸甸的银戒指,上面雕刻着飞翔的群鸟。他低着头,湿漉漉的黑发垂了下来;她看不见他的脸。他用手指轻拂过手套表面。手套在手腕处用四枚珍珠纽扣扣了起来,当他的指尖扫过那里的时候,它们全都弹了开来,他的拇指指腹掠过她手腕处赤裸着的肌肤,蓝色静脉就在那里跳动着。

她差点吓了一大跳。"威尔。"

"特莎,"他说,"你想从我这里得到什么?"

他依然抚摸着她的手腕内侧,他的触碰给她的肌肤和神经带来一种奇怪的愉悦。当她开口说话的时候连声音都在颤抖。"我——我想知道你在想什么。"

他抬头透过睫毛看着她。"真有这个必要吗?"

"我不知道,"特莎说,"我不知道除了杰姆,还有谁真的了解你。"

"杰姆并不了解我,"威尔说,"他关心我——就像一个哥哥那样。这是两回事。"

"你难道不想让他了解你吗?"

"上帝啊,算了吧,"他说,"他为什么一定要知道我如此过活的理由呢?"

"也许,"特莎说,"他只是想知道你这么做是有原因的。"

"这有关系吗？"威尔轻声问道，接着迅速脱下了她的手套。她的手冷不丁暴露在屋子里寒冷的空气中，不由全身都打了个哆嗦，这感觉就像她突然发现自己赤身裸体地待在天寒地冻中一般。"当一切都于事无补的时候，还有必要追究原因吗？"

特莎努力搜寻着答案，却一无所获。她浑身发抖，几乎无法开口说话。

"你冷吗？"威尔握起她的手，紧紧贴在自己的面颊上。她被他皮肤上散发出的热度吓了一跳。"泰丝，"他用微弱、温柔又带着一丝欲望的声音呼唤她，而她倚靠着他，就像一棵不堪冰雪之负的大树一般左右摇摆着。他浑身酸疼；她也是，好似内心极度空虚。比起威尔，她从未对生活里的其他人和事如此在意过，他那半闭的眼睑之下发出的微弱蓝光，当他没有刮胡子的时候胡茬在下巴上留下的痕迹，散布在他肩膀和喉间的苍白伤疤——尤其是他那半月形的嘴巴，下嘴唇的正中微微凹下去一点儿，所有这一切无不牵动着特莎的心。当他靠向她，用自己的嘴唇轻抚过她的唇时，她抱住了他，好像如果不这么做自己便会被淹没。

片刻之间他们热烈地拥吻在一起，威尔的另一只手缠绕在她的发丝之中。当他的胳膊将她环绕的时候，特莎觉得自己连呼吸都有些困难，威尔用力把她拉进自己的怀里，她的裙子被地板钩住了。她的双手轻轻环绕着他的脖子；他的皮肤滚烫。透过他那潮湿的薄衬衫，她能感受到他肩膀上的肌肉，坚硬而光滑。他的手指触到了她的宝石发梳，把它松了开来，一头秀发披散在肩头，发梳当啷一声掉落在地板上，这让特莎发出一声惊呼。没有任何预兆的，他突然把手抽了回来，狠狠地推开她的肩膀，用力把她从自己身前推开，这让她几乎往后倒去，最后还是双手往后撑在地上才笨拙地稳住了身体。

她坐在地上，头发就像一幅乱七八糟的窗帘披散在身上，不可置信地盯着他。威尔跪在地上，胸口起伏得厉害，好像刚刚用不可思议的速度跑了很远很远的路一样。他面色苍白，只有面颊上有两块因为发烧而留下的红色斑点。"上帝啊，"他喃喃自语，"这到底是怎么回事？"

特莎感觉到自己的脸颊变得通红。难道威尔不是最应该对刚刚发生的事情心知肚明吗？她才应该是那个一把把他推开的人不是吗？

"我不能这么做。"他双手紧握在身侧,她看到它们正在簌簌发抖。"特莎,我想你现在最好还是走吧。"

"走?"她脑子里一片混乱;她觉得自己前一秒钟还待在一个温暖、安全的地方,转瞬之间便被驱逐到了一片冰冷、虚无的黑暗之中。"我……我不应该那么过分的。对不起——"

他的脸上闪过一丝剧痛的表情。"上帝啊,特莎,"这些话像是被他一字一句艰难地吐出来似的,"求你了。你就离开这儿吧。我不能让你待在这儿。这是——不可能的。"

"威尔,请你——"

"不。"他急促地把视线从她身上抽离,扭开脸去,把视线定格在地板上。"明天我会把一切你想知道的事情都告诉你的。任何事情。现在就让我一个人待着吧。"连他说话的声音都颤抖了起来,"特莎。我在恳求你。你明白吗?我在恳求你。求你,求你离开。"

"太好了。"特莎说着,用混杂着惊愕和痛苦的眼神看着他那紧绷着的肩膀的线条。她的存在真有那么可怕吗?她要是离开真能让他好过一点吗?她站了起来,她的裙子被弄湿了,变得又冷又沉,她的双足差点在潮湿的地板上滑倒。当特莎跑过房间,头也不回地冲下楼梯的时候,威尔既没有动也没有抬头,只是跪在原地,双眼凝视着地面。

一段时间以后,伦敦日出那黯淡的亮光照亮了她房间一半的地方,特莎躺在床上,疲累到连卡米尔的衣服都没有力气换下——她太累了,连睡觉的力气都没有。这是这段日子以来的第一次。她第一次凭借自己的意志使用她的能力,而且感觉良好。她第一次开枪。还有——这么多年来她所梦寐以求的唯一的一次——她的初吻。

特莎翻了个身,把脸埋在枕头里。这么多年以来她一直在想自己的初吻会是什么样的——他长得是否英俊,他是不是爱她,他是否心地善良。她从没想过这个吻会如此短暂、绝望、狂野。也没想到其中还会有圣水的味道。是圣水和鲜血的味道。

第十三章
黑暗之物

有时与其听到所爱的人道出真相，还不如被欺骗更幸福。

——弗朗索瓦·德·拉罗什富科，《箴言集》

第二天，直到索菲点亮了特莎床边的灯，她才醒转了过来。特莎发出一声呻吟，重又闭上了疼痛的双眼。

"那么，现在，小姐，"索菲用她一如既往的轻快声调对着特莎说，"你已经睡了一整天了。现在已经过了晚上八点，夏洛特让我来叫醒你。"

"过了八点？晚上？"特莎掀开身上的毯子，这才惊讶地意识到自己依旧穿着卡米尔的袍子，现在衣服已经变得皱皱巴巴，更不用说上面沾满了污垢。她一定是就这样穿戴着倒在了床上。此刻，昨晚的回忆如潮水一般涌进了她的脑海里——吸血鬼们惨白的脸孔，舔舐着窗帘的火舌，马格纳斯·贝恩大笑着，德昆西，纳撒尼尔，还有威尔。噢，上帝，她心想。威尔。

她努力不去想关于他的事，坐了起来，焦虑不安地看着索菲。"我哥哥，"她说，"他是不是……"

索菲的微笑收敛了一下。"情况没有变得更糟，真的，但是也没有好转。"看着特莎那饱受打击的神情，她说道，"你应该洗个热水澡，吃点东西，小姐。不吃东西、把自己弄得脏兮兮的可帮不了你哥哥。"

特莎低头打量了下自己。显而易见的，卡米尔的衣服已经被她毁了——衣服被撕裂了，好几个地方都沾染着血迹和灰尘。她的丝袜也破了，两只脚肮脏不堪，她的双手和胳膊上也满是污垢。她不知道要不要考虑下头发现在的状态。"我想你是对的。"

椭圆形的爪足浴缸隐藏在房间当中的一架日式屏风后面。索菲已经在里面注满了热水，现在水温已经变冷了。特莎光着身子慢慢走到了屏风之后，把自己陷进了浴缸里。热水漫到了她的肩头，令她感觉温暖。有一会儿她一动不动地坐着，任凭热量渗入她那冻僵了的骨头之中。她慢慢地放松了下来，闭上了双眼——

关于威尔的记忆向她涌来。威尔，阁楼，他碰她手的样子。他亲吻她，然后命令她离开的样子。

她躲到了水面之下，好像这样便能避开羞辱的记忆。这么做没用。把你自己淹死是没用的，她严厉地告诉自己。现在，把威尔淹死，换句话说……她坐了起来，伸手去拿浴缸边缘的那块熏衣草香皂，擦洗自己的肌肤和头发，直到浴缸里的水里满是灰烬和污垢而变成黑色。也许这样做并不能把你关于某人的思绪洗净，但她可以试试。

当特莎从屏风后走出来的时候索菲正等着她。一个放着三明治和热茶的托盘已经准备好了。在镜子前面，她帮助特莎穿上了装饰着黑色穗带的黄色礼服；特莎觉得这件衣服有点儿过分装饰，可在店里的时候贾丝明非常喜欢这个设计，并且坚持特莎应该把它买下来。我不能穿黄色，可是它非常适合像你这样暗棕色皮肤的女孩，她这么说。

当发梳穿过她的一头秀发，她备感舒适；这让特莎想起当自己还是个小女孩的时候，哈丽雅特姨妈也为自己梳过头。这感觉大大缓解了她内心的不安，这时索菲开口说话，令她微微一惊。

"昨晚你是不是设法让赫伦戴尔先生吃药了，小姐？"

"噢，我——"特莎急忙让自己镇定下来，可是已经太晚了；一片绯红从她的脖子漫到了脸庞。"他不想喝，"她勉强把话说完，"不过我最后说服了他。"

"明白了。"索菲的表情并没有改变，不过梳头的动作却变得越来越快。"我知道这不是我该管的事，但是——"

"索菲，你可以对我畅所欲言，真的。"

"就是——威尔主人的事情。"索菲的语速有些慌张，"他不是那种你应该喜欢的人，特莎小姐。他不是那样的人。他不能被信任或者依靠。他——他不是你以为的那样。"

特莎双手交握着放在膝上。她有一种模糊的虚幻之感。难道事情真的已经离谱到她需要被人告诫离威尔远点儿吗？不过能有个人跟她一起聊聊他的事还是挺不错的。她觉得这有点像是一个饱受饥饿的人获得了一份食物一般。"我不知道他是什么样的人，索菲。他有时候像是这样一个人，然后他会完全变成另一个人，就像瞬息万变的风向，而我却不知道原因，或者到底发生了什么——"

"没事。什么事都没有发生。他只是除了自己以外不关心任何人罢了。"

"他关心杰姆。"特莎平静地说。

她头上的发梳停止了动作；索菲僵住了，停顿了一下。她有话想说，特莎心想，她把一些话咽了回去。可是她到底想说什么？

发梳又动了起来。"可那是远远不够的。"

"你是说我不该向一个永远也不会在乎我的男孩付出我的真心——"

"不！"索菲说，"还有比这更糟的事情。你当然可以去爱一个不会用爱回应你的人，只要他们值得你这么做。只要这是他们应得的。"

索菲声音里的热情吓了特莎一跳。她扭过头去看向她。"索菲，你有自己的心上人吗？是不是托马斯？"

索菲大吃一惊。"托马斯？不。你怎么会这么想？"

"好吧，因为我觉得他挺喜欢你的，"特莎说道，"我曾见过他盯着你瞧。当你待在屋子里的时候他一直看着你。我想我觉得……"

看到索菲那目瞪口呆的样子，她的声音渐渐小了下去。

"托马斯？"索菲又重复了一次，"不，那不可能。我敢肯定他对我没有任何意思。"

特莎并不打算反驳她；显然，无论托马斯感觉如何，索菲都没有做出回应。那只剩下……

"威尔？"特莎说，"你是说你曾经一度喜欢过威尔？"这样便能解释她对他的种种怨恨和厌恶了，想到威尔对待那些中意于他的姑娘们的样子，她这么想着。

"威尔？"索菲听起来像是被吓坏了——害怕到忘了称呼威尔为赫伦戴尔先生。"你是在问我有没有跟他谈过恋爱吗？"

"我想——我是说，他非常英俊。"特莎意识到自己的话毫无说服力。

"对有些人来说讨人喜欢要比长相更重要。我的上一任雇主，"索菲说道，当她说话的时候，在那小心谨慎的音调里流露出一丝兴奋之情，所以"上一任"这个词听起来更像是"上任"，"他总是去非洲和印度旅行，射杀老虎之类的野兽。他还告诉我有一个办法可以用来辨别一只昆虫或者一条蛇是否有毒，那就是看它长得是否可爱，身上是否长着鲜艳的花纹。它的外表越漂亮，就越是致命。威尔就是那样。漂亮脸蛋等等都只是将他扭曲和堕落的内心掩藏起来罢了。"

"苏菲，我不知道——"

"他的心里有些黑暗的东西，"索菲接着说，"某些被他藏起来的漆黑一片的东西。他有一些秘密足以将你的内心击垮。"她把银发梳放在梳妆台上，接着特莎吃惊地看到她的手在发抖。"你要牢牢记住我的话。"

索菲离开以后，特莎从床边的桌子上拿起发条天使戴在自己的颈间。当它重又回到她胸口，她立即就安下心来。当她假装成卡米尔的时候是多么想念它。它的存在是她的安慰——虽然她知道这么想有多愚蠢——她觉得要是在见到内特的时候能戴着它，那么他也许也会感受到它的存在而跟她一样安心。

她把一只手放在发条天使之上，打开了卧室的门，向走廊那端走去，接着轻轻敲了敲他的房门。没人开门，于是她握住把手，将门推开。房间里的窗帘被拉开了，外面射进来的光线照亮了一半的屋子，她看见内特仰面熟睡在一大堆枕头上。他的一只手臂甩在前额上，面颊因为发烧而变得通红。

他并不是独自一人。贾丝明坐在床头的扶手椅上，膝上放着一本打开的书。她用冷酷的目光平视着回应了特莎一脸吃惊的表情。

"我——"，特莎开口说道，努力让自己平静下来，"你在这儿干什么？"

"我为你哥哥读了一会儿书,"贾丝明说,"每个人都在睡觉,而他被无情地忽略了。只有索菲过来看过他,你可不能指望跟她进行体面的交谈。"

"内特现在还不省人事,贾丝明;他不想交谈。"

"你无法确定,"贾丝明说,"我听说人们在毫无知觉甚至死亡的情况下也能听见你对他们说的话。"

"他并没有死。"

"当然没有。"贾丝明瞥了他一眼,"他这么英俊才不会死。他结婚了吗,特莎?或者纽约有没有姑娘跟他有婚约?"

"跟内特?"特莎愣住了。总是有这样的姑娘,各种类型的姑娘,曾对内特感兴趣,可是他对她们的关注转瞬即逝。"贾丝明,他现在甚至连知觉都还没有。现在不是时候——"

"他会好起来的,"贾丝明声称,"等他好转的时候,他会知道我就是那个照料他让他恢复健康的人。'当痛苦和烦恼拧上眉梢,你是我的守护天使!'"说完,她自鸣得意地傻笑了一下。当看到特莎惊骇的表情时,她把脸沉了下来。"怎么了?难道我配不上你那无比稀罕的哥哥吗?"

"他一分钱都没有,杰茜——"

"我有足够的钱够我们两个花。我只需要一个人把我从这里带走。我告诉过你。"

"事实上,你问过我能不能做那个人。"

"那让你心慌意乱了?"贾丝明问道,"真的,特莎,一旦我们成为姑嫂,我们依然能成为最好的朋友,可是一个男人总是比女人更擅长做这类事情,你不觉得吗?"

特莎无言以对。

贾丝明耸了耸肩。"对了,夏洛特想见你。就在客厅里。她让我转告你。你不用替纳撒尼尔担心。我每隔一刻钟就会替他量体温,还把冷敷布搁在他的额头上。"

特莎不知道自己该不该相信这些话,可是显然贾丝明根本不会放弃守护在纳撒尼尔身边,似乎不值得为了这个跟她大战一场,于是她发出一声充满厌恶的叹息,离开了房间。

当她来到客厅时，房门正半开半闭着；她能听见门那边大声说话的声音。她犹豫了一下，原本想要敲门的手停在了半空——然后她听见自己的名字被提起，她顿时愣住了，动弹不得。

"这里不是伦敦医院。特莎的哥哥不该待在这里！"是威尔的声音，此刻他正提高嗓门大喊着，"他不是暗影魅族，只是一个发现自己卷入一些自己无法控制的事情、愚蠢、堕落的盲呆而已——"

夏洛特回答："不能把他交给盲呆医生处理。这跟他的病无关。理智一点，威尔。"

"他早就知道暗影世界了。"是杰姆的声音，沉着冷静，富有逻辑。"事实上，他可能还知道很多我们不知道的重要讯息。莫特梅因声称纳撒尼尔正效力于德昆西；他可能知道一些德昆西的计划、自动化技术，还有'法师'的整盘生意——所有的一切。归根结底，德昆西想要了他的命。也许正是因为他知道了一些不该知道的事情。"

长时间的沉默。接着，"那么，我们可以再把'无声使者'请来，"威尔说，"他们可以读透他的心，看看他们会有什么发现。我们不必等他醒过来。"

"要知道那种方法对盲呆们来说是很微妙的，"夏洛特表示反对，"圣者伊诺克已经说过了，高烧让格雷先生产生了幻觉。这让他根本不可能将那个男孩内心所想分类整理，不知道哪些是真的，而哪些只是发烧引起的谵妄。这么做会给他的内心留下创伤，很有可能还是永久性的。"

"我不认为在开始做之前需要想那么多。"即使隔着门扇，威尔的语调依然让特莎感到无比恶心，她觉得自己的胃也因为愤怒而收紧了。

"你对这个男人一无所知，"杰姆说话时的声音是特莎从未听过的冷酷，"我不知道是什么驱使你有了这种想法，威尔，但它会让你名誉扫地的。"

"我知道原因。"夏洛特说。

"你知道？"威尔的声音带着惊骇。

"你跟我一样为昨晚的事心烦意乱。德昆西的逃跑让我们功亏一篑。这是我制定的计划。是我努力说服昂克拉夫人执行这个计划的，而现在他们把失误都怪在我身上。更别提自从德昆西不知所踪以后，卡米尔也躲了起来，他很有可能会把这笔血债记在她的头上。当然，马格纳斯·贝恩也因为卡米尔的失踪而迁怒于我们。所以我们同时失去了最好的告密者和最好的巫师。"

"可是我们确实阻止了德昆西杀死特莎的哥哥，谁知道还有多少这样的盲呆，"杰姆说，"这是最重要的。班尼迪克·莱特伍德一开始不愿意相信德昆西的背叛；现在他已经别无选择了。他知道你是对的。"

"那个，"夏洛特说，"只会让他更生气。"

"有可能，"威尔说，"也许要是你不坚持在我的计划里用上亨利那个可笑的发明，我们现在就不用进行这场谈话了。你尽可以回避这个问题，但就是因为'磷光体'没有发挥效力才把昨晚的一切都搞砸了。亨利发明的统统都是废物。要是你能承认你丈夫只是一个没用的傻瓜，我们都会好过一点。"

"威尔。"杰姆的声音里带着冷冷的怒气。

"不，詹姆斯，别这样。"夏洛特的声音在颤抖；屋里发出一声闷响，好像她突然跌坐进了一把椅子里发出的。"威尔，"她说，"亨利是个善良的好人，而且他爱你。"

"别这么伤感，夏洛特。"威尔的声音里有的只是轻蔑。

"你还是个小男孩的时候他就认识你了。他那么关心你，好像你是他的亲弟弟。我也是。我能做的就是好好爱你，威尔——"

"没错，"威尔说，"而我希望你别这么做。"

夏洛特就像一只被踢了一脚的宠物般发出痛苦的声响。"我知道你不是认真的。"

"我说的每句话都是认真的，"威尔说，"尤其是当我告诉你我们最好赶紧把纳撒尼尔·格雷内心的所思所想筛选一遍的时候。要是你太多愁善感就干不了这事——"

夏洛特打断了他的话，但这已经无关紧要了。对特莎来说已经足够了。她猛地把门推开，大踏步地走了进去。阴霾的微光从一块块灰黑色的玻璃里投进屋里，与此相比，熊熊燃烧的炉火将房间照得透亮。夏洛特坐在大书桌之后，杰姆坐在她身旁的椅子里。而威尔则背靠在壁炉架上；他因为愤怒而满脸通红，眼神炽热，衬衫的衣领歪着。当他的眼神和特莎相遇时，有一瞬间除了吃惊以外再无其他。她原本还希望他也许已经神奇般地忘记了昨晚在阁楼上发生的一切，然而此刻，希望化为泡影。他一看见她便面红耳赤起来，深不可测的蓝色眼眸也黯淡了下去——接着他移开视线，像是无法忍受她的注视。

"我猜你一直在偷听吧？"他问，"而现在你来这儿是要为了你那珍贵的哥哥向我提出一点意见？"

"要是你打算用你的方法的话，至少我还有点儿想法可以给你，纳撒尼尔可没有，"特莎转向夏洛特，"我不会让圣者伊诺克刨开内特的内心世界的。他已经病得够重了，那么做可能会杀了他的。"

夏洛特摇了摇头。她看起来已经筋疲力尽了，面色灰白，眼睑下垂。特莎怀疑她根本没有睡过觉。"我向你保证，我们一定会在他恢复健康以后再问他一些问题。"

"要是他一连病上好几周呢？或者几个月呢？"威尔说，"我们可没有那么多时间。"

"为什么没有？有什么事那么紧急以至于你要用我哥哥的性命来冒险？"特莎厉声说道。

威尔的眼瞳犹如两片蓝色玻璃。"你从来关心的就是要找到你哥哥，而现在你找到他了，对你来说是件好事，可那从来不是我们的目标。你一直都知道，不是吗？通常我们不会为了一个犯了法的盲呆而费那么大的劲。"

"威尔想要说，"杰姆插了进来，"虽然不太礼貌，他想说的是——"他突然打住了话头，叹了口气，"德昆西说你哥哥是得到他信任的人。而现在德昆西跑了，我们完全不知道他藏在哪里。我们在他办公室里找到的笔记暗示着暗影魅族和暗影猎手之间很快就会爆发一场战争，他制造的那些发条生物一定会在这场战争中扮演不可小觑的角色。你现在明白为什么我们要知道他的下落了，而你哥哥可能还知道一些别的事情。"

"也许你们想知道那些事情，"特莎说，"可那不是我的战争。我可不是暗影猎手。"

"没错，"威尔说，"别以为我们不知道这一点。"

"安静，威尔。"夏洛特的语气比平常更加严厉。接着她转向特莎，棕色的眼眸里满是恳求。"我们信任你，特莎。你也要信任我们。"

"不，"特莎说，"不，我不要。"她能感觉到威尔凝视着她的目光中突然饱含着令人吃惊的愤怒。他怎么胆敢对她如此冷漠，还要生她的气？她到底做了什么？她让他吻了自己，就这样而已。不知怎么的，好像除了这件事以外，那天晚上发生的其他事情统统都被抹去了——似乎在她吻了威尔以后，其他种种英勇之举都变得无关紧要了。"你们想要利用我——就像'黑暗姐妹'那样——贝尔科特女士的出现给了你们机会，你们需要我的能力，你们希望我这么做。不管到底有多么危险！你们表现出一副好像我对你们的世界、你们的法律、你们的《协议》负有责任的样子，可这是你们的世界，你们才是理应统治它的人。要是你们搞糟了又不是我的错！"

特莎看见夏洛特面色惨白地向后坐去。她胸口涌起一阵强烈的悔恨，她并不是有意要伤害夏洛特的。可是，她还是继续说下去。她情不自禁地滔滔不绝："你们所有那些关于暗影魅族的言论，还有你们对他们是怎样了无恨意。什么都不能代表，不是吗？只是说说而已。你们并不是认真的。而对于盲呆们来说，你们到底有没有想过要是你们不如此轻视他们的话，也许你们可以更好地保护他们？"她直视着威尔。他脸色苍白，双眼放光。他看起来——她无法形容他的表情。是恐惧，她想，但并不是因为她；那恐惧更加深切。

"特莎，"夏洛特刚要提出异议，特莎却已经摸到了房门。她在门口最后一次回过头来，看到所有人的目光都凝聚在她一个人身上。

"离我哥哥远点儿，"她厉声说道，"还有，别跟着我。"

＊＊＊

愤怒，特莎心想，只要你愿意妥协，它总会用自己的方式得到发泄。盲目愤怒地大喊，直到把想说的话统统说完，总是能让人得到一种怪异的满足感。

当然，结果就不那么令人高兴了。当你一旦告诉所有人你恨他们，让他们别跟着你，事实上你还有什么地方可去呢？要是她就这样回到自己的房间，就等于是说她只是发了通脾气，很快就会烟消云散了。她也不能去找内特，把自己的坏心情带到他的病房里，而躲到别的地方去则意味着要冒上被索菲或者阿加莎发现正在独自生闷气的危险。

最后她步上了往下贯通整个学院的狭窄蜿蜒的楼梯。她穿过被巫光石照亮的中殿，来到教堂宽广的前门台阶上，她深深地坐进最高一级台阶，用双臂环抱住自己，在一阵出乎意料的冷风中瑟瑟发抖。今天不知什么时候一定下过雨，楼梯是潮湿的，庭院里的黑色石头像镜子一样闪闪发亮。月亮从极速飘飞的云朵中冒了出来，巨大的黑色铁门在断断续续的光影中发出黑色的微光。我们是尘土阴魂。

"我知道你在想什么。"声音来自特莎身后的门廊，如此轻柔，几乎与吹拂过树叶的风声融为一体。

特莎转过头去。杰姆站在门廊的拱门之下，他的头发在身后白色巫光石的照耀下发出金属的光泽。可是他的脸还是隐藏在阴影之中。他的右手握着手杖；一对龙眼向特莎射出警惕的光亮。

"你不知道。"

"你在想，要是他们管这个潮湿的坏天气叫夏天的话，那冬天得是什么样啊？你会大吃一惊的。冬天真的跟现在一模一样。"他从门口走了过来，在特莎身边的台阶上坐了下来，虽然他们离得并不太近。"春天倒是真的挺可爱的。"

"是吗？"特莎精神全无地说。

"不对。其实也极其多雾和潮湿。"他侧目看着她，"我知道你说过别跟着你。不过我宁愿相信你针对的只是威尔。"

"没错。"特莎扭转身体抬头看他，"我不该那样大吼大叫。"

"不，你说得很对，"杰姆说，"我们暗影猎手长久以来一直是这样，与世隔绝，我们总是忘记要站在别人的立场上思考。我们想的只有哪些事对拿非力人有好处，哪些有坏处。有时候我觉得我们忘了问问自己这些事情对这个世界来说到底是好是坏。"

"我不是故意要伤害夏洛特的。"

"夏洛特对学院的运作方式极其敏感。作为一个女人，她必须为发表意见的权力而斗争,尽管那样她的决定也会在事后遭到批评。你听过班尼迪克·莱特伍德在昂克拉夫人会议上是怎么说的。她觉得自己必须万无一失。"

"我们之中有没有人也是这样?你们之中呢?对你们来说一切非生即死。"特莎对着弥漫的雾气长叹一声。空气中混合着城市特有的气味,金属、尘埃、马匹和河水的味道。"我只是——有时候我觉得我无法承受。什么都承受不了。我希望我永远都不曾知道自己是谁。我但愿内特还待在家里,这所有的一切都从未发生过。"

"有时候,"杰姆说,"我们的生命变得太快了,这种变化超越了我们的心灵。在那些时刻,我会想,当我们的生命已然改变,可我们还依然向往着万物变更前的日子——我们便会感到莫大的痛苦。即便如此,我还是可以用自己的经验告诉你,你会渐渐习惯。你学着开始自己的新生活,你会无法想象,甚至无法真切地回忆起以前究竟是什么样的。"

"你是说我会习惯成为一名巫师,或者其他什么身份。"

"一直以来你就是你。从来没有一个新的你。你将要习惯的只是认识到这一点。"

特莎深深地吸了一口气,接着缓慢地吐出。"我在楼上说的话并不是认真的,"她说,"我并不认为拿非力人有那么可怕。"

"我知道你不是认真的。要是你真的这么想,你就不会待在这儿了。你会在你哥哥的身边,提防我们的居心叵测。"

"威尔的话也不是认真的吧,是不是,"过了一会儿特莎说,"他不会伤害内特的。"

"啊。"杰姆的视线穿过了大门,灰色眼眸流露出沉思的神色。"你说得对。我还以为你不知道呢。我知道。但我可是花了好几年时间才逐渐了解威尔的。才知道他的话什么时候是认真的,什么时候不是。"

"所以你从未生过他的气?"

杰姆大笑着说:"那可很难说。有时候我真想掐死他。"

"你究竟是怎样保护自己免受伤害的?"

"我会去伦敦我最喜欢的地方,"杰姆说,"我站在那里,看着水流,然后思考生命的延续,河流是如何前进的,将生活中琐碎的烦恼忘却。"

特莎入神地聆听着。"这么做有用吗？"

"也不见得，可是在那之后我会想，要是我想趁他睡着以后杀了他该怎么干，我感觉就好多了。"

特莎咯咯笑了。"那么，它在哪儿？你最喜欢的地方？"

有一瞬间杰姆看起来有些哀伤。接着他一下子跳了起来，伸出另一只没有握着手杖的手。"一起来吧，我带你去看。"

"远吗？"

"一点儿也不远。"他笑了。特莎心想，他的笑容好可爱——还很有感染力。她忍不住也笑了，感觉像是那么久以来第一次绽开笑颜。

特莎任凭自己被拉了起来。杰姆的手温暖而有力，出乎意料地令她安心。她瞥了身后的学院一眼，犹豫了一下，便由着他带她穿过铁门，跑进城市的阴影之中。

第十四章
黑衣修士桥

> 从伦敦塔到丘园的二十座桥梁
> 想要知道河流都知道些什么,
> 因为它们还年轻,而泰晤士河已垂垂老矣,
> 而这便是河流曾经说过的故事。
>
> ——鲁德亚德·吉卜林,《河流的故事》

跨出学院的铁门,特莎觉得自己就像睡美人离开了她的城堡,把荆棘之墙留在了身后。学院就在广场的正中央,周围的街道通往四面八方,盘旋着变成一条条狭窄的迷宫。杰姆的手依然彬彬有礼地挽在特莎的胳膊肘上,带着她走下一条逼仄的通道。头上的天空犹如钢铁一般。曾经淋过雨的地面依然湿答答的,两边的高楼似乎要互相挤压似的,沾染着残留的黑色尘埃,又湿又脏。

当他们走路的时候杰姆始终说着话,并不是什么要紧的话,只是不断唠叨着一些抚慰人心的词句,告诉她自己初来伦敦对这里的印象,万物看起来都蒙上了一层一模一样的灰色阴影——即使是活人也是如此!他曾经无法相信一个地方可以下那么多的雨,而且无休无止。从地面冒上来的潮气侵入他的骨头,他以为自己会发芽发霉,就像一棵树那样。"你会习惯的。"当他们走出那条狭小的通道,来到宽阔的弗利特街时,他说,"即使有时候你觉得自己就像一块毛巾一样能挤出水来。"

特莎回忆起白天时街上的喧闹,不禁对夜晚街道的无比静寂感到欣慰,此刻,拥挤的人潮消失了,取而代之的是偶尔出现的快步走过

的行人，他们低着头，始终行走在暗影之中。街上还是有几辆马车，上面甚至还有些孤独的乘客，可是没人注意到特莎和杰姆。是幻术在发挥作用吗？特莎好奇，可是并没有问出口。光是聆听杰姆说话的声音就让她乐在其中。这是城市最古老的一部分，他告诉她，是伦敦诞生的地方。街道上一间间店铺都关着，百叶窗统统放了下来，但依然嘟嘟播放着广告语，从皮尔斯肥皂到生发油到鼓励人们参加灵性讲座的通知无所不有。特莎一边走，一边瞥见出现在高楼间的学院的尖顶，情不自禁地好奇会不会有人能看见他们。她想起那个有着绿色皮肤和羽毛的鹦鹉女人。学院真的隐藏在众目睽睽之下吗？好奇心在她心里占了上风，她向杰姆提出了这个问题。

"让我给你看点东西，"他说，"在这里停一下。"他挽着特莎的胳膊让她转过身来正对着街道。他指着一个地方，问："你看那里有什么？"

她的视线斜穿过街道，他们站的地方就在弗利特街和高等法院道的交叉路口附近，这里似乎并没有什么特别之处。"一座银行。还有什么可看的？"

"现在畅想一下，"他说，声音温柔如故，"看看别的东西，就好比你为了不吓坏一只小猫而避免直勾勾地看着它那样，用眼睛的余光再瞥一眼那座银行。直接、迅速地看着它！"

特莎依言行事——接着愣住了。银行不见了，在原来的地方出现了一座半砖木结构的酒馆，窗格上镶嵌着巨大的宝石。窗户里发出一种红光，还有更多红色光线从敞开的前门里倾泻而出，洒在人行道上。透过窗玻璃能看见屋里暗影浮动——并不是寻常所见的男男女女的身影，而是比常人看起来更高更瘦，身材怪异的修长，又像是有很多手脚。阵阵笑声盖过了那高雅、甜蜜而微弱的音乐，令人神魂颠倒。门口的招牌图是一个正用手拧着长角恶魔鼻子的男人。图片下面写着"恶魔酒馆"。

威尔那晚就是待在这里。特莎向杰姆看去。他正凝视着酒馆，一只手搭在她的胳膊上，呼吸缓慢而轻柔。她看见酒馆的红色亮光犹如倒映在水面上的日落余晖一般映在他的银色眼眸中。"这就是你最喜欢的地方？"她问。

炽烈的眼神从他的眼中消失了，他看着她，笑了。"上帝啊，不是，"他说，"我只是想让你看看。"

这时，有人从酒馆的大门里走了出来，是一个穿着黑色大衣的男人，头上稳稳地戴着一顶优雅的波纹绸帽子。当他的视线瞥过街道的时候，特莎看见他的肤色是犹如墨水般的深蓝色，他的头发和胡须则洁白如冰。特莎看着他向东往斯特兰德大街走去，心里想着不知他会不会引来好奇的目光，可是他压根儿没有引起行人的注意。事实上，即使有几个身形细长，浑身哆嗦的身影兴奋地几乎把一个满脸疲倦、推着一辆空手推车的男人撞翻在地，那些在"恶魔酒馆"门前经过的盲呆也似乎完全没有注意到他们的存在。那个被撞倒的男人只是停下来环顾了一下四周，一脸迷惑的样子，接着便耸耸肩继续向前走去。

"这里曾经有一家极其普通的酒馆，"杰姆说，"随着它越来越多地受到暗影魅族的侵扰，拿非力人开始为暗影世界与盲呆世界缠绕在一起感到担心。他们通过幻术让盲呆们相信酒馆已经被拆除了，取而代之的是一座银行，用这种权宜之计严禁盲呆出入此地。现在'恶魔酒馆'几乎是暗影魅族唯一经常出没的地方了。"杰姆瞥了一眼头上的月亮，双眉紧皱。"越来越晚了，我们最好继续前进。"

又回头瞥了一眼"恶魔酒馆"，特莎跟在杰姆的身后往前走去，杰姆继续边走边自在地聊天，把自己感兴趣的东西一一指给她看——圣殿教堂，现在是法院，圣殿骑士团曾经在那里鼓励朝圣者前往圣地。"骑士们是拿非力人的朋友。他们虽然是盲呆，却知道有关暗影世界的事。而且毫无疑问，"当他们走出星罗密布的街道来到黑衣修士桥上时，他补充道，"许多人都认为'无声使者'就是'黑衣修士'的原型，虽然没人能证明这一点。到了。"他加了一句，在身前比了一下，"伦敦我最喜欢的地方。"

从桥上环顾四周，特莎不禁奇怪这个地方到底有哪里会让杰姆喜欢。这是一座从泰晤士河的一岸延伸到另一岸的低矮的花岗岩桥，被漆成暗红色的栏杆上涂着金色和猩红色，在月光下发出微光。如果它不是一座铁路桥的话或许会显得漂亮一些，向桥的东面延伸的铁轨尽管在暗影中静寂无声，可依然是一组丑陋的纵横交错的铁栏杆，一直延伸到了河流的对岸。

"我知道你在想什么，"杰姆又说了一遍，就像他在学院外面说过的那样，"这座铁路桥丑极了。不过这也就意味着很少有人会到这儿来欣赏景色。我享受这种孤独，就这样看着河流，在月光下静默无声。"

他们走到桥的中央，特莎靠在一根花岗岩的栏杆上往下看去。在月光下泰晤士河是黑色的。伦敦广阔的区域向对岸延伸出去，圣保罗大教堂那巨大的穹顶好像一个白色的鬼魂，隐隐呈现在他们身后，轻柔的雾气在城市刺目的线条上投下一张温柔的模糊面纱，将万物笼罩。

特莎低头看着桥下的河流。河面上雾气弥漫，发出一种混合着盐味、污泥和腐味的不祥气息，仿佛背负着往日的重负川流不息。她的脑海中浮现出一小段古老的诗歌。"'甜美的泰晤士河，轻轻流到我一曲唱罢。'"她低声吟诵。通常她不会在别人面前援引诗歌，可是杰姆身上有些东西却让她觉得无论自己做了什么，他都不会妄加评判。

"我以前听过一点儿这首诗，"他只是这么说道，"是威尔念给我听的。是什么诗？"

"斯宾塞。《婚前曲》。"特莎皱起了眉头，"威尔对着一个很……很……的人吟诗，看起来倒是有一种奇怪的亲和力。"

"威尔时常读书，而且记忆超群，"杰姆说，"很少有他记不住的东西。"他的声音里有什么东西让他的话听起来很有分量，并不只是纯粹地陈述事实而已。

"你不讨厌威尔，是不是？"特莎说，"我的意思是，你喜欢他。"

"我像爱哥哥一样地爱他。"杰姆坦言。

"可以那么说，"特莎说，"无论他对别人来说有多么可怕，他爱你。他待你很友好。你到底做过什么，才让他对你的态度如此与众不同？"

杰姆斜靠在栏杆上，可注视着她的眼神却依然遥远。他若有所思地用手指击打着手杖的翡翠顶端。趁着他分心的当口，特莎大胆地凝视着他，对月光之下他那异样的俊美感到有些诧异。他浑身上下都散发出银灰色的光芒，跟威尔的蓝色、黑色和金色的强烈色彩完全不同。

最后他终于说道："我不知道，真的。我过去常常以为是因为我们都是无父无母的孤儿，于是他觉得我们是一样的——"

"我也是孤儿，"特莎指出，"还有贾丝明。他并不觉得自己喜欢我们。"

"不。不是这样。"杰姆的眼里充满了警惕，像是他隐瞒了什么话。

"我不理解他，"特莎说，"他可以在一瞬间充满善意，可是下一秒又变得非常可怕。我无法确认他到底是善良还是残忍，可爱还是可恨——"

"这有关系吗？"杰姆说，"你一定要得到确认吗？"

"有一晚，"她继续说下去，"在你的房间里，当威尔走进来的时候。他说自己喝了一整晚的酒，可是后来，当你——他看起来立刻就清醒了。我见过我哥哥喝醉的样子。我知道酒意不会像那样一下子就消失无踪；即使我阿姨把一桶冷水泼在内特的脸上都不会让他从不省人事中醒过来。而且威尔身上完全没有酒气，第二天早上也没有任何不舒服的样子。可他为什么要撒谎说自己喝醉了，其实他根本没有呢？"

杰姆脸上露出无可奈何的表情。"因此你觉得威尔·赫伦戴尔有一种神秘感。我以前也纳闷。怎么有人能像他声称的那样喝那么多酒还活了下来，更不用说还能像他那样战斗。所以有一晚我跟着他。"

"你跟踪他？"

杰姆坏笑了一下。"是的。他号称要赴约，我跟着他。要是我早知道会发生什么，我就会穿一双更结实的鞋子了。他整晚游荡在城市里，从圣保罗大教堂走到斯皮塔佛德市场①再到白教堂大街。他一直走到河边，在码头上徘徊。他从未停下跟任何人说过一句话，看起来我就像跟着一个鬼魂一般。第二天一早他已经准备好了若干关于虚假冒险的粗俗故事，而我从未要求知道真相。要是他希望撒谎，那么他一定有自己的原因。"

"他对你撒了谎，而你竟然还信任他？"

---

① 斯皮塔佛德市场，是伦敦流行服饰和工艺品、家居用品以及怀旧服饰的集散地。

"是的,"杰姆说,"我信任他。"

"可是——"

"他一直在撒谎。他经常编造一些故事让自己看起来是最坏的人。"

"那么,他有没有告诉过你关于他父母的事?是真话还是谎话?"

"完全没有。只是一些细枝末节,"杰姆停顿了很久才又说道,"我知道甚至在他还没出生的时候,他父亲就离开了拿非力人。他爱上了一个盲呆姑娘,当委员会拒绝把她变成暗影猎手的时候,他便离开了昂克拉夫人,跟她一起搬到了威尔士的偏远地区,一个他们以为不会被打扰的地方。暗影猎手因此震怒了。"

"威尔的母亲是个盲呆?你是说他只有一半暗影猎手的血统?"

"拿非力人的血统优越,"杰姆说,"这就是为什么有三条法则针对那些脱离圣廷的人。第一,你必须跟你认识的所有暗影猎手断绝联系。他们再也不能跟你说话,你也不能跟他们交谈。第二,无论你遇到什么样的危险,都不能再寻求暗影猎手的帮助。还有第三条……"

"第三条是什么?"

"即使你离开了暗影猎手,"杰姆说,"他们依然可以向你的孩子提出要求。"

特莎的身体微微一颤。杰姆依然凝视着河流,好像他能在那银白色的水面上看到威尔的身影一般。"每六年,"他说,"直到那孩子年满十八岁,会有一个暗影猎手的代表来到你的家里,问这个孩子是否愿意离家加入拿非力人。"

"我无法想象有人会愿意这么做,"特莎惊骇地说道,"我是说,你将永远无法跟家人说话了,是不是?"

杰姆摇了摇头。

"而威尔同意了?他不顾一切地加入了暗影猎手的行列?"

"他拒绝了。他拒绝了两次。然后,有一天——威尔差不多十二岁——有人敲响了学院的大门,去应门的是夏洛特。我想她那时候已经十八岁了。站在台阶上的是威尔。她告诉我他浑身风尘仆仆,好像他在树篱里面睡过觉一样。他说,'我是一名暗影猎手。你们中的一分子。你得让我进去。我没有别的地方可去。'"

"他是那么说的？威尔？'我没有别的地方可去'？"

他犹豫了一下。"你得明白，所有这些都是我从夏洛特那里听来的。威尔在我面前一个字都没说过。不过她就是那么说的。"

"我不明白。他的父母——他们死了，是不是？不然他们会来找他的。"

"他们确实来找过，"杰姆平静地说，"在威尔到达后的几个星期，夏洛特告诉我，他父母跟来了。他们来到学院的正门砰砰地敲打，呼唤他。夏洛特走进威尔的房间，问他是否想要见见他们。他匍匐在床底下，紧紧抱着他的小汽车。无论她怎么做，他都不出来，不见他们。我想夏洛特最后把他们赶走了，或者他们是自己离开的，我不确定——"

"把他们赶走？可他们的孩子在学院里。他们有权——"

"他们没有权利。"虽然杰姆的声音极其温柔，可他的声音里有什么东西让她觉得他像身处月球一般遥远。"威尔选择加入暗影猎手。一旦他做了这个选择，他们便再无权利向他提出任何要求。不准他们入内，这是暗影猎手的权利和义务。"

"而你从没问过他原因？"

"要是他想让我知道，他会告诉我的，"杰姆说，"你问过我，为什么跟别人相比他比较受得了我。我想那正是因为我从来不问他为什么。"他对着她挖苦地笑了笑。他的双颊在寒冷的空气下冻得发红，他的眼神明亮。他们搭在栏杆上的手挨得很近。有短暂的一瞬，特莎有些困惑地觉得他也许打算把自己的手放在她的上面，可他的视线却从她的身上滑过，皱起了眉头。"现在散步有些晚了，不是吗？"

随着他的视线，她看到一男一女两个朦胧的身影从桥上向他们走来。男人戴着一顶工匠的毡帽，穿着一件深色的呢大衣；女人挽着男人的胳膊，两人的脸歪在一起。"他们大概对我们有同样的想法，"特莎说，她抬头看着杰姆的眼睛。"你呢？你来到学院也是因为无处可去吗？你为什么不待在上海？"

"我的父母负责那里的学院，"杰姆说，"可他们被一个恶魔谋杀了。他——它——叫做阎罗。"他的声音非常平静，"在他们死后，每个人都觉得对我来说最安全的事情就是离开那个国家，以防阎罗或者它的同类连我也不放过。"

"可为什么来这儿,为什么来英格兰?"

"我父亲是英国人。我说英语。这么做看起来很合理。"杰姆的声音从未如此平静,可特莎觉察到他有事瞒着她。"我觉得这里要比伊德里斯更会让我有家的感觉,我父母从未去过伊德里斯。"

在桥上散步的那对夫妇停在了一根栏杆边;男人像是正在解释铁路桥的种种特性,当他说话的时候女人频频点头。"那么你——真的有家的感觉吗?"

"很难说清,"杰姆说,"当我到这儿来以后意识到的第一件事就是我父亲从不以为自己是英国人,一个英国男人不会这样。真正的英国男人首先是一个英国人,其次才是绅士。无论他们的职业为何——一名医生,一名地方官员或者一个地主——这是再次。对暗影猎手来说却不是这样。我们是拿非力人,这是第一,也是最重要的,其次才是我们出生和成长的地方。而第三,没有第三。我们永远只是暗影猎手。当其他拿非力人看着我的时候,他们看到的只是一个暗影猎手。不像盲呆们只看到一个并不完全是外国人,但跟他们也不太一样的男孩儿。"

"一半一半,"特莎说,"就像我。可你知道自己是人类。"

杰姆的表情软了下来。"彼此彼此。在所有方面都是如此。"

特莎觉得自己的眼睛后面一阵刺痛。她抬头看到月亮躲到了一朵云的后面,让云朵染上一层珍珠般的光泽。"我想我们该回去了。其他人一定担心了。"

杰姆走过去把自己的胳膊递给她——突然顿了一下。那对杰姆先前就已经注意到的散步的夫妇突然来到了他们的身前,挡住了他们的去路。虽然他们一定是用极快的速度在那么短的时间内来到了桥梁的另一头,但此刻却只是离奇地手挽手一动不动地站在原地。女人的脸庞隐藏在头上戴着的一顶式样朴素的软帽的阴影中,男人的脸则隐没在毡帽的帽檐之下。

杰姆紧紧握着特莎的手臂,可他说话的声音却很自然。"晚上好。有什么需要我们帮忙的吗?"

他们谁都没有说话,只是又往前迈了一步,女人的裙子在风中沙沙作响。特莎环顾四周，可是桥上再无别人，两边的堤防上也都没有人影。伦敦像是被遗弃在了朦胧的月光之下。

"对不起，"杰姆说，"要是你们能让我们过去的话，我将不胜感激。"他向前走了一步，特莎紧随其后。现在他们离那对沉默的夫妇已经很近了，月亮从云层之后冒出来，将银色的亮光洒向大桥，照亮了男人在毡帽之下的脸孔，特莎立马就认出了他。

那乱糟糟的头发；那曾被打破过的宽大的鼻子和伤痕累累的下巴；而最最突出的无疑就是那双凸出的眼睛，跟他身边的女人的眼睛一模一样，她定格在特莎身上的空洞的眼神让人联想到了米兰达。

可你已经死了。威尔把你杀了。我看见你的尸体了。特莎喃喃地说："是他，那个马车夫。他是'黑暗姐妹'的人。"

马车夫咯咯笑了。"我属于，"他说，"法师。当'黑暗姐妹'为他服务的时候，我为她们所用。现在我只为他一人服务。"

马车夫的声音与特莎记忆中的完全不同——少了些沙哑，发音清晰多了，几乎有一种阴险的悦耳。杰姆一动不动地站在特莎的身边。"你们是谁？"他喝问，"为什么跟着我们？"

"法师命令我们跟着你们，"马车夫说道，"你们是拿非力人。是你们毁了他的家，毁了他的人民'黑夜之子'。我们是来向你们宣战的。还有，为了这个姑娘。"他转而看向特莎。"她是法师的，而他将会拥有她。"

"法师，"杰姆说，在月光之下他的眼眸闪着银光，"你指的是德昆西吗？"

"无论你叫他什么。他是法师。他让我们来传达一条讯息。那就是战争。"

杰姆紧紧握着手杖头。"你服侍德昆西却不是吸血鬼。你是什么东西？"

站在马车夫身边的女人发出一种奇怪的叹息声，就像火车那高亢的汽笛声。"当心点儿，拿非力人。正如你们残杀别人那样，你们也会被别人残杀。在既非上帝亦非撒旦的造物面前，连你们的天使也无法保护你们。"

特莎刚要转向杰姆，他却已经开始行动了。他那握着玉头手杖的手挥舞了起来。一道光闪过。手杖底端射出一把极其锋利而闪闪发光的利刃,捅进了马车夫的胸脯。男人踉跄着向后退去,发出一声尖利的惊呼声。

特莎倒吸一口冷气。马车夫的衬衣被一道长长的刀痕划开了,在那之下没有肉体也没有鲜血,而是发亮的金属,表面被杰姆的利刃划得乱七八糟。

杰姆把武器收了回来,松了一口气又心满意足的样子。"我知道这个——"

马车夫大吼一声。他飞快地从大衣里抽出一把屠夫们用来切割骨头的长锯齿刀,而那个女人也突然行动了起来,一双赤裸的双手直伸向特莎。他们的动作笨拙而晃悠——却非常、非常快,远远超出了特莎的想象。马车夫的伙伴向特莎发起了进攻,她的脸上毫无表情,嘴巴半张着。里面有某种金属类的东西闪闪烁烁——铁,或者是铜。她没有咽喉,而且特莎知道她没有胃。她的嘴巴到她牙齿后面的那一片金属为止就结束了。

特莎步步后退直到她的脊背碰到了栏杆。她试图寻找杰姆的身影,然而马车夫正向他发动第二轮攻击。杰姆把刀剑向他砍去,将他击退,可那么做似乎只是让那个男人放慢了进攻速度而已。马车夫的大衣和衬衫现在已经变成了破破烂烂的布条在他的身上晃来荡去,将那下面的金属外壳暴露无遗。

女人想要一把抓住特莎,却被她闪身躲过。女人慢慢地向她逼近,身体撞在了栏杆上。她似乎跟马车夫一样毫无痛感;她僵硬地直起身子,接着转身再次逼近特莎。然而刚刚的那一下撞击似乎把她的左手手臂撞坏了,此刻它正垂悬在她的身侧。她用自己的右胳膊朝特莎扑来,手指紧紧抓住了她的手腕。手腕上的小骨头们爆发出一阵剧痛,令特莎惊声尖叫起来。她拼命抓住制住她的那只手,她的手指深深地陷进那光滑而柔软的皮肤中。它像水果皮一样剥落下来,特莎的指甲刮擦在那下面的金属上,发出一种刺耳的声音,顿时让她一阵毛骨悚然。

她拼命想把自己的手拉回来,可却只是把女人拉得离自己更近;女人的喉咙里正发出一种吱吱嘎嘎、呼呼的声音,那声音听起来犹如讨厌的虫鸣声,而凑近了看,她的眼里已经没有瞳孔,只是一片漆黑。特莎抬腿向她踢去——

突然周围响起金属和金属撞击发出的叮当声;杰姆一刀砍下,把女人的胳膊在肘部一劈为二。特莎松了一口气,向后退去,那只跟身体分离的手从她的手腕跌落到她脚边的地面上;女人抽搐着转身对着杰姆,吱吱嘎嘎,呼呼,吱吱嘎嘎,呼呼。他向前用手杖用力击打女人,将她击退了一步,接着一下又一下,直到她重重地撞在大桥的栏杆上,身体失去了平衡。她一声不吭地掉了下去,身体投向桥下的河流之中;特莎急忙跑到栏杆边,恰好看见她沉入水中。河面上连一只泡泡都没有冒出来,完全不知道她是在何处失去了踪影。

特莎回过身来。杰姆正紧紧握着他的手杖,呼吸困难。鲜血从他一面脸颊上的伤口里流下来,除此以外他似乎安然无恙。他一手松松地握着武器,凝视着躺在他脚边、黑乎乎的驼背的身影,那个身影一动一动地抽搐着,在那撕裂的布条间闪现出金属的光泽。当特莎走近以后,她看见那是马车夫的躯壳,正蠕动和抽搐着。他的脑袋已经完全被切离了身体,一种黑乎乎的油状液体从他脖子的残余部分喷薄而出,在地上留下了一摊污渍。

杰姆抬手把他被汗水浸湿的头发向后推去,抹去脸颊上的鲜血。他的手在颤抖。特莎犹豫了一下,碰了碰他的胳膊。"你没事吧?"

他虚弱地微笑了一下。"是我该问你才对。"他的身体有些发抖。"那些机械玩意儿,他们把我吓坏了。他们——"他突然停了下来,视线越过了她。

在桥梁的南端,至少有超过半打的发条生物正敏捷而不连贯地向着他们而来。尽管它们的动作笨拙,却很快就挨近了他们,几乎是向他们猛冲过来。他们已经过了桥的三分之一了。

随着一声刺耳的咔哒声,利刃消失在了杰姆的手杖之中。他一把抓住特莎的手,气喘吁吁地说:"跑。"

他们跑了起来,特莎紧紧握着他的手,只惊恐地向后瞥了一眼。生物们已经来到大桥的中央,正加速向他们冲来。特莎看见,它们都裹着男人的皮囊,穿戴着跟马车夫一模一样的黑色呢大衣和毡帽。它们的脸孔在月光之下闪闪烁烁。

杰姆和特莎来到桥梁末端的楼梯处,猛冲下台阶,杰姆始终牢牢握着特莎的手。她的靴子在潮湿的石头地面上滑了一下,他一把抓住了她,手杖笨拙地咔哒一声抵住了她的后背;他们的前胸贴在一起,她感觉到他的胸腔剧烈地一起一伏,似乎正呼吸困难。可他不会喘不上气来的,不是吗?他是一名暗影猎手。《法典》说过他们能跑很远很远。杰姆抽身离开,她看见他的脸色僵硬,似乎正处于痛苦之中。她想问问他是不是受伤了,可已经没时间了。他们能听见嘈杂的脚步声出现在楼梯上。杰姆一句话都没说,重又一把握住她的手腕,拉着她跑了起来。

他们经过被海豚型路灯照亮的泰晤士河河堤,杰姆掉转方向,突然冲进两座高楼之间的一条窄巷。巷子的地势不断升高,逐渐远离泰晤士河。楼宇之间的空气潮湿而闭塞,地上的鹅卵石因为污垢而变得光滑。头顶的窗户里,晾晒的衣物好似鬼魅一般迎风飘荡。特莎的双脚在那双时髦的靴子里尖叫,她的心脏在胸膛里剧烈跳动,可是她完全没有减速。她能听见生物们就在身后,能听见他们移动时吱吱嘎嘎、呼呼的声音,越来越近,越来越近。巷子通向一条宽阔的大街,在那里,升起在他们眼前的,是学院那雄伟的建筑。他们冲过入口,杰姆松开她的手,旋身猛地把身后的大门关上并上了锁。就在门闩滑落锁孔的那一刻,生物们追上了他们;他们撞击着大门,就像无法停止的发条玩具,铁门因为巨大的撞击而不断发出刺耳的尖利声响。

特莎目瞪口呆地看着这一切,向后退去。发条生物们在大门上挤作一团,它们的双手伸过铁门的缝隙。她胡乱地看向四周。杰姆就站在她的身边。他的脸色苍白如纸,一只手按在自己的身侧。她想要握住他的手,他却往后退去,让她够不着。"特莎,"他的声音在发抖,"到学院里面去。你需要进去。"

"你受伤了吗?杰姆,你受伤了吗?"

"没有。"他的声音含混不清。

大门上的一阵嘎嘎声吸引了特莎的视线。其中一个发条男人已经把手穿过了大门上的缝隙,现在正用力拉开闭紧门扇的铁链。她盯着这一切吓傻了,他那么用力地拽着金属门环,以至于手指上的皮肤都剥落了下来，露出那下面长着关节的金属手。显然那双手力大无穷。在他的手中金属弯曲扭转；铁链被弄断只是时间问题了。

特莎回神一把抓住杰姆的胳膊。他的皮肤烧得火热；她能透过他的衣服感受到那热量。"快点。"

他呻吟一声，任凭她把他拖向学院的前门；他蹒跚着，重重地依靠着她，胸腔里发出呼呼的喘息声。他们跌跌撞撞地登上了楼梯，当他们就要到达最后一格台阶的时候，杰姆的身体从她的手里滑落。他双膝着地跌落在地，一连串喘不过气的咳嗽从他的身体里爆发出来，他浑身都痉挛起来。

大门猛然打开了。发条生物们由先前那个把铁链撕碎的人带领着涌进了车道，他那皮肤剥落的双手在月光下闪闪发亮。

特莎想起威尔曾经说过，唯有拥有暗影猎手血统的人才能打开学院的正门，于是她把手伸向悬挂在门边的钟绳，用力猛地一拉，可是什么声音都没有听见。她绝望地转向身后依然蜷伏在地的杰姆。"杰姆！杰姆，求你了，你得打开这扇门——"

他抬起头来。他的眼镜睁开了，可里面一点颜色也没有。他的眼眸完全是白色的，就像大理石一般。她能看见其中月亮的倒影。

"杰姆！"

他努力想要站起来，可他的膝盖一点力也使不上；他倒在地上，鲜血从他的嘴角流了出来。手杖已经从他的手上滚落，就在特莎的脚边。

生物们已经来到了楼梯脚跟；它们开始有点儿东倒西歪地向上涌来，双手剥了皮的那个走在最前面。特莎用自己的身体撞向学院的大门，用她的拳头重击橡木门扇。她能听见门的另一边在她的击打之下发出空洞的回响，心里完全绝望了。学院实在太过庞大，而现在已经没时间了。

最后她终于放弃了。离开大门，她惊恐地看见生物们的头儿已经来到了杰姆身边；它正俯在他身上，皮肤剥落的金属手掌放在他的胸前。

她大叫一声，一把抓起杰姆的手杖挥舞起来。"离他远点儿！"她大喊。

那东西直起身子,在月光之下,她第一次清清楚楚地看到了它的脸孔。脸上的皮肤光滑,几乎没有五官,只在原本应该是眼睛和嘴巴的地方留下了几个凹洞,而且没有鼻子。它抬起那双皮肤剥落的双手,它们被杰姆的鲜血染黑了。杰姆依然一动不动地躺着,他的衬衫被撕破了,黑色的鲜血积聚在他的四周。正当特莎恐惧地注视着他的时候,发条男人冲着特莎晃了晃他那血迹斑斑的手指,有点儿像是在怪异地模仿招手的动作——接着转身几乎是碎步疾跑着迈下了台阶。他飞快地穿过了大门,消失在视野中。

特莎向杰姆走去,可是其他机器人迅速地挡住了她的去路。跟它们的头目一样,他们的脸上什么都没有,一群一模一样的无脸战士,似乎根本没有时间将他们一一结果。

随着一声吱吱嘎嘎的呼呼声,一双金属手伸向她,她几乎没有目标地挥出手杖。手杖打中了一个发条男人的脑袋。她感觉到自己的手臂随着木头和金属的撞击猛地一震,接着它闪到一边,可是这个动作只持续了短暂的一瞬。它的脑袋以不可置信的速度回转了过来。她再次挥出手杖,这一次手杖猛地撞在它的肩头;它打了个趔趄,却突然伸出了另一只手,抓住了手杖,猛地从她手中一拉,如此用力以至于她手上的皮肤一阵灼痛。她想起米兰达抓她的时候手上的劲道,这时,那个机器人使出令人惊愕的力气把从她手里夺走的手杖用力压在自己的膝盖上。

随着一声可怕的声响,手杖断为两截。特莎转身就跑,可是金属手制住了她的双肩,将她猛地向后一拉。她拼命挣扎着想要摆脱——

突然,学院的大门猛地被打开了。片刻之间倾泻在他们身上的光亮让她除了被从教堂里溢出的光线包围着的一些黑色身影的轮廓以外什么都看不见。有什么东西从她的脑袋边呼啸而过,擦伤了她的脸颊。有金属和金属碰击发出的刺耳的声音,然后发条生物的手臂松了开来,她跌倒在台阶上,惊慌失措。

特莎抬头看去。夏洛特挺身而上,脸色苍白,神态严肃,一只手拿着一只锋利的金属圆盘。与之相配的另一只圆盘被埋进了那个之前曾抓着特莎的机械男人的胸口。它扭着身体抽搐着绕着圈,就像一只出了故障的玩具。蓝色的火星从它脖子处深长的裂缝里飞溅而出。

在他周围剩下的那些生物们在暗影猎手们的包围之下掉头疾跑，亨利用他的六翼天使在空中划出一道弧光，劈开了其中一个机器人的胸脯，把它踌躇抽搐着赶进了暗影之中。在他身边的威尔正挥舞着一种看着像是镰刀的武器，盛怒之下一下又一下砍向另一个生物，蓝色的火花从它身上喷涌而出。夏洛特冲下楼梯，抛出手里的第二只圆盘；随着一声令人作呕的噪音，圆盘削去了一个金属怪物的脑袋。它瘫倒在地，从身体里冒出更多的火花和黑色的油污。

剩下的两只生物像是认清了形势，转身向着大门疾跑而去。亨利转身和夏洛特一起向它们急追而去，而威尔却扔掉了手里的武器，转身跑回了楼梯。"怎么了？"他对着特莎大吼。她愣住了，头晕目眩地无法回答。他又抬高了声音，略带着一丝愤怒的恐慌。"你受伤了？杰姆在哪儿？"

"我没受伤，"她声若蚊呐，"可是杰姆，他晕倒了。在那儿。"她指了指杰姆躺着的地方，他瘫在门边的暗影之中。

威尔的脸色变得煞白，就像一块用白粉擦净的石板。他再也没有多看她一眼便冲上了楼梯，在杰姆身边蹲下身子，低声说着什么。当他没有得到回应时，威尔抬起头来，大叫着要托马斯过来帮他一起把杰姆搬走，还吼着别的一些什么，可特莎头晕眼花地听不明白。也许他正对着她咆哮。也许他觉得这一切都是她的错？要是她没生那么大的气，要是她不曾跑出去而让杰姆跟着她——

一个黑色身影隐隐出现在了灯火通明的门口。是托马斯，头发蓬乱，表情严肃，他一句话都没说便跪在杰姆的身旁。他和威尔一起扶着杰姆，让他站了起来，把他的手臂一人一边搭在两人的肩上。他们头也不回地匆匆走了进去。

特莎晕眩地环顾着整个庭院。有什么东西不太对劲。那是在所有的喧嚷和噪音之后突然降临的静默。院子里到处躺着支离破碎地被破坏了的发条生物，地上流淌着黏稠的液体，院子的大门洞开着，月亮漠然地照着地上的万物，只有它毫无变化，和之前他们站在桥上交谈的时候一模一样。

第十五章
外国泥巴

> 啊上帝,这爱犹如一朵鲜花,犹如一团火焰;
> 那生命犹如它的名字,
> 与那死亡相比,欲望更为悲惨,
> 所有这些事情统统不能一概而论!
>
> ——阿尔加侬·查尔斯·斯温伯恩,《礼赞维纳斯》

"特莎小姐。"是索菲。特莎转过身来看见她站在门口,手上的提灯正摇摆不定。"你没事吧?"

当特莎看到她的时候,心里涌起一股可怜的感激之情。在此之前她感觉自己是如此孤苦无依。"我没受伤。亨利去追那些生物了,而夏洛特——"

"他们会没事的。"索菲一手挽住特莎的胳膊。"来吧,让我带你进去,小姐。你正在流血。"

"我吗?"特莎迷惑不解,抬手碰了碰自己的额头;手指染上了红色。"一定是我摔在台阶上的时候撞到头了。我根本没有感觉到。"

"是撞伤,"索菲冷静地说,特莎想,在索菲为学院服务的生涯中,一定无数次地做过这些事情——包扎伤口,清除血迹。"走吧,我去找一块布敷在你的脑袋上。"

特莎点点头。又回头瞥了一眼庭院里的残局,她跟着索菲回到了学院里面。接下来的短短一瞬可以说她失去了知觉。索菲帮着她上楼,坐进客厅里的扶手椅之后便匆匆离开了,过了一会儿她跟阿加莎一起回到了客厅,阿加莎把一杯热乎乎的东西塞进了特莎的手里。

当特莎闻到那味道的一瞬间,便知道它是什么了——加了水的白兰地。她想起了内特,犹豫了一下,可是当她喝完一大口,眼前的一切重又清晰了起来。夏洛特和亨利带着一身金属和战斗的气息回来了。夏洛特一言不发地把武器放在桌上,然后呼唤威尔。他没有回应,倒是托马斯应声而来,他急急走过走廊,大衣上沾着血迹,告诉她威尔正跟杰姆在一起,杰姆会没事的。

"那些东西弄伤了他,他流了点血。"托马斯说着,一只手伸进那一头乱糟糟的棕发里。然后他看向索菲,说道:"可是威尔把圣母像给了他——"

"那他的药呢?"索菲马上问道,"他吃药了吗?"

托马斯点了点头,索菲紧绷的双肩这才稍许放松下来。夏洛特的目光也柔和了一些。"谢谢你,托马斯,"她说,"也许你可以去看看他还需要点什么?"

托马斯点点头,又回头瞥了索菲一眼,这才动身往走廊另一头走去,而索菲却完全没有留意到他的这个举动。夏洛特瘫坐在特莎对面的软垫搁脚凳上。"特莎,你能告诉我们发生了什么事吗?"

虽然紧紧握着热乎乎的杯子,她的手指还是冷冰冰的,特莎耸了耸肩。"你们抓到那些逃跑的东西了吗?那些——无论它们到底是什么。那些金属怪物?"

夏洛特沉重地摇了摇头。"我们在街上一路追着它们,可是当我们到达亨格福德大桥的时候它们便消失不见了。亨利认为这跟某些巫术有关。"

"或者是一条秘密隧道,"亨利说,"我还提出了一条秘密隧道的可能性,亲爱的。"他看着特莎。他那张和善的脸庞上满是鲜血和油污的痕迹,他那鲜艳的条纹背心被划破了。"也许你看见他们是从一条隧道里出来的,格雷小姐?"

"没有。"特莎说,她的声音近乎低语。为了清清喉咙,她又抿了一口阿加莎给她的那杯饮料,放下杯子以后,把所有的一切简明扼要地重述了一遍——那座桥,那个马车夫,那场追捕,生物们说过的话,它们冲过学院大门的样子。夏洛特面色惨白、一脸痛苦地听着;连亨利的表情也严峻了起来。索菲安静地坐在一把椅子上,揣着女学生会有的那种严肃和紧张专心听着故事。

"它们说这是一次宣战，"特莎最后说道，"它们要报仇雪恨——我想，应该是向你们——为了德昆西的事。"

"生物还把他称为法师？"夏洛特问。

特莎紧紧地将双唇抿起，让它们不再颤抖。"是的。他说法师要我，而他就是来把我带回去的。夏洛特，这是我的错。要不是我的话，今晚德昆西就不会派那些生物们来，那杰姆——"她低头看着自己的双手。"也许你应该把我交给他。"

夏洛特连连摇头。"特莎，你听见德昆西昨晚是怎么说的。他憎恨暗影猎手。就算没有你他也会向圣廷发动攻击的。要是我们把你给了他，我们就是把一个具有潜在价值的武器交到了他的手上。"她看着亨利。"我不知道他为什么等了这么长时间。为什么不趁着特莎和贾丝明一起外出的时候把她抓走？这些发条生物可不像恶魔，它们在白天也能出门。"

"它们是可以，"亨利说道，"可是会把民众吓坏的——还不只如此。它们长得还不够有人样，招摇过市一定会引起轰动。"说着，他从口袋里掏出一枚闪闪发亮的齿轮，将它举起。"我检查了那些倒在院子里的机器人的残骸。德昆西派来的这些追捕特莎的东西跟在地下室里的那些不一样。院子里的那些工艺更加复杂，用的金属也更加坚硬，协调性也更好。有一些是根据威尔发现的那张图纸制造出来的，而且超越了图纸。现在生物们的速度变得更快，更具有攻击性了。"

可是怎么会超越图纸的呢？"有段咒语，"特莎语速极快地说道，"就在图纸上。马格纳斯把它破译了出来……"

"是捆绑咒语。意味着将一个恶魔的能量注入一个机器人的体内。"夏洛特看着亨利。"德昆西——"

"难道成功了？"亨利摇了摇头。"不。那些生物只是按照一个模式制造出来的，就像八音盒一样。可它们并没有生命。它们没有智力、意志或者生命。它们跟恶魔毫无关系。"

夏洛特大大地松了口气。"我们必须在德昆西得逞之前找到他。事实上，要把那些生物杀掉是很困难的。天知道他到底制造了多少，要是它们真有恶魔的狡猾，要把它们杀掉得有多难。"

"一支既不诞生于天堂，亦不来自于地狱的军队。"特莎轻声说道。

"没错，"亨利接道，"必须找到和阻止德昆西。而与此同时，特莎，你必须待在学院里。并不是我们想把你囚禁在这里，而是留在这里你会安全得多。"

"可是要待多久——"特莎刚要开口——就被打断了，索菲的表情也随之一变。她越过特莎的肩头看到了什么，褐色眼眸圆睁。特莎随着她的视线看去。

是威尔。他站在客厅的门口。一道血痕划过他雪白的衬衫，看起来就像颜料一般。他面无表情，就像戴着一张面具，视线定格在特莎身上。当他们的眼神越过房间撞在一起的时候，她觉得心都快要从嗓子眼里跳出来了。

"他有话想跟你说。"威尔说。

有一瞬间四周一片安静，客厅里所有人都看着他。他在静默中释放出的紧张不安让他的眼神看起来没那么热切。索菲把手放在自己的脖颈上，手指神经质地拍打着自己的衣领。

"威尔，"夏洛特终于说道，"你指的是杰姆？他没事了吧？"

"他醒了，正在聊天。"威尔回答。他的视线短暂地扫过正低着头，像是要把自己的表情藏起来的索菲身上。"现在他有话要跟特莎说。"

"可是……"特莎看向忧心忡忡的夏洛特，"他没事了吗？他的病好了吗？"

威尔的表情没有任何变化。"他有话想跟你说，"他说，每个字的发音都异常清晰，"所以你要站起来，然后跟着我，然后你将会跟他说话。听明白了吗？"

"威尔。"夏洛特的声音开始透出一丝严厉，可是特莎已经站了起来，用手掌抚平皱巴巴的裙子。夏洛特担心地看着她，却再也没说什么。

当他们一路行进在走廊上的时候，威尔保持着绝对的沉默，燃着巫光石的烛台把他们的身影投在远处的墙壁上，看上去细细长长的样子。他的白色衬衣上溅着黑色的油污和鲜血，他的脸颊也被弄脏了；他的头发缠绕在一起，牙关紧闭。她不知道自从黎明时分她离开阁楼以后他究竟有没有睡过觉。她想要问问他，可是他的一切——他走路的姿势，他的沉默，他双肩的姿势——统统都告诉她别问他任何问题。

他推开杰姆的房门，把她让到自己的身前。房间里唯一的亮光便是来自窗户以及床边桌上一支点着巫光石的小蜡烛。杰姆半躺在高雕花大床的被单里。此刻他的脸色就跟睡衣的颜色一样苍白，紧闭的眼睑呈现出深蓝色。他的玉头手杖倚靠在床边。不知怎么地它已经被修好了，又完好如初，犹如新的一般散发出光泽。

杰姆随着房门的响动转过头来，双目依然紧闭着。"是威尔吗？"

威尔接下来的举动令特莎大吃一惊。他用力挤出一个微笑，然后用马马虎虎称得上愉悦的声调说道："按你说的，我把她带来了。"

杰姆轻轻睁开了双眼；看到他的眼中重又恢复了往日的神采，特莎不禁松了口气。尽管他的双眸看起来还是像他那苍白面孔上的两个阴暗的洞窟。

"特莎，"他说，"我很遗憾。"

特莎看了眼威尔——连她自己也不知道这么做是为了得到准许抑或是指导，可他只是目视前方。显然他不会帮她。于是她径直匆匆走过房间，坐在杰姆床边的椅子里。"杰姆，"她低声说道，"你不应该感到遗憾，或者向我道歉。我才是应该说对不起的人。你什么都没做错。我才是那些发条生物的目标，你不是。"她轻轻拍了拍床单，想要触碰他的手却又不敢。"要不是因为我，你也不会受伤。"

"受伤。"杰姆呼气的同时吐出了这个词，声音里几乎带着厌恶。"我没有受伤。"

"詹姆斯。"威尔的声音里带着警告的意味。

"她应该知道，威廉。不然她会以为这都是她的错。"

"你病了，"威尔说话的时候并没有看着特莎，"这不是谁的错。"他顿了顿。"我只是觉得你应该当心一点。你还没有痊愈。聊天会让你筋疲力尽的。"

"比起当心自己还有更加重要的事情。"杰姆挣扎着想要坐起来，当他撑起身子，背靠枕头的时候，脖子上的青筋都冒了出来。"要是你不喜欢，威尔，你可以离开。"

特莎听到身后传来房门一开一关发出的轻轻的咔哒声。她不用看也知道威尔走了。她无法抑制——心头涌上一种说不出的淡淡苦闷，一如每次他离开的时候她都会感受到的那样。

杰姆叹了口气。"他实在太倔强了。"

"他说得对，"特莎说，"至少有一点他是对的，你无须违背自己的意愿告诉我任何事情。我知道所有的一切都不是你的过失。"

"这跟过失无关，"杰姆说，"我只是觉得还是把真相告诉你的好。将它隐瞒下去没有任何好处。"他看了一眼房门，似乎他的话是趁着威尔不在才说的。接着他又叹了口气，用手扒拉了一下自己的头发。"你知道吗，"他说，"我一生的大多数时间都是跟我的父母一起在上海度过的？我是在那里的学院长大的？"

"我知道，"特莎说，同时嘀咕他是不是还没有完全清醒。"你在桥上告诉过我。你还说有个恶魔杀了你父母。"

"阎罗，"杰姆说。他的声音里满是憎恨。"恶魔对我的母亲心怀恨意。她杀了它的好些子孙。它们曾在一个叫做丽江的小镇里有过巢穴，在那里它们以当地的小孩为食。她放火烧了那个巢穴，在恶魔发现之前逃了出来。阎罗等待了好几年——'大恶魔'能够永生不死——可它从来没有忘了这事。在我十一岁的时候，阎罗发现了保护学院的防御设施的一个弱点，便在其中挖了条地道。恶魔杀了守卫，俘虏了我的家人，把我们统统绑在客厅的椅子上。然后它便开始了。"

"阎罗在我的父母面前折磨我，"杰姆继续说道，他的声音空洞，"它一遍一遍地把一种灼热的恶魔毒药注射进我的身体，那药烧焦我的血管，让我头疼欲裂。整整两天，我游离在幻觉与梦境之间。我看见整个世界淹没在血河之中，我还听见古往今来已死和将死之人的尖叫声。我看见伦敦熊熊燃烧了起来，巨大的金属生物像巨型蜘蛛一样到处横行——"他喘了口气。他的脸色极其苍白，睡衣被汗水浸透了黏在他的胸口，可是他却挥手拒绝了特莎关切的表情。"每过几个小时，我都会回到现实之中，足以让我听到父母为我大声尖叫的声音。而到了第二天，我清醒过来的时候只听到了妈妈的声音。我的父亲一直沉默着。妈妈的声音嘶哑，可她依然叫着我的名字。她喊的不是我的英文名字,而是我出生时她为我取的名字:健。我有时依然能听见她呼唤着我。"

他的双手紧紧抓着枕头,力气之大连那布料都被撕裂了。

"杰姆,"特莎柔声说道,"你可以停下来。现在你什么都不必告诉我。"

"你还记得我说过莫特梅因很有可能是靠走私鸦片来赚钱的吗?"他问,"英国人将鸦片成吨地带到中国。他们在我们周围建立了一个到处是瘾君子的国家。在中国我们管这个叫'外国泥巴'或者'大烟'。从某种角度来说,上海,我所在的城市,正是建立在鸦片之上的。如果没有鸦片它将不复存在。城市里满是毒窟,那些眼神空洞的人在那里活活饿死,因为他们除了毒品什么都不想要。为了它他们什么都愿意给。我曾经看不起那样的人。我不明白他们怎么能如此软弱。"

他做了个深呼吸。

"等到上海的其他暗影猎手开始为毫无动静多日的学院担心,破门而入营救我们的时候,我的父母早已经死了。我什么都不记得了。当时我正在惊声尖叫,精神错乱。他们把我带到了'无声使者'那里,他们尽已所能替我治疗。然而,有一件事是他们无法修补的。我对恶魔向我下的毒上了瘾。我的身体依赖它,就像一个瘾君子依赖鸦片一样。他们努力让我戒掉它,可是一旦离开它就会引起可怕的剧痛。即使他们有能力用法术替我止痛,我的身体依旧滑至死亡的边缘。经过几个星期的实验,他们终于无能为力了:没有那药我根本活不下去。这种药本身意味着一种慢性死亡,可要是让我离开它则会让我迅速死去。"

"几个星期的实验?"特莎重复道,"在你还只有十一岁的时候?那么做似乎太残忍了。"

"善良——真正的善良——自有其残忍之处,"杰姆说道,视线越过她。"在那儿,在你旁边的床头柜上,有只盒子。你能拿给我吗?"

特莎拿起那只盒子。它是用银做的,盒盖上镶嵌着一片珐琅,上面画着一个身穿白色长袍的苗条女子,她赤裸着双足,正把花瓶里的水倾倒在一条溪流之中。"她是谁?"她一边问,一边把盒子递给杰姆。

"观音。怜悯与慈悲的菩萨。他们说她倾听着每一个信徒的心声和每一声苦难的哭喊,尽己所能给予应答。我以为要是把我苦难的源头放在一个有她画像的盒子里,也许就能减轻一些。"他轻轻打开盒子上的锁扣,盒盖向后滑去。里面是一层厚厚的东西,特莎一开始以为那是灰尘,可它的颜色要鲜亮得多。那是一层厚厚的银粉,那明亮的银色几乎跟杰姆眼睛的颜色一模一样。

"这就是那药,"他说,"这是从一个我们认识的住在莱姆豪斯的巫师商人那里得到的。我每天都服用一些。这就是为什么我看起来那么——那么面无血色的原因;它会把我的眼睛和头发,甚至是皮肤的颜色抽干。我有时候都不知道我父母是不是还能认出我来……"他的声音越变越小,"要是我得出去打仗,就会吃得更多。用量少的话会让我不堪一击。今天在我们到桥上去之前我一点都没有吃。那就是为什么我会晕倒。并不是因为那些发条生物。是因为这种药。要是我的身体系统里没有了它,那么战斗、奔跑,都不是我力所能及的事情了。我的身体开始自我蚕食,于是我便晕倒了。"他啪的一声关上了盒子,把它递回给特莎。"拿着。把它放回原处。"

"你不需要了吗?"

"不。我今晚已经吃得够多的了。"

"你刚刚说这种药意味着慢性死亡,"特莎说,"你是说它正在置你于死地?"

杰姆点点头,一缕富有光泽的发丝垂在他的额头上。

特莎觉得自己的心痛地漏跳了一拍。"而当你战斗的时候,你会吃得更多?那你为什么不停止战斗?威尔和其他人——"

"他们会理解的,"杰姆替她说完,"我知道他们会的。可是生命并不只是活下去而已。我是一名暗影猎手。这就是我,而不只是我所做的。我的生活不能没有它。"

"你的意思是你不愿意停止战斗。"

要是换做威尔的话,特莎觉得,自己要是跟他说这些一定会让他勃然大怒,可是杰姆只是凝视着她。"对。长久以来我一直在寻找可以治愈的方法,可是后来我停了下来,也让威尔和其他人别再费劲了。这药或者它在我身上发挥的效力都不是真正的我。我相信真正的我要比那样的自己好得多。除了这个，我的生活里还有更多的东西，无论它将在何时以何种方式终结。"

"好吧，我不想让你死，"特莎说，"我不知道为什么会有如此强烈的感受——我才认识你没多久——可我不想让你死。"

"而我信任你，"他说，"我不知道为什么——我也才认识你没多久——可我就是信任你。"他的双手不再抓着枕头，而是安静地平放在穗花枕套上。那是一双瘦骨嶙峋的手，相对于手的其他部分来说，指关节显得尤其大，逐渐变细的修长的手指，一道粗大的白色伤疤越过了他右手的大拇指指腹。特莎有一股想轻抚他的双手的冲动，想把他的手紧紧握住，安慰他的冲动——

"好了，这一切太感人了。"毫无疑问，这是威尔的声音，他已经无声无息地走进了房间。他换下了那件血迹斑斑的衬衫，看上去像是匆匆忙忙地洗漱了一番。他的头发湿漉漉的，脸上很干净，只有指甲缝里依然黑乎乎地充塞着污秽和油迹。他的视线从杰姆转向特莎，小心翼翼地保持着一脸漠然。"我听见你告诉她了。"

"是的。"杰姆的声音里并没有挑衅的意味；他从来都是满怀友爱地看着威尔，特莎心想，不管威尔有多么令人生气。"事已至此。你也不必再为此烦恼了。"

"我不这么认为。"威尔说道。他目光锐利地看了特莎一眼。她想起之前他曾说过别让杰姆太累的话，便从椅子上站了起来。

杰姆依依不舍地看着特莎。"你必须得走吗？我多么希望你能留下来做照顾我的天使，可要是你一定要走的话，那么去吧。"

"我会留下来的，"威尔有点儿生气地说，然后一屁股坐在那把特莎刚刚腾出来的扶手椅上。"我可以像天使一样地照料你。"

"我不信。而且你也没特莎漂亮。"杰姆一边说一边闭上眼睛向枕头靠去。

"真没礼貌。很多曾经凝视过我的人都把这段经历比喻为好像凝视着太阳的光辉一般。"

杰姆依然闭着眼睛。"如果他们的意思是这么做会头疼的话，那么他们没说错。"

"而且,"威尔看着特莎说道,"不让特莎待在她哥哥身边太不公平了。今早以来她还没机会看望过他。"

"那倒是真的。"有一瞬间杰姆颤抖着睁开了双眼,他的眼眸呈现出银黑色,伴随着睡眠颜色也越发深沉了。"对不起,特莎。我差点忘了。"

特莎什么也没说。她和杰姆一样几乎忘了她的哥哥,这让她惊骇了起来。她想说,没关系,可是杰姆重又闭上了双眼,她觉得他可能睡着了。当她看着他的时候,威尔俯下身子,把毯子拉上来盖住了杰姆的胸口。

特莎转身尽可能安静地走出了房间。

走廊里的亮光幽暗,或者仅仅为因为杰姆房间里比较明亮才会有此错觉。为了让双眼适应这种落差,特莎站了一会儿,眨了眨眼。这时她突然一怔。"索菲?"

在一片昏暗之中,索菲的身体像是由一连串苍白的斑点组成的——她的面色苍白,一手拿着白色帽子上的一根带子,白帽从她的手里垂荡下来。

"索菲?"特莎说,"有什么事吗?"

"他没事吧?"索菲问,她的声音里有一丝奇怪的凝滞,"他会好起来吗?"

特莎被她的问题吓了一跳,一下子没有反应过来:"谁?"

索菲凝视着她,眼睛里满是无声的悲伤。"杰姆。"

不是杰姆主人,也不是卡斯泰尔斯先生。特莎万分惊讶地看着她,突然想了起来。你当然可以去爱一个不会用爱回应你的人,只要他们值得你这么做。只要这是他们应得的。

当然了,特莎心想。我是多么愚蠢。她爱的人是杰姆。

"他没事,"她尽可能轻柔地说道,"他现在正在休息,可他刚刚坐了起来,还聊了一会儿天。他很快就会好起来的,我确定。要是你想见见他——"

"不!"索菲立即大声说道,"不,那么做不合适。"她的眼睛炯炯有神起来,"我太感激您了,小姐。我——"

然后她转过身急匆匆地往走廊另一端走去。特莎看着她的背影,感到既混乱又困惑。自己为什么没有早一点看出来呢?自己怎么会如此后知后觉?一个人有能力把自己分毫不差地变成另一个人,却不能站在他们的角度考虑问题,这是多么奇怪的一件事啊。

***

内特的房门半开着;特莎轻手轻脚地将门推开,向屋里窥去。

她哥哥身上盖着厚厚的一堆毯子。床边桌上的蜡烛发出忽明忽暗的亮光,照亮了披散在枕头上的金发。他双目紧闭,胸口有规律地上下起伏着。

床边的扶手椅上坐着贾丝明。她也睡着了。她的一头金发被仔细地盘成了发髻,几缕卷发垂挂在她的肩上。有人把一条沉甸甸的羊毛毯子盖在了她身上,她的双手紧紧抓着毯子,将它拉及自己的胸口。此时此刻,特莎看着她,觉得她比以往任何时候看上去都更加年轻而脆弱。在她身上完全看不到那个在公园里屠杀小妖精的姑娘的身影。

真奇怪,特莎心想,到底是什么让她看上去如此温柔。你永远也猜不到。她尽可能轻巧地将门关上,转身离去。

那天晚上,特莎睡得并不安稳,总是梦到发条生物们向她发动袭击,伸出它们细长的金属手抓住她,将她的肌肤撕裂而把她吓醒。最后她又梦到了杰姆,他正躺在一张床上,银色粉末像雨点般从他身上倾泻而下,它们落在他躺着的床单上并将之点燃,直到整张床都烧了起来,而杰姆只是安详地躺在上面,完全没有察觉特莎警告的大喊声。

最后她梦到了威尔独自一人站在圣保罗大教堂的穹顶之上,一片白光照耀着他,那是一轮白色的月亮。他穿着一件黑色的大衣,在夜空辉光的照耀之下,他的脖子和双手肌肤上的如尼文一览无遗。他像一个发誓要把城市从噩梦之中解救出来的邪恶天使,低头俯瞰着伦敦城,在他的脚下,伦敦沉睡着,对一切都漠不关心、毫无察觉的样子。

梦境之中的特莎是被耳朵旁边的一个声音拉回现实的,还有一只手正用力地晃动着她的肩膀。"小姐!"是索菲,她的声音刺耳。"格雷小姐,你必须醒醒。你哥哥出事了。"

特莎将枕头抛开,直直地弹了起来。午后的亮光从卧室的窗户里洒了进来,照亮了屋子——还有索菲一脸的焦急。"内特醒了?他没事了?"

"是的——我是说,不。我是说,我不知道,小姐。"索菲的声音里带着一丝哽咽,"他不见了。"

第十六章
捆绑咒语

> 一次或者两次掷下骰子，
> 那是绅士玩的游戏，
> 可他输给了与罪恶嬉戏之人。
> 在那不为人所知的羞耻之屋中。
>
> ——奥斯卡·王尔德,《雷丁监狱之歌》

"贾丝明！贾丝明，发生了什么事？内特在哪儿？"

当特莎一路急急忙忙地经过走廊的时候，就站在内特房外的贾丝明转身面对着她。贾丝明的眼圈红红的，表情很生气。疏松的金色卷发从后脑勺上向来整整齐齐的发髻里跑了出来。"我不知道，"她厉声说道，"我在床边的椅子上睡着了，当我醒来的时候，他已经走了——就这样走了！"她眯缝着眼睛。"天哪，你脸色真难看。"

特莎低头打量了一下自己。她压根没想到要穿上衬裙，甚至连鞋也没换。她只是匆匆忙忙地套上了一条裙子，赤裸的双脚滑进了拖鞋，就这么跑了过来。她的头发披散在肩头，她能想象自己此刻的模样一定像极了《简·爱》里被罗切斯特先生关在阁楼里的那个疯女人。"内特还在生病，不可能走远的，"特莎说，"现在有人在找他吗？"

贾丝明高举起双手。"每个人都在找他。威尔、夏洛特、亨利、托马斯，甚至连阿加莎都在找他。我猜你不会想把病床上可怜的杰姆叫起来加入搜索的队伍吧？"

特莎摇了摇头。"老实说，贾丝明——"她突然停了下来，背过脸去。"好吧,我也要去找他。要是你喜欢的话可以继续待在这儿。"

"我当然喜欢。"贾丝明把头一甩,而此时特莎却旋过身大步朝走廊那端走去,各种念头在脑袋里急转不休。内特到底还能去哪儿?他是不是还在发烧、神志不清?他是不是起床以后完全不知道自己在哪儿于是跌跌撞撞地出门来找她?这种想法令她一阵揪心。学院就是一个变幻莫测的迷宫,当她从又一个死角转进另一条排列着挂毯的走廊时在心里念道。要是连她都很容易迷路,内特怎么可能——

"格雷小姐?"

特莎转身看见托马斯突然从走廊上的一扇门里冒了出来。他只穿着一件衬衣,头发一如既往地杂乱,棕色的眼眸异常严肃。她觉得自己整个身体都僵住了,一动都不能动。哦,上帝啊,是坏消息。"什么事?"

"我找到你哥哥了。"托马斯的话令特莎大吃一惊。

"你找到了?可他在哪儿呢?"

"在客厅里。他给自己找了个藏身之处,就在窗帘后面。"托马斯语速急促,看起来有些羞怯。"片刻之后他看见了我,立马就发了疯,开始大喊大叫起来。他想要从我身边冲过去,我不得不再让他添上几道伤才能让他安静下来——"看到特莎一脸不解的样子,托马斯顿了顿,清了清喉咙。"我的意思是说,我恐怕是把他吓坏了,小姐。"

特莎以手掩嘴。"哦,天哪。可他现在没事了吧?"

托马斯像是不知道该看哪里才好。他尴尬地发现内特蜷缩在夏洛特的窗帘之后,特莎一边这么想着一边对托马斯的行为涌上一股愤怒。她哥哥不是一名暗影猎手;在他成长的过程中并不曾经历杀戮和冒险。他当然会害怕。何况他可能因为高烧而神志不清。"我最好去看看他。就我一个人,你明白吗?我想此刻他需要看见一张熟悉的脸孔。"

托马斯像是松了一口气。"是的,小姐。我会暂时等在外面。当你需要我召集其他人的时候告诉我一声就行了。"

特莎点点头,从托马斯身边走过,推开了客厅的门。屋子里一片昏暗,唯一的照明便是从高窗洒入的灰色的午后光线。在阴影之中,屋子里散布在各处的沙发和扶手椅们看起来就像一头头蜷伏着的野兽。在火炉旁边最大的一把扶手椅上坐着内特。他找到了曾在德昆西的家里穿过的血迹斑斑的衣裤,此刻正穿着它们。他光着双脚。他的手肘支在膝盖上,脸埋在手掌里,看上去可怜极了。

"内特?"特莎柔声唤他。

他应声抬起头来——急忙站了起来,脸上出现了一种难以置信的欣喜之情。"泰茜!"

特莎轻喊一声冲过房间,张开双臂环绕住哥哥,用力地抱住他。她听见他发出一声痛苦的呻吟,可他的胳膊也拥住了她,有那么一会儿,就这样拥抱着他,特莎感觉回到了姨妈在纽约的那间小小的厨房里,各种食物的气息围绕着她,还有姨妈责备他们弄出那么多噪音的时候发出的轻笑声。

是内特先抽开身去,低头看着她。"上帝,泰茜,你看起来完全变了一个人……"

她全身一阵不寒而栗。"什么意思?"

他几乎有些心不在焉地拍了拍她的面颊。"长大了,"他说,"变瘦了。我离开纽约的时候你还是个娃娃脸的小姑娘,是不是?或者那只是你最后留在我脑海里的模样?"

特莎让哥哥放心,自己依然还是那个他所熟悉的小妹妹,可她脑海中的一部分却开始思考他刚刚提出的那个问题。她情不自禁地用忧虑的眼神凝视着他;他的脸色已经不像之前那样灰败了,但依然苍白,脸上的淤青呈现出蓝色和黑色,异常显眼,他的脸和脖子上贴着黄色的膏药。"内特……"

"其实没你看上去的那么糟糕。"他读懂了她脸上的焦虑。

"不,真的很糟糕。你应该躺在床上,好好休息。你到这儿来干什么?"

"我在找你。我知道你在这儿。在那个独眼秃头怪物发现我之前我就看见你了。我猜他们一定也把你关了起来。我正打算想办法跟你一起逃出去。"

"关起来?内特,不是这样的。"她摇了摇头,"我们在这里很安全。"

他怀疑地眯缝起双眼。"这里就是学院,不是吗?我曾被警告过要小心这个地方。德昆西说这里是由那些自称为拿非力人的疯子和怪物掌管的。他说他们把人们肮脏的灵魂禁锢在一些盒子里,他们尖叫着——"

"什么,那些罗盘?它确实控制着一些恶魔的能量,内特,但不是人们的灵魂!它完全是无害的。要是你不相信的话,我一会儿可以带你去看看,就在武器室里。"

内特并没有因此而放下心来。"他说要是拿非力人把我弄到手的话,就会把我切成碎片,因为我违反了他们的《大律法》。"

特莎打了一个寒颤;她从哥哥身边走开,接着看见客厅的一扇窗户开着,窗帘在微风中飘动着。于是让她颤栗的就不仅仅是精神上的不安了。"是你把窗户打开的吗?这里太冷了,内特。"

内特摇摇头。"我进来的时候它就开着。"

特莎一边连连摇头,一边走过房间将窗户关上。"你会得重感冒的——"

"别管这个了,"内特烦躁地说,"暗影猎手们怎么样?你是说他们并没有把你囚禁在这里?"

"没有。"特莎从窗边转过身来,"他们没有把我关起来。他们确实挺奇怪的,可暗影猎手们对我很好。我想待在这里。他们慷慨地让我留了下来。"

内特摇摇头。"我不明白。"

特莎的心里窜起一股怒气,这不禁把她吓了一跳,她立刻将它压了下去。这不是内特的错,有太多事情他都不知道。"我还能去哪儿呢,内特?"她一边问一边穿过房间来到他身边,挽起他的胳膊。她让他靠回扶手椅里。"坐下吧。你把自己累坏了。"

内特顺从地坐了下来,抬头看着她。他的眼里浮现出一种茫然的神情。特莎知道那种表情。这意味他正在构思和策划某个疯狂的计划,做着一个荒诞乖张的梦。"我们还是可以离开这个地方,"他说,"我们可以去利物浦,登上一艘轮船,回到纽约。"

"然后呢?"特莎尽可能地轻声细语,"我们在那里一无所有。姨妈死了,我不得不为了她的葬礼变卖我们所有的东西。公寓已经没有了。我们没有借房子的钱。在纽约我们无家可归,内特。"

"我们可以找一个新地方，开始新生活。"

特莎悲伤地看着哥哥。他的脸上满是绝望的恳求，淤青犹如丑陋的花绽放在他的颧骨之上，他的一头金发依然到处沾着血迹，纠缠在一起，看着这样的他令她心痛。哈丽雅特姨妈以前总是说，内特跟别人不一样。他身上有着一种美丽的纯真，必须拼尽全力保护它，不惜任何代价。

而特莎也努力过了。她和姨妈不曾让内特发现自己的软弱以及他自身的不足之处造成的后果。她们从来没有告诉他为了弥补他在赌博中输掉的钱哈丽雅特姨妈不得不出门工作，而特莎则要忍受来自其他孩子的嘲笑，说她哥哥是个酒鬼，一个败家子。她们把这些统统隐瞒是为了不让他受到伤害。可他还是被伤害了，特莎心想。也许杰姆说得对。也许只有真相才是最好的。

她坐在哥哥对面的一把软垫椅上，凝视着他。"那不可能，内特。现在还不行。我们两个都被这件事弄得一团糟，就算我们逃跑它也会跟着我们的。而且要是我们真的跑了，那么等它找到我们的时候我们就是孤独无助的了。那时，不会有人帮助我们或者保护我们的。我们需要学院，内特。我们需要拿非力人。"

内特的蓝色眼眸露出茫然的神情。"我想是吧。"他说，这句话打动了特莎，在这几乎两个月的时间里她周围的人无一例外都操着一口英国口音，这让身为美国人的她无比思念自己的家乡。"你会在这里全是因为我的缘故。德昆西折磨我。逼我写了那些信，给你寄了船票。他说一旦他拥有了你，他不会伤害你，可是后来他不让我见你，而我以为——我以为——"他抬起头来，目光迟钝地看着她。"你应该很恨我才对。"

特莎的声音坚定。"我永远也不会恨你。你是我哥哥。你是我的亲人。"

"你觉得当一切都结束以后，我们能回家吗？"内特问，"忘记一切？过上正常人的生活？"

过上正常人的生活。与这句话同时浮现在脑海里的是她跟内特一起生活在一间充满阳光的小公寓里。内特会找到一份新工作，到了晚上她会为他做饭和打扫，而到了周末他们可以一起去公园散步或者搭乘火车去康尼岛坐坐旋转木马，或者登上铁塔的最高点看看夜晚绽放在曼哈顿海滩酒店上空的焰火。那里会有真正的阳光，而不像现在这种灰暗多雨的夏季景象，而特莎可以变成一个普普通通的姑娘，埋头看书，双脚踏踏实实地踩在熟悉的纽约人行道上。

可当她试着要把这幅画面牢牢记在脑海里的时候，那景象却似乎片片碎裂着离她远去，就像你想把一张蜘蛛网全部握进手里，它却不堪一握。她看见了威尔的脸、杰姆的脸、夏洛特的脸，甚至还有马格纳斯的脸，他正在说："可怜的东西。现在你知道了真相，你永远也回不去了。"

"可我们并不是正常人，"特莎说，"我不是正常人。你知道的，内特。"

他低头看着地板。"我知道。"他无助地轻轻摆了摆手。"所以那是真的。你就是德昆西说的那种人。你会巫术。他说你拥有变身的能力，泰茜，可以随心所欲地变成任何东西。"

"你还相信他的话？那是真的——好吧，差不多是真的——可一开始连我自己都不敢相信。那太奇怪了——"

"我还见过更加奇怪的事情。"他的声音一片虚无。"上帝，它应该就是我。"

特莎眉头紧皱。"你说什么？"

可还没等他回答，房门便打开了。"格雷小姐。"是托马斯，此刻的他看起来一脸歉意。"格雷小姐，威尔主人他——"

"威尔主人就在这里。"威尔敏捷地绕过体型硕大的托马斯。他依然穿着前一天晚上换上的那套衣服，此刻它们看起来皱皱巴巴的。特莎不知道他是不是在杰姆房间的椅子上过夜。他的双眼之下蒙上了一层蓝灰色的阴影，他看起来累极了，然而他的眼眸却炯炯有神——是因为欣慰？亦或是有什么值得消遣的？特莎不知道——他的视线落在了内特身上。

"我们的流浪者，终于被找到了，"他说，"托马斯告诉我你躲在窗帘后面？"

内特一脸茫然地看着威尔。"你是谁？"

特莎很快地为他们做了介绍，然而两个男孩似乎都不高兴见到对方。内特还是一副生命垂危的样子,而威尔眼里的内特就像是一件新的科学发明,而且还是乏善可陈的那一种。

"那么你是一个暗影猎手,"内特说,"德昆西告诉我你们是一群怪物。"

"这话是他在打算吃掉你之前还是之后说的?"威尔反问。

特莎马上站了起来。"威尔。我能跟你在走廊上说几句话吗,求你了?"

她原以为自己会被拒绝,但并没有。威尔充满敌意地瞪了内特一眼之后,沉默地跟着她来到走廊,在身后关上了客厅的门。

没有窗户的走廊里,烛光明灭不定,巫光石断断续续地投下一片片明亮的光影。威尔与特莎站在两片光影之中的阴暗处,看着彼此——如此小心翼翼,特莎觉得他们就像在同一条巷子里兜圈子的两只生气的猫咪。

是威尔首先打破了沉默。"好吧。你把我一个人叫到走廊里——"

"是的,是的,"特莎不耐烦地说道,"全英格兰会有上千个女人愿意为了这个机会而慷慨解囊。我们能不能先把你的聪明才智放在一边?这件事很重要。"

"你想让我道歉,对不对?"威尔说,"为了在阁楼上的事?"

这话让特莎措手不及,一脸惊愕地看着他。"阁楼?"

此话一出,过往的记忆重又出现在特莎的脑海里,如此清晰而又始料不及——威尔缠绕着她发丝的手指,他的手抚过她的手套的感觉,他的嘴唇触到了她的。她觉得一阵面红耳赤,急切地渴望在一片昏暗中自己的窘态不会被发现。"什么——不。不!"

"那么你不想让我说对不起。"威尔说。此刻他的脸上露出一丝浅笑,就像一个前一秒钟还在专心致志地用玩具积木搭建着一座城堡,然后一挥胳膊将它破坏得干干净净的孩子的脸上会挂着的那种笑容。

"我不在乎你是不是道歉,"特莎说,"那不是我要跟你说的事情。我想跟你说的是对我哥哥好点。他刚刚经历了一场可怕的折磨。他不应该像个犯人那样被审问。"

威尔回答之迅速令特莎始料未及。"我明白。可要是他有所隐瞒——"

"每个人都有所隐瞒！"特莎怒气冲冲地脱口而出，连她自己都吓了一跳，"我知道有些事情令他感到羞耻，可那并不意味着是你非知道不可的事情。你也并没有把所有的事情都告诉每个人，是不是？"

威尔的表情慎重。"你是什么意思？"

你父母怎么了，威尔？你为什么拒绝跟他们见面？你为什么除了这里无处可去？为什么你在阁楼里要把我赶走？可是特莎一句都没有问，只是说道："杰姆怎么样了？你为什么不把他生病的原因老实告诉我？"

"杰姆？"威尔似乎打从心底里感到惊讶，"他不想让我告诉你。他觉得这是他自己的事。事实如此。你也许还记得，我甚至不赞同他亲自告诉你。他觉得自己欠你一个解释，其实他没有。杰姆不欠别人任何东西。发生在他身上的一切都不是他的错，可他却承受了一切并为此而感到羞耻——"

"他没什么好羞耻的。"

"你也许这么认为。可别人觉得他的病和毒瘾没什么两样，他们因为他的软弱而鄙视他。似乎他只要拥有足够的意志力就能停止服药。"威尔的话听起来出奇的愤懑，"他们就是这么说，有时候还当着他的面。我不想让他听到你也说这样的话。"

"我永远不会那么说的。"

"我怎么猜得到你会怎么说？"威尔说，"我并不真正地了解你，特莎，不是吗？就跟你了解我的程度差不多。"

"你根本不愿意让任何人了解你，"特莎语气急促，"那好吧，我也不会再试了。可是别假装杰姆跟你一样。也许他更愿意让人知道真正的他是什么样的。"

"别这么想，"威尔说，他的蓝色眼眸暗沉了下来，"别以为你比我更了解杰姆。"

"要是你那么关心他，你为什么不帮帮他？为什么不寻找治愈他的方法？"

"你以为我们没有吗？你以为夏洛特没找过，亨利没找过，我们没有雇用巫师，向他们购买信息，寻求帮助吗？你以为我们就这样眼巴巴地看着杰姆走向死亡而从来没有为此努力过吗?"

"杰姆告诉我他让你们都不要再找了,"特莎说,冷静地面对着他的怒气,"而你们就停下来了,对不对?"

"他告诉你了,不是吗?"

"你们有没有停下来?"

"我们一无所获,特莎。这是不治之症。"

"你们怎么知道?你们完全可以瞒着他继续寻找。也许会有所发现。即使机会微乎其微——"

威尔抬高双眉。走廊里闪烁的光影加深了他的黑眼圈和棱角分明的脸颊的轮廓。"你觉得我们应该违背他的意愿?"

"我认为你们应该尽己所能,即使这么做意味着必须得撒谎骗他。我不明白你们如何能接受他终将死去的事实。"

"而我认为你根本不明白有时候人只有唯一一个选择,要么接受,要么发疯。"

在他们身后的走廊里,突然有人清了清自己的嗓子。"这里怎么了?"一个熟悉的声音问道。特莎和威尔全都一心沉湎于谈话之中,完全没有发现杰姆正走近他们。威尔在转身面对着自己的朋友的时候,整个人带着歉疚地一怔,杰姆正用平静而感兴趣的目光注视着他们俩。他此刻已经穿戴整齐,可是就像刚从发着高烧的睡眠里醒来一般,头发乱七八糟,脸颊烧得通红。

威尔大吃一惊,却并不乐意看见他。"你下床干什么?"

"我在走廊里遇见了夏洛特。她说我们要在客厅里碰头,跟特莎的哥哥聊聊。"杰姆的语调温和,从他的表情里压根看不出来对特莎和威尔的谈话到底听到了多少。"我至少可以去听听。"

"哦,太好了,你们都在这儿。"夏洛特急匆匆地从过道那头走了过来。亨利大步流星地走在她的身后,他的一边是贾丝明,另一边则是索菲。特莎留意到贾丝明已经换上了她最漂亮的裙子之一,一条纯蓝薄纱裙,她还拿着一条折叠起来的毯子。在她身边的索菲则端着一个放着茶和三明治的托盘。

"那些是给内特的吗?"特莎吃惊地问,"茶,还有毯子?"

索菲点点头。"布兰韦尔夫人觉得他可能饿坏了——"

"而我认为他会觉得冷。他昨晚一直在哆嗦，"贾丝明热切地插嘴，"那么我们可以把这些东西拿进去给他了吗？"

夏洛特看着特莎征求她的意见，这一举动打动了特莎。夏洛特会善待内特的，她情不自禁地这样想。"可以。他正在等你们。"

"谢谢你，特莎。"夏洛特柔声说道，接着她推开了客厅的房门走了进去，其他人尾随其后。当特莎跟着他们走进去的时候，感觉到有只手放在了她的胳膊上，那触碰如此轻盈，她几乎没有发觉。

是杰姆。"等等，"他说，"就一会儿。"

她转身看着他。通过敞开的房门她能听见一串低语声——有亨利友好的男中音，还有当贾丝明说出内特的名字的时候那热切的假高音。"这是什么？"

他犹豫了一下。放在她手臂上的那只手冷极了；他的手指好像纤细的玻璃杯细颈抵在她的肌肤上。她不知道他那烧得通红的面颊上的肌肤是否会更温暖一些。

"可我妹妹——"内特忧虑的声音飘到了走廊上，"她也会来吗？她在哪儿？"

"没关系。没事的。"杰姆的脸上绽出一个令人安心的笑容，放开了他的手。特莎有些不明就里，却只是转身走进了客厅，杰姆跟在她的身后。

索菲正跪在壁炉边生着火；内特依然坐在那把扶手椅上，贾丝明的毯子覆在他的膝盖上。贾丝明则笔直地坐在邻近的一张凳子上，骄傲地笑逐颜开。亨利和夏洛特坐在内特对面的沙发上——夏洛特显然已经充满了好奇——而威尔，跟平常一样，倚靠在最近的墙壁上，脸上的表情既急躁又兴致勃勃。

当杰姆向威尔走去的时候，特莎把注意力集中在了哥哥的身上。当她回到房间里的时候，他已经没有先前那样紧张了，可看起来依然可怜兮兮的样子。他的指尖使劲拽着贾丝明的毯子。她穿过房间，坐进他脚边的软垫椅上，极力忍住揉乱他的头发或者轻拍他的肩膀的冲动。她能感觉到屋子里所有的眼睛都注视着她。所有人都看着她和哥哥，房间里安静极了，连根针掉在地上的声音都清晰可闻。

"内特，"她轻声说道，"我猜大家都做过自我介绍了？"

内特依然紧抓着毯子，点了点头。

"格雷先生，"夏洛特说，"我们已经跟莫特梅因先生谈过了。他跟我们说了很多关于你的事。关于你对暗影世界的喜爱。还有赌博。"

"夏洛特。"特莎出声抗议。

"是真的，泰茜。"内特声音沉闷。

"没人在怪你哥哥，特莎。"夏洛特一边温和地说，一边转而面向内特，"莫特梅因说当你来到伦敦的时候就已经知道他牵扯于这些神秘活动之中。你是怎么知道他是'地狱俱乐部'的成员之一的呢？"

内特犹豫了。

"格雷先生，我们只是想知道发生在你身上的事情。德昆西对你很感兴趣——我知道你还病着，而我们也不愿意对你进行残酷的拷问，可要是你能向我们提供哪怕一丁点儿信息，对我们来说就是最宝贵的帮助——"

"是哈丽雅特姨妈缝纫用的杂物。"内特低声说道。

特莎迷惑地眨了眨眼。"什么？"

内特继续低沉地说："我们的姨妈哈丽雅特总是把妈妈的旧首饰盒放在她的床头柜上。她说她把缝纫用的杂物放在里面，可我——"内特做了个深呼吸，一边说一边看着特莎。"我欠了别人的钱。我鲁莽地打了很多赌，输了一些钱，大事不妙。我不想让你或者姨妈知道。我记得妈妈生前曾经戴过一只金手镯。我相信它一定还在那个首饰盒里，哈丽雅特姨妈那么固执一定不会把它卖了。你知道她是什么样的人——她曾是什么样的人。无论如何，这个念头让我挥之不去。我知道要是我把手镯当掉，我就能还清债务。所以有一天当你跟姨妈出去的时候，我搞到了那只盒子，把它搜了一遍。

"毫无疑问手镯没在里面。可我倒是发现了一个夹层。里面没有任何值钱的东西，只有一叠卷起来的纸。这时我听到你上楼的声音，就一把把它们拿走了，带回了我自己的房间。"

内特顿了顿。所有的眼睛都看着他。过了一会儿，特莎实在抑制不住，于是问道："然后呢？"

"那些是妈妈的日记，"内特说，"是从她的日记本上撕下来的，少了好几页，可是已经足够让我串起一个奇怪的故事了。

"事情是从我们的父母还住在伦敦的时候开始的。爸爸在莫特梅因码头那里的办公室上班,总是不在家,可妈妈有哈丽雅特姨妈作伴,还有我。我那时候刚出生不久。生活日复一日,爸爸每晚回家变得越来越心烦意乱。他说工厂里面有古怪,好多机器出现故障,随时都能听见噪音,甚至有一晚连守夜人都失踪了。还有谣言声称莫特梅因跟神秘活动有牵连。"内特像是能把整个故事背诵一般娓娓道来,"爸爸一开始对这些谣言不屑理睬,可最终还是询问了莫特梅因,而他承认了所有的事。我猜他设法让整件事听起来没那么邪恶,似乎他只是用咒语、五芒星和诸如此类的东西开了个玩笑。他把自己归属的组织叫做'地狱俱乐部'。他建议爸爸带上妈妈去参加一次他们的派对。"

"带上妈妈?可他根本不可能那么做的——"

"也许不会,可为了新婚妻子和刚出生的孩子,爸爸渴望能够让老板高兴。他同意参加派对,也同意带妈妈一起去。"

"爸爸应该去报警——"

"对像莫特梅因这样的有钱人来说,警察根本没用,"威尔插嘴,"要是你爸爸去报警的话,警察一定会嘲笑他的。"

纳撒尼尔把前额的头发向后掠去,他正在流汗,几缕发丝黏在了他的皮肤上。"那天深夜,在天色已经伸手不见五指的时候,莫特梅因安排了一辆马车来接他们俩。马车把他们带到莫特梅因的房子。这之后有好几页日记都不见了,没有提及那晚到底发生了什么。那是他们第一次去那里,可我知道,绝不是最后一次。在接下来的几个月里他们又去了'地狱俱乐部'好几次。至少妈妈是讨厌去那里的,可他们还是继续参加派对,直到发生了某些出其不意的事。我不知道是什么事情;在那之后就没剩下几页了。我隐约感觉到他们是在夜色掩护之下离开伦敦的,他们没有告诉任何人自己要去何方,也没有留下通讯地址。可以说他们就这样消失了。而日记里也完全没有提及原因——"

纳撒尼尔突然爆发出一阵干咳,把他的故事打断了。贾丝明抢先一步端起先前索菲放在桌子上的茶水,然后把杯子塞到内特的手里。当她这么做的时候,她对着特莎做了个胜利者的表情,好像在说特莎其实早就该想到这一点。

茶水平息了内特的咳嗽，他继续说下去。"找到这些日记以后，我像是无意中发现了一座金矿。我听说过莫特梅因。我知道这个男人非常富有，虽然他有点儿疯狂。我给他写了信，告诉他我是纳撒尼尔·格雷，理查德和伊丽莎白·格雷的儿子，我父母去世了，在她留下的文件里我发现了关于他的神秘活动的证据。我暗示说自己渴望跟他见面，商量一下他是否能雇用我，要是他不想见我的话，我猜会有好几家报纸对我母亲的日记感兴趣的。"

"真有胆量。"威尔听起来像是深受感动。

内特微微一笑。而特莎则投给他一个愤怒的眼神。"千万别沾沾自喜。当威尔说'有胆量'的时候，他的意思其实是'没有素质'。"

"不，我说的就是有胆量，"威尔说，"当我想说没有素质的时候，我会说，'这是我本想做的事。'"

"够了，威尔，"夏洛特打断他，"让格雷先生把他的故事说完。"

"我原以为他可能会给我寄些钱让我闭嘴，"内特继续，"然而并非如此，我得到了一张前往伦敦的头等舱船票，一旦我到达以后，还有一份正式工作。我觉得自己交了好运，这可是我人生第一次，我可不想搞砸了。

"当我来到伦敦以后，我直接去了莫特梅因的宅子，在那里我被带到书房与他见面。他热情地欢迎我，告诉我他是多么高兴能够见到我，我长得有多像我已故的亲爱的母亲。然后他变得严肃起来。他让我坐下，告诉我他以前是多么喜欢我的父母，而当他们离开英格兰的时候他难过极了。他从来不知道他们已经去世了，直到收到我的信。即使我要把他的事情公之于众，他依然宣称他很高兴能给我一份工作，为了我的父母愿意尽自己的一切能力帮助我。

"我告诉莫特梅因我会替他保守秘密——只要他带着我去参加一次'地狱俱乐部'的派对，既然他曾经让我的父母看过，那么他也应该带我去看看，这是他欠我的。其实是因为妈妈的日记里提到的赌局激发了我的兴趣。我想象一群参加派对的男人愚蠢到会相信魔法和恶魔，想必从这样的傻瓜那里赢点小钱一定也不是什么难事。"内特闭上了眼睛。

"莫特梅因勉强同意了。我猜是因为他别无选择。那晚派对就在德昆西的宅子里举行。大门打开的那一刻,我知道我自己才是傻瓜。这里根本没有涉足招魂术的外行。妈妈只在日记本里一笔带过的暗影世界如此真切地出现在我的眼前。这是真的。我无法描述当我环顾一切的时候所感受到的震撼——房间里满是无以名状的怪诞生物。'黑暗姐妹'也在那里,从她们的惠斯特纸牌后面不怀好意地看着我,她们的指甲犹如魔爪。脸孔和肩膀扑着白粉的女人们冲我微笑,鲜血从她们的嘴角溢出。眼睛会变色的小生物们在地上跑来跑去。我从未想到这些都是真的,我如实告诉了莫特梅因。

"'天地之间,有很多你意想不到的东西,纳撒尼尔。'他说。

"好吧,是因为你我才知道了这句名言,特莎。你总是为我读莎士比亚的作品,我偶尔也会留心听一听。我正打算告诉莫特梅因别取笑我,一个男人来到了我们身边。我看见莫特梅因的身体僵硬得像块木板,似乎这个人令他畏惧。他告诉他我叫纳撒尼尔,一个新职员,然后告诉我这个男人的名字。德昆西。

"德昆西微微一笑。我立刻知道他并非人类。我以前从没见过吸血鬼,他们苍白的皮肤泛着死亡的气息,而且毫无疑问当他笑起来的时候,我看见了他的牙齿。我想当时我一定是愣住了。'莫特梅因,你又一次对我有所隐瞒,'他说,'这位远远不止是一个新职员。这位是纳撒尼尔·格雷。伊丽莎白和理查德的儿子。'

"莫特梅因结结巴巴地说了些什么,一副迷惑不解的样子。德昆西咯咯笑了起来。'我能听见,阿克塞尔。'他说。接着他转向我。'我认识你父亲,'他告诉我,'我挺喜欢他的。你愿意跟我一起玩副牌吗?'

"莫特梅因向我摇了摇头,可毫无疑问,我一进这幢房子就看到了那个打牌的房间。我就像一只被灯光吸引的飞蛾被那个房间吸引了。我整晚都坐着跟一个吸血鬼、两个狼人和一个披头散发的巫师一起玩法罗牌戏。那晚我发了财——赢了一大笔钱,还喝了许多五颜六色闪闪发亮的饮料,它们被放在银色托盘上在房间里分发。不知什么时候莫特梅因离开了,可我根本不关心这个。我一直兴高采烈地狂欢到天空露出黎明的曙光——德昆西还邀请我随时可以回到俱乐部里来。

"当然了,我是个傻瓜。我之所以会如此兴奋是因为那些饮料里混有巫师的魔药,会上瘾的那种。而我那晚被允许可以赢钱。我后来当然又去了,独自一人,莫特梅因不在,夜复一夜。一开始我赢了钱——一直在赢,这就是为什么我能把钱寄给你和哈丽雅特姨妈,泰茜。这些钱当然不是为莫特梅因工作得来的。我去办公室的时间并不固定,就连那些分配给我的简单任务都无法专心完成。我一心只想着回到俱乐部,再喝更多的饮料,赢更多的钱。

"然后我开始输钱了。输得越多,就越想把钱再赢回来。德昆西建议我可以赊欠,所以我开始借钱;我后来就再也不去办公室了。我白天都在睡觉,晚上都在赌博。我失去了所有的一切。"他的声音飘渺。"当我收到你的信说姨妈去世了,特莎,我觉得这是我的报应。是对我的所作所为的惩罚。那天我真想冲出去买一张回纽约的票——可我没有钱。绝望之下,我去了俱乐部,我胡子拉碴、肮脏邋遢、眼睛通红。我看起来一定像是个山穷水尽的男人,于是德昆西向我提出一个建议。他把我带到里屋,向我指出我已经输了很多很多钱给俱乐部,一辈子也还不清了。他似乎觉得这件事挺好笑,这个恶魔把看不见的灰尘从他的袖口拍去,冲我咧嘴笑着,露出针尖一般的牙齿。他问我打算用什么偿还我欠下的债。我说,'任何东西。'然后他说,'你妹妹怎么样?'"

特莎感觉自己手臂上的汗毛竖了起来,不自在地意识到屋子里所有人的眼睛都盯着自己。"什么——他说了我什么?"

"我当时已经全然没有了防人之心,"内特说,"我完全不记得自己曾经跟他讨论过你的事,可是我在俱乐部里喝过那么多次酒,我们曾经那么畅所欲言……"他手上的杯子跟茶碟碰撞发出咔哒咔哒的声音,他费劲地把它们统统放在了桌上。"我问他到底想从我妹妹那里得到什么。他告诉我他知道我母亲的一个孩子是……与众不同的。他原以为是我,可是经过一段时间的观察,他发现我唯一的不寻常之处就是我的愚蠢。"内特的语调苦涩,"'可是你妹妹,你妹妹截然不同,'他告诉我,'你拥有你所没有的能力。我无意伤害她。她实在太重要了。'

"我一下子语无伦次,求他告诉我更多的信息,但他却守口如瓶。要么我为他把特莎引出来,要么我就得死。他甚至告诉我我必须得这么做。"

特莎慢慢呼出一口气。"德昆西让你给我写了那封信,"她说,"他让你给我寄了梅因号的船票。他让你把我带到这儿来。"

内特用眼神恳求她的谅解。"他发誓他不会伤害你的。他说他只想教你如何运用你的能力。他告诉我你会受到超乎想象的尊敬,变得异乎寻常的富有——"

"好吧,没错,"威尔插道,"这世上没有比钱更重要的东西了。"他的眼里射出愤怒的火焰;杰姆看上去也同样气愤。

"这不是内特的错!"贾丝明厉声说道,"你没听他是怎么说的吗?德昆西会杀了他的。他知道内特是谁,从哪儿来;他最终会找到特莎的,而内特就会无缘无故地死掉。"

"所以这就是你客观的道德观,是不是,杰茜?"威尔说,"而我猜这跟自从特莎的哥哥到这里以后你就对他馋涎欲滴没有半点关系吧。但凡盲呆都会这么做,我想,无论这么做到底有多没用——"

贾丝明发出一声愤怒的大喊,接着站了起来。当他们对着彼此大吼大叫的时候,夏洛特抬高声音努力让他们俩安静下来,可是特莎什么也听不到,只是看着内特。

一直以来她都知道自己的哥哥有多么软弱,曾被姨妈称作天真无邪的那种东西其实只是被宠坏的任性的孩子气;作为一个男孩,长子,又长得那么漂亮,内特在他的那个微小的王国里总是扮演着王子的角色。那些她都明白,当他作为一个大哥哥应该担起保护她的责任的时候,却是她和姨妈在保护他。

可他是她哥哥,她爱他;旧时的保护欲望在她心中升腾,就像它总是出现在与内特有关的一切场合之中,而且很有可能将来也会如此。"贾丝明说得对,"她说,抬高声音穿透房间里充斥着的愤怒的叫喊,"拒绝德昆西对他没有任何好处,现在争论这个根本没有必要。我们还是需要知道德昆西的计划到底是什么。你知道吗,内特?他有没有告诉过你他想从我身上得到什么?"

内特摇了摇头。"我一答应给你写信,他就把我关进了他的房子里。他让我写了封信给莫特梅因，当然是为了辞去我的职务；那个可怜的男人一定觉得我把他对我的宽宏大量扔回了他的脸上。除非德昆西把你搞到手，不然他打算一直盯着我，泰茜；我就是他的人质。他把我的戒指给了'黑暗姐妹'来向你证明我在他们的掌握之中。他一遍遍地向我保证他不会伤害你，他只是想让两姐妹教你如何运用你的能力。'黑暗姐妹'每天都会报告你的进展，所以我知道你仍然活着。

"不管怎样，自从我待在那幢房子里开始，我发现自己观察到了'地狱俱乐部'的运作方式。这是一个等级分明的组织。有些成员的地位极低，只依附在组织的边缘，比如莫特梅因之流。德昆西和大人物们总是把他们留在身边，因为他们有钱，大佬们用一些魔法小把戏戏弄他们，然后让他们加倍偿还。然后是那些诸如'黑暗姐妹'这样的，他们更有势力，也承担着俱乐部更多的责任。他们全都是超自然的生物，没有一个是人类。再然后，在组织结构顶端的，就是德昆西了。其他人都称呼他'法师'。

"他们总是举行各种派对，而人类和那些低等级的成员都不在受邀之列。就在派对上，我第一次听说了暗影猎手。德昆西蔑视暗影猎手，"内特一边说一边转向亨利和夏洛特，"他对他们怀恨在心——对你们。他不断地谈论一旦暗影猎手们遭到毁灭，一切会变得多么美好，暗影魅族们将会生活在和平之中——"

"胡说，"亨利看起来真的被触怒了，"要是没有暗影猎手，怎么会有他口中提到的和平。"

"他说以前之所以从没有一个能够打败暗影猎手的方法，是因为他们的武器实在太先进了。他说传说中上帝打算让拿非力人成为所向披靡的勇士，因此没有任何生灵能够将他们毁灭。所以，显然他觉得，'为什么不用一个没有生命的东西试试看呢？'"

"那些机器人，"夏洛特说，"他的机械军队。"

内特一脸不解。"你已经见过它们了？"

"一群机器人昨晚袭击了你妹妹，"威尔说，"幸好，我们这些暗影猎手怪物及时出现救了她。"

"其实她一个人干得也不赖。"杰姆喃喃自语。

"你对那些机器知道多少？"夏洛特一边问一边热切地向前探出

身子,"任何事情都行。德昆西有没有在你面前提到过它们?"

内特缩回他的椅子里。"他说过,可大多数内容我都听不懂。我没有机械头脑,真的——"

"那很简单。"亨利用一种试图让一只吓坏了的猫咪冷静下来的语调说道,"目前德昆西的这些机器只是依靠机械装置运转。必须得把它们上足发条,就好像钟表那样。可我们在他的图书室里发现一份咒语,预示着他正努力寻找赋予它们生命的方法,一种将恶魔的能量与上了发条的外壳捆绑在一起,让它活起来的方法。"

"噢,那个!对,他说过那个。"纳撒尼尔回答,就像一个待在教室里的孩子很高兴自己能答对问题一样。特莎几乎都能看见暗影猎手们的耳朵兴奋地竖了起来。这才是他们真正想知道的事。"那就是他雇用'黑暗姐妹'的原因——并不只是为了训练特莎。她们是巫师,你知道,她们要做的是弄明白如何才能让那些机器人活起来。而她们做到了。就在不久之前——几个星期之前——可她们做到了。"

"她们做到了?"夏洛特被震惊了,"可为什么德昆西还不开始行动?他在等什么?"

内特的视线从一脸焦急的夏洛特转向特莎,然后环顾整间屋子。"我——我以为你知道。他说捆绑咒语只有在月圆之夜才会产生能量。到了那时候,'黑暗姐妹'就会开始干活,然后——他把它们全都藏在他的巢穴里,我知道他打算制造更多的机器人——也许有成百上千个。我猜他会赋予它们生命,然后……"

"月圆之夜?"夏洛特瞥向窗口,咬住了自己的嘴唇。"很快就是了——我想,就是明晚了。"

杰姆飞快地直起身来。"我可以去查查图书室里的月星距改正表。我很快就回来。"说完他便消失在了门口。

夏洛特转向内特。"你确定吗?"

内特点点头,使劲咽了口唾沫。"当特莎从'黑暗姐妹'那里逃走以后,德昆西责怪我,虽然我对此一无所知。他告诉我作为惩罚,他要让'黑夜之子'喝光我的鲜血。在那场派对之前的几天他一直囚禁着我。他那时候已经完全不在意在我面前说的话了。他知道我就要死了。我听到他说那两姐妹是如何精通于捆绑咒语。没过多久拿非力人就会遭到毁灭,然后'地狱俱乐部'的成员们便会取而代之统治整个伦敦。"

这时,威尔开口了,声音刺耳。"既然德昆西的房子已经被烧毁了,你知不知道他可能会躲在哪里?"

内特看起来已经筋疲力尽了。"他在切尔西有一个藏身之处。他可能会跟忠于自己的党羽驻扎在那里——可能还有一百个在他麾下的吸血鬼那晚并没有出现在那幢房子里。我知道那地方在哪儿。我可以在地图上指给你们看——"他还没有说完,突然杰姆瞪大了眼睛冲了进来。

"不是明天,"杰姆说,"月圆之夜。就是今晚。"

第十七章
召唤黑夜

> 古老的教堂钟楼和院墙
> 秋雨中显得如此阴森,
> 阴郁的风预示着不祥
> 黑夜再度降临。
>
> ——艾米丽·布朗特,《古老的教堂钟楼》

正当夏洛特冲去图书室,通知昂克拉夫人今晚就需要采取紧急行动的时候,亨利则跟内特还有其他人一起留在客厅里。他出人意料地耐心听着纳撒尼尔尽自己最大的努力在伦敦地图上指出德昆西的藏身之处,他相信一定就在那个地方——一幢位于切尔西的宅子,临近泰晤士河。"我不知道具体是哪一幢,"内特说,"所以你们得小心点。"

"我们向来都很小心。"亨利不顾威尔一脸苦笑的样子,径自说道。之后,他让威尔和吉姆跟托马斯一起去武器室准备一批六翼天使和其他武器。当亨利奔赴地下室取回更多他的最新发明的时候,特莎、贾丝明和内特则仍然留在客厅里。

其他人一走,贾丝明便开始在内特身边忙碌起来——为他把火炉生旺,跑去拿来另一条毯子裹在他的肩上,还提出要去找本书来为他大声朗读,却被他拒绝了。要是贾丝明寄希望于对内特体贴备至便能赢得他的心,特莎心想,那么她一定会失望的。内特期待获得别人的关怀,却根本不会留意她的别有用心。

"所以现在怎么办?"他最后问道,整个人被半埋在一大堆毯子下面,"布兰韦尔先生和太太——"

"噢，叫他们亨利和夏洛特就行。大家都这么叫。"贾丝明说道。

"他们会通知昂克拉夫人——那是在伦敦的其他暗影猎手们——德昆西藏身之处的位置，所以他们会策划一个袭击行动，"特莎说，"可是真的，内特，你不应该为这些事操心。你应该好好休息。"

"那么现在就只剩下我们了，"内特闭上了眼睛，"在这样一个古老而庞大的地方。看起来很奇怪。"

"噢，威尔和杰姆不会跟他们一起去的，"贾丝明说，"我去拿毯子的时候听到她跟他们在武器室里说的话了。"

内特睁开了眼睛。"他们不去？"他听起来大为惊讶，"为什么不去？"

"他们太年轻了，"贾丝明说，"暗影猎手到了十八岁才被认为已经成年，而对于这样的任务——昂克拉夫人全员出动的危险任务——他们倾向于将比较年轻的暗影猎手留在家里。"

特莎竟然奇怪地微微松了口气，于是她急忙用提问掩盖过去："可那太古怪了。他们又让威尔和杰姆去德昆西的——"

"那就是为什么他们现在不能再去的原因。显然班尼迪克·莱特伍德将对德昆西的突袭最后变得如此糟糕全都归咎于威尔和杰姆被训练得还不够，虽然我不知道这其中有多少是杰姆的错。要是你问我的话，他需要一个让加百列留在家里的理由，虽然他已经年满十八了。他对他极其娇纵。夏洛特说过，他曾经告诉过她，从前发生过在一个晚上所有的昂克拉夫人被一举歼灭的事，而拿非力人有责任保全年轻的子孙，保证后继有人，就像现在这样。"

特莎的胃一阵绞痛。她还没来得及说话，房门打开了，托马斯走了进来，他拿来一摞叠起来的衣物。"这些是杰姆主人的旧衣服，"他对内特说，看起来有一丝尴尬，"看上去你跟他的身材差不多，那么，好吧，你应该有替换的衣物才对。要是你愿意跟我一起回到你的房间，也许我们可以看看这些衣服是否合身。"

贾丝明翻了个白眼。而特莎却对她的这个举动不明就里，或许她觉得别人不要的衣服配不上内特。

"谢谢你，托马斯，"内特说着站了起来，"我必须得为自己先前的行为向你道歉，那时候我，呃，躲着你。我当时一定在发烧。那是唯一的解释。"

托马斯脸红起来。"我只是在做自己该做的，先生。"

"也许你该去睡一会儿，"特莎说，留意到哥哥那筋疲力尽的黑眼圈，"在他们回来之前我们没什么可做的。"

"其实，"内特说着看了看贾丝明，又看了看特莎，"我觉得自己已经休息够了。一个小伙子最终还是要重新站起来的，对不对？我可以努力吃点东西，我也不介意有人陪在身边。你们不介意等我穿戴整齐以后过来跟你们在一起吧？"

"当然不介意！"贾丝明看起来乐坏了，"我会让阿加莎准备一些易消化的食物。也许吃完以后我们能玩玩牌打发时间。我觉得就吃点三明治，喝点茶吧。"当托马斯和内特离开房间以后，她欢喜地拍了下手，接着神采奕奕地转向特莎。"那样不是很有趣吗？"

"打牌？"特莎被贾丝明的建议惊得几乎说不出话来，"你觉得我们应该玩牌？在亨利和夏洛特在外面与德昆西战斗的时候？"

贾丝明把头一扭。"好像我们闷闷不乐地待在这儿就能帮到他们似的！我敢肯定他们情愿我们在他们不在的时候高高兴兴的，也不愿意我们无所事事、忧心忡忡。"

特莎眉头紧皱。"我并不这么想，"她说，"对内特来说玩牌不是个好主意，贾丝明。你非常清楚……他有……麻烦……关于赌钱。"

"我们并不是要赌钱，"贾丝明轻描淡写地说，"只是一场友谊性质的牌局。真的，特莎，你一定要这么扫兴吗？"

"什么？贾丝明，我知道你只是想让内特高兴。可不是用这种方法——"

"而我猜你已经充分掌握了让男人一见倾心的手段了？"贾丝明厉声说道，棕色眼眸冒出怒火，"你以为我没看见你用撒娇的眼神看着威尔吗？好像他连——噢！"她突然高举双手。"算了，你让我觉得恶心。我要跟阿加莎单独谈谈。"说完，她一下子站了起来，气呼呼地走了出去，在门口停了一下，只说了一句，"我知道你根本不关心别人眼中的自己，可你至少应该整理一下你的头发，特莎。它看起来就像只鸟窝！"说完，便砰地一声甩上了房门。

特莎知道这有多傻，但贾丝明的话还是刺痛了她的心。她快步回到自己的房间，洗了把脸，然后开始梳理自己缠结在一起的头发。看着镜子里自己苍白的面容，此时此刻的她是否还是内特记忆中的那个妹妹？她努力让自己不去想，不去细想自己究竟发生了多大的变化。

梳妆完毕，她匆匆来到走廊上——差点迎面撞上威尔，他正靠在她房门对面的墙壁上，检视着自己的指甲。秉持着他一贯漠视礼仪的作风，他只穿着一件衬衫，胸前交叉绑着许多皮带。他的背上背着一把又长又细的利剑；她能看见剑柄刚刚超过他的肩头一点儿。"六翼天使之刃"那细长的白色剑锋穿过他的皮带露出好大一截。

"我——"贾丝明的声音回荡在特莎的脑海中：你以为我没看见你用撒娇的眼神看着威尔吗？巫光石黯淡了下来。特莎多么希望走廊里一片昏暗，这样他就不会看见她面红耳赤了。"我以为你今晚不会跟昂克拉夫人一起出去。"她终于没话找话地说道。

"我不出去。我把这些带到院子里去交给夏洛特和亨利。班尼迪克·莱特伍德正派他的马车来接他们。它跑起来比我们的马车更快。应该很快就要到了。"走廊里很暗，然而特莎却感觉威尔正在微笑，她不敢肯定。"你是不是在担心我的安危？还是你打算祝我好运，于是我便能带着你的祝福投入战斗之中，就像《劫后英雄传》里的威尔弗雷德？"

"我一点都不喜欢那本书，"特莎说，"罗威娜就是个傻瓜。艾凡赫应该选择丽贝卡才对。"

"那个黑发姑娘，而不是金发的？真的吗？"现在她几乎可以肯定他正在微笑。

"威尔——？"

"什么？"

"你觉得昂克拉夫人真的会杀了他吗？我说的是，德昆西。"

"是的。"他不假思索地回答，"谈判的时机已经过去了。要是你曾见过被老鼠引诱落入陷阱的小猎犬的话——好吧，我觉得你肯定没见过。不过今晚就会这样如法炮制。圣廷会把吸血鬼们一个一个地干掉，直到他们被彻底消灭。"

"你是说以后伦敦再也不会有吸血鬼的存在了？"

威尔耸了耸肩。"吸血鬼一直都有。只是德昆西的族群将就此消失。"

"那么一旦结束之后——一旦法师死掉——我想内特和我就没有理由再留在学院里了吧，是不是？"

"我——"威尔像是着实大吃一惊，"我想——是的，你说得对。我猜你更乐意待在一个没那么……暴力的地方。或许你可以去看看伦敦几个漂亮一些的地方。威斯敏斯特教堂——"

"我想回家，"特莎说，"回纽约。"

威尔沉默了。走廊里的巫光石逐渐消失了，一片阴暗之中她看不见他的脸。

"除非有一个让我留下的理由。"她继续说道，连自己都不太明白这句话到底想表达些什么。在漆黑的走廊里，她看不见威尔的表情，只能感觉他就在她身边，这样跟他说话反而变得容易许多。

她并没有看到他有任何动作，可是却感觉他的手指轻触到了自己的手背。"特莎，"他说，"请不要担心。一切很快就会解决的。"

她的心脏在胸腔里痛苦地跳动着。什么事很快就会解决？他的意思绝不是她以为的那样。他另有所指。"你难道不想回家吗？"

他没有动，可手指依然轻抚着她的手。"我不能回家。"

"可是为什么？"她轻声低语，可是已经太迟了。她感觉到他从她身前退了开去。他的手离开了她的。"我知道在你十二岁的时候你父母曾来过学院，而你拒绝见他们。为什么？他们到底对你做了什么可怕的事情？"

"他们什么都没做，"他摇了摇头，"我必须得走了。亨利和夏洛特在等我。"

"威尔。"她刚要开口，可他却已经离去了，只看到一个修长的黑影向着楼梯而去。"威尔，"她在他身后呼唤，"威尔，谁是塞西莉？"

可他已经走远了。

当特莎回到客厅的时候，内特和贾丝明还在，太阳初升。她立即走到窗边向外看去。在下面的庭院里，杰姆、亨利、威尔和夏洛特聚在一起，他们在学院的台阶上投下又长又黑的影子。亨利正在胳膊上描画着最后一个如尼文,而夏洛特则似乎正向杰姆和威尔下达指令。杰姆频频点头,而威尔则交抱着双臂,就算隔着这么远的距离,特莎依然能看见他一副不服从命令的样子。他想要跟他们一起去,她心想。他不想待在这儿。杰姆大概也想去,可他不会为此抱怨。这就是两个男孩的不同之处。至少这是他们的差异之一。

"泰茜,你确定不想玩牌吗?"内特转头看着妹妹。他背靠在扶手椅里,腿上盖着毛毯,在他和贾丝明之间的一张小桌子上放着一套银茶具和一小盘三明治,旁边搁着纸牌。他的头发看着有些潮湿,似乎刚刚洗过,他的身上穿着杰姆的衣服。特莎看得出来,纳撒尼尔消瘦了,可杰姆的身材太过苗条,以至于他的衣服穿在内特身上,领口和袖口还是有些紧绷——不过杰姆的肩膀很宽,内特套着他的外套身材看起来更加显瘦了。

特莎依然看着窗外。一辆黑色的四轮大马车停在了院子里,车门上有一个由两把燃烧的火炬组成的图案,亨利和夏洛特登上了马车。威尔和杰姆已经不见了。

"她确定不想玩,"特莎没有回答哥哥,贾丝明对此嗤之以鼻,"看看她。她看起来一脸不高兴。"

特莎把目光从窗边拉了回来。"我没有一脸不高兴。我只是觉得当亨利、夏洛特,还有其他人冒着生命危险在外战斗的时候,我们还在这里玩牌是不对的。"

"是的,我知道,你刚才就说过了。"贾丝明把手上的纸牌放了下来,"真的,特莎。这种事早就已经习以为常了。他们出去打仗;他们回到学院。根本不值得为此烦恼。"

特莎咬住了自己的嘴唇。"我觉得自己应该去跟他们说声再见或者祝他们好运才对,他们如此奔波——"

"你无须担心,"杰姆说,他走进了客厅,威尔就在他的身后,"暗影猎手们在打仗之前不说再见或者祝你好运。你必须表现出平安回家是理所当然的,而绝非要碰运气。"

"我们不需要运气,"威尔一边说,一边一屁股坐在贾丝明身旁的椅子上,而贾丝明则气呼呼地瞪了他一眼,"毕竟我们身负神圣的使命。有上帝在你的身边,还需要运气吗?"他的声音出乎意料的尖刻。

"噢，别再说丧气话了，威尔，"贾丝明说，"我们正在玩牌呢。你要么加入游戏，要么就安静点。"

威尔抬起一边的眉毛。"你们在玩什么？"

"教皇琼纸牌戏①，"贾丝明冷漠地回答，开始发牌，"我正在向格雷先生解释规则。"

"洛夫莱斯小姐说，得把自己手上的牌都甩掉才能赢。那对我来说似乎有点难。"内特冲着桌子对面的贾丝明咧嘴一笑，而后者则令人不快地在脸上挤出一对酒窝。

威尔伸手去拿放在纳撒尼尔胳膊肘边热气腾腾的茶杯。"里面还有茶水吗？"他问，"或者只是纯白兰地？"

内特一阵脸红。"白兰地有助于恢复元气。"

"没错，"杰姆说道，声音中带着一丝尖锐，"它总是能帮助人们寻回再度回到贫民收容所的权利。"

"真的！你们两个！多么虚伪。威尔自己也喝酒，而杰姆——"贾丝明突然停了下来，咬了下嘴唇，"就因为亨利和夏洛特没带你们一起去，你们两个就在这里捣乱，"她终于说道，"就因为你们太年轻了。"她冲着桌子对面的内特微微一笑。"我本人比较喜欢由一个更加成熟的绅士陪伴。"

内特，特莎在心里厌恶地说，其实只比威尔年长两岁而已。又不是大了一百岁，更是跟她想象中的"成熟"沾不上任何边。可她还没来得及说话，一声巨大的隆隆声响彻了整个学院，泛起一片回声。

内特惊讶地抬高双眉。"我以为这里并不是一座真正的教堂。我以为这里是没有鸣钟的。"

"这里是没有。那声音并不是教堂的钟声。"威尔一下子站了起来，"那是召唤的铃声。它意味着有人在楼下要求与暗影猎手面谈，而鉴于杰姆和我是这里仅有的两个……"

他看着贾丝明，特莎意识到他正等着贾丝明反驳他，说自己也是一名暗影猎手这样的话。可贾丝明只是对着内特微笑，而他则凑近她

---

① 教皇琼纸牌戏，一种三人以上玩的接龙牌戏。

273

的耳朵说了些什么,他们两个对屋子里的其他一切全都置若罔闻。

杰姆看着威尔,摇了摇头,他们双双向着房门走去。当他们走出客厅的时候,杰姆看了特莎一眼,对她微微耸了耸肩。我真希望你是一名暗影猎手,她从他的眼神中读到,可也许这只是她自己一厢情愿罢了。也许他只是对她好意微笑了一下,其中没有任何含义。

内特又给自己倒了一些热水和白兰地。他和贾丝明已经不再假借玩牌的名义,两个人紧紧地靠向彼此,在对方的耳边低声说着什么。特莎觉得自己的心被失望钝钝地打了一下。不知怎的她希望内特所经历的苦难能让他变得更加深思熟虑一些——能更加深刻地明白比起他自己的一时痛快,这世上还有更大、更重要的事情。她对贾丝明不报任何期望,可是内特身上曾经的迷人气质此时此刻却以令她意外的方式刺痛了她的神经。

她再一次靠向窗边。院子里停着一辆马车。威尔和杰姆正站在门前的台阶上。一个穿着晚礼服的男人跟他们在一起——在被巫光石点燃的火炬之下,映出他身上优雅的黑色燕尾服、丝质高礼帽和雪白的礼服背心。虽然隔着这样的距离很难看清,但在特莎看来他就像一个普普通通的盲呆。她看见他展开双臂,摆出一个宽广的姿势。她看见威尔看了眼杰姆,杰姆点点头,却完全不知道他们究竟在说些什么。

她的视线又越过那个男人看向他身后的大马车——整个人都僵住了。马车上没有盾形纹章,只在一扇车门上漆着一家公司的名字:莫特梅因公司。

莫特梅因。那个她父亲曾为之工作过的男人,那个曾被纳撒尼尔勒索过的男人,是他把她的哥哥介绍给了暗影世界。他到这里来干什么?

她又看了一眼内特,原本厌烦的情绪被冲刷得干干净净,一股急切的保护欲向她涌来。要是他知道莫特梅因在这儿,一定会心烦意乱的。最好她能在被他发现之前先搞清楚情况。她悄悄地从窗台边走开,无声无息地向门口快步走去;内特沉湎于跟贾丝明的聊天,完全没有留意到她离开了房间。

这回特莎出人意料轻而易举地就找到了那条直入学院心脏的巨大

的石头垒就的螺旋形台阶。她一定是终于熟悉了这一带的地形,她一边想着一边步下台阶,来到底楼,发现托马斯正站在入口通道处。

他手持一把巨型宝剑,剑头向下直指地面,表情异常严肃。在他身后,学院那巨大的双扇门敞开着,蓝黑色的伦敦晨曦之光在地上投下一片矩形的光影,院子里燃着巫光石的火炬将大门照得透亮。他看到特莎的时候吃了一惊。"格雷小姐?"

她声音低沉地说道:"外面发生了什么,托马斯?"

他耸了耸肩。"是莫特梅因先生,"他说,"他想跟布兰威尔先生和夫人谈谈,可他们不在——"

特莎瞪着大门。

托马斯吓了一跳,连忙用身体挡住她。"格雷小姐,我不认为——"

"除非你用上宝剑才能阻止我,托马斯。"特莎声音冰冷,而托马斯在犹豫了片刻之后,退到了一边。特莎心怀内疚,希望自己没有伤害到他的感情,可他看起来只是一脸惊愕罢了。

她从他的身边走过,步上学院外的台阶,威尔和杰姆正站在那里。一股冷冽的微风扑面而来,吹乱了她的发丝,令她一个哆嗦。先前她从窗口看见的那个男人此刻就站在楼梯脚跟。他比她想象中更加矮小:看起来矮小而健硕,高顶礼帽的帽檐之下是一张晒成棕褐色的友好的脸孔。抛开他华丽的服饰,他的样子和一名水手或者手艺人一模一样。

"是的,"他正在说,"承蒙布兰威尔夫妇好意,他们上周曾拜访过我。并且他们还好心地将我们的会面保密。"

"他们并没有把你的神秘实验告诉昂克拉夫人,也许你说的是这事。"威尔语气生硬。

莫特梅因面红耳赤。"没错。他们帮了我的忙。我曾想过要报答他们的好意——"他突然停了下来,视线越过威尔,落在特莎的身上。"她是谁?另一名暗影猎手吗?"

威尔和杰姆同时转身,看见了特莎。杰姆看起来很高兴看见她,而威尔呢,不用说也知道,正一脸恼怒,也许还带着一点儿被逗乐的神情。"特莎,"他说,"你非要多管闲事不可,是不是?"他转回莫特梅因的方向。"这是格雷小姐。纳撒尼尔·格雷的妹妹。"

莫特梅因一脸惊骇。"噢，上帝啊，我早就该想到的。你长得跟他很像。格雷小姐——"

"事实上我觉得她一点儿也不像。"威尔说，可声音极小，特莎不知道莫特梅因有没有听到他的话。

"你不能见内特，"特莎说，"我不知道这是不是你来这儿的原因，莫特梅因先生，可他的情况还不太好。他需要从那些痛苦的经历之中恢复过来，而不是再回忆往日的种种。"

莫特梅因的嘴角深深地上扬。"我来这儿不是为了见那个男孩，"他说，"我承认自己亏待了他，这么做确实很可恶。布兰威尔夫人已经说得很清楚了——"

"你应该去找他的，"特莎说，"我哥哥。你任由他无影无踪地深陷于暗影世界之中。"特莎心里很小的一部分惊异于自己竟能如此勇敢，她对此不予理会，继续说下去，"当他告诉你他要去为德昆西工作的时候，你就应该做点什么。你知道德昆西是什么样的人——要是他还能被称之为'人'的话。"

"我知道。"莫特梅因在礼貌之下的脸色灰败，"那就是我来这里的原因，为了尽力弥补我之前的过错。"

"你打算怎么做？"杰姆用他那清晰而强有力的声音问道，"而且为什么是现在？"

莫特梅因看着特莎。"你的父母，"他说，"他们是善良的好人。我一直以来都很后悔把他们介绍给暗影世界。当时我只是觉得这是一个好玩的游戏，就像开了一个玩笑，之后我才认识到事情的严重性。为了赎罪，我会把知道的一切统统都告诉你，即使这么做意味着我必须从英格兰消失以逃脱德昆西的报复。"他叹了口气。"不久之前，德昆西向我订购了大量的机械部件——轮齿、凸轮、齿轮，还有诸如此类的东西。我从没问过他打算用这些做什么。人们不会向法师提出这样的问题。当你们拿非力人来找我的时候才让我想到他之所以需要这些东西可能是为了达到某个邪恶的目的。我进行了一番调查，俱乐部里的一个告密者告诉我德昆西打算组建一支由机械怪物们组成的军队，目的是为了毁灭暗影猎手。"他说着摇了摇头。"德昆西和他的爪牙们或许会轻视暗影猎手，可我不会。我只是一个普通人。我知道所有的暗影猎手都把我和另一个世界阻隔开来，在那个世界里，人类便是恶魔的玩物。因此我无法再苟同德昆西的所作所为。"

"那太好了，"威尔说，声音里带着一丝不耐烦，"可你刚刚说的这些我们早就已经知道了。"

"那你们是不是也知道，"莫特梅因说，"他雇了一对叫作'黑暗姐妹'的巫师来创造一种捆绑咒语，可以不靠机械原理而是用恶魔能量赋予这些机械生命呢？"

"我们知道，"杰姆说，"虽然我相信'黑暗姐妹'现在只剩下一个了。威尔杀了另一个。"

"可她的姐姐通过一种妖术让她起死回生了，"莫特梅因说，语调中带着一丝洋洋得意，似乎因为他终于拥有一条他们所不知道的信息而松了口气。"就在此刻，她们两个正躲在海格特公墓的一座宅子里——它以前曾经属于一个致力于捆绑咒语的巫师，直到德昆西要了他的命。要是我的资料没错的话，'黑暗姐妹'打算今晚就施法。"

威尔的蓝色眼眸目光阴沉，若有所思。"谢谢你告诉我们这个信息，"他说，"可是很快，无论是德昆西抑或是他的机械怪物们都不会对我们构成威胁了。"

莫特梅因惊讶地瞪大了双眼。"暗影猎手出发与法师对阵了吗？今晚？"

"上帝啊，"威尔说，"你真的什么都知道。这样一个盲呆实在令人不安。"他露出一个亲切的微笑。

"你是说你们并不打算告诉我这件事，"莫特梅因悲伤地说，"我猜到了。可你们应该知道德昆西拥有成百个可供调遣的发条生物。一支军队。当'黑暗姐妹'施下咒语的那一刻，军队便会活过来，听令于德昆西。要是昂克拉夫人想要击败他的话，比较聪明的作法是首先确保那支军队不会具有生命，不然的话很难将它们打败。"

"你除了知道'黑暗姐妹'躲在海格特公墓那一带以外，知不知道具体地址？"杰姆问。

莫特梅因点点头。"我一清二楚。"他说，然后飞快地说出一个街名和门牌号。

威尔点点头。"好了,我们一定会把你说的这些都深思熟虑一番。谢谢你。"

"确实如此,"杰姆说,"晚安,莫特梅因先生。"

"可是——"莫特梅因大吃一惊,"你们打算就我告诉你们的事情做些什么吗,还是什么都不做?"

"我说了我们会好好想想,"威尔告诉他,"至于你,莫特梅因先生,你像是还有别的地方要去。"

"什么?"莫特梅因低头打量了一下自己的晚礼服,轻声地笑了,"我想是的。只是——要是法师发现我告诉了你们这些事情,我就会有生命危险了。"

"那么也许你该去度个假,"杰姆建议,"我听说每年这个时候的意大利令人感觉非常舒适。"

莫特梅因来回看了看威尔和杰姆,似乎终于放弃了,他的双肩耷拉了下来。他抬眼看向特莎。"如果你能向你的哥哥代为转告我的歉意……"

"我不会这么做,"特莎说,"但还是谢谢你,莫特梅因先生。"

过了好长一会儿,他终于点了点头,然后转身离开。他们三个人看着他登上了马车。院子里响起响亮的马蹄声,马车嘎啦嘎啦行驶着穿过学院大门而去。

"你打算怎么办?"当马车从视线中消失的时候,特莎问道,"怎么对付'黑暗姐妹'?"

"当然是跟着他们,"威尔的脸因为兴奋而涨得通红,双眼放光,"你哥哥说德昆西指挥着许许多多的机械生物,莫特梅因说有数以百计。如果莫特梅因的话是对的,那么我们必须在'黑暗姐妹'施下咒语之前找到她们,不然的话昂克拉夫人会遭到屠杀的。"

"可是——也许警告一下亨利、夏洛特和其他人会更好——"

"怎么警告?"威尔设法让这句话听起来无比尖刻,"我想我们能派托马斯去警告昂克拉夫人,可是不能保证他能及时赶到那里,而且要是'黑暗姐妹'想办法让军队活转,那么他就会跟其他人一样被杀死。不,我们必须想办法自己找到'黑暗姐妹'。我以前曾经干掉过其中一个,杰姆和我一起对付两个应该没问题。"

"可也许莫特梅因是错的,"特莎说,"你只有他的一面之词;他的信息可能是错误的。"

"也许吧,"杰姆承认,"可要是他是对的,你想过后果吗?难道我们忽略他的话?昂克拉夫人可能有灭顶之灾。"

特莎知道他是对的,心里沮丧极了。"也许我能帮忙。我以前曾和你们一起对抗过'黑暗姐妹'。要是我能陪着你们——"

"不行,"威尔说,"这是不可能的。我们已经没有时间准备了,我们必须依赖于我们的斗争经验。而你完全没有。"

"我在派对上击退了德昆西——"

"我说了不行。"威尔的语调不容反驳。特莎看了看杰姆,可他只是抱歉地耸了耸肩,好像在说自己很抱歉可威尔是对的。

她又把视线转回威尔的身上。"可博阿迪西亚女王呢?"

有一瞬间她以为他已经忘记了在图书室对她说过的话。接着他的嘴角现出一丝微笑,好像他竭力忍住却又情不自禁地笑了出来似的。"有一天你会成为博阿迪西亚女王的,特莎,"他说,"可不是今晚。"他转向杰姆。"我们应该去找托马斯,告诉他准备好马车。海格特公墓离这里并不近,我们最好赶快出发。"

当威尔和杰姆站在马车旁边准备启程的时候,黑夜已经降临在城市上空。托马斯正在检查马匹的缰绳是否牢固,而威尔则把如尼文画在杰姆赤裸的前臂上,他的石杖在一片昏暗中闪耀着白光。特莎并不赞成这样的安排,此刻,她就站在台阶上,看着他们忙碌的身影,觉得胃像被掏空了似的。

在确保所有的马具都安全无虞之后,托马斯转过身来,轻轻地跑上台阶,特莎趁此机会一把拉住了他。"他们现在就要走了吗?"她问,"一切都准备就绪了吗?"

他点点头。"一切都准备好了,小姐。"他刚刚努力想让杰姆和威尔带上自己,可威尔却担心夏洛特会因为托马斯参与了他们的英勇壮举而生气,已经告诉他不要跟着来了。

"况且,"威尔刚刚是这么说的,"我们也应该在这幢房子里留一个男人——当我们都在外面的时候这个人能保护学院。不能把纳撒尼尔算上。"他加了一句，斜睨了特莎一眼，而特莎则对他不予理睬。

威尔把杰姆的袖管放了下来，遮住了刚刚画好的如尼文。当他把石杖放回口袋的时候，杰姆抬头看着他；火炬的光亮把他们两个的脸孔映得一片雪白。特莎举起一只手，又慢慢放了下来。他是怎么说的？暗影猎手们不说再见，暗影猎手们在打仗之前不说再见或者祝你好运。你必须表现出平安回家是理所当然的，而绝非要碰运气。

院子里的两个男孩像是注意到了她的手势，目光齐刷刷地看向她。她觉得即使从自己站的地方，依然能看见威尔眼眸中的那一抹蓝色。当他们的视线相交的时候，他脸上的表情怪异，就像一个刚刚苏醒过来、不知眼前的一切是真实抑或是梦境的人。

最后还是杰姆打破了这种局面，登上楼梯向她跑来。当他来到她身边的时候，她看见他脸颊通红，眼神明亮而炽热。她不知道威尔到底让他吃了多少药，他才能做好战斗的准备。

"特莎——"他说。

"我没有要说再见的意思，"她急急说道，"可是——要是让你们就这样离开什么都不说的话，看起来会很奇怪的。"

他好奇地看着她。接着他做了一件完全出乎她意料的事情，他握住她的手，让手背朝上。她低头看去，看着被自己咬过的指甲，还有手指背面那些尚未愈合的伤疤。

他在她的手背上落下一个吻，他的嘴只是轻轻触碰了一下她的手，而他的头发——犹如丝绸一般轻盈——在他低头的那一瞬间拂过她的手腕。她觉得自己的周身像是通过一阵电流一般，力道之大足以让她震惊，当他直起身来的时候，她依然站在原地，哑口无言，他嘴角上扬，绽放出一个微笑。

"米斯巴。"他说。

她有些茫然地对他眨了眨眼睛。"什么？"

"一种不说再见的告别方式，"他说，"这是《圣经》中的一句话。'又叫米斯巴，意思说，我们彼此离别以后，愿耶和华在你我中间鉴察'。"

特莎还没来得及回答，他便已经转身跑下了楼梯，威尔正仰着脸，一动不动像座雕像似的站在那里。特莎觉得，他那戴着黑色手套的双手在身体两侧握成了拳头。可这也许只是光影玩的把戏，因为当杰姆来到他的身边，拍了一下他的肩膀的时候，他旋即转身露出一个笑容，然后便爬上了驾驶座的位子，身后跟着杰姆，再也没看特莎一眼。他挥动鞭子，马车疾驶着穿过大门，大门被砰地一声关上了，像是被一双看不见的手推了一把。在一片静默之中，特莎听到沉重的咔哒声，那是大门上锁的声音，接着，在城市的某个地方，响起了教堂的钟声。

当特莎返身回到屋里的时候，索菲和阿加莎正在玄关处等着她；阿加莎正对索菲说着什么，可索菲好像并没有在听。她上下打量了一番特莎，有一瞬间，她的眼神让特莎想起威尔在院子里看她的样子。可那实在荒唐；这个世界上再也没有两个人如索菲和威尔这般迥然不同的了。

阿加莎走过来关上那巨大而沉重的双扇门，特莎侧身让到一边。她才刚气喘吁吁地把门关上，左边的门球竟然兀自转动了起来。

见此情景，索菲不禁皱起了眉头。"他们不可能那么快就回来的，是不是？"

阿加莎盯着转动着的门球，有些不知所措，她的双手依然还撑在门上——突然，大门在她面前洞开，她急忙退后。

一个身影站在门前的台阶上，屋外的灯光从他的身后投射进来，特莎只看得出他是个高个，身上穿着一件破旧的外套。阿加莎一边把头向后仰去一边凝视前方，用惊惶的声音说道："噢，天哪——"

那个身影动了动。灯光映出金属色光亮；阿加莎尖叫着，身体摇摇欲坠。她像是要努力躲开那个陌生人，却不知为何动弹不得。

"上帝啊，"索菲喃喃自语，"那是什么？"

有一瞬间特莎觉得眼前的一切全都冻结了，好像那是一幅画——敞开的房门，依然穿着那件破烂的灰色外套的发条机器人，双手的皮肤已被剥去。而且，上帝啊，它的手上沾着杰姆的血，红黑色的鲜血凝固在那暗灰色的肉体上，皮肤被剥离之处露出里面的铜条。一只血迹斑斑的手一把抓住了阿加莎的手腕，另一只手拿着的是一把又长又薄的刀子。特莎向前冲去，可为时已晚。那生物用闪电般的速度挥刀刺进阿加莎的胸口。

阿加莎惊慌失措地把手伸向刀刃。当她抓住刀柄的时候,那东西就这样一动不动地站在那里,衣衫褴褛、令人恐惧;然后,它用骇人听闻的速度猛地把刀向后拔去,任凭她瘫倒在地。机器人并没有看着她倒下,而是立即转身,循着来时的方向跑出门外。

索菲猛然醒悟过来,尖叫一声"阿加莎!",跑到她的身边。特莎则向门口跑去。发条生物已经跑下了楼梯,来到空空荡荡的庭院里。她目不转睛地注视着它的背影。它来这儿究竟是为了什么?现在又为何离开?可已经没有时间再细想那些事情了。她一把抓住召唤铃的铃绳,用力将它拉响。当叮当声响彻整座建筑物的时候,她用尽力气将门关上,插上门闩,接着转身去帮索菲的忙。

她们一起想办法架起阿加莎,半拉半拖着她穿过房间,放倒在地上,接着两个人一起跪在她的身边。索菲从白色围裙上撕下一块布,紧紧捂住阿加莎的伤口,用极其恐慌的语调说道:"我明白,小姐。没有任何东西能碰那扇门才对——除了身上流着暗影猎手血脉的人才能转动门球。"

可他有暗影猎手的鲜血,特莎的心被突如其来的恐惧攥住了。是杰姆的血,就像颜料一样黏在它的金属手上。难道这就是那晚从桥上下来以后它俯在杰姆身上的原因?难道这就是它一得到自己想要的东西旋即消失的原因?它想要的就是杰姆的鲜血?这不就意味着它可以随心所欲地回到这里吗?

她刚要站起来,可是已经太晚了。锁住大门的门闩发出一阵碎裂声,犹如受到枪击一般,接着门闩终于滚落到地上碎成两半。大门被猛然打开的时候,露出屋外的夜色,索菲抬头看去,重又尖叫起来,人却依然守在阿加莎的身边,不曾离开。

通往学院的台阶不再空无一人,可是拥塞在那里的却并非人类。发条怪物们爬上楼梯,它们的动作笨拙,脸上一片空白,双眼直直地凝视着前方。它们似乎跟特莎先前见过的发条怪物不太一样。有一些仿佛是仓促组装起来的,连脸都没有,只在光滑的椭圆形金属上不均匀地拼凑着一些人类的皮肤。更可怕的是,有很多怪物在手臂和下肢的地方装着机械部件。有一个机器人在原本应该是胳膊的地方装着一把镰刀;另一个在晃晃悠悠的袖管下面冒出了一把锯子,就像一只拙劣的义肢。

特莎猛地冲向敞开的大门，想要把门推上。大门太重了，缓慢而沉闷地移动着。在她身后，索菲还在尖叫，一遍又一遍，那么无助；阿加莎可怕地沉默着。特莎累得几乎喘不过气来，又一次用尽力气推动大门——

终于，大门的铰链断开了，整扇大门犹如破土而出的种子一般拔地而起，脱离了她的控制。在她向后倒去的同时，那个抓住大门将它甩到一边的机器人借力把自己抛了进来，当它蹒跚着越过门槛的时候，金属双足与石头地面摩擦，叮当作响——它的身后一个接着一个，至少有一打之多的机器怪物们尾随其后，伸着它们怪异的胳膊逼近特莎。

当威尔和杰姆来到位于海格特公墓的宅子时，月亮已经开始慢慢爬上了天际。海格特公墓位于伦敦北部的一座山坡之上，从那里可以看到整个城市的壮丽景观，在月光之下的伦敦城一片苍白，高悬于城市上空的雾气与煤烟都变成了一朵银色云彩。一座梦幻之城，威尔心想，漂浮在空中。一首小诗浮现在他的思绪边缘，内容是关于对伦敦之城的恐怖疑虑，可他的全部神经都因为即将来临的战争而紧绷着，一时记不起诗里的词句来。

那屋子是一座巨大的乔治王朝时代的建筑群，坐落在一片富饶而开阔的草地之上。一座高高的砖墙环绕着整幢建筑，只能从街上看到那黑乎乎的折线形屋顶。当他们慢慢靠近房子的时候，威尔打了一个寒颤，可他对此并不意外，要知道这里可是海格特公墓。他们挨近的可是被伦敦人称为"格拉弗尔矿场森林"的城市边缘地带，那里埋葬着上千具死于大瘟疫①的尸体。因为没有体面的葬礼，即使到了今时今日，他们愤怒的阴魂依然徘徊在此，而蒙他们所赐，威尔已经不止一次被派到这里来过了。

屋子的墙上安着一座巨大的黑色铁门，将入侵者们阻挡在外，可是杰姆的"打开"如尼文轻而易举地就把锁打开了。刚下马车来到大门之内的两个暗影猎手发现自己身处于一条通向屋子正门的弯弯曲曲

---

① 大瘟疫，指 1665 年流行于伦敦的淋巴腺鼠疫。

的行车道上。小径上杂草丛生，周围一圈便是花园，坍塌的附属建筑物和黑魆魆的枯死的树桩点缀其间。

杰姆转向威尔，眼神兴奋。"我们要继续吗？"

威尔拔出一把六翼天使。"伊斯拉斐尔。"他低声自语，手中的武器熊熊燃烧起来，犹如一把发出耀眼光辉的铁叉。六翼天使燃烧得如此炽烈，以至于威尔总是期待着它们能散发出热量，可刀刃上永远是一片冰冷。他记得特莎告诉过自己，地狱是冷的，想到这里他一笑将这种不合时宜的念头撇到一边。他们当时正在逃命，她应该吓坏了才对，而她竟然还用纯正的美国口音跟他说关于阴间的种种。

"没错，"他对杰姆说，"是时候了。"

他们登上门前的台阶，试了试房门。出乎威尔意料，门竟然开着，一碰之下还发出吱吱咯咯的声音。他和杰姆慢慢地走了进去，他们手上的六翼天使发出的光辉照亮了前面的道路。

他们发现自己身处在一个宏伟的大厅之中。他们身后的拱形窗户也许曾经华丽一时，现在则满目疮痍。透过布满蜘蛛网的玻璃能看到远处那一片丛生的野草。脚下的大理石地面裂开了，野草从缝隙中冒了出来，就像它们肆意生长在车道上的石头缝隙中一样。一道向上蔓延的巨大弧形楼梯出现在威尔和杰姆面前，直接通向一片阴暗的二楼。

"这不对劲，"杰姆低声说道，"这里似乎已经有五十年没人住了。"

他话还没说完，夜晚的空气中突然出现了一个声音，那声音令威尔浑身一凛，双肩上的如尼文燃烧起来。那声音在歌唱——却并不悦耳。那声音所发出的高音是人类所不能及的。在他们的头顶，枝形吊灯的水晶吊坠犹如被手指触碰的玻璃酒杯一般左右摇晃。

"这里有人。"威尔小声说道。他和杰姆两人没有再多说一句话便默契地转过身来，互相靠着对方的脊背。杰姆面对着前门；而威尔，则负责巨大的弧形楼梯。

楼梯的顶端有动静。一开始威尔只看到一个黑白交替的图形，一个影子正在移动。当它慢慢向下飘移的时候，唱歌的声音越来越大，这让威尔越发寒毛直竖。尽管屋子里的空气冷冽，汗水还是将头发黏在他的太阳穴上，然后滴落在他的背上。

在他认出她是谁之前,她已经走到了楼梯的中段——达克太太,她那长而干瘦的躯体外面罩着一件类似修女袍的衣服,这件难看的黑色袍子将她从脖子到脚都罩了起来。一盏暗淡的提灯在她那如爪子一般的手里晃荡着。她的身边没有别人——当她停在楼梯平台上的时候,威尔意识到她手里抓着的并非是一盏提灯。那是她妹妹被砍下的头颅。

"天啊,"威尔低声说道,"杰姆,快看。"

杰姆定睛看去,也不由得一惊。布莱克太太的脑袋从一条由灰色头发编织的辫子上悬挂下来,达克太太就像抓着一件极其贵重的工艺品一般紧紧抓着它。头颅上的一对眼睛睁开着,就像煮熟的鸡蛋一般蒙着一层白色。嘴巴也大张着,一丝干涸的黑色血丝从一边的嘴角溢出。

达克太太不再唱歌,而是像个女学生一样咯咯笑了起来。"真淘气,真淘气,"她说,"就这样闯进了我的家。暗影猎手小坏蛋。"

"我以为,"杰姆小声说,"另一个还活着。"

"也许这一个让她妹妹起死回生,然后又把她的头砍了下来?"威尔喃喃自语,"这么做似乎有点太事倍功半了,可是……"

"杀人的拿非力人,"达克太太大声咆哮起来,将视线凝聚在威尔身上,"把我妹妹杀了还不满意,是不是?你们还要回来不让我把她救活。你们知不知道——你们到底知不知道——举目无亲是什么感觉?"

"体会深得超出你的想象。"威尔严厉地说道,接着他看见身边的杰姆瞟了他一眼。笨蛋,威尔心想,我不该说这个的。

达克太太摇摇晃晃地迈开了步子。"有那么一瞬间,你是孤身一人,那只是宇宙的一次呼吸。而我却永远都是一个人了。"她把头颅紧紧抱在怀里,"对你来说这有什么不同呢?在伦敦比起我那让妹妹起死回生的可怜企图以外,一定还有更急需暗影猎手解决的罪恶。"

威尔与杰姆的视线相交在一起。杰姆只是耸了耸肩。显然,他跟威尔一样困惑。"妖术确实违反了《大律法》,"杰姆说道,"可是捆绑恶魔能量也同样是《大律法》所不允许的。而这确实需要我们特别关注,非常紧急。"

达克太太盯着他们。"捆绑恶魔能量？"

"没必要再遮遮掩掩了。我们对你的计划一清二楚，"威尔说，"我们知道机器人、捆绑咒语、你们为法师做的事——而我们其余的昂克拉夫人此刻正在追踪他的藏身之地。天亮之前他便会灰飞烟灭。没有人会再响应你的号召，你将无处藏身。"

听闻此，达克太太脸色明显地苍白了起来。"法师？"她低声嘀咕，"你们找到法师了？可是怎么会……"

"没错，"威尔说，"德昆西从我们手里逃走过一次，不过这次他跑不了了。我们知道他在哪儿，而且——"

可他的话却被一阵大笑淹没了。达克太太弯下腰来，身体探出了楼梯护栏，欢天喜地嚎叫着。威尔和杰姆不明就里地看着眼前的一切，直到她直起身子。她的脸上到处是因为狂笑而流出的黑色泪水。"德昆西，法师！"她大声叫喊着，"那个吃软饭自吹自擂的吸血鬼！噢，真是天大的笑话！你们这些傻瓜，你们这些愚蠢的小傻瓜！"

第十八章
三十枚银币

> 将他的名字抹去，记录下又一个迷失的灵魂，
> 又一项任务失败，又一条小径荒凉，
> 又一次魔鬼的胜利天使的忧伤，
> 又一次人的堕落，又一次对神的侮辱！
>
> ——罗伯特·勃朗宁，《失落的领袖》

特莎蹒跚着从门口向后退去，在她身后，索菲一动不动地跪在阿加莎的身边，她的双手按在老妇的胸口。在她的指下，鲜血浸透了那块可怜兮兮的布块；阿加莎的脸色已经呈现出可怕的灰褐色，正发出一种茶壶沸腾时会发出的声音。当她看见发条机器人时，她双目圆睁着努力用自己沾满鲜血的手将索菲从自己身边推开，可是索菲呢，只是一个劲地尖叫着，坚守在老妇人的身边，寸步不离。

"索菲！"楼梯上响起一阵脚步声，托马斯冲进了玄关，脸色惨白。他一手握着一柄特莎之前曾经见过的巨大的宝剑。在他身边的还有贾丝明，手里握着阳伞。在她身后的是一脸惊恐的纳撒尼尔。"到底怎么回事——"

托马斯突然停了下来，目光在索菲、特莎、阿加莎和大门处来回穿梭着。机器人们停了下来。它们排成一线就站在门口，犹如失去了绳索牵制的傀儡一般一动不动。它们那一片空白的脸孔直视前方。

"阿加莎！"索菲嘶声大喊。老妇一片寂静，双眼虽然大张着却没有焦点。双手无力地垂在身侧。

虽然转身背对着门口的机器人令特莎毛骨悚然，她还是弯下腰来

把手放在索菲的肩头。而索菲晃动身体避了开去；她正像只受伤的小狗一样小声呜咽着。特莎瞥了一眼身后的机器人。它们依然像棋子一般一动不动，可是这样的局面能持续多久？"索菲，求你了！"

内特呼吸急促，目光盯着大门，脸色犹如粉笔一样苍白。看上去他只想转身逃跑。贾丝明瞥了他一眼，脸上浮现出吃惊和轻蔑的表情，接着转向托马斯。"扶她站起来，"她说，"她会听你的。"

惊慌地瞥了一眼贾丝明，托马斯俯身，动作轻柔而又坚定地把索菲的双手从阿加莎身上掰开，扶着她站了起来。她的身体紧紧挨着他。她的双手和胳膊通红通红的，似乎她刚从屠宰场里出来，而她的围裙几乎被撕成了两半，上面印满了血手印。"洛夫莱斯小姐"，他一边低声说道，一边用没有拿着宝剑的那只手让索菲紧紧靠着自己，"把索菲和格雷小姐带到'庇护室'去吧——"

"不行，"特莎身后一个有气无力的声音说道，"我不同意。或者更准确地说，你可以把这个女仆带在身边，随你高兴去哪儿。可是格雷小姐必须留在这里。还有她的哥哥。"

这个声音很耳熟——简直让人出乎意料。特莎缓慢地转过身来。

犹如变戏法一般，在一群一动不动的机器人之中出现了一个男人。他还是特莎印象中普通人的样子，只是此刻他的帽子不见了，他那灰白的脑袋暴露在巫光石的光亮下。

莫特梅因。

他正在微笑。这微笑不再是以前那种和蔼可亲的愉快笑容。此刻他的微笑幸灾乐祸得令人作呕。"纳撒尼尔·格雷，"他说，"干得好。我承认我对你的信任一度备受考验——痛苦的考验——可你已经极好地弥补了往日的过失。我为你感到骄傲。"

特莎旋即回身看向她的哥哥，可是内特似乎完全忘记了她的存在——似乎所有人都不存在了。他的视线越过她凝聚在莫特梅因身上，脸上定格的表情怪异之极——混合着恐惧与崇拜。他向前走去，从特莎身边挤了过去；她伸手想要把他拉回来，可他厌烦地挣脱开去。最后他站到了莫特梅因的面前。

随着一声哭喊，他双膝跪地，双手紧握在身前，似乎正在祈祷。"这是我唯一的愿望，"他说，"侍奉于您，法师。"

***

达克太太依然大笑不止。

"到底怎么了?"杰姆不知所措地说,抬高声音压过她的笑声。"你是什么意思?"

尽管她一副衣衫褴褛的样子,达克太太依然摆出一副趾高气扬的样子。"德昆西并不是法师,"她冷笑着说,"他只是一个愚蠢的寄生虫,跟其他吸血鬼没什么两样。你们那么容易被骗,足以证明你们根本不知道法师的真正身份——或者你们正面临的是怎样的局面。你们死定了,小暗影猎手。你们这些行尸走肉的小男人。"

她的话已经大大超过了威尔的忍受范围。他大吼一声跃上楼梯,他的六翼天使直指达克太太。杰姆大叫着让他停下,可为时已晚。达克太太,她咧着嘴,露出森森白牙,好像一条正嘶嘶作响的眼镜蛇,她的一条胳膊向前摆动起来,接着把她妹妹的头颅掷向威尔。

威尔恶心地大喊一声,随即侧身避让,而她趁此机会冲下楼梯,从威尔身边经过,然后穿过大厅西侧的拱形门廊,消失在一片阴暗之中。

与此同时,布莱克太太的脑袋滚下好几级台阶,轻轻落在威尔穿着靴子的脚尖旁边。他低头看去,不由倒退几步。她的一个眼睑耷拉着合上了,她的舌头好像皮革做的似的,呈现出一种灰败的颜色,悬挂在嘴巴外面,那脑袋像是正不怀好意地斜睨着他一般。

"我大概是病了。"他宣布。

"没时间让你生病,"杰姆说,"来吧——"

说完,他便飞快地尾随着达克太太冲进了那道拱门。威尔用脚尖轻轻地把巫师的头颅踢到一边,跟着他的朋友跑了起来。

***

"法师?"特莎茫然地重复了一遍。可那是不可能的。德昆西才是法师。桥上的那些生物们,它们都说自己侍奉于他。内特说过……

她盯着她哥哥。"内特？"

此时此刻大声说话无疑是个错误。莫特梅因的视线落在了特莎身上，接着他咧嘴笑了起来。"抓住这个变身人，"他对发条生物们说道，"别让她跑了。"

"内特！"特莎大声哭喊，可是当那些突然活过来的生物们一起叽叽喳喳、跟跟跄跄地向前逼近她的时候，她哥哥完全无动于衷。一只生物一把抓住了她，它的金属双臂就像老虎钳一样环绕在她的胸前，让她透不过气来。

莫特梅因冲着特莎笑了起来。"别对你哥哥太凶，格雷小姐。他可比我想象中的更聪明。是他出了这个主意，让我用一个牵强的故事把年轻的卡斯泰尔斯和希伦戴尔引出这个地方，这样我才能畅通无阻地进来。"

"到底是怎么回事？"贾丝明来回看了看内特、特莎和莫特梅因，声音发颤，"我不明白。他是谁，内特？你为什么要在他面前下跪？"

"他是法师，"内特说，"要是你足够明智的话，你也应该跪下。"

贾丝明一脸不敢置信的表情。"这是德昆西？"

内特的眼睛发亮。"德昆西是个听差，一个奴隶。他服从于法师。几乎没有人知道法师的真实身份，我是被选中的人。那个幸运儿。"

贾丝明粗鲁地咒骂道："被选中跪在地上，是不是？"

内特双眼放光，笨手笨脚地站了起来。他冲着贾丝明大声嚷嚷着什么，可是特莎什么也听不清。金属假人牢牢地钳制着她，令她无法呼吸，开始眼前发黑。在朦胧之中她意识到莫特梅因正大叫着命令生物将她松开一些，可是它却没有遵从。她用手指无力地抓着它的金属臂膀，隐约觉得自己的喉间有什么东西正在轻轻颤动着，那感觉就像是一只被囚禁在她的衣领之下的小鸟或者蝴蝶正拼命扑棱着翅膀想要逃出牢笼。她脖子上的链子正不断颤动着。她设法低头去看，眼前一片模糊，只吃惊地看见挂在脖子上的那尊小小的金属天使已经从她的衣领之下蹦了出来；它飞到了空中，将链条牵引着越过了她的头顶。当它飞舞起来的时候，它的双眸似乎正在发光。这是第一次，它的金属双翼打开了，特莎看见每一只翅膀的边缘都镶着一些闪烁着微光的锋利的东西。当她目不转睛地注视着眼前的一切的时候，天使像只大黄蜂一般向下俯冲而去，用翅膀边缘猛砍向正挟住她的生物的脑袋——割开那铜和金属的头颅，喷射出一阵红色的火星。

那火星犹如一股灼热的灰烬溅在特莎的脖子上，但她几乎没有察觉；生物环绕着她的胳膊松了下来，当它蹒跚着旋身的时候，她终于脱出身来，只见生物的双臂盲目地在它的身前晃动着。她不由地想起自己见过的一副素描，上面画的是一个在花园中挥手赶走蜜蜂的生气的绅士，画中人的样子与眼前的发条生物如此相像。当莫特梅因意识到这一切的时候为时已晚，他大声咆哮着，接着另一个生物开始行动起来，冲着特莎而来。她漫无目的地环顾四周，可是再也没有看到那尊小天使了。它似乎消失得无影无踪。

"特莎！让开！"一只冰冷的小手一把抓住了她的手腕。是贾丝明，她用力把特莎向后一拉，而与此同时，托马斯已经放开了索菲，冲到了特莎的身前。贾丝明把特莎推到自己的身后，挨近玄关后部的楼梯，然后旋转着手中的阳伞向前冲去。她的脸上表情坚定。首先发动进攻的是托马斯。他挥舞着手中的宝剑一个箭步向前，宝剑刺穿了一个伸长双手、正朝他逼近的生物的胸口。机器人连连倒退，呼呼之声大作，红色火花犹如鲜血一般从它的胸口喷涌而出。贾丝明见此放声大笑起来，同时挥舞着手中的阳伞四处出击。阳伞旋转着的边缘割开了两只生物的大腿，就像扔下了两条死鱼一般把它们重重地击倒在地。

莫特梅因一脸懊恼。"哦，看在上帝的分上。你——"他打了个响指，指着其中一个右手腕上像是焊接着一截金属管的机器人。"把她干掉。那个暗影猎手。"

那个生物像痉挛似的抬起了它的一条胳膊。一团鲜红色火焰从金属管中喷射而出。火苗给了贾丝明当胸一击，重击之下她向后倒去。当她重重倒地的时候，手中的阳伞从她手中飞了出去，她的身体抽搐着，双眼呆滞地大睁着。

早已站在莫特梅因身边冷眼观战的纳撒尼尔放声大笑。

一股始料未及的仇恨之火燃遍了特莎的全身。她真想用尽全身的力气冲向内特，用自己的指甲掐住他的脸颊，用力踢打他直到他大声尖叫。她知道，那么做根本无济于事。在痛苦面前，他从来都是个懦夫。她向前冲去，可是已经解决了贾丝明的生物们早已把目标转移到了她的身上。这时，托马斯跑到她的身前，他的头发因为汗水黏在脸上，衬衫的前襟上有一条鲜血淋漓的长口子。他动作漂亮地用手中的宝剑向着自己的四面发出攻击，犹如狂风扫过一般连续出击。很难相信他竟然没有把生物们砍成碎片——它们的动作出乎意料得灵敏。生物们巧妙地避开他的攻击，继续前进，眼睛齐刷刷地定格在特莎身上。托马斯回身看向她，眼神疯狂。"格雷小姐！就现在！带着索菲离开！"

特莎迟疑不决。她不想逃跑。她想要坚守自己的阵地。可她身后的索菲正呆若木鸡地蜷缩着，眼里满是恐惧。

"索菲！"托马斯大喊一声，特莎能听见他的声音里包含着什么，她知道自己猜对了，没错，托马斯爱着索菲。"去'庇护室'！走！"

"不！"莫特梅因大吼，同时转向那个先前攻击贾丝明的发条生物。当它抬起手臂的那一刻，特莎一把抓住索菲的手腕，拖着她向楼梯跑去。一团红色的火焰击中了她们身边的墙壁，石头被烧得焦黑。特莎放声尖叫却并没有放慢速度，拉着索菲登上螺旋形的楼梯，当她们奔跑的时候，烟雾与死亡的气息尾随着她们。

威尔冲进那道将大厅与前面的房间隔开的拱门——然后发现自己无路可走。杰姆早已经站在那里，困惑地四处张望着。除了他们刚刚进来的那个入口之外，这屋子里再无其他出口，但达克太太的身影却不见了。

屋子里并非空空如也。这里很有可能一度是个餐厅，墙壁上装饰着巨大的肖像画，尽管它们早已被撕扯和劈砍得面目全非了。一盏巨大的水晶吊灯高悬于头顶，上面布满了灰色的蜘蛛网，在骚动的空气中犹如古时的蕾丝窗帘一般飘来荡去。水晶吊灯原本可能是悬在一张豪华的桌子上方的。而现在，在摇摆着的水晶吊灯之下的，只是一片空无一物的大理石地板，上面描绘着一系列妖气森森的图案——在一个长方形里画着一个圆环，圆环之中有一个五芒星。在五芒星的正中立着一尊令人厌恶的石头雕像，是某种可怕的恶魔，有着扭曲的四肢和利爪一般的双手。犄角从它的头顶冒出。

屋子里到处都是黑魔法留下的遗迹——骨头、羽毛和条状的皮肤，还有一摊摊像黑色香槟一般冒泡的鲜血。在这些东西的周围躺着许多空空如也的笼子，还有一张矮桌，大量血迹斑斑的尖刀和盛满了恶心的黑色液体的石碗遍布其上。

五芒星的每个尖角之间的缝隙里满是神秘的符号和胡乱写下的文字，当威尔的目光触及这些东西的时候，他的双眸不由一阵刺痛。这些神秘的符号与《灰色格雷》中提到的代表着荣耀与和平的如尼文截然不同。眼前的符号妖气森森，述说着毁灭与死亡。

"杰姆，"威尔说，"这些不是为了捆绑咒语而准备的。这是招魂术。"

"她想要让她妹妹起死回生，她不就是这么说的吗？"

"没错，可她还干了些别的。"一种恐怖的黑色疑虑开始在威尔的脑海里慢慢成形。

杰姆没有回答，他的全部注意力像是集中在房间另一头的什么东西上。"那儿有只猫，"他几乎耳语一般地说道，往那个方向指了指，"就在那只笼子里。"

威尔顺着他手指的方向瞥了一眼。没错，一只全身毛发竖立的灰猫被锁在一只挨着墙壁摆放的笼子里。"然后呢？"

"它还活着。"

"它就是只猫，詹姆斯。我们还有更要紧的事情需要担心——"

可是杰姆已经走开了。他走近那只笼子，将它从地上提了起来，举到与视线平行的地方。那只猫看着像是一只灰色的波斯猫，有着一张扁塌塌的猫脸和一对黄色的眼球，正用恶毒的眼神盯着杰姆。突然，它弓起脊背，大声嘶叫起来，两只眼睛盯着地上的五芒星。杰姆循着它的视线看去——愣住了。

"威尔，"他的语调中满是警告，"快看。"

五芒星中央的雕像动了起来。它不再像之前那样蹲伏在地，而是慢慢直起身来直到完全站了起来。它的双眼闪烁着硫黄色的亮光。直到它的三瓣嘴扯出一个微笑的表情，威尔才意识到眼前绝非只是一块石头而已，而是一个有着如石头般坚硬的灰色皮肤的生物。一个恶魔。

威尔突然俯身反手将伊斯拉斐尔扔了出去,心里并不指望用这个姿势能有多大的效果。果不其然。当伊斯拉斐尔飞近五芒星的时候,被一堵看不见的墙壁弹了回来,咔哒一声落在大理石地面上。五芒星中的恶魔发出一声尖笑。"你想在这里袭击我?"它用尖细的声音问道,"你可以把天兵天将统统带来对付我,他们也拿我没有办法!天使的力量无法打破这个圆环!"

"达克太太。"威尔咬牙切齿。

"你终于认出我了,是不是?从没有人说暗影猎手聪明。"恶魔露出它那青绿色的獠牙,"这才是我的本来面目。我猜这种丑恶的样子把你吓坏了。"

"我猜这对你来说是种进化,"威尔说,"你以前长得实在不怎么样,至少现在你的犄角挺引人注目的。"

"你到底是什么东西?"杰姆喝问,把手中的笼子放在脚边的地上,那只猫还在里面,"我以为你和你妹妹都是巫师。"

"我妹妹是个巫师,"曾经的达克太太,现在的这个嘶嘶怪叫的生物说道,"而我是纯种恶魔——幻象魔。一个变身者。就像你们无比珍贵的特莎一样。可我不能像她那样从内到外都变成另一个人。我无法触及他们的思绪,无论是活人抑或是死人。所以法师不要我。"生物的声音里流露出一丝伤心,"他把我找来训练她。他宝贵的小女门徒。还有我姐姐。我们知道变身的方法。我们成功地迫使她学会了这个本领,可她却从未对此表示感激。"

"那一定伤了你们的心,"杰姆用力所能及最平和的语调说道。威尔刚要张嘴说话,却看见杰姆警告的表情,于是重又把嘴闭上。"眼看着特莎得到了你想要的,却不知道感恩。"

"她从来都不知道自己获得的是多么无上的荣耀。所有的辉煌都将属于她一个人。"黄色的眼眸中燃起怒火,"当她逃走的时候,法师把一腔愤怒发泄在我的身上——是我让他失望了。他悬赏捉拿我。"

这话让杰姆为之一震,至少看起来是这样。"你是说德昆西想要你的命?"

"到底要我说几次德昆西根本不是法师?真正的法师是——"恶魔突然发出一声怒吼,停了下来,"你想要引我上钩,小暗影猎手,可你的诡计没有成功。"

杰姆耸了耸肩。"你不能永远都待在这个五芒星里，达克太太。最终昂克拉夫人还是会到这儿来。我们会让你就范的。然后你就是我们的了，你很清楚圣廷是如何处置那些违反《大律法》的家伙的。"

达克太太嘶声尖叫。"或许他早已经将我抛弃了，"她说，"但是比起你们或者昂克拉夫人来我依然更惧怕法师。"

更甚于我对昂克拉夫人的惧怕。她本应该害怕才对，威尔暗忖。杰姆对她说的都是事实。她应该感到害怕，可她并没有。根据威尔的经验，某些人本应感到害怕而事实却并非如此时，原因应该无关勇敢。这通常意味着他们知道一些你不知道的事情。

"如果你不打算告诉我们法师是谁的话，"威尔说道，声音犹如钢铁般坚硬，"或许你能回答另一个简单的问题。阿克塞尔·莫特梅因是不是法师？"

恶魔哀嚎一声，接着用它那瘦骨嶙峋的双手捂住嘴巴，接着眼神炽烈地瘫倒在地。"法师。他会以为是我告诉你们的。我将永远无法取得他的原谅——"

"莫特梅因？"杰姆重复了一遍，"可是他警告我们——啊。"他顿了顿。"我明白了。"他的脸色逐渐惨白起来，威尔知道他跟自己想到了一处。他原本应该第一个想到的——威尔怀疑杰姆其实比自己更加聪明——可他缺少威尔那种喜欢把人设想到最坏并且以此为出发点的癖好。"莫特梅因在'黑暗姐妹'和捆绑咒语的事情上对我们撒了谎，"他又自言自语地说道，"事实上，是莫特梅因让夏洛特以为德昆西就是法师。要不是他的话，我们永远也不会去怀疑那个吸血鬼的。可这是为什么？"

"德昆西是个令人作呕的畜生。"达克太太哀号着，依然蜷缩在她的五芒星里。她似乎已经决定无需再隐瞒什么。"他处处违抗莫特梅因的命令，想要夺走法师的宝座。如此这般的违抗者必须得到惩罚。"

威尔与杰姆的目光相遇。他知道他们此刻正想着同一件事。"莫特梅因发现了一个能让竞争对手成为怀疑对象的机会，"杰姆说，"那就是他选择德昆西的原因。"

"他可能将那些关于机器人的计划藏在德昆西的图书室里，"威尔对此表示赞同,"德昆西从不承认那些东西是他的,而当夏洛特把东西展示给他看的时候,他似乎也并没有认出它们来。而且莫特梅因完全可以命令桥上的那些机器人们声称自己是为那个吸血鬼效命。事实上,他可能把德昆西的标志蚀刻在那个发条女孩的胸口,然后把她留在'黑屋'里等着我们发现——这一切都能把他从怀疑名单中剔除。"

"可是莫特梅因并不是唯一一个指认德昆西的人,"杰姆说道,他的声音沉重,"还有纳撒尼尔·格雷,威尔。特莎的哥哥。当两个人撒了同一个谎言的时候……"

"他们是一伙的。"威尔最后说道。有一瞬间,他几乎有了一种幸灾乐祸的感觉,可是那感觉很快就消失了。他从未喜欢过内特·格雷,讨厌特莎对待他的样子,似乎内特无论做什么都是对的,然后他又鄙视自己竟然为这个吃醋。得知自己对内特品行的判断正确是一回事,可又要为此付出怎样的代价呢?

达克太太放声大笑起来,声音既高亢又带着哭音。"内特·格雷,"她厉声说道,"法师的人类小哈巴狗。你知道,他把自己的妹妹卖给了法师。我永远也不会这样对待自己的妹妹。而你们还说恶魔有多么邪恶,而人类还需要保护以免被我们伤害!"她的声音越来越高,最后变成了尖笑。

威尔对此视而不见,他脑中的思绪正在飞速旋转着。上帝啊,纳撒尼尔说的那个关于德昆西的故事是个彻头彻尾的诡计,一个将圣廷引入歧途的谎言。可是为什么他们一走莫特梅因就出现了?是为了把我们两个引开,杰姆和我,想到此,威尔不禁毛骨悚然起来。内特不可能事先知道我们两个不会跟着夏洛特和亨利一同出发。他一定是看到我们留下来以后才临时计划了一些事情。因此才会有莫特梅因和这个额外的诡计,内特从一开始就跟莫特梅因是一伙的。

而现在特莎还跟他一起待在学院里。威尔觉得自己的胃部一阵抽搐。他想要转身跑出去,用最快的速度回到学院,然后一把揪住纳撒尼尔的脑袋往墙壁上撞去。可是多年来的训练以及对亨利和夏洛特的畏惧,让他留在了原地。

威尔旋身面向达克太太。"他是怎么计划的?等昂克拉夫人来到卡尔顿广场的时候,他们将会有什么发现?必然会有场屠杀?回答我!"他大吼一声。恐惧让他的声音变了调。"要不然的话,我敢肯定圣廷一定会先狠狠地拷问你,然后才会要了你的命。他到底打算怎么对付他们?"

达克太太的黄色眼珠闪闪发亮。"法师有什么可担心的?他鄙视拿非力人,可他想要的到底是什么?"

"特莎,"杰姆不假思索地说道,"可她在学院里很安全,就连他的那些该死的发条军队也无法攻进去。就算我们不在那儿——"

达克太太用一种谄媚的语气说道:"有一次,我在参加法师召开的会议的时候,他对我说了一个入侵学院的计划。他打算将暗影猎手的鲜血涂抹在他的机械生物的手上,这样他就能打开学院的大门了。"

"暗影猎手的鲜血?"威尔又说了一遍,"可是——"

"威尔。"杰姆把手放在胸前,那晚在学院的台阶上发条生物正是撕开了那里的皮肤。"我的鲜血。"

有一瞬间,威尔一动不动地站在那里,凝视着他的朋友。接着,他一句话都没说便转身向着餐厅的大门飞奔而去;杰姆一把抓起猫笼,尾随其后。当他们跑到门口的时候,大门像是被人推了一把似的砰地一声关上了,威尔不得不来了个急刹车才勉强停住了脚步。他回身看向杰姆,满脸困惑。

达克太太在她的五芒星里大叫着狂笑着。"拿非力人,"她在大笑之余气喘吁吁地说道,"愚蠢至极的拿非力人。你们的天使在哪儿呢?"

当他们定睛看去时,环绕着墙壁突然蹿起一团巨大的火焰,火舌吞噬着覆盖着窗户的窗帘,将地板照得透亮,屋子里弥漫着一股厚重而难闻的气味——恶魔的味道。笼子里的灰猫发了疯,用自己的身体一下一下地撞着笼栏,不断咆哮着。

威尔又抽出一把六翼天使大喝一声:"亚纳尔!"随着一道强光,武器熊熊燃烧起来,可是达克太太依然狂笑不止。

"当法师看见你们焦黑的尸体时,"她大喊,"他就会原谅我了!然后他会欢迎我回归的!"

她的笑声越来越大,声音高亢而可怖。屋子里早已经弥漫着浓烟。杰姆用袖子捂住嘴巴,用近乎窒息的声音对威尔说:"杀了她。

杀了她火就灭了。"

威尔一手紧紧握着亚纳尔的刀柄,咆哮着说:"你以为我不想吗?她待在五芒星里。"

"我知道。"杰姆的眼神意味深长,"威尔,把它砍断。"

因为是杰姆,即使没有把话说清楚,威尔也立刻明白了他的意思。他旋身面对五芒星,将闪闪发光的亚纳尔高举起来,瞄准目标,接着将手中的利刃掷了出去——他的目标并非恶魔,而是那根悬挂着巨大的水晶吊灯的铁链。利刃将铁链一切为二,就像一把刀子将一张薄纸剪开一样轻而易举,一声断裂之声响起,巨大的水晶吊灯迅速掉落,纠缠在一起的铁链和破碎的玻璃轰然而下,而恶魔所能做的只是发出一声尖叫。当它们倾倒而下的时候,威尔用胳膊挡在脸上,护住了自己的眼睛——大量被砸碎的石块、水晶碎片,还有大片大片的尘埃,脚下的地板犹如地震一般不断晃动着。

当一切终于安静下来的时候,他睁开眼睛。水晶吊灯躺在地上,就像沉在海底的巨大轮船的残骸,扭曲得变了形,已经彻底被毁了。飞扬的尘土,就像从残骸中冒出的烟雾,从一堆砸碎的玻璃和金属的一角,有一股墨绿色的鲜血在大理石地面上蔓延开来……

杰姆是对的。火已经熄灭了。杰姆依然提着猫笼的把手,目不转睛地看着那堆废墟。他原本浅色的发丝因为沾上了一层白灰而越发显得苍白起来,他的脸颊上也满是灰烬。"干得漂亮,威廉。"他说。

威尔没有回答;已经没有时间了。他猛地冲出大门——现在大门已经被他轻而易举地打开了——大门敞开着,他飞奔着跑出了房间。

特莎和索菲一路飞奔着跑上学院的台阶,直到索菲气喘吁吁地说道:"到了!就是这扇门!"于是特莎急忙把门打开,冲进了走廊里。索菲把手腕从特莎的手里挣脱出来,旋身把门砰地一声关上,接着又插上了插销。她在门上靠了一会儿,呼吸急促,脸上涕泪纵横。

"贾丝明小姐,"她嚅嗫着说道,"你觉得——"

"我不知道,"特莎说,"可你听见托马斯的话了。我们必须去'庇护室',索菲。到了那里我们就安全了。"而托马斯希望我能保证你能留在安全的地方。"你得告诉我那地方在哪儿。光凭我一个人找不到。"

索菲慢慢地点了点头，站直了身子。在一片沉默中，她带着特莎穿过许多条蜿蜒曲折的走廊，直到来到那条她曾见过卡米尔的通道。索菲从墙上的灯架上取下一盏灯来，将之点亮，接着她们快步行进，终于来到那扇有着字母 C 标记的大铁门前。索菲在门前突然停了下来，一只手捂住了嘴巴。"钥匙！"她低声说道，"我忘了那血淋淋的——对不起，小姐——钥匙！"

特莎只觉得一股沮丧的怒气向自己袭来，却努力控制着自己的情绪。刚刚有一个朋友死在索菲的怀里，不该因为忘了一把钥匙而责备她。"可你知道夏洛特把它放在哪里吧？"

索菲点点头。"我跑去把它取来。你等在这儿，小姐。"

她匆匆向着走廊那头跑去。特莎看着她，直到她那带着白帽和白色袖套的身影消失在阴暗之中，把特莎一个人留在一片漆黑之中。走廊里唯一的光亮来自于从门缝里漏出的来自"庇护室"的光。当浓密的黑暗将她团团围住的时候，她把身体抵在墙上，好像她就能这样消失在墙壁中一样。她的眼前不断浮现出鲜血从阿加莎的胸口喷涌而出，染满了索菲双手的景象；耳中不断听到当贾丝明倒下的时候内特那刺耳的大笑声——

那声音又来了，像玻璃一般脆弱而又刺耳，在她身后的黑暗之中回荡着。

毫无疑问这一定是她的幻觉，特莎飞快地转身，她的背靠在了"庇护室"的门上。在她面前的走道里，刚刚还是空无一物，此刻有人正站在那里。那个人有着一头金发，正咧嘴笑着，右手提着一把又长又细的刀子。

是内特。

"我的泰茜，"他开口了，"实在让人印象深刻。我从来没想到你或者那个仆人能跑那么快。"他把刀在指尖捻弄着。"非常不幸地告诉你，我的主人早就赐予了我某些……能量。我行动起来的速度比你想象中更快。"他发出得意洋洋的笑声。"也许还能更快，速度与你花多长时间才能明白楼下到底发生了什么一样。"

"内特，"特莎的声音在颤抖，"一切还来得及。你可以停止的。"

"停止什么?"内特第一次直视着她,自从他跪在莫特梅因面前以后就再也没看过她一眼,"停止获得难以置信的能量和广博的知识吗?停止成为伦敦最有权势的人所喜爱的助手吗?要是停止了这一切我就是个傻瓜,小妹妹。"

"喜爱的助手?当德昆西打算吸干你的血的时候他在哪儿呢?"

"我让他失望过,"内特说,"是你令他失望了。你从'黑暗姐妹'那里逃走,你明知道这么做会让我付出什么样的代价。你对我的兄妹之情并不令我满意,泰茜。"

"为了你,我任凭'黑暗姐妹'对我百般折磨,内特,我为了你竭尽所能。而你——你让我相信德昆西就是法师。你所声称的德昆西的所作所为其实都是莫特梅因干的,不是吗?他才是那个想抓我的人。他才是'黑暗姐妹'真正的雇主。所有那些关于德昆西的胡说八道目的只有一个,就是引诱昂克拉夫人离开学院。"

内特得意地大笑起来。"哈丽雅特姨妈以前是怎么说的,太晚开窍就是愚笨?"

"那么当昂克拉夫人到达你所说的德昆西的巢穴时会发现什么?一无所获?一座空荡荡的房子?一堆被付之一炬的废墟?"她开始一步步向后退去,直到她的脊背撞在冰冷的铁门上。

内特跟着她一步步走过来,双眸犹如他手中的利刃一般闪闪发亮。"哦,我的老天爷,不。那倒是真的。我可不会让昂克拉夫人那么快就察觉他们被耍了,是不是?最好让他们有事可忙,而把德昆西那个小小的藏身之地打扫干净会让他们忙坏了的。"他耸了耸肩。"知道吗?是你让我想到把所有的罪恶都嫁祸在吸血鬼一人身上。在那天晚上以后,他反正都是一个死人了。拿非力人已经把目标锁定在了他的身上,这让他在莫特梅因面前一点用都没有。把昂克拉夫人派出去把他解决掉,派威尔和杰姆为我的主人把讨厌的达克太太解决掉——好吧,这不是正是一石三鸟的事吗?要我说的话,我的这个计划实在太聪明了。"

他正在洋洋得意,特莎厌恶地想到。为他自己感到骄傲。她真想对准他的脸吐上口唾沫,可她知道自己应该让他继续说下去,让自己有时间能理清目前的情势。"你愚弄了我们,"她恨自己这么说,"你说的到底有多少是真的？有多少是谎言？"

"要是你真想知道的话，那么有很多都是真话。最好的谎言总是构筑在真相的基础之上的，至少有一部分是这样，"他吹嘘道，"我到伦敦来的时候心想我可以用自己所掌握的莫特梅因的神秘活动勒索他。事实上，他对此非常关心。你瞧，他之所以想要见我，就是因为他没有十足的把握。他并不确定我到底是咱们爸妈的第一个孩子还是第二个。他以为我可能就是你。"他咧着嘴笑了起来。"当他意识到我并不是他要找的那个孩子的时候得意极了。你瞧，他想要的是个姑娘。"

"可是为什么？他想从我身上得到什么？"

内特耸了耸肩。"我不知道。我也不在乎。他对我说要是我为他把你弄到了手，而你的表现能如他所愿的话，他会让我成为他的门徒。你逃跑以后，他为了报复把我交给了德昆西。但你把我带到这里——拿非力人的心脏，给了我向法师弥补往日过失的机会。"

"你联系了他？"特莎泛起一阵恶心。她想起客厅里那扇打开的窗户、内特涨得通红的脸孔，那时他说窗户不是他打开的。但现在她知道，是他向莫特梅因通风报信的。"你让他知道你身在何处？是你心甘情愿背叛我们的？可你完全可以留在这里！你是安全的！"

"安全，而且一无所有。在这儿我就是一个普通人，虚弱而被人轻视。可是作为莫特梅因的门徒，当他统治整个大英帝国的时候，我会站在他的右手边。"

"你疯了，"特莎说，"整件事情太荒唐了。"

"我向你保证这一点儿也不荒唐。明年这个时候莫特梅因便会住进白金汉宫，大英帝国将向他屈膝。"

"可你不会在他左右的。我看见他看你的眼神了。你并不是门徒，你只是被他利用的工具。当他得到他想要的一切时，他会把你像垃圾一样扔到一边。"

内特紧紧握住了手中的刀子。"这不是真的。"

"这是真的，"特莎说，"姨妈总是说你太容易相信别人。这就是为什么你会变成这样一个可怕的赌徒，内特。你自己就是这样一个骗子，可当你被骗的时候却从不自知。姨妈说过——"

"哈丽雅特姨妈，"内特轻笑着说道，"她去世的方式实在太不幸了。我给你寄过一盒巧克力吧？一些我明知道你不会吃的东西，一些我知道她会吃的东西。"

极度的厌恶慑住了特莎的心，她的胃像被内特的刀子搅过一样剧痛。"内特——你不会——哈丽雅特姨妈那么爱你！"

"你不知道我有多少能耐，泰茜。完全不知道。"他很快地说道，整个人几乎发狂一般，"你把我当成一个傻瓜。你的傻哥哥需要被好好保护不被世人所害。他那么容易上当受骗，被别人利用。我听到你和姨妈是怎么议论我的。我知道你们从不认为我能自力更生，能做任何让你们为我自豪的事情。可我现在做到了。我现在做到了。"他大声怒骂着，似乎完全没有意识到自己的话是多么讽刺。

"你把自己变成了一个杀人犯。而你觉得我应该为此感到骄傲吗？我以跟你有关为耻。"

"跟我有关？你根本就不是人类。你是别的东西。从莫特梅因告诉我你的真实身份那一刻起，我对你已经毫无感觉。我没有妹妹。"

"那么为什么，"特莎的声音细如蚊呐，连她自己都几乎听不清，"你还不断地喊我泰茜？"

他一脸困惑地看了她一会儿。当她也看向她哥哥的时候——她曾以为自己在这世上除了这个哥哥便一无所有——有什么东西越过了内特的肩头，特莎不知道自己是真的看见了什么，还是自己已经快昏倒了。

"我没有喊你泰茜，"他说。他的声音困惑，几乎有些迷惘。

一股难以承受的悲伤抓住了她的心。"你是我哥哥，内特。你永远都是我哥哥。"

他的双眼眯了起来。有一瞬间特莎以为他听懂了自己的话。或许他会重新考虑。"当你属于莫特梅因的时候，"他说，"我将永远跟他在一起。因为是我让他拥有了你。"

她的心往下一沉。内特肩上的那个东西又动了一下，打破了周围凝固的黑暗。这是真的，特莎心想。不是她的幻觉。内特身后有什么东西。有什么东西正朝着他们两个而来。她想开口说些什么，却又把嘴闭上。是索菲，她暗忖。她多么希望那个姑娘能在内特用刀袭击她之前就逃得远远的。

"那么，来吧，"他对特莎说，"没必要再大惊小怪了。法师不会伤害你的——"

"你没办法保证。"特莎说道。内特身后的影子几乎在他之上。有什么白白的东西在它的手里发出微弱的光芒。特莎努力把自己的视线锁定在内特的脸上。

"我保证,"他听起来已经有点不耐烦了,"我不是个傻瓜,特莎——"

那个影子突然发起了攻击。那个发出白色微光的东西举到了内特的头顶,然后重重地落了下来。内特向前一头栽去,瘫倒在地。他重重地摔在地毯上,一动不动地躺在那里,刀子从他的手中滚落,他的淡金色头发染上了鲜血。

特莎抬头看去。在微光中她能看见贾丝明站在倒下的内特身边,她的脸上满是愤怒的表情。她的左手握着一盏被砸碎的灯。

"不是个傻瓜,也许吧。"她轻蔑地用脚趾戳了戳昏倒在地的内特,"可现在也不是你最辉煌的时刻。"

特莎只能目瞪口呆地看着她。"贾丝明?"

贾丝明抬头看去。她裙子的领口被撕开了,头发从发卡里跑了出来,她的右脸颊上还有一道紫色的淤伤。她把那盏险些又给了内特迎头一击的灯扔掉,然后说道:"如果这就是你瞪大眼睛的原因,那么我告诉你,我很好。毕竟它们的目标不是我。"

"格雷小姐!洛夫莱斯小姐!"索菲气喘吁吁地跑着。她的一只手上拿着一把细长的铁钥匙。当她来到走廊尽头的时候,低头看着内特,吃惊地大张着嘴巴。"他没事吧?"

"哦,谁在乎他有没有事?"贾丝明说着弯腰拾起内特失手掉下的那把刀子,"在他编造了那么多谎言之后!他对我撒了谎!我真的以为——"她的脸涨成了猪肝色。"好吧,现在已经没关系了。"她直起身子面向索菲,将下巴高高抬起。"现在,别只站在那里干瞪着眼,索菲,在那些只有上帝知道是什么的东西追着我们,想要再度杀死我们之前,快让我们到'庇护室'里面去。"

威尔冲出宅邸,来到正门台阶上,杰姆紧跟在他的身后。他们面前的草坪赤裸裸地暴露在月光之下;他们的马车还跟他们离开时一样停在车道的中央。杰姆看见马匹们并没有因为刚才的噪音而受到惊吓,不禁松了口气,虽然他猜这两匹一直属于暗影猎手的马儿——贝里奥斯和桑索斯早已见过比这更糟糕的场面。

"威尔。"杰姆在他的朋友身边停了下来,努力调整着呼吸,尽力不让他发现自己需要好好喘口气,"我们必须尽快回学院去。"

"在这方面我们的意见完全一致。"威尔目光敏锐地看了杰姆一眼,杰姆怀疑自己的脸是不是如自己所担心的那样好像发烧一样涨得通红。在他们出发离开学院之前,他带了大量的药物,可药效却比正常速度挥发得快得多;若是在别的时候察觉到这一点早就会让杰姆的身体因为焦虑而刺痛,可他现在完全无视这些。

"你觉得莫特梅因是不是期待我们杀了达克太太?"他问,并非觉得这个问题有多要紧,而是需要在爬上马车之前多些时间让自己的呼吸平稳下来。

威尔解开自己的外套,在其中一个口袋里翻找着什么。"我猜是,"他几乎有些心不在焉地说,"或者他希望我们互相残杀,这对他来说是最理想的。显然他也想要德昆西的命,于是他决定利用拿非力人当他私人的刺客。"威尔从他的内口袋里抽出一把折叠刀,满意地端详着它。"单单一匹马,"他说道,"会比一辆马车快得多。"

杰姆紧紧抓住手中的笼子。那只在笼子里的灰猫正用它那双狂野的黄色眼睛兴致勃勃地环视着左右。"请你告诉我你不会真要那么做吧,威尔。"

威尔将刀子弹开,突然向着车道跑去。"没时间了,詹姆斯。如果车上只有你一个人的话,只需桑索斯一匹马就能把马车拉得很好。"

杰姆在他的身后追赶,可是沉重的笼子还有因为高烧引起的疲惫拖慢了他的速度。"你拿着那把刀干什么?你是不是打算把马杀了?"

"当然不是。"威尔举起刀刃,开始劈砍固定住贝里奥斯的挽具,他喜欢这两只动物,还有这辆马车。

"啊,"杰姆说道,"我明白了。你打算像迪克·特尔宾[①]那样骑马而去,把我留在这儿。你难道疯了吗?"

---

① 迪克·特尔宾,十八世纪英国公路劫匪。

"得有人看着那只猫。"马儿身上的肚带和缰绳掉落在地,威尔纵身骑上了贝里奥斯。

"可是——"杰姆这回真的忧虑了起来,放下了手里的笼子,"威尔,你不能——"

太晚了。威尔用脚后跟把马肚子一夹,贝里奥斯后腿直立,嘶鸣一声,威尔纹丝不动地骑在马背上——杰姆可以发誓,他连眼睛都没有眨一下——接着马匹向着大门疾驰而去。没一会儿工夫,马儿和骑士都消失在了视野之中。

第十九章
博阿迪西亚女王

> 从她第一次散发出甜蜜的气息开始,宝藏便已注定属于她一人。
> 宝藏啊,货真价实的宝藏,从生到死
> 宝藏啊,宝藏——我们的父辈已经立下誓言。
>
> ——阿尔弗雷德·丁尼生,《莫德》

当"庇护室"的大门在她们身后关上的那一刻,特莎忧心忡忡地环顾四周。屋子比她当时来见卡米尔的时候更暗了。巨大的枝状烛台里的蜡烛并没有被点燃,只有安在墙壁上的巫光石发出摇曳的微光。天使雕像依然将它无止尽的泪水洒落在喷泉之中。房间里的空气冷得刺骨,令她颤抖不已。

索菲已经将钥匙放回了口袋里,看起来跟特莎一样紧张不安。"那么,我们到了,"她说,"这里真是冷得可怕。"

"好吧,我们不会在这里待太久的,我保证。"贾丝明说。她依然握着内特的那把尖刀,刀子在她的手里闪闪发亮。"有人会回来救我们的。威尔,或是夏洛特——"

"然后发现学院里挤满了发条怪物,"特莎提醒她,"还有莫特梅因。"这个名字令她一阵战栗。"我不知道事情会不会像你说的那般简单。"

贾丝明用冰冷的黑色眼眸看了特莎一眼。"好了,你没必要表现得好像一切都是我的错一样。要不是为了你,我们也不会这样一团糟。"

索菲走到了那些巨大的柱子之间,相形之下她看起来异常矮小。

她的声音在石墙之间回荡着。"那么说可不好,小姐。"

贾丝明在喷泉边缘坐了下来,接着又一下子站了起来,眉头紧皱。她轻拂了一下裙子的后背,此刻那里被弄湿了,令人恼火。"或许是不好,可那是事实。法师到这儿来的唯一原因就是因为特莎。"

"我告诉夏洛特所有的一切都是我的错,"特莎平静地说道,"我让她把我送走。她不愿意。"

贾丝明把头一扭。"夏洛特心太软了,亨利也是。还有威尔——威尔以为自己是加勒哈德①。想要拯救每个人。杰姆也是。他们全都不切实际。"

"我猜,"特莎说,"要是遵从你的决定……"

"你早就被扫地出门了。"贾丝明嗤之以鼻地说道。她察觉到索菲看自己的样子,又加了一句:"噢,真是的!别这么多愁善感,索菲!要是让我做主的话,阿加莎和托马斯就不会死了,不是吗?"

索菲的脸色变得煞白,她脸颊上的伤疤一下子凸显了出来,就像挨了一巴掌以后留下的印记。"托马斯死了?"

贾丝明一副知道自己犯了错的样子。"我不是那个意思。"

特莎严厉地看着她。"到底发生了什么,贾丝明?我们看见你受了伤——"

"而你们全都束手无策,"贾丝明说着一屁股坐在喷泉的边上,显然已经忘记了要担心她的裙子。"我失去了知觉……当我醒过来的时候,我看见你们都不见了,只剩下托马斯一个人。莫特梅因也不见了,可那些生物们还在那儿。其中有一个向我步步紧逼了过来,我想要找回自己的阳伞,可它已经被踩成了碎片。托马斯被那些生物包围了。我朝他走了过去,可他让我快跑,所以……我就跑了。"她挑衅一般将下巴抬高。

索菲的眼神炯炯。"你把他留在那儿了?只有他一个人?"

贾丝明一刀砍向墙壁,刀刃与墙壁发出愤怒的撞击声。"我是个淑女,索菲。人们总是希望一个男人会为了一个淑女的安全而牺牲

---

① 加勒哈德,《亚瑟王传奇》中的圆桌骑士之一,兰斯洛特和伊莱恩之子。因其圣洁与高贵而寻获圣杯。

自己。"

"那都是胡说八道!"索菲的一双小手在身侧紧紧握成了两个拳头。"你是一名暗影猎手!而托马斯只是一名仆人!你完全可以帮助他。你只是不想这么做——因为你是个自私自利的人!而且——而且可怕!"

贾丝明目瞪口呆地看着索菲。"你怎么敢这样跟我说话——"

这时,"庇护室"大门上沉重的门环被人叩响了,响起一片嘈杂,把她的话打断了。接着又是一声,然后响起一个熟悉的声音,大声呼唤着她们,"特莎!索菲!我是威尔。"

"噢,感谢上帝。"贾丝明说道——显然因为从与索菲的唇枪舌战中解脱出来以及自己即将得救而大大松了一口气——于是急步向门口跑去。"威尔!我是贾丝明。我也在这儿!"

"你们三个都没事吧?"威尔担忧的声音让特莎的胸口一阵紧缩。"发生了什么事?我们从海格特公墓赶了回来。我看见学院的大门敞开着。老天爷,莫特梅因到底是怎么进来的?"

"他不知道用什么方法避开了防御设施,"贾丝明一边悲痛地述说着,一边伸手去抓门把手。"我不知道他是怎么做到的。"

"现在已经无关紧要了。他已经死了。发条生物们也被消灭了。"

威尔的语调令人安心——特莎心想,可是为什么自己并没有得救的感觉呢?她转身看向索菲,她正盯着大门,双眉紧皱,双唇微微动着像是正低声说着什么。特莎想起来,索菲拥有"洞见力"——夏洛特曾经这么说过。不安的感觉犹如排山倒海一般向特莎袭来。

"贾丝明,"她大喊一声,"贾丝明,别开门——"

可是已经太晚了。大门洞开。莫特梅因就站在门槛上,两侧是发条生物们。

感谢上天赐予我迷魂术,威尔心想。一个男孩不用马鞍骑在一匹狂奔的黑色骏马之上沿着法灵顿大街而下的景象即使在伦敦这样一个早已厌倦了一切的大都市之中也会引人侧目。可是当威尔经过的时候——马匹打着响鼻疾跑过大街小巷,马蹄扬起一大片伦敦的尘埃——没有一个人为此受惊,连眼睛都不曾眨一下。然而尽管他们的肉眼看不见他，行人们却出于某种原因纷纷避让开去——为了拾起掉落在地的眼镜而退到一边，为了避开路上的一个水塘而往旁边迈了一步——不让自己遭到马蹄的践踏。

从海格特公墓到学院几乎有五英里的距离，马车需要花上四十五分钟才能到达。回程的时候威尔和贝里奥斯却只花了二十分钟，尽管当威尔冲过学院的大门在前门台阶上停下来的时候马儿已经气喘吁吁，浑身上下大汗淋漓了。

他的心向下一沉。大门敞开着。这样打开着，像是邀请黑夜进入一般。《大律法》严禁学院大门半开半闭。他猜对了：出事了。

他从马背上滑了下来，穿着靴子的双脚落在鹅卵石上发出响亮的咔哒声。他想把马匹拴好，可是他已经把挽具割断了，这里没有备用的，更何况，贝里奥斯一副要咬他一口的样子。他耸了耸肩，走上台阶。

当莫特梅因进入房间的时候，贾丝明喘着粗气疾步向后退去。索菲尖叫着躲在一根柱子后面。特莎受惊过度，身体不听使唤地动弹不得。四个机器人两个两个地分列在莫特梅因身边，脸上好像带着一张金属面具一般发出耀眼的光芒，两眼盯着正前方。

站在莫特梅因身后的是内特。一条临时做成的绷带缠绕在他的脑袋上，上面血迹斑斑。衬衫的底部——那是杰姆的衣服——被撕得破破烂烂的，绷带就是这样做成的。他邪恶的视线落在贾丝明身上。

"你这个贱货。"他怒骂着，向前冲了过来。

"纳撒尼尔。"莫特梅因的声音犹如一条鞭子一般劈啪作响，内特顿时僵住了。"这里可不是表演你那些不值一提的复仇的舞台。我需要你帮我做另一件事情，你知道是什么，帮我把它找到。"

内特犹豫了一下。他像一只盯着老鼠的猫一样看着贾丝明。

"纳撒尼尔。去武器室。现在。"

内特不情愿地把目光从贾丝明身上移开。有一瞬间他看了特莎一眼，脸上愤怒的神情软化成了一声冷笑。然后他转身昂首阔步地走出了房间，两个发条生物从莫特梅因身边离去，跟在他的后面。

大门在他的身后关上了，莫特梅因露出一个亲切的微笑。"你们两个，"他说，轮番看着贾丝明和索菲，"出去。"

"不。"是索菲的声音，微小却倔强，而让特莎意外的是，贾丝明也完全没有要离开的意思。"我们要跟特莎在一起。"

莫特梅因耸了耸肩。"很好。"他转向发条生物。"这两个姑娘，"他说，"这个暗影猎手和这个仆人。把她们两个杀了。"

他打了个响指，发条生物们纵身一跃。它们的速度怪异得犹如飞鼠一般。贾丝明转身就跑，可她只跑了几级台阶，其中一个发条生物就一把抓住了她，把她扔到了地上。索菲好像白雪公主在森林中逃亡一般在柱子之间穿梭着，可却没用。第二个发条生物很快就追上了她，在她的尖叫声中把她扑倒在地。相比之下贾丝明却一声不吭；抓着她的发条生物用一只金属手捂住了她的嘴，另一只手将她拦腰抱住，手指残忍地刺进她的肌肤之中。她的双脚悬在空中徒劳地踢着，犹如一个被施以绞刑的犯人一般。

特莎听见自己的声音从喉头传出，似乎那是陌生人的声音。"停下来。求你了，求你了，停下来！"

索菲摆脱了那个抓住她的生物，手脚并用地在地上爬着。那东西伸出手去一把抓住了她的脚踝，把她拽了回来，她不断呜咽着，围裙被撕裂了。

"求你了。"特莎再次祈求，目光直视着莫特梅因。

"你可以停止这一切的，格雷小姐，"他说，"答应我你再也不会逃跑了。"他用炽热的眼神看着她。"那么我就放她们走。"

"我会留下来，"特莎说，"我向你保证。我当然会留下来。只要你放了她们。"

一阵沉默。接着，"你们听见她的话了，"莫特梅因对他的机器怪物们说，"把这两个姑娘带出去。把她们带到楼下。别伤害她们。"然后他露出一个微笑，一个狡猾的浅笑。"让格雷小姐跟我单独待一会儿。"

在他穿过学院前门之前，威尔就已经感觉到了——一种紧张的感觉告诉他这里正发生着一些可怕的事情。他第一次有这种感觉的时候，才十二岁，手上拿着那个该死的盒子——可他从没想到在壁垒森严的学院里会有这种感觉。

他第一眼看到的是阿加莎的尸体,当时他刚刚迈过门槛。她仰面躺着,双眼呆滞地瞪着天花板,朴素的灰色连衣裙浸在鲜血之中。一股无法遏止的狂怒席卷了威尔,他一阵头晕目眩。他用力咬着嘴唇,俯身凑近了她的双眸,接着他直起身来,环顾四周。到处都是混战留下的痕迹——扯裂的金属碎片、弯曲破碎的齿轮、四处飞溅混合着油污的鲜血。当威尔走向楼梯的时候,他的脚踢到了贾丝明阳伞的残骸。他咬紧牙关,迈上了楼梯。

接着,就在那儿,在最底下的台阶上,倒着托马斯,他闭着眼睛,在一大摊血泊之中毫无知觉。他旁边留着一把宝剑,离他的手只有几步之遥;剑锋碎裂了,满是凹痕,似乎他曾用这把宝剑劈开过石块。一块巨大而参差不齐的金属碎片从他的胸口冒了出来。它看起来有点儿像被撕裂的锯子的刀刃,又有点儿像是某种锋利的巨大金属装置,威尔一边想着一边在托马斯的身边蹲了下来。

威尔的喉咙干得像是有把火在烧。他的嘴里满是金属和愤怒的味道。他几乎不曾在一场战役中有过伤心的时刻;他总是在战后才会展露自己的情绪——那些他尚未学会如何深埋于心的感觉。从他十二岁起,他一直掩藏着这些感情。现在他的一颗心痛得揪在一起,可是当他说话的时候声音依然沉着冷静。"向你致敬,再见,托马斯,"他说,凑近了男孩的双眸说道,"一路走好——"

一只手突然升起抓住了他的手腕。托马斯呆滞的双眼缓缓向他张开,淡棕色的眼球藏在濒死之人才有的白色眼膜之下,威尔盯着他,一时目瞪口呆。"我不是,"他说,努力想要把话说明白,"一个暗影猎手。"

"你保卫了学院,"威尔说,"你做了任何一个暗影猎手都会做的事。"

"不。"托马斯闭上了眼睛,似乎累坏了。他的胸口几乎没有起伏,他的衬衫几乎已经被鲜血染成了黑色。"你会把他们击退,威尔主人。你会的。"

"托马斯。"威尔在他的耳畔低语。他真想说,别说话,等其他人赶到以后,你会没事的。可是托马斯显然已经不行了。他只是个人类,痊愈如尼文帮不了他。威尔真希望杰姆在这儿,而不是自己。杰姆会是那个当你快要死去的时候想要有他陪伴在自己的身边的人。杰姆会让人觉得一切都会好起来,相反自己的出现总是让情况变得更糟。

"她还活着。"托马斯闭着眼睛说。

"什么?"威尔猝不及防。

"那个你为了她回来的人。她。特莎。她跟索菲在一起。"托马斯像是在说一个众所周知的事实,威尔是为了特莎才回来的。他咳了起来,大量的鲜血从他的嘴里喷涌而出,滴落在他的下巴上。可他似乎并没有发觉。"好好照顾索菲,威尔。索菲是——"

可是威尔再也没机会知道索菲是谁了,因为托马斯紧握着他的手突然松开了,重重地摔落在石头地面上。威尔向后退去。他已经目睹过不计其数的死亡,知道当它来临的时候是怎样的场景。没必要替托马斯阖上双眼,它们早已紧闭。"睡吧,"他毫无意识地说着,"拿非力人优秀而忠实的仆人。谢谢你。"

这还不够,一点儿都不够,但他所能说的只有这些。威尔摇摇晃晃地站了起来,冲上了楼梯。

***

门在发条生物的身后关上了,"庇护室"陷入一片静默之中。特莎能听见身后喷泉水花飞溅的声音。

莫特梅因站在那里,厚颜无耻地凝视着她。他看起来一点儿都不骇人,特莎心想。这样一个身材矮小、长相普通的男人,头发乌黑,两鬓斑白,还有一双古怪发光的眼眸。"格雷小姐,"他开口说道,"我曾希望我们第一次单独见面会比现在更愉快一些。"

特莎眼神灼人。她说:"你是谁?一个巫师?"

一丝笑意在他脸上很快闪过。"只不过是个人类,格雷小姐。"

"可你会法术,"她说,"你用威尔的声音说话——"

"只要适当的训练,任何人都能学会模仿别人的声音,"他说,"只是一个简单的把戏,就好像变戏法一样。从没有人指望过暗影猎手。他们深信人类是一无是处的，当然也一事无成。"

"不，"特莎低语，"他们不是那样想的。"

他的一张嘴扭曲着。"你那么快就爱上他们了，你的天敌们。我们会很快训练你转变过来的。"他抬步向前，而特莎则向后退缩。"我不会伤害你，"他说，"我只是想给你看点儿东西。"他把手伸进外套口袋，拿出一块挂在一根粗大的金链上、非常漂亮的金表。

他是想知道现在几点了吗？特莎的喉咙里突然有一种想要傻笑的疯狂冲动，她硬是把它压了下去。

他把表拿在手里对着她。"格雷小姐，"他说，"请你拿着这个。"

她瞪着他。"我不想要。"

他又向她迈了几步。特莎向后退去直到她裙子的后背碰到了喷泉周围的矮墙上。"拿着这只表，格雷小姐。"

特莎拼命摇头。

"拿着它，"他说，"否则我就把我的发条仆人们叫来，命令它们把你那两个朋友的脖子一点点捏碎，直到她们死去。这就是你的选择。"

一股苦涩的胆汁涌上特莎的喉咙。她盯着那只悬在金链子上的手表。它显然没有上发条。指针已经停止走动很长时间了，时间像是凝固在了半夜时分。几个大写字母 J.T.S 以优雅的字体刻在表的背面。

"为什么？"她低声问道，"你为什么要我拿着它？"

"因为我想要你'变身'。"莫特梅因说。

特莎猛地抬起头来。她不敢相信自己的耳朵，盯着他。"什么？"

"这只手表从前曾经属于某个人，"他说，"某个我十分想再见到的人。"在他平静的声音之下，暗藏着一股潜流，那是一种热切的渴望，比起任何愤怒的情绪更让特莎害怕。"我知道'黑暗姐妹'教过你。我知道你清楚自己的能力。这世上只有你一个人能做到。我知道，因为是我造就了你。"

"你造就了我？"特莎愣住了，"你该不是在说——你不可能是我父亲——"

"你父亲？"莫特梅因短促地大笑几声，"我是个人类，不是暗影魔族。我的体内可没有恶魔的血，我也不跟恶魔们混在一起。我们之间毫无血缘关系，格雷小姐。然而要不是因为我，你根本不会存在。"

"我不明白。"特莎低声说道。

"你不需要明白，"看得出来，莫特梅因的脾气开始越来越坏，"你只需要做我告诉你的事。我现在要你做的是'变身'。现在。"

这种感觉就像重又站在了"黑暗姐妹"的面前，害怕而充满了警惕，她的心怦怦直跳，被要求进入自己内心的一部分令她恐惧。被要求在那片黑暗之中，除了自己和另一个人以外一片虚无的地方迷失自己。也许他这么告诉她的话事情会简单一些——如他命令的那样伸手接过手表，将自己失落在另一个人的皮囊里，没有自己的意志，别无选择，就好像她以前曾做过的那样。

她低下头，避开莫特梅因灼热的目光，看见就在自己身后喷泉外延的墙壁上有什么东西正发出闪烁的亮光。有一瞬间她以为那是一滴飞溅的水花——可是不是。是别的东西。她几乎毫无意识地开口了。

"不。"她说。

莫特梅因的眼睛眯缝了起来。"你说什么？"

"我说不要。"不知怎么的特莎觉得自己已经灵魂出窍，自己的灵魂正飞在半空好像看着一个陌生人一般看着地上的莫特梅因。"我不会做的。除非你告诉我你造就了我到底是什么意思。为什么我会是现在这样？为什么你如此迫切地需要我的能力？你打算强迫我替你干什么？你所做的可不止建造一支怪物军队。我知道。我可不像我哥哥那么傻。"

莫特梅因把手表放回了口袋里。他的脸孔变成了一张由愤怒组成的丑陋面具。"不，"他说，"你不像你哥哥那么傻。他是个傻瓜，也是个懦夫。你是个有些勇气的傻瓜。虽然这对你也没什么好处。而你的朋友将为此受罪。而你会亲眼看见这一切。"接着他转身向着门口的方向大步走去。

特莎俯身把那个在她身后闪闪发亮的东西一把抓在了手里。那是贾丝明放在那里的刀子，刀刃在巫光石的照耀下闪烁着微光。"停下来，"她大声哭喊，"莫特梅因先生。停下来。"

他转过身来，看见她握着刀子。一种令人憎恶的调笑表情在他的脸上蔓延开来。"真的，格雷小姐，"他说，"你真以为你能用那个伤害我吗？你以为我来到这里浑身上下都没有武器吗？"他轻轻地把外套敞开了一点，她看见一把手枪的枪托，在他的皮带里发出微光。

"不，"她说，"不，我知道自己伤不了你。"她把手里的刀子转了个向，于是刀柄不再对着她，刀刃却直指她的胸膛。"可你要是再朝门口走一步，我向你保证，我就用这把刀子捅进我的心脏。"

威尔把马车上的马具弄得一团糟，收拾残局让杰姆花去不少时间，当他驾着马车疾驶过学院大门，驾驭着桑索斯在台阶前停下来的时候，月亮正令人担心地高悬于空。

贝里奥斯正站在台阶扶手的旁边，并没有被缰绳所束缚，看起来累坏了。威尔一定像个魔鬼一样策马狂奔，杰姆心想，可是至少他还是安全抵达了。然而学院大门完全打开着，恐怖的气息犹如箭矢一般扑面而来。这样的场景看起来很不对劲，就好像一张失去双眼的脸孔，又像是没有繁星、漆黑一片的夜空。本不该是这样的。

杰姆抬高声音。"威尔？"他喊道，"威尔，听见我说话了吗？"回答他的只是一片死寂，于是他从驾驶座上一跃而下，接着抬手把他的玉头手杖从马车上拿了下来。他轻手轻脚地握着它，平衡着手上的重量。他的手腕开始发疼，这让他有些担心。通常戒除恶魔粉末会让他的关节疼痛，那种隐隐作痛的感觉会逐渐蔓延，直到他浑身上下犹如被烈火焚烧一般。可他现在已经没有时间在这种痛楚上分心了。他要考虑的是威尔，还有特莎。他想起在台阶上，当他说着那些古老语言的时候她俯身看着他，这景象在他的脑中挥之不去。那时她看起来那么忧心忡忡，或许她是在为他担心，这种想法让他出乎意料的喜悦。

他转身奔上台阶，突然停了下来。有人已经从楼梯顶端跑了下来。不止一个人——一群人挤在那里。它们背着学院里的光亮站在那里，有一瞬间他惊愕地看着它们，除了一些轮廓之外什么也看不清。有一些身形看起来奇形怪状的。

"杰姆！"声音高亢、绝望。如此熟悉。

是贾丝明。

杰姆一惊，冲上了台阶，然后一下子停住了。在他的面前站着纳撒尼尔·格雷,他的衣服撕破了,沾着斑斑血迹。一条凑合做的绷带缠在他的脑袋上,右边太阳穴的地方被鲜血浸透了。他的表情冷酷。

他的两侧各有一些发条机器人犹如顺从的仆人一般走来走去。一个守住了他的右边,一个负责他的左侧。身后还有两个。一个抓着挣扎着的贾丝明,另一个则控制着浑身瘫软、处于半昏迷状态的索菲。

"杰姆!"贾丝明尖声大叫,"内特是个骗子。他一直在帮莫特梅因——莫特梅因才是法师,不是德昆西——"

纳撒尼尔旋过身去。"让她闭嘴。"他冲着身后的发条生物吼道。它听令用金属胳膊紧紧地裹挟住贾丝明,令她窒息得说不出话来,脸孔因痛苦而一阵惨白。她的目光直射纳撒尼尔右边的发条生物。跟随着她的视线,杰姆看见那个生物的手上握着那个熟悉的金色罗盘。

看着他脸上的神情,内特微笑了起来。"除了暗影猎手没人能碰它,"他说,"换言之,活物都碰不得它。可机器人是没有生命的。"

"所以这就是你们的目的?"杰姆质问,不禁大为吃惊,"就是为了那个罗盘?它对你们有什么用?"

"我的主人要的是恶魔的能量,这也是天经地义的事,"内特傲慢地说,"他不会忘记是我把它献给了他。"

杰姆摇了摇头。"那他又会赐予你什么呢?他到底给了你什么让你心甘情愿地背叛自己的妹妹?三十块钱?"

内特整张脸都扭曲了,有一瞬间,杰姆觉得自己能透过那张温柔而英俊的面具看到被掩盖在下面的真正的内特——某些反感又恶意的东西令杰姆急欲扭开脸去,他一阵恶心。"那个东西,"他说,"不是我妹妹。"

"真难以相信,不是吗?"杰姆说,毫不掩饰自己的嫌恶,"你和特莎分享了所有的东西,就连你们身体里流的血都是一脉相承的。你们的为人却是天差地别,她是多么好的一个人啊。"

纳撒尼尔的眼睛眯缝了起来。"她不是我所关心的。她属于莫特梅因。"

"我不知道莫特梅因向你承诺了什么,"杰姆说,"可我向你保证,要是你伤了贾丝明或者索菲的话——并且要是你拿走了罗盘——圣廷不会放过你的。他们会找到你,然后杀了你。"

纳撒尼尔慢慢地摇了摇头。"你不会明白的，"他说，"没有一个拿非力人会明白。你们充其量只能让我活下去。可是法师却可以保证让我永远不死。"他转向左边拿着罗盘的发条生物。"杀了他。"他说。

机器人朝着杰姆扑了过去。它的速度要比杰姆在黑衣修士桥上遇见的那些要快得多。在那东西近身之前，他刚将手杖末端的锁扣弹开，将藏在里面的利刃释放出来，将武器高举于手。当杰姆把利刃笔直刺进它的胸口，将它一劈为二的时候，那只生物就像一列突然刹车的火车似的发出一声刺耳而尖利的叫声。接着它弹了开去，好像一个轮转式五彩焰火一般喷射出鲜红的火花。

内特被喷薄而出的火焰烧着了，大叫着向后跳开，拍打着衣服上的火花。杰姆抓住这个机会跃上两级台阶，用利刃的刀背猛力向内特打去，重击之下，内特双膝着地被打翻。内特七扭八歪着寻求发条生物的保护，可那只生物正在楼梯上跌跌撞撞着，火花从它的胸口喷出；看来杰姆已经把它的中枢控制系统捣毁了。那个拿着罗盘的机器人则一动不动地站着，显然保护内特并非它的第一要务。

"把她们俩扔下！"内特朝抓着索菲和贾丝明的发条生物大喊，"杀了这个暗影猎手！杀了他，你们听见了吗？"

贾丝明和索菲被松开了，跌在地上，两人全都奄奄一息，可是显然还活着。杰姆才松了一口气，那两个机器人就以难以置信的速度朝他扑了过去。他用手杖向其中一个砍去。那东西向后一跃，逃出了手杖的攻击范围，另一个则举起一只手——不，那不是一只手，更像是一大块金属条，一边满是密密麻麻的锯齿——

就在这时，杰姆身后响起一声大吼，亨利冲到了他的前面，手中挥舞着一把巨型大刀。他用力挥舞着手中的武器，刀刃砍过机器人抬起的胳膊，将它的手砍飞了。它在石头地面上站立不稳，一个打滑，一时火花四溅，发出嘶嘶的声响，最后变成了一团烈火。

"杰姆！"是夏洛特的声音，正大声警告着他。杰姆立刻旋身，看见一个机器人正从他背后向他伸出手去。他用手中的武器猛地刺进那生物的喉咙，将那里面的铜管锯了开来，与此同时夏洛特则用手中的鞭子鞭打着它的膝盖。随着一声尖利的哀鸣，它瘫倒在地上，被截去了双腿。夏洛特面色煞白地又用手中的鞭子抽打了它一下，而杰姆转身看见亨利的一头红发被汗水黏在额头上，正慢慢放下手里的大刀。被他攻击的那个机器人此刻已经变成了地上的一大堆废铜烂铁。

事实上，有不少发条装置正四散在庭院里，其中仍有一些在熊熊燃烧着，明明灭灭的火光好像一大片坠入凡间的星辰。贾丝明和索菲互相依靠在一起；索菲的喉咙上环绕着一圈黑色的淤青，贾丝明支撑着她的身体。贾丝明的视线越过台阶与杰姆的撞在了一起，他想这可能是第一次她发自内心地觉得看见他是件高兴的事情。

"他跑了，"她说，"纳撒尼尔。他跟那个发条机器人一起失去了踪影——还有罗盘。"

"我不明白。"夏洛特血迹斑斑的脸上满是震惊的表情，"特莎的哥哥……"

"他对我们所说的一切都是谎言，"贾丝明说，"让你们追踪吸血鬼是调虎离山之计。"

"上帝啊，"夏洛特说，"那么德昆西并没有说谎——"她摇了摇头，像是要理清脑子里纷乱的思绪。"当我们到达他在切尔西的房子时，我们发现他就在那儿，身边只有六七个吸血鬼——显然并非如纳撒尼尔所警告的有数百个之多，而且根本就没有发现发条生物的踪影。班尼迪克杀了德昆西，然而在此之前，吸血鬼因为我们喊他法师而肆意嘲笑我们——还说我们被莫特梅因愚弄了。莫特梅因。而我还以为他只是一个——只是一个凡人。"

亨利一屁股坐在最高一级的台阶上，手中的刀发出一阵当啷声。"这是一场灾难。"

"威尔，"夏洛特一脸迷惘，犹如处在一个梦境之中，"还有特莎。他们在哪儿？"

"特莎在'庇护室'里。跟莫特梅因在一起。威尔——"贾丝明摇了摇头，"我不知道他在这儿。"

"他在里面。"杰姆说着抬头凝视着学院。他还记得自己在被毒药狠狠折磨的时候做的梦——学院着火了，一股浓烟覆盖着伦敦，巨大的发条生物们就像巨型蜘蛛似的在建筑物之间横行。"他会追上特莎的。"

***

莫特梅因面无血色。"你在干什么？"他大声质问着向她大步走去。

特莎把刀剑对准自己的胸口刺了进去。一阵突如其来的刺痛。鲜血在她裙子的胸襟上绽放开来。"别再靠近我一步。"

莫特梅因停了下来，整张脸因为愤怒而扭曲着。"你凭什么觉得我会在乎你的死活，格雷小姐？"

"如你所说，是你造就了我，"特莎说，"无论出于什么原因，你渴望我存活于世。你那么珍视我，于是你不希望'黑暗姐妹'永久性地加害于我。不管怎样，我对你来说很重要。哦，当然了，不是真正的我。是我的能力。那才是你所关心的。"她能感觉到鲜血渗透了她的肌肤，既温暖又湿润，可是当她看到莫特梅因脸上的恐惧时，受伤带来的痛楚与此刻内心的愉悦相比就完全不值一提了。

他咬牙切齿地说："你要我做什么？"

"不。是你想要我做什么？告诉我。告诉我你为什么要造就我。告诉我我的亲生父母到底是谁。我妈妈真是我的亲生母亲吗？我爸爸呢？"

莫特梅因一脸狞笑。"你提错了问题，格雷小姐。"

"为什么我……是这样的我，而内特却是人类？为什么他跟我不一样？"

"纳撒尼尔只跟你有一半的血缘关系。他不过是个人类罢了，而且还不是个好人。你别再因为跟他不一样而哀伤了。"

"那么……"特莎顿了顿。她的心怦怦跳着。"我妈妈不可能是个恶魔，"她平静地说，"或是任何超自然的产物，因为哈丽雅特姨妈是她的妹妹，而她只是一个普通人。那么一定是我爸爸了。我爸爸是个恶魔？"

莫特梅因突然咧开嘴笑了起来，笑容丑陋无比。"把刀放下，我会告诉你答案的。或许我们甚至能把养育你的那东西召唤而来，要是你那么渴望见到他的话——或者我还用'它'？"

"这么说我是个巫师。"特莎说道。她的喉咙一阵发紧。

莫特梅因黯淡的眼睛里满是蔑视的神情。"要是你坚持的话,"他说,"我想那是用来形容你身份的最好的词汇。"

特莎听见脑海里响起马格纳斯·贝恩清晰的声音:哦,你是一名巫师。肯定没错。然而——

"你说的每一句话我都不相信,"特莎说,"我妈妈,她绝不会——不会跟一个恶魔在一起。"

"她对此一无所知,"莫特梅因的话听起来几乎带着一丝同情,"完全不知道自己背叛了你父亲。"

特莎的胃里一阵排山倒海。这是她从来也没有想到的,她从来也没有怀疑过。更何况,听到这些被大声地说出来对她来说更是雪上加霜。"要是那个我以为是我父亲的男人不是我爸爸,而我真正的父亲是个恶魔,"她说,"那么为什么我身上没有巫师该有的印记?"

莫特梅因的眼睛里闪烁着恶毒。"确实如此,你为什么没有呢?也许是因为你妈妈跟你一样,对自己的身份一无所知。"

"你这话是什么意思?我妈妈是人!"

莫特梅因摇了摇头。"格雷小姐,你不断地问那些错误的问题。你必须明白,终有一天你会脱胎换骨。这个计划由来已久,甚至在我出现之前便已经开始了——而我只是把它向前推进,因为我知道自己正在指导这世上独一无二的生灵。而这独一无二将会属于我。我知道有一天我会娶你,而你将永远是我的。"

特莎一脸惊恐地看着他。"可是为什么?你并不爱我。你根本不认识我。你甚至不知道我长得什么样!我可能是个丑八怪!"

"这无关紧要。随便你是面目可憎或是美若天仙。你现在戴着的这张脸孔只是一千张脸蛋中的一张。你什么时候才能明白根本没有活生生的特莎·格雷?"

"滚出去。"特莎说。

莫特梅因用黯淡的双眸看了她一眼。"你对我说什么?"

"滚出去。离开学院。带着你的怪物们。不然我就一刀捅进心脏里。"

有那么一刹那他犹豫了一下,双手在身侧攥紧又松开。这感觉就像他被迫要做出一个迅如闪电的商业决定——是买还是卖？是投资还是扩张？他是一个习惯于在瞬息审时度势的男人，特莎心里暗暗想道。而她只是一个姑娘。她怎么可能以谋略制胜于他？

他缓缓地摇了摇头。"我不相信你会这么做。你可能是个巫师，但你仍然是个年轻姑娘。一个不堪一击的女性。"他向她迈近一步，"暴力并非你的天性。"

特莎紧紧抓着刀柄。她能感觉到周身的一切——手指之下坚硬而光滑的刀柄表面，刀剑刺破她的肌肤时的痛楚，她心脏的搏动。"别再走近一步，"她用颤抖的声音说道，"不然我会那么做的。我会一刀捅进去。"

她声音里的恐惧似乎更加深了他的判断，他咬紧牙关，迈着自信的大步向她走去。"不，你不会的。"

特莎听见脑海里响起威尔的声音。她宁愿服毒自尽也不愿被罗马人俘获。她比任何男人都勇敢。

"不，"她说，"我会的。"

她脸上的表情一定发生了某种变化，于是他一脸自信地朝她冲了过来，原本那种妄自尊大的神情已经不见了，只是不顾一切地想要得到那把刀。在她失去知觉之前看到的最后一幕是当她把刀子对着胸口捅下去的时候，银色的水花在她的头上高高喷洒下来。

当威尔接近"庇护室"大门的时候早已气喘吁吁。他在楼梯间里已经跟两只发条生物大战了一场，并且一度觉得自己死定了，直到第一只发条生物——已经屡次从托马斯的剑下脱逃——出了故障，把第二只发条生物推出了窗外，自己则跌下楼梯变成了一个由扭曲的金属和四散飞射的火花组成的麻花。

威尔的双手和胳膊上满是生物们锯齿状的金属袭击后留下的伤口，可他并没有因为给自己绘如尼文而放慢速度。他一边奔跑一边拔出自己的石杖，飞奔着猛力撞向"庇护室"的大门。他用石杖劈砍大门的表面，用此生最快的速度创造着"打开"如尼文。

门上的锁滑落开去。刹那之间威尔已经把手里的石杖换成了六翼天使。"耶拉篾。"他低声说道，手上的利刃突然燃烧起来，伴随着一股白色的火焰,他一脚踢开了"庇护室"的大门。

映入眼帘的一幕令他惊恐得动弹不得。特莎倒在喷泉旁边,身上的泉水染上了红色。在她蓝白相间的连衣裙前襟有一道伤口,从她身体里冒出的鲜血蔓延成了一摊血泊。在她软弱无力的右手边躺着一把尖刀,刀柄上沾着鲜血。她双眼紧闭着。

莫特梅因跪在她的旁边,扶着她的肩头。当大门砰的一声打开的时候,他抬头看去,接着摇摇晃晃地站了起来,从特莎的身边向后退去。他的手被鲜血染红了,他的衬衫和外套上亦是血迹斑斑。

"我……"他开口说道。

"你杀了她。"威尔说。他的声音听来是那样愚蠢,又像是从某个遥远的地方发出来似的。他在心里又看到了那个当自己还是个孩子的时候同家人一起住过的房子里的图书室。他的手放在那只盒子上,蠢蠢欲动的手指将它打了开来。图书室里充满了尖叫声。通往伦敦的道路,在月光下泛着银光。一幕幕在他脑中萦绕着,一遍又一遍,于是他离开了自己熟悉的一切,永远地离开了。我失去了一切。失去了一切。

一切。

"不。"莫特梅因摇了摇头。他的手正摆弄着什么东西——那是戴在他右手上的一枚戒指,是用银做的。"我没有碰她。是她自己干的。"

"你在撒谎。"威尔上前一步,六翼天使那锋利的刀刃在他的手指之下是那样自如,犹如一个梦境一般在他周身变幻莫测。"你知道当我用它割开人类的血肉之躯时会发生什么吗?"他厉声问道,举起了耶拉簘,"当它将你割开的时候,它会燃烧起来。你的身体里会燃起一把火来,你会死于剧痛之中。"

"你以为你在为她的死而悲伤,威尔·希伦戴尔?"莫特梅因的声音让人备受折磨,"你的悲伤对我来说无关紧要。我几年来的努力——梦想——多得超过你的想象,现在全都付之东流了。"

"放心吧,你不会痛苦太久的。"威尔说着伸出武器,向前冲了过去。感觉告诉他六翼天使擦破了莫特梅因外套的布料——却再没有被任何东西阻碍。他向前跌了一步,连忙稳住自己,定睛看去。他的武器一定是将莫特梅因的外套割了开来。此时，残破的衣服就落在他面前的地板上，似乎正在嘲笑着他。

威尔大吃一惊，手中的武器脱了手。耶拉箴落到了地上，依然熊熊燃烧着。莫特梅因不见了——彻底失去了踪影。他就像个受过多年法术训练的巫师那样销声匿迹了。对于一个人类来说，即使是一个通晓超自然知识的人，要做这样的事……

不过那无关紧要，至少现在没关系。威尔脑子里只想到一件事情。特莎。他的一颗心掺杂着惧怕和担心，又抱着些许希望，穿过房间向她躺着的地方走去。伴随着喷泉发出的悲惨而舒缓的声音，他跪在她的身边，将她揽在怀里。

从前他只这样抱过她一次，是在阁楼里，他们放火烧了德昆西房子的那天夜里。自此之后，关于那晚的回忆经常不请自来地跑到他的脑海里。现在，回忆折磨着他。她的裙子浸在鲜血之中，她的头发也是，而她的脸上也血迹斑斑。以威尔的经验，失了那么多血毫无生还的可能。

"特莎。"他低声唤她。他紧紧抱着她，现在他做什么都已经无关紧要了。他把脸埋在她的脖颈与肩膀相连的地方。她的头发上的鲜血早已干透了，这时变得硬邦邦的，刮擦着他的脖子。他能透过她的肌肤感觉到她脉搏的跳动。

他愣住了。她的脉搏？她的心在跳；他向后退了一步，打算让她躺在地上，接着发现她正用大大的灰色眼眸看着自己。

"威尔，"她说，"真的是你吗，威尔？"

他先是安心地松了一口气，可紧接着一股汹涌的恐惧接踵而至。已经亲眼看见托马斯死在自己的面前，现在又是特莎。或许她还有救？可也不能用如尼文。暗影魅族如何才能痊愈？这个只有"无声使者"才知道。"绷带，"威尔突然说道，像是在自言自语，"我必须弄些绷带来。"

他正要放开她，特莎却一把抓住他的手腕。"威尔，你一定要小心。莫特梅因——他才是法师。他在这儿——"

威尔觉得自己像是透不过气来。"嘘。你省着点力气。莫特梅因跑了。我必须找人帮忙——"

"不。"她握着他的手腕更紧了一些,"不,没必要,威尔。那不是我的血。"

"什么?"他一时目瞪口呆。或许她神经错乱了,他心想,可对于一个将死的人来说她的手劲和声音却是异乎寻常的强健。"不论他对你做了什么,特莎——"

"是我做的,"她的声音跟先前一样坚定而细小,"是我自己干的,威尔。这是我唯一知道能把他赶走的办法。不然他绝不会把我一个人留在这里。除非他以为我死了。"

"可是——"

"我'变身'了。当刀子触碰到我的时候,就在那一刻,我'变身'了。是莫特梅因的话让我想到了这个主意——这花招只是一个小把戏,没人猜得到。"

"我不明白。那血是怎么回事?"

她点了点头,一张笑脸因为安下心来而有了血色,津津有味地把自己的所作所为说给威尔听。"从前,'黑暗姐妹'曾让我'变身'为一个死于枪伤的女人,当我'变'成她的时候,满身都是鲜血。我有没有告诉过你这件事?我想也许我说过,可那无关紧要——我想起了这件事,于是我'变身'成为了她,就一会儿,鲜血就像以前那样出现了。当时我背对着莫特梅因,所以他不知道我发生了变化,接着我向前一弯腰好像刀子真的已经刺了进去——其实,是'变身'的力量,因为这个过程太快了,让我疲弱不堪。周围的一切一片漆黑,然后我听见莫特梅因在喊我的名字。我知道我必须变回自己,我知道我必须装作已经死去的样子。我害怕在你还没来之前被他发现我并没有死。"她低头打量了自己一眼,而威尔可以发誓,当她说话的时候,声音里有种沾沾自喜,"我要弄了法师,威尔!我本以为这是不可能的——他对自己的优势那么有自信。可我想起你说的那些关于博阿迪西亚女王的事情。要不是你的那些话,威尔……"

她微笑着抬头看向他。那微笑打破了他最后的心防——将之一一击碎。当他以为她已经没有生命的时候,他早已任由那道心墙倒塌,而现在他还没有时间将它们重新建起。在无助之中他紧紧拥着她。那一刹那她紧紧依靠着他,在他的怀里如此温暖而富有生气。她的发丝拂过他的面颊。他的脸上重又有了血色；他又能呼吸了，那一刻他吸进了她的气息——她的身上散发出盐、鲜血、泪水的味道，还有特莎的味道。

当她从他的怀中抽出身来，她的眼眸闪闪发亮。"当我听到你的声音时，我以为那是一个梦，"她说，"可你却真的在。"她用目光搜寻着他的脸庞，接着，她心满意足地发现他就在那儿，于是微笑了起来。"你真的在这儿。"

他张开嘴巴。字字句句就在那里。当他正要开口说话的时候，一丝恐惧向他袭来，就像那些徘徊在迷雾之中，突然停下脚步才发现自己距离万丈深渊只差了几英尺距离的人会感觉到的。她看着他的样子——他察觉出她能读懂他眼里的东西。他的思绪一定明白无误地写在那里，就像书页上的白纸黑字。已经没有时间，也没有机会将之隐藏。

"威尔，"她低声呢喃，"说点儿什么，威尔。"

可他无话可说。此刻除了虚无再无其他，就跟在她出现之前一样。一直以来都是如此。

我已经失去了一切，威尔心想。一切。

第二十章
可怕的怀疑

> 然而每个人都在把所爱的杀死,
> 你不妨听听每人的方式,
> 有人使用恶毒的眼神,
> 有人使用阿谀的巧言,
> 懦夫使用轻轻的一吻,
> 勇士使用尖利的刀刃!
>
> ——奥斯卡·王尔德,《雷丁监狱之歌》

对暗影猎手而言,表示哀悼的如尼文是红色的。死亡的颜色是白色。

特莎此前并不知晓,也不曾在《法典》上读到过,因此当她和索菲从图书室的窗口望出去,看见五名从马车上下来的暗影猎手齐刷刷地穿着一袭白衣,犹如去参加一场婚礼的装扮时,不禁目瞪口呆。在将德昆西的吸血鬼巢穴一网打尽的战斗中,数名昂克拉夫人惨遭杀害。因此名义上这场葬礼是为了他们而举办的,而事实上托马斯与阿加莎也被埋葬于此。夏洛特曾经说过,通常拿非力人的墓地里只能埋葬拿非力人,可是对于那些因为效忠于圣廷而失去生命的人则可以例外。

尽管如此,索菲和特莎依然被禁止出席。仪式就在离她们很近的地方举行。索菲告诉特莎,这样反而更好,她不想亲眼看着托马斯被火葬,而他的骨灰则被洒在"无声之城"中。"我宁愿只记得他生前的模样,"她说,"还有阿加莎也是。"

昂克拉夫人在她们身后安排了一组守卫,那是几个自愿留下照管学院的暗影猎手。也许还要过很久很久,特莎心想,他们才会再度解除戒备。

当她们一起待在窗畔读书的时候,她消磨掉了不少时间——那本书与拿非力人或者恶魔或者暗影魅族毫无关系,只是一本《双城记》,那是她从夏洛特的书架上狄更斯的书里找到的。她竭尽全力让自己不去想莫特梅因、托马斯和阿加莎,不想莫特梅因在"庇护室"里对她说的话——尤其是纳撒尼尔和他的下落。任何关于她哥哥的念头都会让她的胃一阵痉挛,眼睛刺痛。

但这并非是她此刻脑海里的全部。两天前,她被迫出现在学院的图书室里在圣廷派来的人面前亮相。一个被称作审判官的男人问了她一些问题,是关于她跟莫特梅因待在一起的时候所发生的事,一遍又一遍,只要她的故事跟前一遍有任何微小的差异都会引起他的警觉,直到她筋疲力尽为止。他们问她莫特梅因想要给她的那只表的事,问她是否知道手表的主人是谁,或者缩写 J.T.S. 可能代表的含义。她并不知道答案,而且她十分肯定地指出,当他消失的时候也把手表一并带走了。他们同样也询问了威尔,莫特梅因在失去踪影之前对他说过些什么。不出所料,威尔果然对这些讯问极不耐烦,最后因为态度粗鲁、不服从命令而被判以处罚。

审判官甚至命令特莎脱去身上的衣服,以搜寻她身上是否有巫师的印记,却被夏洛特及时制止了。当特莎最后终于被允许离开的时候,她匆匆地在威尔身后跑进走廊,可他却已经不见了。此后的两天时间里,她几乎都没有见过他,除了在其他人面前偶尔礼貌的寒暄以外便再没有说过什么话。每当她看向他的时候,他总是避开她的目光。每当她离开房间的时候,总希望他会跟上来,可他却不曾这么做。这实在令人恼火。

她情不自禁地怀疑是否只是自己一厢情愿地以为他们在"庇护室"时发生了一些意味深长的事情。当她从一片漆黑中苏醒过来,发现威尔正抱着自己,脸上的表情是她从未在他身上看见过的伤心欲绝,这一切都要比她在"变身"时所经历的更令她刻骨铭心。更何况她从没想到他会那样唤她的名字,用那样的眼神看着自己,是不是?

不。她做梦也没想到。她百分之百确定,威尔钟情于她。没错,他们认识以来他总是对她态度粗鲁,然而,那是小说中经常出现的情节。看看达西在求婚前是如何粗鲁地对待伊丽莎白·班纳特的,真的,可粗鲁了。而希斯克利夫倒是从没对凯瑟琳说过一句粗话。尽管如此,她不得不承认在《双城记》里西德尼·卡尔顿和查尔斯·达雷倒是都对露西·曼奈特很好。然而我一向便有,至今也有这个弱点。我总希望你知道你是怎样突然控制了我,让我这一堆死灰燃起了火焰的……

现在令人烦恼的是,自从在圣地的那晚之后,威尔便再也没有看她一眼或者喊过她的名字。她觉得自己知道个中原因——从夏洛特看她的眼神,每个人在她周围沉默寡言的样子她猜出了几分。一切都显而易见,暗影猎手们打算把她送走。

他们为什么不能这么做?学院是属于拿非力人的,而并非暗影魅族。在她待在这儿的短短一段时间里,她带来的是死亡和毁灭;天知道要是她继续留在这里会发生什么事。当然,她现在已经无家可归,也举目无亲,可这跟他们有什么关系?《大律法》就是《大律法》;没有人可以改变或者违背它。或许她终究还是会跟贾丝明生活在一起,在贝尔格莱维亚区的某幢宅子里安家落户。真是糟糕的命运。

屋外的鹅卵石地面上响起马车车轮的声音,预示着其他人从"无声之城"打道回府了,把她从对未来阴郁的幻想中拉了出来。索菲匆匆下楼迎接他们,而特莎则依然站在窗边,看着他们从马车上下来,一个跟着一个。

亨利揽着夏洛特,后者则靠着他。接着出现的是贾丝明,金色的发丝上盘绕着白色的鲜花。要不是特莎暗自怀疑贾丝明因为深知自己以一袭白衣亮相尤为漂亮且对葬礼乐在其中的话,她也许会羡慕她的装扮的。之后是杰姆,再然后便是威尔,杰姆的银发和威尔的黑色乱发都被他们的一身白衣衬托得愈发显眼,看起来就像某种古怪游戏中的两枚棋子。白武士与黑武士,当他们步上台阶,身影消失在学院里时,特莎这样想到。

她刚刚来得及把手中的书本放在身边的椅子上,图书室的门便打开了,夏洛特走了进来,她忙着摘下手套,原本戴着的帽子不见了,露出湿漉漉的棕色卷发。

"我就知道能在这儿找到你。"她说着穿过房间在特莎靠窗的座位对面的一把椅子上坐了下来。她把白色的羔羊皮手套扔在旁边的桌子上,叹了口气。

"是不是……"特莎支支吾吾地开了口。

"可怕?没错。尽管只有老天知道我到底参加了多少次葬礼,但我讨厌它们,"夏洛特顿了顿,咬着自己的嘴唇,"这话听起来倒像是贾丝明说话的腔调。忘了我刚刚说的话,特莎。牺牲和死亡是暗影猎手生活中的一部分,而我早已接受了这个事实。"

"我知道。"周围安静极了。特莎觉得自己像是能听见那虚无的心跳声,就像在一间巨大的空屋子里回荡着的古董钟的滴答声。

"特莎……"夏洛特欲言又止。

"我知道你想说什么,夏洛特,真的没事。"

夏洛特惊讶地眨了眨眼。"是吗?我想说的是……什么?"

"你想让我离开,"特莎说道,"我知道你在葬礼之前跟圣廷的人见了面。是杰姆告诉我的。我无法想象在我给你们带来那么多麻烦和恐怖的事情之后他们还会让你允许我继续留在这里。内特。托马斯和阿加莎——"

"圣廷不在意托马斯和阿加莎。"

"那么还有罗盘。"

"是的,"夏洛特放慢了语速,"特莎,我觉得事情完全不是你想的那样。我不是来让你离开的,我是来请你留下的。"

"留下?"无论怎样理解,这两个词都极不合理。毫无疑问夏洛特一定不是这个意思。"可是圣廷……他们一定会很生气……"

"他们的确生气,"夏洛特说,"迁怒于亨利和我。我们完完全全上了莫特梅因的当。他把我们当作他的工具一般利用,而我们竟然听之任之。我本来因为自己能够如此得心应手地将他控制在股掌之间而颇为自豪,绝没想到他才是掌握着主导权的人。我从来没有停下来好好想一想,除了莫特梅因和你哥哥以外,再没有一个活物确认过德昆西就是法师。我们所掌握的全部是间接证据,而我竟然让自己深信不疑。"

"种种迹象确实由不得人不信，"特莎连忙安慰夏洛特，"我们在米兰达的尸体上找到的标志。还有桥上的生物们。"

夏洛特痛苦地呻吟一声。"全都是莫特梅因为了引我们上钩而安排的好戏。你知道吗？搜查到现在，其他暗影族到底掌控着'地狱俱乐部'的什么，我们连一丝证据都没有发现。所有的盲呆成员对此全都一无所知，而自从我们捣毁德昆西团伙以后，暗影族们更不信任我们了。"

"可才几天而已。威尔花了六个星期才找到'黑暗姐妹'。要是你们坚持寻找……"

"我们没有那么多时间了。要是纳撒尼尔对杰姆说的是真话，莫特梅因真打算模仿发条人体模型的操作方式，将恶魔能量注入罗盘之中，那么他设法打开那只盒子的时间，便是我们仅剩的时间了。"她微微耸了耸肩。"当然了，圣廷认为这是不可能发生的事。罗盘只有用如尼文才能打开，而只有暗影猎手才知晓如何描绘它们。可是话说回来，当初我们也认为只有暗影猎手才能进出学院。"

"莫特梅因是个聪明绝顶的人。"

"没错，"夏洛特的双手紧紧交握在一起搁在膝上，"你知道吗？是亨利告诉了莫特梅因有关罗盘的事。它叫什么名字，它是用来干什么的。"

"不……"特莎本想用来安慰她的话顿时毫无意义了。

"你当然不知道。除了我和亨利，没人知道这事。他希望我告诉圣廷，可我不会这么做。他们对他的态度已经这么恶劣了，而我……"夏洛特的声音在颤抖，可是她的一张小脸却面无表情。"圣廷正在召集一次庭审。我和亨利的所作所为都将在庭上被评估，结果将投票决定。我们也许会失去学院。"

特莎吓坏了。"可你那么出色地操持着学院！你把一切都打理得井井有条，事无巨细。"

夏洛特的眼眶湿润了。"谢谢你，特莎。事实上班尼迪克·莱特伍德一直都想要得到学院首脑的位子，不是为了他自己就是为了他儿子。莱特伍德家族野心勃勃，绝不满足于服从命令。要不是维兰德执政官亲自任命我丈夫和我作为我父亲的继承人，我敢肯定班尼迪克早就掌控所有的一切了。我唯一的愿望就是操持学院,特莎。为此我会不惜一切代价。要是你愿意帮助我的话——"

"我?可我能做什么?我对暗影猎手的政治一窍不通。"

"我们与暗影魅族之间的联盟是我们最宝贵的资产,特莎。我之所以在这个位置上,有一部分原因便是我与马格纳斯·班纳这样的巫师以及像卡米尔·贝尔科特这样的吸血鬼之间有着友好的关系。而你,你是无价之宝。你的能力已经帮了昂克拉夫人一次,你将来可以给予我们的帮助将不计其数。如果所有人都知道你是我的坚定同盟,这对我大有助益。"

特莎突然屏息静气。她的脑中浮现出威尔的身影——他的样子跟在"庇护室"时一模一样——可是,令她意外的是,自己所思所想的并非他一个人。杰姆也在那里,他的双手依然让人觉得如此亲切而温柔;亨利那身古怪的服饰和滑稽的发明令她捧腹大笑;甚至还有贾丝明,带着她那怪异的热情以及偶尔出现的令人惊异的勇气。

"可是《大律法》……"她声如蚊呐地说。

"《大律法》中并没有规定你不能作为我们的客人留在此地,"夏洛特说,"我已经搜遍了所有的档案,没有发现任何可以阻止你留下来的条文,只要你本人愿意。那么你愿意吗,特莎?你会留下来吗?"

特莎飞奔上通往阁楼的楼梯,她前所未有地觉得自己的心如此轻盈。阁楼还是跟她记忆中的一样,此刻已近乎黄昏了,狭小的高窗中泄进几缕霞光。地上有一只打翻的水桶;她从旁边绕过,向着通往屋顶的狭窄楼梯走去。

每当他有烦心事的时候,总能在那里找到他,夏洛特曾这么说过。而我很少看见威尔如此忧虑。失去托马斯和阿加莎的事实比我料想得更难令他接受。

楼梯在出现在头顶的一扇正方形门扇前结束了,门的一边由铰链固定着。特莎把这扇地板门推开,爬上了学院的屋顶。

她站直身子,环顾四周。此刻,她正站在宽广而平坦的屋顶中央,四周环绕着齐腰高的锻铁栏杆。栏杆的顶端呈尖形,就像尖锐的鸢尾花形状。威尔站在屋顶远远的另一端,身体倚靠在围栏上。他并没有转过身来,就连门在她身后砰的一声关上,她向前迈出一步,用她那伤痕累累的手掌发出摩挲衣裙的声音,他也无动于衷。

"威尔。"她开口说道。

他一动不动。太阳逐渐变成了一团火球。泰晤士河对岸,工厂烟囱里冒出的黑色浓烟直冲血红色的天空。威尔靠在栏杆上,似乎已经筋疲力尽了,似乎他打算就这样向前扑倒在那犹如标枪一般尖利的顶上了此一生。当她一步步挨近,终于站在他身边的时候,他完全没有反应。从这里看过去,陡峭的斜屋顶消失在了下方的鹅卵石地面处,这景象令人目眩。

"威尔,"她重又说道,"你在干什么?"

他没有看她。他正凝神看着被太阳染得一片血红的天空下覆着一层黑色轮廓的城市。圣保罗大教堂的圆屋顶在肮脏的空气中显露了出来,泰晤士河在下面奔腾而过,颜色就像一道漆黑的浓茶,到处都建着黑色的桥梁。一些黑影在河边游荡着——那是在河边的垃圾堆中苦苦搜寻的拾荒者,期冀着能找到些值钱的东西好去变卖。

"我想起来了,"威尔说这话的时候依然没有看她,"那天我使劲想要回忆的原来是它。是布莱克[①]。'我注视着伦敦,人类可怕的神迹。'"他极目远眺。"弥尔顿[②]认为地狱是一座城市。我想他可能说对了一半。也许伦敦就是地狱的入口,而我们就是拒绝下地狱的被诅咒的游魂,害怕在阴间会发现比我们已知的恐惧更糟糕的景况。"

"威尔。"特莎不知所措,"威尔,你在说什么?你怎么了?"

他用双手紧紧抓住栏杆,手指因为用力而一阵发白。他的手上满是裂口和伤痕,指关节上满是黑红色的擦伤。他的脸上也有着淤青,晕黑了他下颚的线条,眼睛下方的皮肤则变成了紫色。他的下嘴唇皲

[①] 威廉·布莱克(William Blake, 1757~1827),十八世纪诗人,英国第一位重要的浪漫主义诗人、版画家。主要诗作有诗集《天真之歌》、《经验之歌》等。早期作品简洁明快,中后期作品趋向玄妙晦涩,充满神秘色彩。

[②] 约翰·弥尔顿(John Milton, 1608~1674),英国诗人、政论家,民主斗士。弥尔顿是清教徒文学的代表,他的一生都在为资产阶级民主运动而奋斗,代表作《失乐园》和《荷马史诗》、《神曲》并称为西方三大诗歌。

裂而肿胀，而他却没有采取任何治疗手段。她无法想象他为什么要这样对待自己。

"我早该知道的，"他说，"那就是个陷阱。莫特梅因来这儿的时候就在撒谎。夏洛特总是吹嘘我多么有谋略，可是一个优秀的谋士不会轻信他人。我就是个傻瓜。"

"夏洛特相信这是她的过失。亨利相信这是他的错。而我相信这是我的过错，"特莎不耐烦地说，"我们不能全都一味责怪自己，是不是？"

"你的过错？"威尔迷惑不解，"就因为莫特梅因痴迷于你？那根本不是——"

"因为是我把纳撒尼尔带来这里。"特莎说道。只是大声说出这句话就让她觉得自己的胸脯被紧紧压住喘不过气来。"因为是我强烈要求你们信任他。"

"因为你爱他，"威尔说，"他是你哥哥。"

"他依然还是我哥哥，"特莎说，"而我仍然爱着他。可我知道他是什么样的人。我从来都知道他是什么样的人。我只是不愿意相信罢了。我想我们有时候都会欺骗自己。"

"是的。"威尔的声音听起来刻板而冷漠，"我猜是这样。"

特莎很快地说道："我来这儿是因为我有个好消息要告诉你，威尔。你不想知道吗？"

"说吧。"他的声音死气沉沉。

"夏洛特说我可以留下，"特莎说，"待在学院里。"

威尔什么都没说。

"她说没有一部法律会反对的，"特莎继续说着，一丝困惑浮上心头，"所以我不用离开了。"

"夏洛特绝不会让你走的，特莎。就算是一只被蜘蛛网黏住的苍蝇她都舍不得抛弃。她不会抛弃你的。"威尔的声音里既没有生命力也没有一丝感情。他只是陈述着事实。

"我以为……"特莎原本兴高采烈的心情很快消失得无影无踪，"你至少会有点儿高兴。我以为我们是朋友。"她看着他艰难地咽了口口水，双手重又紧紧拉住了栏杆。"作为一个朋友，"她继续说下去，声音愈发低沉,"我越来越欣赏你了,威尔。越来越喜欢你了。"她伸出手去,原本想要触摸他的手,却突然被他紧张的姿势、被他那紧紧抓着铁栏杆的发白的指关节吓了一跳而向后退去。红色的哀悼如尼文凸显了出来,在苍白肌肤的映衬之下更显猩红,好像是用刀子割开的。"我以为也许……"

威尔终于转过身来直视着她。特莎被他脸上的表情震惊了。他的黑眼圈那么厉害,看起来恐怖极了。

她站在那里凝视着他,期待着他说些小说里的英雄在这样的情境中会说的话。特莎,我对你的感情已经超过了友情。它们要比友情更加珍贵……

然而他只是说:"到这儿来。"他的声音毫无热情。特莎抑制着该避开他的直觉,向他走了过去,距离近到他伸手就能触碰到她。他伸出手去轻轻地触摸着她的发丝,将她脸庞周围散乱的卷发向后拂去。"泰丝。"

她抬头看向他。他眼睛的颜色就如同那弥漫着烟雾的天空的颜色,即便有着瘀伤,他的脸孔还是那样俊美。她想要碰碰他,这种感觉如此原始,她无法解释也无法控制自己。当他低头吻她的时候,她所能做的只是僵着身子直到他的嘴唇和她的相遇。他在她的嘴上落下一个吻,而她则觉得他的嘴里咸咸的,那是他嘴唇上的淤青和柔软肌肤所独有的味道。他揽着她的双肩,将她拉得离自己更近些,他的手指紧紧拥着她。她感觉自己身处于一波强有力的漩涡之中,这感觉比在阁楼时更甚,几乎要将她淹没,让她的身体支离破碎,让她疲软无力,就像一片在大海之中载浮载沉的玻璃碎片。

她把手放在他的肩上,而他却突然退了开去,低头看着她,呼吸困难。他的眼睛熠熠生辉,因为亲吻和伤痕,嘴唇又红又肿。

"或许,"他说,"我们应该讨论一下今后的安排。"

特莎依然沉浸在不断下沉的感觉之中,低声说道:"安排?"

"要是你打算留下来的话,"他说,"我们最好还是小心一点。或许最好还是用你现在的房间。杰姆总是在我的房间里进进出出,好像那是他的地盘,而要是他发现房门锁着一定会大感不解。换句话说,你的住处——"

"用我的房间？"她重复了一遍，"用来干什么？"

威尔的嘴角上扬露出一个微笑；而特莎呢，刚刚还沉迷于他那漂亮的嘴部线条，花了好一会儿才回过神来吃惊地意识到那是一个多么冷酷的笑容。"你别装作不知道……我觉得你并非不谙世事，特莎。要知道你可有那种哥哥。"

"威尔。"温暖的感觉好像潮汐一般褪去；即使在夏天的空气中，她依然浑身发冷。"我跟我哥哥不一样。"

"你喜欢我。"威尔说道。他的声音冷酷而肯定。"而你也知道我倾心于你。现在你跑来告诉我你会留在这儿，只要我愿意便能得到你。而我正在向你提议我以为你想做的事。"

"你不是那个意思。"

"我就是这个意思，"威尔说，"对一个跟巫师们打情骂俏的暗影猎手来说，是没有将来的。他或许可以跟她们做朋友、雇佣她们，可是不会……"

"跟她们结婚？"特莎说。她的脑海中浮现出一幅清晰的大海的景象。海岸边的潮水已经完全退尽了，她能看见海浪在沙滩上留下的小生物们，在赤裸的沙滩上奄奄一息。

"真聪明。"威尔摆出一个幸灾乐祸的笑容；她真想给他一巴掌，把那恶心的表情打落在地。"你到底在期待什么，特莎？"

"我所期待的不是你对我的侮辱。"特莎的声音忍不住快要颤抖了；可不知怎么地，她还是极力自持着。

"不过这种调情并不会产生让你担心的后果，"威尔沉思地说，"因为巫师是不会有孩子的——"

"什么？"特莎像是被他推了一把似的向后退了一步，她觉得脚下的地板似乎都摇摇欲坠起来。

威尔看着她。太阳已经完全从天空中消失了。在近乎昏暗的光线中看去，他脸上的骨骼突了出来，嘴角的线条那样严厉，像是他正被身上的痛楚折磨。可当他开口说话的时候，声音却依然沉着冷静。"你不知道吗？我还以为已经有人告诉过你了。"

"没有，"特莎声音疲软，"没人告诉过我。"

他冷静地凝视着她。"要是你对我的提议不感兴趣……"

"别说了。"她说。这一刻,她想,就好像一块玻璃碎片的边缘,安静、锋利、令人疼痛。"杰姆说你把自己伪装成一个坏人,"她说,"或许他说得对,或许这只是他一厢情愿的相信。可是一个人没有任何理由或者借口可以做出这么残忍的事。"

有一瞬间他看起来真的吓坏了,似乎她真的吓了他一跳。可那表情刹那就不见了,就像一朵千变万化的云朵。"那么我也没什么可多说的了,是不是?"

她一句话都没说便离他而去,走向通往学院的楼梯。她没有转身看看他的视线是不是追随着她,在最后一片晚霞即将消逝的天空映衬下,一个黑色身影一动不动地伫立在那里。

***

莉莉丝[①]的孩子们,又被称为巫师,如同骡子和其他杂交动物,无法生育。他们无法孕育后代。从未有过例外……

特莎查阅了《法典》,然后便茫然地凝视着音乐室的窗外,虽然此刻外面漆黑一片什么都看不见。她把自己藏在这里,不想回到她的房间,在那里她闷闷不乐的样子终究会被索菲发现,或者,更糟,被夏洛特察觉。这间屋子里,所有的东西都蒙着一层厚厚的灰尘,因此不太可能会有人发现她,这令她安下心来。

她不知道自己以前怎么会忽略这个事实。公平地说,它并没有在《法典》中关于巫师的章节中出现,而是在更后面关于暗影世界中诸如半仙和半狼人这样的杂交生物的章节中提及。显然,并没有半巫师的存在。巫师无法生孩子。威尔并没有撒谎伤害她,他说的是事实。虽然从某种程度上来说,这更糟糕。他应该知道他的话并非一股轻风,很容易就会消散而去。

或许他是对的。她到底以为会发生什么?威尔就是威尔,她不该期望他变成另一个人。索菲早已警告过她,可她还是没有听进去。她

[①] 莉莉丝,撒旦的情人,最早出现于苏美尔神话,犹太教旧约里亚当的第一个妻子,因不满上帝而离开伊甸园。

知道哈丽雅特姨妈会对那些不听取建议的姑娘说些什么。

一阵微弱的沙沙声打断了她的思绪。她转过身去,一开始什么都没看见。屋子里唯一的亮光来自于一盏点燃着巫光石的烛台。那摇曳的烛光掠过钢琴的轮廓和一架盖着厚布的竖琴。当她凝神细看的时候,在接近地板的地方现出两点亮光,那是一种古怪的黄绿色。它们正齐步向她靠近,就像一对鬼火。

特莎突然松了一口气。一定是这样。她探过身去。"到这儿来,小猫咪。"她发出吸引猫咪过来的声音,"这儿,小猫咪,小猫咪!"

猫咪回应她的喵呜声被开门的声音掩盖了。亮光泄进了屋里,有一瞬间门口的人只现出一个黑乎乎的影子。"特莎?特莎,是你吗?"

特莎立刻就认出了那声音——那晚她走进他的房间,他开口对她说的第一句话跟这个几乎一模一样:威尔?威尔,是你吗?

"杰姆,"她顺从地说,"是的,是我。你的猫似乎在这里迷路了。"

"我一点儿都不觉得意外。"杰姆的声音里带着顽皮。当他走进屋里的时候,她已经能清晰地看到他的样子了;走廊上的巫光石照进屋里,现在就连那只猫都能看得一清二楚了,它正坐在地板上,用爪子清洗着自己的脸。它看起来在生气,就跟波斯猫生气时候的样子一模一样。"它看起来就像个游荡者。似乎它想要每个人都能认识自己——"杰姆突然停了下来,看着特莎的脸孔。"怎么了?"

特莎还没有回过神来,于是结结巴巴地说:"为——为什么这么问?"

"我从你的脸上就能看出来。有事发生。"他坐在她对面的钢琴椅上。"夏洛特把好消息告诉了我,"他说话的时候,那只猫站了起来,偷偷溜过房间向他跑了过来。"至少在我看来这是个好消息。你不高兴吗?"

"我当然高兴。"

"嗯。"杰姆看起来并不相信。他俯身把手伸向猫咪,而它则用脑袋摩挲着他的手背。"真乖,教堂。"

"教堂?这是猫咪的名字?"特莎不由被逗乐了,"上帝啊,它以前不是'黑暗姐妹'的宠物吗?或许'教堂'并非最好的名字。"

"它，"杰姆故作严肃地纠正道，"并不是她们的宠物，而是计划中的牺牲品。夏洛特说我们应该留下它，因为在教堂里有只猫咪会带来好运。所以我们管它叫'教堂之猫'，既然如此……"他耸了耸肩，"教堂。如果这个名字能让它少惹些麻烦的话，何乐而不为呢。"

"我相信它正傲慢地看着我。"

"很有可能。猫咪们觉得自己比任何人都优越，"杰姆在教堂的耳朵后面挠了挠，"你在读什么？"

特莎把《法典》给他看。"威尔给了我这个……"

杰姆伸手把书拿了过去，速度之快让特莎来不及拒绝。书本依然打开在她刚刚研究的那一页上。杰姆匆匆读了一遍，然后抬头看向她，脸上的表情正在发生改变。"你不知道这个吗？"

她摇了摇头。"我并没有梦寐以求地想要生孩子，"她说，"我还没想过那么远的事。可是将我从人类的群体中分离出来却又是另一件事。那让我变成了一个怪物。我身上有些东西跟别人不一样。"

杰姆沉默了好久，长长的手指抚摸着灰猫的毛皮。"或许，"他说，"与众不同并不是件坏事。"他向前探出身去。"特莎，你要知道，尽管看起来你是个巫师，但你拥有我们以前从未见过的能力。你的身上没有巫师的印记。既然你的身份尚不确定，你不能因为这一条信息就陷入绝望。"

"我没有绝望，"特莎说，"只是——这几晚我都睡不着觉。心里一直想着我的爸爸妈妈。你看，我几乎已经不记得他们的样子了。然而我还是情不自禁地怀疑。莫特梅因说我妈妈并不知道我爸爸是个恶魔，可他是不是在撒谎呢？他说她对自己的身份一无所知，可那是什么意思？那就是为什么他们会在黑夜的掩护下那么神秘地离开伦敦的原因？要是我是某些东西的产物——某些丑恶的东西——在我妈妈不知情的情况下令她受孕，那么她怎么可能还会爱我？"

"他们把你藏了起来，不让莫特梅因找到你，"杰姆说，"他们一定知道他想要你。这么多年来他一直在搜寻你，而他们让你平安无事——首先是你的父母，其次是你的姨妈。一个没有爱心的家庭不会这么做的。"他凝视着她的脸庞。"特莎，我不想做那些我无法做到的承诺，可要是你真的想知道自己的过去，那么我们可以找出真相。毕竟你为我们做了那么多,这是我们欠你的。如果你的身份是个谜,那么我们可以解开它,只要这是你渴望的。"

"是的。我想知道。"

"你也许不会,"杰姆说,"不会喜欢自己所发现的事实。"

"我想知道真相。"特莎惊异于自己声音里的坚定,"我知道关于内特的真相,虽然痛彻心扉,但总比被欺骗好些。总比继续爱着那些不爱我的人好些。总比浪费感情好。"她的声音在颤抖。

"我觉得他爱过你,"杰姆说,"用他自己的方式一直爱着你,只是你不知道罢了。爱与被爱都是一件伟大的事。爱可不是被随便挥霍的东西。"

"太难了。我已经受够了。"特莎知道自己正在自怨自艾,可她无法驱散这种情绪。"我连一个亲人都没有了。"

杰姆探出身去看着她。红色的如尼文在他苍白皮肤的映衬下像团熊熊燃烧的烈火一般,让她想起"无声使者"长袍边缘的那一圈图案。"我跟你一样,父母双亡。威尔也是,杰茜也是,就连亨利和夏洛特也不例外。我不知道学院里还有谁不是孤儿的。不然我们也不会待在这儿了。"

特莎开口想说点什么,却还是放弃了。"我知道,"她说,"我很抱歉。我太自私了,没有考虑——"

他举起他那纤细的手,阻止她说下去。"我并没有责怪你,"他说,"或许你孤身在这儿是出于某些原因,可我也是这样。威尔也是。贾丝明也是。从某种程度上来说,连亨利和夏洛特也是如此。除了这里,哪里还有别处可以让亨利拥有他的实验室?除了这里,哪里还有别处可以允许夏洛特将她的聪明头脑用在工作上?尽管贾丝明装出一副讨厌一切的样子,而威尔也绝不会承认自己需要任何人或物,他们俩却一样在这里找到了自己的家。从某种程度上来说,我们待在这儿并不是因为我们无家可归,我们不需要别的去处,因为我们有学院,这里的人就是我们的家人。"

"可他们不是我的家人。"

"他们可以做你的家人,"杰姆说,"我来这儿的时候才十二岁。那时候我一点都没有找到家的感觉。我看到的只是伦敦与上海的不同之处，我很想家。因此威尔跑到东区的一家店里给我买了这个。"说着，他拿出挂在脖子上的一条链子，特莎以前就留意过这个闪闪发亮、做成拳头式样的绿色石头吊坠。"我想因为它让他联想到了一只拳头，所以他喜欢这个。这是玉做的，他知道中国产玉石，因此他把这个买回来送给我，我把它挂在链子上戴起来。我一直戴着它。"

提及威尔，令特莎的心一阵紧缩。"真高兴知道他有时候也会有善良的一面。"

杰姆用他那双锐利的银色眼眸注视着特莎。"当我走进来的时候——你脸上的表情——并非只是因为你在《法典》上读到了那些内容，是不是？是因为威尔。他跟你说了什么？"

特莎犹豫不决。"他非常清楚地表明了自己的态度，他不想让我留在这儿，"她终于说道，"我原以为自己能留在学院是件开心的事情，现在看来并不是这样。至少在他眼中不是。"

"而我刚刚还在告诉你你应该把他当成家人，"杰姆有些后悔地说，"怪不得你的样子像是得知了一件可怕的事情。"

"对不起。"特莎嚅嗫道。

"别这样。该说对不起的是威尔。"杰姆的眼神黯淡了下来，"我们真该把他扔到大街上去。"他大声说道。"我向你保证天亮他就走了。"

特莎一下子愣住了，立马坐直了身子。"噢——不，你不会是说——"

他咧嘴笑了。"我当然不是那个意思。可你刚刚感觉好些了，不是吗？"

"那就像一场美梦。"特莎声音低沉，可当她说话的时候竟然在微笑，这不禁令她自己都大吃一惊。

"威尔……不好相处，"杰姆说，"可家人就是这样。要是我认为学院对你来说不是最理想的去处，特莎，那么我会实话实说的。一个人可以组建属于自己的家庭。我知道你觉得自己异于人类，似乎从人类的群体中被分离了出来，远离爱与生命，可是……"他的声音有些嘶哑，特莎第一次觉得他的语气并不肯定。他清了清喉咙。"我向你保证，你的真命天子是不会介意的。"

特莎还没来得及回答,突然响起拍打玻璃的刺耳的声音。她向杰姆看去,后者耸了耸肩。他也听见了。她的视线穿过房间,看见屋外确实有什么东西——一个黑乎乎长着翅膀的身影,就像一只努力想要飞进屋里的小鸟。她试着想要把窗户打开,可窗子似乎卡住了。

她转过身去,然后杰姆却早已经来到了她的身边,把窗子推了开来。那个黑色的影子扑棱着翅膀飞了进来,直接飞向特莎。她抬手在空中抓住了它,感觉到那锐利的金属翅膀正在她的手掌里扑扇着。当她握住它的时候,翅膀收了起来,连眼睛也一同闭上了。它一如从前安静地持着它的宝剑,似乎等待着下一次的苏醒。滴答,滴答,它的发条心在她的指尖有节奏地跳动着。

杰姆从打开的窗户转过身来,微风吹拂着他的发丝。在黄色的光线中,它像金子一般闪闪发亮。"这是什么?"

特莎露出一个微笑。"我的天使。"她说。

尾 声

天色越来越晚了,马格纳斯·贝恩累极了,眼皮直往下垂。他把贺拉斯的《颂歌》搁在茶几上,若有所思地凝视着被雨水冲刷过的窗户,从那里能望见屋外的广场。

这里是卡米尔的家,可她今晚不在。自从经过德昆西宅子里那个灾难性的夜晚,她便离开了这座城市,尽管他给她带了信告诉她没事了,但他知道她不会回来。他不禁怀疑,在报复了她的吸血鬼家族后,她是否依然渴望他的陪伴。或许他只不过是一件可以往德昆西脸上扔的复仇工具罢了。

他完全可以离开这里——收拾行囊然后启程,把这些借来的奢华统统抛在身后。这幢房子、这些仆人、这些书本,就连他的衣服也是她的;他来伦敦的时候一无所有。马格纳斯并非自己没有能力赚钱。他过去也是个大富翁,尽管有时候拥有如此多的财富常令他感到厌倦。然而留在这里,无论多么烦恼,却是最有可能重新见到卡米尔的。

一阵敲门声打断了他的思绪,他转身看见男仆阿切尔正站在门口。阿切尔为卡米尔服务已经好几年了,对待马格纳斯的态度总是充满了嫌恶,似乎觉得自己深爱的女主人不该跟一个巫师来往。

"有人要见您,先生。"阿切尔故意把"先生"这个词拖长了音调,极尽侮辱之能事。

"现在?是谁要见我?"

"一个拿非力人,"阿切尔的话里带着一丝厌恶,"他说他有急事找您。"

那么一定是夏洛特了,伦敦的拿非力人中马格纳斯唯一想见的一个。长时间以来他一直在协助昂克拉夫人，看着他们审问那些吓坏了的"地狱俱乐部"的盲呆成员，然后在审讯结束的时候，用法术将他们脑中这段痛苦的记忆清除干净。这是个苦差事，但圣廷总是给他丰厚的报酬，而一直让他们对他保持好感是明智之举。

"他，"阿切尔又加了一句，厌恶之情更浓烈了，"浑身湿透了。"

"湿透了？"

"外面在下雨，先生，而这位绅士没戴帽子。我提出替他烘干衣服，可他拒绝了。"

"很好。把他带进来。"

阿切尔把嘴唇抿成了一条冰冷的直线。"他正在客厅等您。我想他也许希望在火炉边暖和一下身子。"

马格纳斯在心里叹了口气。他当然可以要求阿切尔把客人带到他喜欢的图书室。可这样做似乎徒劳无功，更何况，男仆还会连续生上三天的闷气。"太好了。"

阿切尔心满意足地悄悄退下，留下马格纳斯一人向着客厅走去。门关着，但他透过门缝中闪烁的亮光能知道屋里生着炉火。他推门进去。

这间客厅是卡米尔最喜欢的房间，屋子里的陈设都是她亲手布置的。墙上漆的是华丽的深红色，紫檀木家具来自于中国。能看见外面广场的窗户上悬挂着天鹅绒窗帘，从天花板直垂向地面，将屋外的所有光线都挡住。有人正站在火炉前面，双手搁在背后——他一头黑发，身材修长。当他转过身来的时候，马格纳斯立马认出了他。

威尔·赫伦戴尔。

正如阿切尔所说，他就像个落汤鸡似的，像是毫不介意是否被雨水浇湿。他的衣服湿透了，头发耷拉在眼睛上。雨水好像眼泪一般在他的脸上纵横交错。

"威尔，"马格纳斯说道，着实吃了一惊，"你为什么来这儿？学院有事发生吗？"

"没有，"威尔说话的声音像是透不过气来，"我来这儿是为了自己的事。我需要你的帮助。除了——除了你没人能帮我。"

"是吗。"马格纳斯凑近了一些看着这个男孩。威尔长得很英俊，这些年来马格纳斯不知谈了多少场恋爱，通常任何形式呈现的美丽都能打动他，可威尔是个例外。在这个男孩的身上有着某些黑暗面，某些暗藏着的奇怪特质，让人很难生出倾慕之心。他似乎把真实的自己藏了起来。然而眼下，在那不断往下淌水的黑发之下，他的脸色犹如羊皮纸一般苍白，紧握着的双手正在颤抖。显然，某种可怕的不安正在撕咬着他的心。

马格纳斯把手伸向自己的身后，锁上了客厅的房门。"很好，"他说，"为什么不告诉我发生了什么？"

关于特莎眼中伦敦的注解

我尽可能地将《发条天使》中的伦敦描绘成一座亦真亦幻、既闻名遐迩又已被人遗忘的城市。书中尽可能多地保存了真实的维多利亚时代伦敦城的地貌，但有时候很难面面俱到。关于那些对学院的疑问：确实有一座名为圣莱斯的教堂在一六六六年的伦敦大火中付之一炬；然而，这座教堂位于上泰晤士街，而非书中靠近弗利特街的地方。那些熟悉伦敦的读者会发现学院的所在地以及它的尖塔的外形，一如受到新闻工作者和记者们所爱戴的著名的圣布莱德教堂，在《发条天使》一书中并未将它提及而是用学院取代了它。现实中并没有所谓的卡尔登广场，倒是有个卡尔顿广场；黑衣修士桥、海德公园、斯特兰德大街——就连贡特尔的冰激凌店——全都真实存在，并且完美地展现了我的搜索能力。有时候我觉得所有的城市都有一个阴暗面，那些徘徊在人世间的重大事件以及历史名胜的记忆终将归于那里。为此，弗利特街和高等法院道的交叉路口曾有一间魔鬼酒馆，塞缪尔·佩皮斯[①]和塞缪尔·约翰逊博士[②]在那里开怀畅饮，尽管它已于一七八七年被拆除，我更愿意相信一八七八年时威尔可以造访它在暗影世界里的那一面。

[①] 塞缪尔·佩皮斯（Samuel Pepys，1633.2.23—1703.5.26），17世纪英国作家和政治家，海军大臣。以散文和日记闻名。

[②] 塞缪尔·约翰逊（Samuel Johnson）（1709—1784），英国作家，批评家。英国文学史上重要的诗人、散文家、传记家和健谈家，编纂的《词典》为英语发展作出了重大贡献。

关于诗歌的注解

　　每一章开头所引用的诗歌大多数取自于特莎可能熟悉的作品，要么来自于她所处的那个年代，要么是在那之前的作品。唯一的例外是王尔德与吉卜林的诗歌——他们依然是维多利亚时代的诗人，只是晚于十九世纪七十年代——还有本书开头尔卡·克拉克的诗歌《泰晤士河之歌》，则是专门为此书而创作。诗歌的完整版可以在作者的主页找到：ElkaCloke.com。

鸣 谢

　　非常感谢家人给予我的支持：我的母亲和父亲，吉姆·希尔和凯特·康纳；感谢娜奥，蒂姆，大卫和本；感谢梅勒妮，乔纳森和海伦·路易斯；感谢佛罗伦斯和乔伊斯。那些读过此书、发表评论并且指出其中存在的年代错误的人——克拉里，伊芙·赛奈克，莎拉·史密斯，迪莉娅·谢尔曼，霍利·布莱克，莎拉·里斯·布伦南，贾斯汀·拉巴里丝提尔——万分感谢。谢谢那些让我坚持到底的微笑脸庞和刻薄评论：尔卡·克拉克，霍利·布莱克，罗宾·沃瑟曼。感谢玛吉·隆格里亚对"书宝贝"项目的支持。感谢丽莎·戈尔德：通过 Research Maven（http://lisagoldresearch.wordpress.com）帮忙挖掘很难发现的第一手资料。感谢我的代理人，巴里·戈德布拉特；我的编辑，凯伦·沃提瓦；还有西门与舒斯特出版社、沃克图书公司的团队让此书面世。最后，我要谢谢乔希，当我在校订这本书的时候，她洗了一大堆衣服，只是偶尔抱怨一下而已。